四書
사서

四書 사서

옌롄커 장편소설 * 문현선 옮김

자음과모음

차례

글쓰기의 반역자

옌롄커

저 스스로를 '글쓰기의 반역자'라고 부르기까지 무척이나 오래 망설였습니다. 워낙 큰 명예라서 루쉰魯迅의 소설 속 아Q에게 자오趙 성을 사용할 자격이 없는 것처럼 그 영광스러운 호칭이 제게 걸맞지 않다고 생각했습니다. 그럼에도 『사서』의 한국어판 서문에 결국 이 말을 쓴 것은 '중국식 문학'에 위배되는 문장이 『사서』에 상당히 많이 들어 있기 때문입니다. 설령 진정한 배반이라고까지 할 수는 없을지라도 신선하고 과감한 예술적 모색이었기에 앞으로를 북돋는다는 취지에서 스스로를 '반역자'라고 적었습니다.

저는 늘 제가 처한 '환경'에 맞는 출판이 아니라 제 '현실'

을 반영하는 자유로운 글쓰기를 소망해왔습니다.

그리고 『사서』가 바로 출판을 염두에 두지 않음으로써 모든 구애에서 벗어나려 했던 제 도전의 산물입니다(완전히는 아니지만). 출판을 염두에 두지 않아 자유롭고 기탄없다는 말은 단순히 이야기 속에 무슨 잡곡이나 밀가루, 예쁜 꽃이나 둥근 달, 혹은 닭똥이나 개똥같이 잡다한 내용을 적었다는 의미가 아닙니다. 그건 어떤 이야기를 제가 말하고 싶은 방식으로 말했다는 뜻입니다. 아무렇게나, 자유롭게 말한다는 것은 글을 쓸 때 정말로, 철저하게 어휘와 서술에서 자유로워져 새로운 서술 질서를 만들어낸다는 뜻입니다.

'새로운 서술 질서' 속에서 저는 필묵과 출판의 노예가 아닌 글쓰기의 황제가 됩니다.

저는 그렇게 '중국식 글쓰기'의 황제이자 반역자가 되었고, 또 되려고 노력했습니다.

글을 마치자 예상했던 대로 이전 저작과는 완전히 다른 찬사를 받는 동시에 이전 저작과 완전히 같으면서도 더 강하고 빈번한 거부를 당했습니다. 가장 직접적인 결과는, 혹시나 하는 마음에서 한 민영 출판사와 단속적이지만 줄기차게, 온갖 루트를 통해 『사서』 원고를 스무 곳도 넘는 중국 출판사의 동료, 친구들, 그리고 원고에 결정적인 역할을 하는 책임자들에게 보여주었을 때 나왔습니다. 모두들 약속이나 한 듯이 완곡하거나 아주 단호하게 거부했지요. 그래서 혹시나 하는 마음을 버렸습니다. 글을 쓰기 전부터 또 다른 '서랍 문학'이 될 수도 있다고 예상했기 때문에 오히려 편안하고 홀가분해졌습니다. 아무런 원망도 분노도 생기지 않았습니다. 입장을 바꾸어 제가 편집자나 출판부 책임자라도 이 변절적 성향이 짙은 소설을 그들처럼 거절하거나 냉대하거나 거부하거나 퇴출시켰을 것입니다. 설령 아주 드물고 희귀한 걸작이라는 게 분명하더라도 말입니다. 그리고 이것이 바로 중국 현실의 한 단면입니다.

출판할 수 있다면 그게 오히려 이상한 일이지요. 그게 바로 이해할 수 없는, 알 수 없는 중국식 현실일 것입니다.

지금 수많은 외국어 번역본 가운데 한국어 번역본이 가장 먼저 출판을 앞두고 있습니다. 이에 대해 '자음과모음' 출판사와 번역가의 노고에 형용할 수 없는 감사를 보냅니다. 또한 그래서 외국 독자로서 가장 먼저 이 책을 읽는 한국 독자들에게 친밀감을 표하며 기탄없는 평가를 기대합니다.

2012년 1월 3일

제1장
『하늘의 아이』

1. 『하늘의 아이』 p13~p16

대지와 발이, 돌아왔다.

가을이 지난 뒤 한없이 황량한 들녘, 아무것도 없이 평평
하게 펼쳐진 대지 위로 사람들이 아득하니 작았다. 검은 점
하나가 점점 커졌다. 위신구育新區에 처음으로 집이 들어섰
다. 사람들이 그렇게 살게 되었다. 일이 그렇게 이루어졌다.
땅이 발을 받쳐 들고 돌아왔다. 금빛으로 석양이 물들었다.
일이 그렇게 이루어졌다. 투박하게 빛나는 빛 속에 일고여
덟 냥쯤 되는 막대가 차곡차곡 빽빽하게 쌓였다. 아이의 발
이 석양 속에서 춤을 추었다. 온기가 발을 파고들고 가슴과

배까지 파고들었다. 사람들이 온기에 부딪혔다. 온기가 사람들을 옥죄었다. 위신구의 집, 오래된 푸른 벽돌과 기와, 켜켜이 세월을 쌓은 혼돈의 빛이 광야에서 처음을 맞았다. 사람들이 그렇게 살게 되었다. 일이 그렇게 이루어졌다. 빛이 좋아서 신은 밝음과 어둠을 가르고 밝음은 낮이라, 어둠은 밤이라 불렀다. 저녁이 생기고 아침이 생겼다. 그렇게 갈라졌다. 어둠이 오기 직전은 황혼이라 불렀다. 황혼은 참 좋았다. 닭은 횃대에 오르고 양은 우리로 돌아갔으며 소는 쟁기를 벗었다. 그리고 사람들은 자신의 일을 멈추었다.

아이가 돌아올 때 땅이 그의 발을 받쳐주었다. 위신구의 문이, 허공이 열렸다. 그가 호루라기를 불었다. 호루라기 소리가 울려 퍼지자 사람들이 하나둘 모두 나왔다. 물 사이에 공기가 있어야겠다, 신이 말했다. 그리고 물을 위와 아래로 갈랐다. 공기를 만든 다음 공기 아래에 있는 물과 공기 위에 있는 물로 나누었다. 그렇게 이루어졌다. 위쪽의 공기는 하늘이 되고 아래쪽 공기는 땅이 되었다. 땅이 사람들을 하나하나 받쳤다.

"지금 돌아왔다. 상부에서, 진鎭*에서. 지금부터 열 가지 조

* 중국 현縣 아래의 행정 단위.

항을 발표하겠다."

아이가 말했다.

아이가 열 개의 조항인 십계를 읽어 내렸다.

첫째, 일률적으로 쉬고, 함부로 행동하지 마라.

둘째, 일률적으로 노동하고, 함부로 말하지 마라.

셋째, 일률적으로 경작하라. 성과에 따라 상벌을 내린다.

넷째, 서로 돕고 음탕한 행동을 삼가라. 음탕한 행동은 처벌한다.

다섯째, 서적들을 다시 거둔다. 임의로 읽거나 쓸 수 없으며 멋대로 생각하지 마라.

여섯째, 유언비어를 금하며 비방하지 마라.

모두 열 개, 십계였다. 열번째는 달아나지 말고 규칙을 준수하라, 달아나는 자에게는 상을 준다는 내용이었다. 어둠이 오기 전 황혼이 대지를 따뜻하게 덥혔다. 위신구의 파란 집이 광야에 나란히 줄지어 서 있었다. 첫 줄의 앞쪽에는 마당이 있고 느릅나무가 있었다. 그리고 나무에는 새가 살았다. 땅은 제 종류대로 생물을 내어라, 온갖 집짐승과 곤충, 들짐승, 날짐승을 내어라, 하고 신이 말했다. 가금家禽이 제 종류대로 나오고 지상의 모든 곤충이 제 종류대로 만들어졌다. 신이 보니 참 좋아서 다시 말했다. 우리 모습을 닮은 사람을 만들자, 그래서 바다의 물고기와 하늘의 새, 땅 위의 가축과 모든 땅, 그리고 땅 위에서 기어 다니고 움직이는 모든 곤충과 가금을 다스리게 하자. 천상의 날짐승과 땅 위에서 움직이는 모든 생물들까지. 보아라, 내가 땅 위에서 씨앗을 맺는 모든 풀과 나무에서 씨를 맺는 모든 과일을 너희에게 전부 양식으로 주노라, 신이 말했다. 땅 위의 짐승과 하늘의 새와 땅 위를 기어 다니는 모든 생물에게도 푸른 풀을 먹이로 준다. 그러자 그대로 이루어졌다. 신이 손수 만든 것을 보니 참 좋았다. 천지 만물이 모두 창조되었다. 제 종류대로 전부 갖춰졌다. 질서가 있고 어긋남이 없었다. 신의 얼굴에 웃음이 일었다.

아이가 말했다.

"모두 열 개다. 열번째 조항은 달아나지 말고 규칙을 준수하라, 달아나는 자에게는 상을 준다, 이다."

아이가 상장을 꺼냈다. 하얀 종이에 붉은 테두리가 쳐진 상장 위쪽에 깃발과 국가 휘장이 있고 커다랗게 '상'이라고 적혀 있었다. 그런데 막상 내용이 있어야 할 부분에는 황금색 총알 하나만 덩그러니 있을 뿐이었다.

"진에 다녀왔다." 아이가 말했다. "상부에서 당신들에게 주는 것이니 발급하겠다. 또 상부에서, 도망가는 자에게는 상장과 함께 진짜 총알까지 준다고 했다."

　일이 그렇게 이루어졌다.

　아이가 상장을 하나씩 나누어주며 침대 머리맡에 붙여놓거나 베개 밑에 두고 항상 기억하라고 했다. 날이 어두워졌다. 황혼은 참 좋아서, 닭은 횃대에 오르고 양은 우리로 돌아가고 소는 쟁기를 벗었다. 그리고 사람들은 일을 멈추었다. 또, 이번 늦가을에 할 일은 파종이라고도 말했다. 한 사람당 최소 세 무畝*에서 다섯 무씩 경작하고 꼭 풍작을 이루도록 해라. 농부들의 연평균 생산량은 무당 200근**이 안 된다더군. 하지만 당신들은 능력이 뛰어나니 500근씩은 거둬야지. 상부에서, 우리 중국이 바로 세상이고 미국은 아무것도 아니라고 했다. 영국이나 프랑스, 독일, 이탈리아는 그 떨거지에 개똥 같은 존재라고. 2~3년만 죽어라고 노력하면 영국이고 미국이고 얼마든지 뛰어넘을 수 있다고. 그리고 밀을 심고 난 뒤에는 시간을 쪼개서 강철 생산에 전력을 다하라고도 했다. 1인당 평균 한 달에 한 화로씩 생산하도록. 똑똑한 사람들이 농민보다 적을 수는 없지 않겠나.

　상부의 말이었다. 일이 그렇게 이루어졌다.

* 중국식 토지 면적 단위로, 약 666.7제곱미터.
** 중국의 무게 단위. 1근이 500그램임.

"농사를 안 지어도 되고 철을 안 만들어도 상관없다." 아이가 말했다. "도망가는 것도 좋아. 다른 구에서는 진짜 총알을 받은 사람이 벌써 나왔다더군. 다만 도망갈 때 내 부탁 하나만 들어줘. 작두를 가져올 테니까 달아나려거나, 농사짓기도 강철 만들기도 싫으면서 총알도 싫다면 나를 작두 아래 넣고 단칼에 내리쳐."

"아주 순순히 협조할 테니까 작두로 나를 내리찍고 떠나라고. 하지만 그런들 또 어디로 갈 수 있을까?"

"그것뿐이야. 나를 내리치면 일할 필요도 없고 강철을 생산할 필요도 없이 갈 수 있어."

날이 어두워졌다. 일이 그렇게 이루어졌다. 가을의 어둠이 덩어리져 내려앉자 어지럽고 공허한 천지가 멜론처럼 검푸른 색을 띠었다. 사람들이 상장을 들고 돌아갔다. 하얀 바탕에 빨간 테두리가 쳐지고 위쪽에는 국기와 휘장, 그리고 '상' 자가 있었다. 무슨 상인지 내용이 적혀야 하는 곳에는 황금색의 커다란, 풀 사이에 놓인 열매처럼 생긴 총알 하나가 인쇄되어 있었다. 신이, 하늘에 빛나는 것이 있어 밤낮을 나누고 절기와 날짜와 해를 나타내는 표가 되어야겠다, 그리고 하늘에서 빛나게 함으로써 대지를 고루 비추도록 하리라, 하고 말했다. 그러자 그대로 이루어졌다. 신은 그렇게 두 개의 커다란 빛을 만들고 큰 것은 낮을, 작은 것은 밤을 다스리게 했다. 또한 무수한 별을 창조해 하늘에 늘어놓은 뒤 땅을 비추며 밤을 다스리게 하니 밝음과 어둠이 나누어졌다. 신이 보니 참 좋았다. 세상이 만들어졌다. 저녁도 있고 아침도 생겼다. 밤이 오기 직전은 황혼이라 불렀다. 황혼이 지난 뒤에는 밤이라 불렀다. 밤이 오면 조용해졌다. 모든 소리가 적막에 빠지면서 땅속의 움직임마저 땅 위로 전해졌다. 풀들이 소곤거리는 소리가 공중으로 퍼지고, 둥지로 돌아가는 새들의 울음소리도 들을 수 있었다. 누군가의 슬픔마저 들렸다. 커다란 꽃송이를 받쳐 들듯 상장을 들고 가는 사람들이 가을이 와서 시들어가는 꽃처럼, 밤의 슬픔처럼 모두 침묵과 슬픔에 빠져들었다.

일이 그렇게 이루어졌다. 아이가 자신의 숙소로 돌아갔다. 대지는 광활하고 고요했다. 수면이 자신의 부유물을 받쳐 올리듯 정적이 사람들의 발걸음을 받쳐 들었다.

2. 『하늘의 아이』 p19~p23

하늘을 꺾고 해라도 쏘아버릴 듯, 천지를 뒤흔들 듯.

풍성한 수확을 기대하며 밀을 심었다. 사람들이 땅을 갈아엎었다. 9월의 하늘이 가없이 높고 가을 정취가 광활한 대지를 메웠다. 태양은 어디든, 원하는 곳은 비추고 원하지 않는 곳은 비추지 않았다. 바람도 마찬가지였다. 나뭇가지 끝이다 하면 나뭇가지 끝을 흔들고, 누군가의 머리카락이다 싶으면 그의 얼굴로 획 하며 서늘함을 일으켰다. 또 땅 위를 스쳐야지 하면 풀과 땅이 어느새 재잘재잘 소곤거렸다. 황허黃河 기슭은 정말 까마득히 넓었다. 흐르는 물은 보이지 않고 오직 위신구와 황허 기슭의 아득한 광야만 눈에 들어왔다. 마을은 눈에 띄지 않고 위신구 사람들만 한 사람 한 사람 눈에 띄었다.

위신구 안도 상당히 멀어서 서로 오가는 일이 없었다.

사람들이 들판 곳곳으로 흩어져 땅을 갈았다. 아침에 일어나기만 하면 갈아엎었다. 아침을 먹은 뒤에도 갈고 한낮에도 갈았다. 죽 늘어놓고 세어보니 아흔아홉 구역이었다. 상부에서 황허 기슭에 분산된 사람과 땅, 작물을 '위신구'라 정했다. 그래서 새롭게 교육하는 위신구가 생겨났다. 상부에서, 교육하고 처벌하기 편리하도록 구역 내의 사람과 땅에 번호를 매기라고 말했다. 하늘은 땅을 다스리고 땅은 사람을 다스렸다. 그들에게 일을 시키는 한편 누군가를 파견했다. 누군가가 그곳에서 1구, 2구…… 하며 99구까지 편성했다. 참 좋구나, 그들에게 일을 시키고 상벌을 주며 새롭게 개조하라, 하고 상부에서 말했다. 그래서 그들을 밤낮으로 일하게 하고 교육하고 개조했다. 도성이었든, 남부였든, 성도省都였든, 현지였든 그들이 원래 어디에 있었는지는 전혀 상관없었다. 원래 교수였든, 간부였든, 학자였든, 교사였든, 화가였든, 지식이 많든, 재능이 풍부하든 모두 그곳에서 노동을 통해 교육받고 새로운 사람으로 거듭나야 했다. 2년이 걸릴수도, 3년이 걸릴수도, 5년, 8년, 어쩌면 평생이 걸릴 수도 있었다.

일이 그렇게 이루어졌다. 그렇게 노동 교육도 하고 정신교육도 했다.

정오께쯤 아이가 왔다. 사람들은 땅에 흩어져 있었다. 하늘에 새가 날아다녔다. 멀리 황허에서 비릿한 물비린내가 풍겨왔다. 새로 갈아엎은 밭이 햇빛 아래서 황적색으로 반짝거렸다. 대지에서 내뿜는 천년 묵은 온기와 향내가 비단처럼 나부끼고 연기처럼 빛 속에 흩날렸다. 땅 위의 사람들이 노곤함에 쪼그리고 앉아 휴식을 취했다. 그러다 아이가 오는 것을 보고 황망하게 일어나 다시 일을 시작했다. 그러나 미처 알아채지 못한 사람도 있었다. 아이가 그 사람 앞으로 다가가서는 저술 활동이 활발했던 작가임을 알아보고 말했다.

"당신 책들은 개똥이야."

작가가 잠시 멍하니 있다가 고개를 주억거렸다.

"제 책들은 개똥입니다."

"세 번 복창해라."

작가가 "제 책들은 개똥입니다" 하고 세 번을 외쳤다.

아이가 킬킬거리며 지나갔다.

작가도 따라 웃고는 얼른 갈이질을 다시 시작했다.

이번에는 어디 교수인 학자를 발견했다. 그는 땅바닥에 쪼그려 앉은 채 책을 보고 있었다. 아이는 그를 봤지만 그는 아이를 보지 못했다. 아이가 그의 뒤쪽으로 가서 "아직도 뭘 보고 있나?" 하며 놀래주었다.

학자가 깜짝 놀라며 자리에서 벌떡 일어났다. 그러고는 책을 품 안에 넣은 뒤 마뜩찮다는 듯 삽을 들고 땅을 갈아엎기 시작했다.

하늘이 파랗게 높고 구름이 옅었다. 황량한 들판에서 학자가 엎어내는 흙이 새롭고 향기로웠다. 제99구는 열列 단위로 사람들을 나눈 다음 열끼리 단지 동쪽의 밭을 갈았다. 1열에서 3열의 사람들이 먼 길을 걸어 넓은 땅으로 갔다. 지난 계절의 옥수숫대가 밭머리의 나무를 에둘러 둥그렇게 쌓여 있었다. 안에서 몸을 녹이거나 딴짓을 하기에 충분해 보였다. 세 열의 사람들이 전부 갈이질을 하는 듯 보였지만 자세히 살펴보자 한 사람이 부족했다. 아이가 뒤따르는 사람에게 눈짓을 한 뒤 옥수숫대를 두른 밭머리의 백양나무로 살금살금 다가갔다. 그러고는 옥수숫대를 발로 한 번 찼다. 다시 한 번을 차자 누군가 머리에 마른 풀을 붙인 채 밖으로 나왔다.

그가 아이를 보고 새파랗게 질렸다.

"소변 봤나?" 아이가 물었다.

그는 아무 말도 하지 않았다.

"소변을 봤느냐고." 다시 물었다.

여전히 아무 말도 하지 않았다.

아이가 나무를 에두른 옥수숫대를 휙 하니 젖혔다. 옥수숫대 아래로 작은 공간이 보였다. 공간으로 빛이 스며들었다. 빛이 나무를 밝혔다. 나무에는 성모 마리아의 초상화가 붙어 있었다. 아이는 성모를 몰랐지만 그녀의 단아한 아름다움은 알 수 있었다. 더럽고 낡은 종이에서도 곱고 아름다웠다. 아이가 쳐다보며 킬킬거렸다. 하지만 이내 옥수숫대로 다시 입구를 막고는 웃음기 가신 차가운 얼굴로 말했다.

"나는 잡놈이다, 나는 잡놈이다, 하고 세 번 복창해라."

그 사람은 아무 말도 하지 않았다.

"안에서 뭘 했는지 안 불 거야? 그래 봐야 서양 여자지."

그 사람은 아무 말도 하지 않았다.

"그럼 두 번만 말해라."

아이가 양보했다.

그 사람은 아무 말도 하지 않았다.

멀리서 갈이질하던 사람들이 전부 이쪽을 바라보았다. 무슨 일이 벌어졌는지 몰라서 그냥 하염없이 쳐다보기만 했다. 조금 다급해진 아이가 앞으로 한 발 다가가며 채근했다.

"정말 말하지 않을 건가? 말하지 않으면 초상화를 떼어서 단지 내 담벼락에 붙여놓겠어. 옥수숫대 동굴에서 이 여자랑 뭔 짓을 했는지 말하라고."

그 사람은 아무 말도 하지 않았다.

아이가 어쩔 수 없다는 듯 옥수숫대를 다시 발로 차서 입구를 열었다. 그러고는 사람들을 등진 채 초상화 바로 앞에서 허리띠를 풀었다. 초상화에다 소변을 보려는 듯 바지를 내리려 했다. 그러자 그 사람이 허둥대며 아이 앞에 무릎을 털썩 꿇었다.

"부탁입니다. 제발 그러지 마세요."

"나는 잡놈이다, 말해라. 그 말 한마디면 돼."

아이가 말했다.

그 사람은 말하지 않았다.

아이가 다시 초상화에 소변을 보려는 자세를 취했다.

그 사람의 얼굴이 하얗게 질리더니 입술마저 바들바들 떨렸다. 그리고 "나는 잡놈이다, 나는 잡놈이다……"라며 연이어 몇 번을 말했다.

말하는 사이 눈물이 떨어졌다.

"그렇지." 아이가 말했다. "진작 말했으면 벌써 끝났을 거 아냐."

그러고는 자리를 떠났다. 그 사람을 벌주려는 생각은 전혀 없는 것 같았다. 하지만 그 남자는 텅 빈 허공처럼 창백한 얼굴로 바닥에 주저앉은 채 꼼짝도 하지 않았다. 아이가 거들먹거리며 훨씬 멀리서 땅을 갈아엎는 4열의 사람들 쪽으로 향했다. 그곳에서 젊고 조용하며 옥수숫대 동굴의, 빛 속의, 나무의 여인과 닮은 여자를 발견했다. 젊고 조용하고 단아한 아름다움이 흘렀다. 누나라고 불러보고 싶은 마음이 들어 가까이 다가갔더니 초상화와 전혀 달라 보였다. 하지만 또다시 보면 닮은 것 같기도 했다. 뭔가에 끌리듯 그녀에게 다가갔다. 그런데 그녀는 땅을 갈아엎느라 허리를 구부렸다가 펴면서 점점 멀어졌다. 좀더 다가간 뒤에야 그저께 99구로 새로 들어온 여선생이라는 것을 알았다. 성도에 살던 음악 교사 겸 피아니스트였다. 손에 잡힌 피멍울 때문에 핏물이 삽자루를 따라 흘러내렸다. 그가 손수건을 꺼내 그녀의 피를 닦아주었다. 거칠게 짜인 하얀 베 손수건은 네 단을 감치지는 않았지만 새것이고 깨끗했다.

아이를 바라보는 그녀의 눈길에 호감이 일었다.

3. 『하늘의 아이』 p39~p43

땅을 갈고 씨를 뿌리면서 각 구마다 생산 목표량을 산정했다.

아이의 요구는 그다지 높지 않았다. 다른 구들은 무당 500, 600, 혹은 700근을 책정했고 800근을 보고한 구도 수십 군데나 되었다. 하지만 아이는 99구의 각 열에 500근씩 보고하면 된다고 했다. 무당 평균 500근 정도였다.

아침이 되자 햇살이 사방으로 퍼져나갔다. 99구는 햇살이 땅에 떨어지는 소리까지 들릴 만큼 조용했다. 각 열의 책임자들이 회의에 불려 왔지만 모두들 조용히 앉아 있기만 했다. 열별로 생산 목표량을 보고하라는데 쥐죽은 듯한 침묵만 이어졌다.

"알고 있다." 아이가 입을 뗐다. "여기에서는 무당 200근이 최고 기록이지. 사실 정말로 500근씩 생산하라는 게 아니다. 보고부터 한 다음에 최선을 다해 재배하라는 뜻이라고."

회의는 아이의 숙사에서 열렸다. 99구 대문 옆쪽에 위치한 숙사는 중앙의 거실과 좌우로 자리한 아이의 거처와 다용도실, 총 세 칸으로 구성되었다. 사람들이 거실에 죽 늘어선 기다란 걸상에 따로따로, 머리를 푹 숙인 채 앉았다. 작가와 학자, 종교 교수, 그리고 음악 교사이자 피아니스트였다. 각 열의 책임자들로 임명된 그들은 회의 내내 아무 말도 하지 않았다.

"목표량을 보고하지 않으면." 아이가 조용히 말했다. "씻지 못할 거다."

"목표량을 보고하지 않으면." 아이의 목소리가 커졌다. "굶어야 할 거야."

"목표량을 보고하지 않으면 책임자 자격을 박탈하고 5년 동안 집에 돌아가지 못하게 할 거다. 그리고 6년간 가족들이 면회 오는 것을 금지할 거다." 결국 아이가 소리쳤다.

그래서 모두들 목표량을 높게 제시했다.

일이 그렇게 이루어졌다.

생산 목표량은 평균 600근이었다. 아이는 사람이 참 좋아서, 때리거나 욕하지 않았다. 그저 걸상에 발길질을 했을 뿐인데 스르륵 목표량이 올라갔다. 학자와 종교, 음악은 모두 식사를 하러 돌아갔다.

세수를 하고 밥을 먹었다. 세상도 그러했다.

아이가 작가를 붙잡으며 말했다.

"네 사람 가운데 당신 수확량이 가장 적더군. 얘기 좀 하게 잠시 남지."

작가가 몹시 당황해하며 자리에 남았다. 무사히 문을 나서는 종교와 학자, 음악을 쳐다보는 작가의 얼굴에 땅 위로 새로 뒤집혀 나온 적갈색의 흙처럼 두두룩한 부러움이 묻어났다. 종교, 학자, 음악이 나간 뒤 아이가 숙사의 문을 닫았다. 어두침침한 빛 속에 아이와 작가만이 남았다. 아이가 성모의 초상화를 탁자에 놓으며 누구냐고 물었다. 종교가 밭머리의, 옥수숫대로 에워싼 나무에 붙여놓았던 그림이다.

아이가 '1, 2, 3, 4, 5, 6, 7' 그리고 직선과 곡선으로 이루어진 책을 꺼내며 물었다. 이게 뭐지? 내가 음악을 4열 책임자로 선정했더니 이 책을 주더군. 자신의 책을 말이야.

아이가 이번에는 총알이 그려진, 예의 그 상장을 꺼냈다.

황금색 총알이 있는 상장의 아래 빈칸에는 '천년 묵은 철 문지방이 있다 해도, 결국 필요한 것은 만터우饅頭*처럼 쌓아 올린 봉분인 것을'이라는 시구가 적혀 있었다. 눈에 확 띄는 붉은 글자를 가리키며 아이가 물었다.

"학자의 베개 밑에 있던데 무슨 뜻인가?"

아이는 다른 물건들도 잔뜩 가져와 작가에게 자세히 보라고 했다. 반라의 여자 그림, 공책 가득 채워 쓴 일기장, 외국인만 사용하는 볼펜, 열자마자 불이 들어오는 심지어 작가조차 처음 보는 라이터 같은 것들이었다. 라이터에서는 자동차를 몰 때처럼 휘발유 냄새가 확 풍겼다. 두 사람은 하나하나 함께 살펴보면서 아주 아주 많은 말을 나누었다. 마지막으로 아이가 파란색 잉크 한 병과 펜, 편지지 한 권을 작가에게 주며 말했다.

"당신은 책을 쓸 수 있다. 생각과 바람이 현실이 될 수 있어. 상부에서 당신의 단지 내 저작 활동을 승인했다." 아이가 계속해서 말했다. "당신은 대단한, 정말 대단한 책을 쓸 수 있어. 상부에서 『죄인록』이라고 책 제목도 미리 정해주었다. 한 번 분량은 원고지 50매고. 50매가 완성되면 제출한 다음

---

* 소를 넣지 않고 밀가루만을 발효시켜 만든 찐빵.

다시 50매를 받아 가라고 했다. 이 책을 써야만 성도로 돌아가 가족을 만날 수 있을 뿐만 아니라 전국에서 당신 책이 출판될 수 있다더군. 당신을 도성으로 보내 전국 저자들을 관리하게도 하고."

아이가 또 말했다.

"이제 돌아가라. 99구에서 상부의 신임이 가장 두터운 사람은 당신이란 걸 기억하도록."

작가가 밖으로 나가다가 다시 머리를 돌려 말했다.

"아까 목표량을 너무 낮게 보고했습니다. 800근입니다!"

아이가 그를 향해 웃음을 지었다. 햇살이 금빛을 띠었고 땅 위에 안개가 자욱하게 퍼졌다. 파종을 알리는 호루라기 소리가 날카롭게, 99구 마당을 뛰고 날았다.

4. 『하늘의 아이』 p43~p48

호루라기 소리가 허공을 가르며 울려 퍼졌지만 사람들은 숙사에서 미적거리며 나오지를 않았다. 기구를 들고 밭으로 나가지 않았다. 각 열에 배치된 두 대의 밀 파종기 모두 처마 밑에 잠들었고 파종기를 끄는 끈도 아무렇게나 바닥을 굴러

다녔다. 상부에서 내려온 밀 종자는 각 열의 건물 앞에 덩그러니 포대 채로 놓여 있었다.

빨래하던 사람은 그냥 빨래를 했다.

편지 쓰던 사람은 그냥 편지를 썼다.

아무 일도 않던 사람은 아무 데나 쪼그리고 앉아 햇볕을 쬐었다.

모두들 아이에게 가서 사람들이 파종하러 가지 않는다며, 대체 누가 무당 600근씩 생산할 수 있는지 묻는다고 전했다.

아이가 방금 전에 자신의 숙사에서 나갔다가 되돌아온 종교와 학자, 음악을 바라보며 나지막한 목소리로 말했다.

"회의를 하겠다."

그래서 회의가 열렸다.

아이의 숙사 앞 공터에 사람들이 열별로 흩어져 앉았다. 아이는 별말 없이 공문을 한 장 꺼내서는 젊은 교육생이 나와서 읽으라고 했다. 그러면서 공문을 읽는 사람에게는 내일 일하는 대신 진에 나가 편지를 부치고 신문과 우편물을 찾아오도록 배려해주겠다고 말했다. 그러자 젊은이 둘이 나서서 서로 읽겠다고 다퉜다. 아이가 그중 한 사람을 지목했다. 공문은 그다지 길지 않았다. 위신구에서 읽을 수 있는 책에 관한 내용이었다. 공문을 다 읽자 아이가 사람들 앞에서 잠시 뜸을 들였다가 큰 소리로 말했다.

"모두들 분명히 들었겠지? 당신들이 읽을 수 있는 책을 알려줬다. 여기에 언급되지 않은 책은 읽을 수 없다는 뜻이지. 위법에 반동이란 말이다."

"지금까지 당신들이 무슨 책을 읽었는지 다 알고 있다. 모두들 방에 숨겨놓았더군." 아이가 사람들 앞을 왔다 갔다 하면서 말했다. "변소에 숨어서 반동 책을 읽은 사람도 있지. 한밤중에 일어나 반동 중에서도 반동인 책을 읽은 사람도 있고. 어떤 사람은 읽으면서 큰 소리로 울기까지 하고."

아이가 왔다 갔다 하던 발걸음을 갑자기 멈추고 공문을 읽겠다며 다투던 젊은이들에게 말했다.

"당신들 둘. 내일 진에서의 우편물 처리에 덧붙여 내년에 3일씩 가족 방문 휴가를 주겠다." 아이가 말했다. "지금 두 사람은 2열 학자의 침대 머리맡을 들춰라. 베개 밑에 반동 중에 반동인 책이 숨겨져 있을 거다."

그래서 찾으러 갔다. 과연 『위진칠현魏晉七賢』이라는 반동 서적이 나왔다.

"3열 종교의 이불 속을 뒤져라. 이불잇에 달린 지퍼를 열어보도록." 아이가 말했다.

그래서 찾으러 갔다. 종교의 침대 머리맡에 네 귀가 가지런하게 이불이 놓여 있었다. 그리고 지퍼 안에 『구약』이 숨겨져 있었다. 얼마나 읽었는지 검은색 표지와 각 장들이 닳았을 정도였다. 손가락에 침을 묻혀 넘긴 자국도 선명했다.

"4열 숙사, 작가의 침대 밑을 뒤져라. 나무 상자 세 개가 있을 텐데 전부 책이다."

그래서 찾으러 갔다. 과연 상자 세 개가 나왔다. 끌어내 옷가지를 땅바닥에 던진 뒤 책을 쏟아냈다. 『야초野草』, 『당송률唐宋律』이 나오고 외국 소설인 『고리오 영감』과 『라만차 돈키호테』, 메리메의 소설집, 셰익스피어의 희곡 『로미오와 줄리엣』, 디킨스의 『데이비드 코퍼필드』, 괴테의 『젊은 베르테르의 슬픔』 등이 나왔다. 잡다하게 뒤섞인 책들은 하나같이 낡고 해졌다. 심지어 대부분이 번체자繁體*字였다. 작가의 소설은 모두 중국에 관한 것이었지만 그가 숨겨두고 읽는 것은 대부분 외국 서적이었다.

세 상자에서 나온 수십 권의 책이 바닥에 산더미처럼 쌓였다가 불더미로 변했다.

아이의 눈빛이 여자 음악의 얼굴로 향했다. 그녀의 얼굴이 종이처럼 하얘지고 눈처럼 하얘지고 안개처럼 하얘졌다.

* 한자의 전통적인 서체.

여자 음악은 사람들의 맨 뒤에 앉아 있었다. 아이가 눈길을 떼지 않고 그녀 쪽으로 걸어가자 사람들이 전부 고개를 돌려 그녀를 바라보았다. 음악이 고개를 떨어뜨렸다. 그때 아이가 뚱뚱한 중년 교수 쪽으로 시선을 돌리며 말했다.

"당신은 상부가 주말마다 집에 가지 않고 연극이나 고전극을 본다며 지적했다가 교육을 받으러 왔지. 그런데 당신 베개 속에 있는 책들은 전부 실로 엮은 고서 아닌가? 그중 한 권은 심하게 반동적이고 음란한 『석두기石頭記』*고 말이야. 당신은 그 책의 시구를 전부 외울 수 있다던데."

이번에는 삐쩍 마른 사람을 지목하며 말했다.

"당신은 최고 상부인 도성에 지금의 윗선이 썩었다고 편지를 보냈지. 그런데 당신은 안 썩어서, 서랍에 책은 없어도 양놈들 사탕이 한가득인가? 당신 집에서 다달이 옷을 한 벌씩 보내오지? 그때마다 옷 속에 사탕을 한 근씩 넣고. 매일 일어나서, 일을 시작할 때와 끝낼 때, 잠자기 전에 몰래 사탕을 먹잖나. 하루에 최소한 다섯 개씩 말이야. 그게 한 달이면 150개라고. 그런데 전국 인민들은 사탕 종이에 싸인 수입산 사탕을 본 적조차 없다는 거 아나?"

* 『홍루몽』.

정말 귀신이 곡할 정도로 줄줄 꿰고 있었다. 아이가 누가 어디에 책을 숨겼다고 하면 정말로 그곳에 책이 있었고, 누가 어디에 무슨 물건을 숨겼다고 하면 정말로 그곳에서 그 물건이 나왔다. 아이는 사람들 앞에서 말하는 사이사이 계속해서 책을 발로 찼다. 책이 점점 산더미처럼 늘어났다. 아이가 책 더미 뒤에서 앞으로 나왔다. 태양도 따라서 그의 등 뒤에서 앞으로 옮겨왔다. 빛이 책 더미 위로 쏟아져 내렸다. 먼지 알갱이들이 점점이 빛 속에서 춤을 추었다. 사람들은 놀란 나머지 얼굴이 하얗게 질렸다. 두려움으로 빛나는 눈을 아이에게 고정한 채 뚫어져라 쳐다보았다. 뚫어져라 쳐다보고만 있었다. 그렇게 뚫어져라 보기만 했다. 하늘을 선회하며 날아가는 새에서 깃털이 빙그르르 소리를 내며 미끄러져 내려왔다. 아이가 깃털을 받아 쳐다보다가 집어 던진 뒤 큰 소리로 말했다.

"더 이상 일일이 거론하지 않겠다. 당신들이 어디에 책을 숨겼는지는 당신들이 알고, 내가 알고, 하늘이 안다. 지금부터 돌아가 봐서는 안 되는 반동 책들을 직접 가지고 온다. 그러면 모든 일이 끝난다."

모두들 숙소로 돌아가 평소에 읽던 책들을 가지고 왔다. 많이들 자발적이었고 대부분 적극적이었다. 누군가 망설이는 기미를 보이면 아이가 그를 뚫어져라 쳐다보았다. 그러면 더 이상 주저하지 않고 황급히 돌아갔다. 여자 음악이 방으로 돌아가려고 몸을 일으키자 아이가 쳐다보며 말했다.

"당신은 책이 없으니 돌아갈 필요 없어."

음악이 다시 자리에 앉으며 아이에 대한 호감을 쌓았다.

다른 사람들은 모두 돌아갔지만 음악은 돌아가지 않았다.

사람들이 낡은 신발을 버리듯 책을 가져왔다. 모두들 한 권, 혹은 몇 권씩 책 더미에 던졌다. 책 더미가 높아졌다. 태양도 높아졌다. 책 더미가 커지자 태양도 커졌다. 책 더미에서 나는 종이 냄새와 누렇게 바랜 빛깔이 가을 들녘의 숨결에 섞여 떠다녔다.

책 더미가 그렇게 자꾸 높아졌다.

책 더미가 그렇게 자꾸 산 구릉만큼 높아졌다.

아이가 손에 닿는 대로 몇 권을 집어 들었다. 『외침』, 『파우스트』, 『파리의 노트르담』에 불을 붙였다. 이어서 『정신현상학』에 불을 붙였다. 『신곡』, 『요재지이』에도 불을 붙였다. 여러 권을 불태운 아이가 발자크의 소설에 불을 붙이려다가 다시 책 더미로 던져 넣었다. 톨스토이의 소설을 태우려다 책 더미로 다시 던졌다. 『죄와 벌』도 던져 넣은 뒤 두 청년에게 심드렁하게 말했다.

"나머지는 내 처소로 옮겨놔. 겨울에 불쏘시개로 쓰면 딱 좋겠어."

책을 한 뭉치 옮길 때마다 아이가 중간에서 한 권씩 뽑으며 목청을 높여 물었다.

"이 책은 누구 거지? 자, 우리 99구에서 무당 600근을 달성하겠다는 게 많은 건가?"

또 한 권을 뽑아 들고 물었다.

"600근이라고 책정한 게 높으냐고?"

다시 한 권을 뽑아 들고 물었다.

"이제 파종하러 갈 마음이 생겼나?"

이번에는 두꺼운 표지의 양장본을 꺼내 들었다.

"이 책은 반동 중에서도 반동이군. 무당 밀 600근을 생산할 수 있겠냐고?"

정오 무렵이 되자 아이는 책을 전부 들었다 놓았고 질문도 끝냈다. 사람들이 모두들 기계를 들고 밭으로 나가 씨를 뿌렸다.

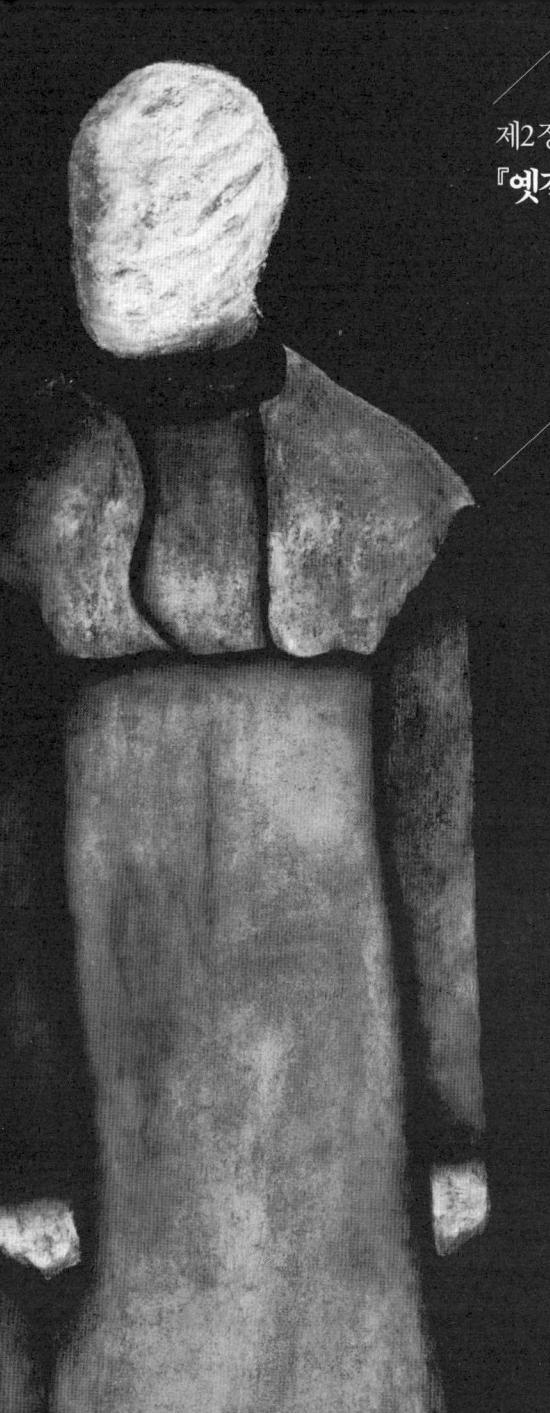

제2장
『옛길』, 『죄인록』

1. 『옛길』 p1~p2

글을 쓰기 시작했다.

종이가 생기고 펜이 생기고 잉크가 생겼다. 상부에서 내 작품에 '죄인록'이라는 제목을 붙인 뒤 99구 죄인들의 실상을 낱낱이 기록해서 제출하라고 했다. 책을 쓰고 싶은 마음은 간절했지만 그렇다고 『죄인록』 같은 책을 원한 건 아니었다. 아이로부터 펜과 잉크, 원고지를 건네받던 순간 손이 가느다랗게 떨렸다. 반백에 이르는 동안 장편소설 5편과 중편소설 20편 남짓, 단편소설 100여 편을 썼고 산문집도 몇 권 냈던 나였다. 내 소설은 영어와 러시아어, 독일어, 프랑스어, 이탈리아어, 조선어, 베트남어로 번역되었다. 소설을 각색한 영화는 안 본 사람이 없을 정도로 성공하고 심지어 국제영화제 예술상까지 받았다. 외국으로 나가는 정부 인사가 외국 정상에게 선물한다며 내 대표작에 사인을 받아 간 적도 여러 번이었다. 그런 내가, 부서에서 내려온 교육 지표를 완성하지 못해 성 전체의 작가와 비평가들을 모아 민주토론회를 열어야 했다. 아침 여덟시에 시작한 회의는 오후 한시가 되도록 끝나지 않았다. 교육이 필요한 반동분자 하나를 선출하는 일은 외국의 대통령 선거보다도 어려운 일이었다. 이미 3일이나 지속된 선출 회의에 작가와 비평가들이 폭우로 불어난 물처럼 넌더리를 냈다. 사흘째에 점심식사 시간마저 한 시간을 넘기자 사람들 배에서 꼬르륵 소리가 요동치고 입이 바싹 말라갔다. 결국 모두들 내 이름을 부르며 말했다. 당신이 결정하시오. 당신에게는 이름을 말하는 순간 그를 반동분자로 만들 수 있는 자격이 있잖소. 당신이 누구 이름을 대든 우리는 모두 찬성 쪽에 손을 들 거요.

그렇다고 내 마음대로 어느 작가나 비평가의 이름을 댈수는 없었다.

나는 종이를 한 장씩 나누어주며 무기명 투표를 하겠으니 반동분자라고 생각하는 사람을 적으라고 했다. 덧붙여 민주

적이면서도 기발한 방법을 제시했다. 필적 대조가 걱정된다
면 왼손으로 적거나 다른 사람의 필체를 흉내 내도 됩니다,
왼손에 눈까지 감는다면 원천적으로 차단할 수 있겠지요.
남들한테 필체가 들통 나지 않을 방법으로 자신이 생각하는
반동분자를 종이에 적어 내라고 했던 것이다.

사람들이 스스로 가장 독특하다고 생각하는 방법으로 누
군가의 이름을 종이에 써 내려갔다. 종이와 이름을 집계했
을 때 가장 많이 나온 사람이 당선되는 거였다. 그런데 그 결
과, 내 이름이 거의 모든 투표용지에 적혀 있었다.

나는 높은 투표율로 당선되었다.

그 일을 해결하려고 한 고위층 인사에게 편지를 보냈다.
나의 작품 목록과 예술적 성과, 국가에 대한 충성심을 전부
편지에 적은 뒤 도성 상부에서 이 일에 관여해 반동분자 명
단에서 내 이름을 빼달라는 희망 사항으로 끝을 맺었다. 상
부에서는 득달같이 답장을 보내왔다.

"문학적 성과가 매우 뛰어나더이다. 그러니 교화 지구에
서 인민을 위한 진정한 혁명 문학 작품을 써주시오."

성도를 떠나던 날 나를 뽑은 부서 동료들이 전부 배웅을
나와서 입을 모았다. 당신은 스스로의 명예와 성과, 명성으
로 개조에 저항할 수 있는 유일한 사람입니다. 당신이 떠난

뒤에 당신 가족과 아이, 친구는 우리가 잘 돌보겠습니다.

2. 『옛길』 p7~p10

　99구는 중원의 황허 남쪽, 황허 본류에서 40여 킬로미터 떨어진 곳에 있었다. 그리고 그 광활한 40여 킬로미터는 대부분 황허가 끊임없이 물길을 바꾸면서 만들어낸 모래사장이었다. 무수한 세월 동안 황허의 범람으로 수해가 반복되고 토질까지 열악해 대다수 농민들이 진작 떠나버린 그곳에는 모래땅과 들풀, 아득한 황무지, 그리고 소수의 촌락과 사람들만이 남았다. 감옥을 지어 범죄자를 유배하기에 안성맞춤이 아닐 수 없었다. 실제로 명나라 때부터 중화인민공화국 성립 이후까지 죄인들로 북적였고 많을 때는 3만 5000명이 넘을 때도 있었다. 사형수부터 노동 교화범까지 다양한 범죄자들이 그곳에서 했던 노역은 황허 제방을 보강한 뒤 황허 옛길의 아래쪽 진흙을 퍼내 위쪽 황사를 덮음으로써 모래땅을 비옥하게 만드는 것이었다. 모래땅은 그렇게 경작지로서의 면모를 회복해갔다. 수십만 평에 이르는 모래땅이 비옥한 땅으로 바뀐 뒤 왕조가 끝나고 중화인민공화국이 성

립되었다. 그리고 그곳은 사형수의 감옥이나 형장이 아니라 노동 교화를 위한 농장이 되었다. 유기수들이 노동 교화를 받고 곡식과 면화를 재배하는 대농장이 된 것이다. 또 공화국 성립 후 몇 년이 흐른 뒤에는 더 이상 노동 교화 농장이 아니라 농장 비슷한 죄인 위신구가 되었다.

위신구는 당시 감옥의 옥사와 분포도에 따라 일망무제의 황허 옛길에 본부와 지부를 설치했다. 본부는 진에 있었다. 그런데 각 지부와 토지는 1000무가 넘는 곳이 있는가 하면 1만 무가량 되는 곳도 있고, 죄인이 총 1만 8700여 명이라고 말하는 사람이 있는가 하면 2만 3300여 명이라고 말하는 사람도 있었다. 교화가 필요한 죄인이 총 몇 명이고 토지가 얼마인지 정확히 아는 사람이 없다는 뜻이었다. 어쨌든 대략 2만 명이라고 추산되는 교화 대상자들은 90퍼센트가 교수, 학자, 교사, 작가 및 다양한 분야의 지식인이었다. 그리고 나머지 10퍼센트는 정부 지도층과 고위 관료였다. 우리 제99구의 경우 총 127명에 95퍼센트가 지식인이었다.

99구는 본부에서 가장 멀리 떨어진, 가장 변경의, 가장 황허에 인접한 곳이었다. 황허 바로 옆이다 보니 도망자를 걱정할 필요도 전혀 없었다. 왼쪽으로든, 오른쪽으로든, 혹은 앞으로든 거친 황무지를 밟으며 10리, 20리를 가봐야 다른 위신구의 죄수들을 만날 수 있을 뿐, 외부 사람이나 야생동물은 거의 만날 수 없었다. 거기서 또 10리, 20리를 걸어서 황무지와 잡목들을 지나 밭과 곡식을 발견하면 드디어 다른 사람과 마을을 만났다고 여길 수도 있지만, 그건 또 다른 위신구와 논밭을 경작하는 죄수들일 뿐이었다. 그들 역시 똑같이 교화가 필요한 죄인들이었다. 위신구에서는 도피 혐의가 있는 죄수를 신고하면 1개월, 도망자를 잡으면 3개월의 가족 방문 포상 휴가를 주었다. 도망자 세 명을 잡으면 석방돼 원래 도시와 직장으로 돌아갈 수 있었다. 그래서 위신구의 모든 죄수들은 누군가를 고발할 기회를 기다렸다. 도망자를 붙잡아 공을 세울 수 있기를 바랐다. 물론 북쪽으로 달아나는 방법도 있었다. 황허를 건너 황허 북쪽 마을로 도망가는 것이다. 하지만 그곳의 황허는 간쑤성甘肅省에서 산시성陝西省을 지나 허난성河南省 중부에 이른 뒤 우기에 엄청나게 불어났다. 거기에 진흙까지 섞이기 때문에 강을 건너 도망갈 마음을 먹는 사람은 한 사람도 없었다. 겨울이 되어도 강가 쪽은 얼음이 얼어 걸어 다닐 수 있었지만 수십 장丈 너비의 강 중심은 물살이 워낙 거세 얼음도 얼지 않는 데다 뼈가 에일 만큼 차가웠다. 때문에 강 복판을 지난다는 것은 불가능했다. 황허는 위신구의 천연 장벽으로 죽어서만 건널 수 있는 국경선과 같았다. 우리 제99구는 강에 에둘러 있었다. 언젠가 도망친 사람이 있었는데 이내 다른 죄인에게 붙들려 왔고 죄목이 한층 더해졌다. 반면 그를 잡은 사람은 고향으로 돌아가 가족들을 만났다. 늦가을에서 초겨울 무렵 황허의 수량이 적어졌을 때를 틈타 강을 건넌 사람도 있었다. 그는 얼마 가지 못해 황허에 빠져 죽었고 시체는 20여 리 아래 모래사장까지 떠내려갔다. 달아나는 데 성공해 집으로 돌아간 사람도 있었다. 하지만 아내와 딸이 놀란 나머지, 혹은 의도적으로 위신구에 돌려보냈다. 그 결과 그는 위신구에서 감옥으로 갔고, 그의 아내는 일반 교사에서 교장이 되고 과장에서 처장으로 승진했다.

그 뒤로는 아무도 도망갈 마음을 먹지 않았다.

어쨌든 그곳의 생활이 감옥에서의 삶보다 훨씬 좋다는 것은 확실했다. 배불리 먹을 수 있고 따뜻하게 입을 수 있는 데다가 공기도 6~7월 나무에서 갓 따낸 복숭아나 배처럼 촉촉하고 신선했다. 게다가 많은 사람들이 겨울날 햇볕을 쬐고 여름날 바람을 즐기는 것처럼 나름의 여유를 누릴 수 있었다. 사계절 중 농번기에는 바쁘게 일했지만 농한기에는 휴가를 보내듯 지냈다. 나만 해도 산책이나 심호흡을 하고 잡담과 카드놀이를 즐기며 잠을 자고 심지어 소설까지 쓸 수 있었다. 만일 무당 600근은 절대 생산할 수 없다고 말하지 않았더라면 모두들 계속해서 읽고 싶은 책을 읽고 자신이 원하는 고민에 빠져들 수 있었을 것이다.

그러나 모두들 죄를 짓고 말았다. 모두의 죄란 무당 600근을 생산할 수 없다고 단정한 거였다. 그로 인해 더 이상 예전과 같을 수 없게 되었다. 모래가 돌이 되고 미풍이 폭우가 되고 말았다.

3. 『죄인록』 p9 (일부 삭제)

12월 26일 오후, 음악이 밭에서 일할 때 주머니에 『춘희』가 들어 있는 걸 보았습니다. 그건 창녀를 미화한 프랑스 반동 소설입니다. 음악은 그 반동 소설을 자진해서 내놓지 않았을뿐더러 밭으로 가져가 다른 사람들이 쉬는 사이 몰래 숨어서 읽었습니다. 얼마나 몰입했는지 뜨거운 눈물을 흘리고, 농염한 화장에 색기 넘치는 창녀 마르그리트의 삽화를 아쉽다는 듯 수십 초씩 쳐다보기까지 했습니다. 이 점만 보아도 음악의 사상이 얼마나 더럽고 문란한지 알 수 있습니다. 창녀인 마르그리트는 남자를 유혹하기 위해 항상 빨간 동백꽃을 꽂습니다. 마르그리트의 몸에서 빨간 동백꽃 향기가 떠나지 않듯 음악의 몸에서도 항상 동백꽃 같은 콜드크림 향내가 풍깁니다. 마르그리트의 머리칼이 폭포처럼 굽이치며 흐르듯 음악의 머리칼도 매일 어깨 위에 폭포처럼 늘어져 있습니다. 이게 무엇을 설명하겠습니까?

자산계급 같은 음악의 문란한 치장과 행동을 상부에서 예의 주시해야 합니다.

4. 『옛길』 p17~p22

상부에서 내게 『죄인록』을 쓰라고 요구했다. 그들이 볼 수 없고 들을 수 없는 99구 동료들의 일거수일투족을 전부 기록하라는 것이었다. 그러면 나는 조속히 새로운 사람으로 거듭나 집으로 돌아갈 수 있다고 했다. 그래서 나는 보고 들은 것을 기록하기 시작했고, 어떤 단락은 서랍에 남기고 어떤 단락은 제출했다. 제출한 것은 교화로 인한 공적이자 충성심의 발현이었고, 남긴 것은 교화 과정이 끝난 뒤 쓸 소설의 소재이자 기록이었다. 나는 작가의 생명과 그의 작품 생명 가운데 어떤 것이 더 중요한지 알 수 없는 것처럼 어떤 것이 더 중요한지 판가름할 수가 없었다. 하지만 어쨌든 난 글을 쓸 수 있었다. 모든 죄인들의 앞에서, 그들은 필묵을 구경조차 하기 힘들 때, 나는 혁명 소설이라는 미명하에 상부에 제출할 『죄인록』을 쓸 수 있었다. 그리고 상부의 면전에서, 『죄인록』을 쓴다는 미명하에 내 미래의 소설을 위한 소재를 찾고 생각을 정리할 수 있었다. 나는 제99구의 아이가 가장 신임하는 사람이었고, 아이가 나를 믿는 것은 그의 눈과 귀, 손가락을 믿는다는 뜻이었다.

파종이 시작되었다.

더 이상 무당 600근을 생산할 수 없다고 말하는 사람은 없었다. 더 이상 지식인의 역겨운 입을 벌려가며 과장이니, 허풍이니, 과학에 위배되느니 따위의 헛소리를 지껄이는 사람도 없었다. 모두들 "과학은 똥 덩어리야. 똥을 밟으면 더럽다고 난리잖아. 그건 밭에 묻어버리는 게 제일 좋다고"라고 말했다.

각 열에 땅이 분배되었다. 한 사람당 7무 정도로, 열로 따지면 점토와 모래, 진흙이 뒤섞인 200여 무였다. 작은 필지는 몇 무에 불과했고 큰 필지는 수십 무에 이르렀다. 땅과 땅 사이에는 저지대에 물이 고여 형성된 연못이나 물웅덩이, 호수, 혹은 하얗게 죽어 딱딱하게 말라버린 소금 벌판이 있었다. 땅이 호수와 웅덩이, 황야에 끼어 10리, 20리를 가도 사람 하나 만날 수 없었다. 일주일 동안 파종을 끝낸다는 목표하에 99구의 네 개 열은 일곱 명이나 여덟 명씩 조를 짰다. 그리고 밀을 파종할 줄 아는 사람이 기구를 잡고 나머지가 양쪽에서 끈을 잡았다. 전에 무당 200근을 생산할 때는 반포대, 대략 40근의 씨앗을 뿌렸다. 하지만 이제는 600근을 거둬야 했다. 그래서 씨앗을 촘촘히, 무당 두 포대씩 160근을 뿌리기로 했다. 황량한 평원, 폭염은 지났지만 싸늘함은 아직 가을 뒤편에 잠들어 있는 계절이었다. 떨떠름한 진흙과 소금 맛이 느껴지는 바람이 황허 저편에서 불어오면 얼굴이 시원해졌다. 하지만 파종기를 밀고 끄느라 비 오듯 땀을 흘린 탓에, 목욕한 뒤 물기를 닦지 않은 채 옷을 입은 것처럼 온몸은 푹 젖었다.

우리 1열에 할당된 땅은 위신구 남쪽에 있었다. 3리 정도 되는 소금 웅덩이를 지나자 50무가 넘는 삼각형 밭이 황량한 대지 위에 펼쳐졌다. 땅을 엎으면 새로 올라온 흙이 황적색으로 반짝거렸지만 주변은 온통 희뿌연 소금 모래와 꼴풀이었다. 모두들 파종기를 끌며 한 걸음 한 걸음 밭의 이쪽 끝에서 저쪽 끝으로 갔다가 다시 저쪽에서 되돌아왔다. 그렇게 쉼 없이, 끝도 없이 되풀이하며 걷고 움직이는 모습이, 날

아가는 새 떼가 끝없이 넓은 하늘에 박혀버린 것처럼 보이
듯 오히려 걷지도, 움직이지도 않는 것만 같았다. 나는 기구
를 잡고 흔들흔들 씨앗을 뿌렸다. 꽤 소질이 있다고 농부가
말했다. 사실 소설을 쓰는 것보다 쉬웠다. 우선 네 개가 나
란한 파종기 날을 2촌†* 정도 땅에 박은 뒤 파종기의 끝대
를 30도 정도 들어 올렸다. 그러고는 파종기를 잡아끄는 힘
에 의지해 막대를 고르게 흔들면 씨앗이 파종기 구멍을 따
라 땅에 박힌 네 개의 날로 흘러갔다. 파종기가 지나가면 밀
종자가 땅에 뿌려지는 셈이었다. 나는 왕복 두 번 만에 파종
을 배웠고 네 번 만에 꽤 잘할 수 있게 되었다. 앞쪽에서 끈
을 잡아끄는 사람들을 보고 있자니 눈을 가린 채 연자매를
가는 나귀가 떠올랐다.

　나귀를 부리는 사람이 물었다.

　"힘듭니까?"

　그들이 말했다.

　"맞아요. 씨앗 40근이면 200근을 거둘 수 있으니 160근이
면 600근을 낼 수 있지 않겠어요?"

　나귀를 부리는 사람이 말했다.

* 길이의 단위로 약 3.3센티미터.

"목이 마르면 밭머리에서 물을 좀 마시세요."

"책을 모두 가져갔으니 우리 밤마다 포커나 칩시다."

나귀를 부리는 사람이 말했다.

"아이는 좋은 사람입니다. 책을 전부 태우지는 않았으니까요."

그들이 말했다.

"듣자 하니 며칠 전 저쪽 위신구에서 한 교수가 달아났다가 잡혀 왔다더군요. 그랬더니 바지를 벗겨 머리에 씌우고 바지통으로 보이는 별을 세라고 했대요."

태양이 꼭대기에 있을 때 시작해 서쪽으로 기울어질 때까지 파종한 탓에, 사람들이 축 늘어진 천 조각, 혹은 겨울을 난 풀처럼 나른해졌다. 그래서 잠시 쉬기로 했다. 밭 가운데에 자리를 깔고 앉아 신발을 벗어 흙을 털어냈다. 신발에 들어갔다가 곤죽이 되도록 밟힌 벌레가 흙과 함께 떨어졌다. 다른 사람의 어깨를 살피며 끈에 쓸려 생긴 피멍울과 물집을 가시나무 끝으로 터뜨려 핏물을 빼내기도 했다. 아이고, 아야 하는 비명 소리가 천지에 붉고 푸르게 울려 퍼졌다.

아이를 위해 열심히 책을 찾던 젊은이는 모 대학 실험실의 실험 연구원이었다. 지도교수가 교육 대상자로 선정된 뒤 나는 나이가 많아서 위신구에 갈 수 없다, 사제지간이면 동체나 마찬가지니 네가 대신 가라, 하는 바람에 눈물을 머금고 학교 윗사람을 찾아갔다. 상부에서 정말 지도교수 대신 가겠냐고 물었다. 그는 고개를 끄덕이며 사제지간이나 부자지간은 동체와 같고 스승의 은혜에 보답할 다른 길이 없다고 대답했다. 그래서 제99구에 왔고 우리 열로 배정되었다. 쉬는 동안 실험이 밭 가장자리의 가시나무 덤불 뒤쪽으로 소변을 보러 갔다. 가시덤불은 밭의 이쪽 끝에서 꽤 멀었기 때문에 한참을 걸어야 했다. 그런데 가시나무 덤불에 도착한 그가 갑자기 발걸음을 멈췄다.

황급히 다른 가시덤불 사이로 숨었다.

그러더니 갑자기 달려오기 시작했다. 숨을 헐떡이며, 밭 사이를 껑충껑충 넘나드는 사슴처럼 뛰어왔다. 그는 나를 잡아끌며 800미터 바깥의 그 야생 가시덤불 쪽으로 뛰었다.

"왜 그러나?"

내가 물었다.

"재미있는 구경거리가 있어요."

그의 얼굴이 막 떨어지는 태양처럼 새빨갛게 빛났다. 더 빨리 달리기 위해 그가 신발을 벗어 모형 배를 잡듯 손에 거머쥐었다. 사실 넘어지면서 한쪽이 벗겨지자 다른 한쪽마저 밭에 던져버린 것이었지만 어쨌든 멀리 벗어 던진 신발처럼

<u>스스로를</u> 앞쪽으로 밀어냈다.

파종하던 사람들이 전부 영문도 모른 채 그를 따라 뛰었다. 도둑을 쫓는 것처럼 그의 뒤를 쫓았다. 그런데 젊은 실험이 달리다 말고 또 갑자기 걸음을 멈췄다. 불현듯 무슨 일이 생각난 것처럼 나를 뚫어져라 쳐다보며 물었다.

"한 번 신고하면 한 달 동안 집으로 돌아가는 거 맞죠?"

내가 고개를 끄덕이며 되물었다.

"누가 도망갔는가?"

그러자 그가 웃으며 말했다.

"도망보다 더 심한 일이죠." 그러고는 다른 사람들 쪽으로 고개를 돌려 말했다. "아, 오늘 이 일은 제가 발견한 겁니다. 제가 신고하는 거니까 저하고 다툴 생각은 하지 마세요."

그렇게 못 박으면서 두 손으로 허공을 눌러 모두를 조용히 시키고는 살금살금 앞으로 나아가기 시작했다. 이미 여름의 끝자락, 가을이 시작되고 있었다. 황야의 아카시아 나무와 느릅나무, 그리고 아카시아와 느릅나무 주위로 자라난 거친 가시나무가 갑작스레 솟구쳐 오르는 연기처럼 강가에 뭉텅뭉텅 무리지어 있었다. 원래는 칠흑 같은 검은색이었지만 계절의 후퇴와 쇠락으로 인해 검푸른 녹음 속에서 가시나무 잎이 떨어지는가 하면 빽빽한 가시덤불도 예전보다 엷고 버성겨졌다. 질푸르기만 하던 벌판에서 가을의 쇠락하는 누르스름한 기운이 생겨나고 있었다. 한 사람, 두 사람 키만큼 큰 가시덤불이 회의를 하려고 웅성웅성 모여든 사람들 무리 같았다. 모두들 실험의 걸음에 맞춰 앞으로 나아갔다. 실험이 빨리 걸으면 그들도 걸음을 재촉하고 실험이 천천히 가면 그들도 걸음을 늦췄다. 가시덤불 앞에 거의 다다랐을 때 실험이 천천히 멈추더니 발을 들어 자신처럼 신발을 벗으라는 시늉을 했다. 모두들 신발을 벗어 손에 들고 실험을 따라갔다. 맨발들이 가시덤불로 다가갔다.

더욱 가까워졌다.

모두들 도둑고양이처럼 살금살금 방 몇 개 너비는 되는 가시덤불을 돌아 그 가시덤불로 걸어갔다. 하지만 그곳에 도착했을 때 눈에 띄는 것은 아무것도 없었다. 가시덤불 사이의 들풀에 누군가에 의해 눌린 자국만 크게 남아 있었다. 또 사람이 누웠다 일어난 뒤 침대에 남는 자국처럼 들풀이 뽑힌 채 널려 있고, 들풀과 가시나무 사이로 풀 비린내 비슷한 야릇한 냄새가 났다. 들풀 앞에 선 실험의 얼굴로 텅 빈 허탈함과 꽉 찬 안타까움이 드러났다. 그가 풀 더미를 발로 차며 "제기랄!" 하고 욕했다.

다른 교수와 강사, 이런저런 지식인들도 그를 따라 "제기랄!" 하고 욕했다.

그러고는 모두들 시선을 먼 곳으로 돌렸다. 3열과 2열의 파종기 두 대와 위신구 사람들 두 무리가 보였다. 석양 속에서 밀 종자를 뿌리는 모습이 왔다 갔다 오가는 나귀와 소 떼 같았다.

5. 『옛길』 p22~p32 (일부 삭제)

실험은 날이 어두워질 때까지 안절부절못했다. 가시덤불에서 잡아야 하는 간통범을 잡지 못했다는 억울함이 얼굴에 두껍게 깔려 벽돌이 허공을 떠다니는 것 같았다. 오후 내내 그는 얼굴을 잔뜩 찌푸리고 고개를 숙인 채 파종기의 끈을 잡아당겼다. 앞쪽으로 움찔움찔 힘을 쓸 때마다 파종기가 털거덕털거덕 끌려가며 밭 위로 튀어 올랐다.

다음 날도 같은 밭에서 파종하자 그는 수시로 예의 가시나무 덤불까지 뛰어가 소변을 보았다. 덤불에 다가갈 때마다 소리를 죽이고 전날의 광경을 다시 한 번 맞닥뜨리길 바라면서 조심스럽게 깊은 곳까지 살펴보았다.

하지만 매번 신이 나서 갔다가 풀이 죽어 돌아왔다.

한 중년 교수가 물었다.

"도대체 뭘 봤기에 그러나?"

그는 아무 말도 하지 않았다.

그러자 중년 교수가 달떠서 다시 물었다.

"내가 모를 것 같나? 누군가 거기서 간통한 거 아닌가?"

실험의 눈이 동그래졌다.

"하지만 제가 제일 먼저 찾은 겁니다."

"어디서 찾았는데? 간통 현장을 덮쳤다지만, 그래, 신고할 증거가 있나?" 중년 교수가 차갑게 웃었다. "자네는 그 가시덤불에서 누군가 간통하는 걸 본 거지, 그렇다면 다른 가시덤불에서 다른 사람이 찾을 수도 있는 걸세."

그러면서 교수가 동쪽 가시덤불 쪽으로 걸어갔다. 전혀 거리낌 없이, 아주 당당하게 몇 걸음 걸어가다 고개를 돌려 소리쳤다.

"내가 찾아서 신고하면 금년 춘제春節*를 집에서 보내는 사람은 나일세!"

사람들이 갑자기 촥 흩어지더니 가시덤불 여기저기를 돌아다니기 시작했다. 순식간에 파종기와 종자 포대를 내게

---

* 중국의 설. 음력 정월 초하룻날.

내던진 채 더 이상 아무도 기기를 끌며 파종하지 않았다. 모두들 동서남북 각 방향으로 흩어져 가시덤불이나 저지대, 수로 같은 곳들을 돌아다녔다. 대변이나 소변을 보는 척했지만 사실은 간통범을 잡겠다는 심산이었다. 자신이 가는 그곳에 위신구의 남녀 한 쌍이 벌거벗은 채 풀밭에 누워 있거나 인적 드문 황야에서 꼭 끌어안고 있기를 바랐다. 그러면 드디어 기회가 찾아온 것이니, 득달같이 그들 앞으로 가서 경악스럽다는 듯 "세상에! 당신들은 여기에 사상을 고치러 온 거요. 그런데 어떻게 이런 낯부끄러운 짓을 한단 말이오. 음탕한 것들!" 하고 소리를 지르고는 어서 옷을 여미고 따라오라며 호통을 칠 것이다. 얼굴이 하얗게 질린 채 온몸을 바들바들 떠는 그들을 아이에게 넘기고.

그러면 아이 앞에서 공을 세우게 된다.

춘제 며칠 전에 포상 휴가를 받아 집으로 돌아가 새해를 맞고 아내와 자식도 만날 수 있다.

사람들은 그렇게 흩어졌다. 가시덤불을 돌아다니다가 움푹한 지대를 둘러보고 다른 세 열에서 파종하는 밭 주변도 찾아보았다. 한번 가면 한참이 걸렸다. 태양이 꼭대기에 이르렀을 때 사방으로 흩어졌던 사람들이 속속 돌아오다가 마주쳤다. 하지만 누구도 무엇을 보았는지, 뭘 찾았는지 묻지 않았다. 다들 실망스런 웃음만 지었다.

"볼일은 다 보았나?"

한 교수가 묻자 다른 교수가 웃으며 대답했다.

"설사가 나서."

또 누군가가 여러 사람들에게 변명했다.

"오늘 물을 많이 마셔서 그런지 자꾸 소변이 마렵네요."

그러고는 아무 말 없이 끈을 끌며 파종을 재개했다. 꾀를 부리거나 빈둥거리는 사람도 없고 두리번거리느라 힘을 빼는 사람도 없었다.

그렇게 엿새가 흐르도록 아무도 간통범을 찾지 못했다. 우리는 우리에게 배당된 200여 무의 파종을 다른 열보다 빨리 끝내가고 있었다. 끝이 가까워오자 사람들이 바닥에 퍼진 진흙처럼 녹초가 되어 숙사로 돌아오면 곧장 침대에 쓰러졌다. 나도 마찬가지였다. 파종할 때 파종기를 쉬지 않고 흔들면서 일정한 간격으로 털었다 나아가기를 반복하다 보니, 내 몸에 달린 팔이 내 것이 아닌 막대처럼 무감각해졌다. 손으로 팔을 꼬집어봐도 돼지나 개 발을 꼬집는 것처럼 아무 느낌이 없었다. 바로 그런 날, 죽은 듯이 숙면에 빠져든 밤, 실험이 나를 흔들어 깨웠다. 내 귀에 바싹 붙어 다급한 목소리로 말했다.

"어서 일어나세요. 4열의 여자 다섯 명이 잠자러 돌아오지 않았어요."

나는 깜짝 놀라서 침대에 일어나 앉았다. 창문으로 들어오는 달빛에 의지해 신발을 꺾어 신고 실험을 숙사 바깥으로 끌고 갔다. 문 앞 나무 그림자에 서서 그가 매일 저녁식사 시간 때, 그러니까 위신구의 모든 사람들이 밭에서 식당으로 돌아왔을 때 어떤 남자와 여자가 함께 식사를 하고 유별나게 친한지 살펴보았다는 말을 들었다. 그는 최소한 열 쌍의 남녀가 매번 함께 의자에 앉거나 쪼그리고 앉더라고 했다. 심지어 남자가 여자에게 반찬을 집어주는 모습, 여자가 남거나 일부러 아껴둔 만터우를 남자 그릇에 놓아주는 모습도 보았다고 했다. 그 열 쌍의 남녀가 비정상적으로 친하다는 것을 증명하기 위해 오늘 밤 재빨리 식사를 마치고 여자 숙사 앞의 담벼락에 숨어 누가 숙사로 돌아오지 않았는지, 혹은 돌아왔다가 다시 나갔는지 살펴보았다는 것이다.

"모두 다섯 명입니다." 실험이 나지막이 말했다. "벌써 한밤중인데 여죄수 스물일곱 가운데 숙사에 있는 건 스물두 명뿐이라고요."

말라버린 우물처럼 밤이 깊은 지 오래였다. 달이 머리 꼭대기에서 허공에 맺힌 얼음처럼 냉랭한 기운을 내뿜으며 하얗게 빛났다. 방에서 들리는 피곤에 전 코골이 소리가 비 오는 날 흙길에 생긴 진창처럼 누렇게 질퍽거렸다. 그 밤에 나는 미처 다 그리지 못해 윤곽이 흐릿한 그림을 쳐다보듯 실험의 얼굴을 뚫어져라 쳐다보았다.

"왜 나가서 잡지 않는 건가?"

"한밤중인 데다 혼자서 잡았다가 절대 간통한 적이 없다며, 제가 모함하는 거라고 우기면 어쩝니까? 그러니까 같이 가서 증인이 되어주세요."

내가 잠시 생각하다 물었다.

"그럼 신고했을 때 누구 공이 되는 건가?"

"그것도 생각해두었습니다." 실험이 말했다. "한 쌍을 잡으면 우리 두 사람의 공으로 치고, 두 쌍을 잡으면 반씩 나눕니다. 세 쌍을 잡으면 4대6으로 나누고요. 제가 6입니다. 분명 이 일에서 저보다 공을 더 많이 들인 사람은 없으니까요."

그는 공평했다. 더 이상 나는 주저하지 않았다. 잠시 생각한 뒤 그와 함께 마당 바깥으로 향했다. 대문을 지날 때 보니 아이의 침실에 아직도 불이 켜져 있었다. 쓱싹쓱싹 나무를 톱질할 때 나는 소리가 들리는 게 숙사에서 뭔가를 하고 있는 듯했다. 물론 그를 놀라게 할 수 없었다. 우리는 발뒤꿈치를 든 채로 아이 숙사의 입구와 창문 밑을 지나갔다.

마당의 동쪽 담장 아래에 다다랐을 때 누군가 두 사람이 숨어 있는 게 보였다. 우리는 살금살금 다가가 확 하고 전등을 비췄다. 하지만 우리 열의 남자 둘이었다. 그들 역시 간통범을 잡으려고 숨어 있었다. 뒤이어 담장 뒤편으로 갔다가 아래쪽으로 사람 그림자를 발견하고 전등을 비췄다. 3열의 남자 죄수가 풀밭에 엎드려 있었다. 무엇을 하냐고 묻자 간통범이 있다기에 잡아서 상을 받으려 한다는 대답이 돌아왔다. 이번에는 세 사람이 함께 앞쪽 숲으로 걸어갔다. 하지만 숲에 미처 다다르기도 전에 전등 네 개가 동시에 켜졌다. 빛 속에서 "왜 또 남자들이야" 하는 외침이 동시에 터졌다.

그날 밤, 달이 지고 별마저 옅어지기 시작하자 사람들이 조금씩 한기를 느꼈다. 곧 날이 밝을 테니 이제는 돌아가야 한다고 생각했다. 모두들 99구로 돌아가서야 간통범을 잡겠다며 밖으로 나온 남자 죄수가 60명이 넘는다는 것을 알았다. 그건 99구 총 인원의 절반도 넘는 숫자였다. 예순둘의 노인부터 이십대 젊은이까지 다양한 연령층의 사람들이 길게 줄지어 걸어가는 게 밤 들판을 헤엄치는 한 마리 용 같았다.

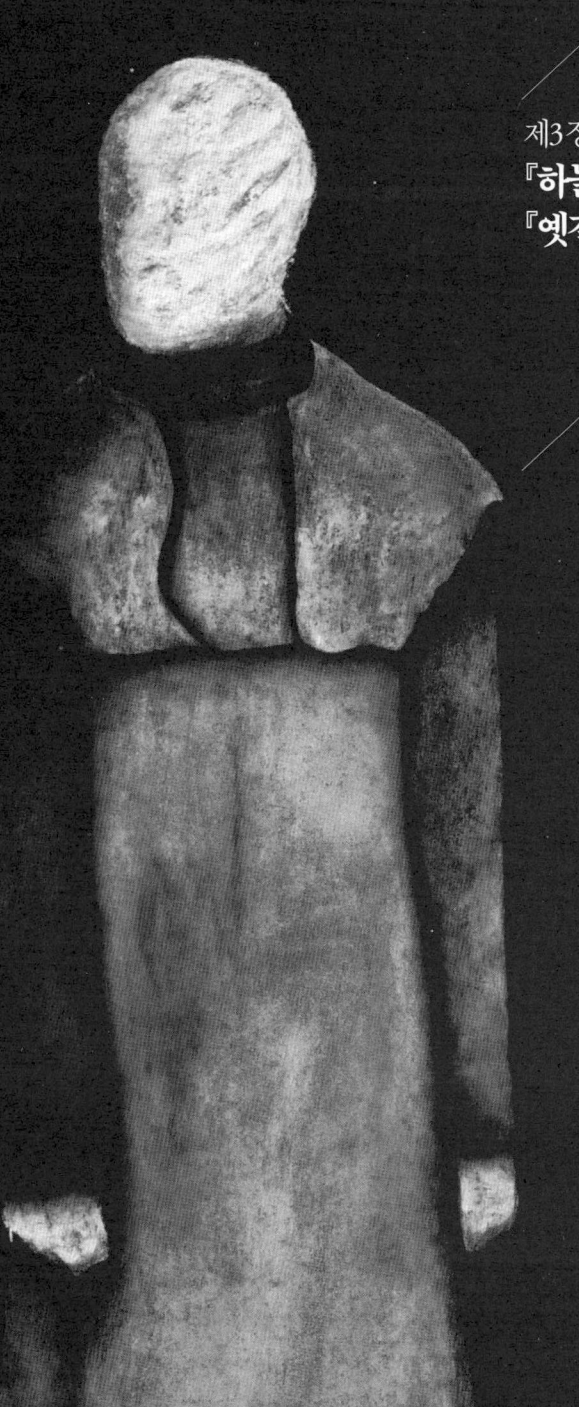

제3장
『하늘의 아이』,
『옛길』

1.『하늘의 아이』 p59~p69

  현성縣城*에서의 일은 아이가 영원히 잊지 못할 한 장면으로 남았다.

  겨울의 초입, 표창을 받기 위해 아이가 현의 상부를 방문했다. 현성은 과연 도시다웠다. 높은 건물과 넓은 대로, 그리고 가로등이 있었다.

  수확량 보고에서 무당 600근 이상을 제시한 사람들이 표창을 받았다. 모두들 현으로 들어가 표창을 받았다. 아이

---

* 현 정부 소재지, 현도縣都.

가 올린 600근도 무모할 정도로 높은 수치인데 1600근을 보고한 사람도 있었다. 현 상부에서 대대적으로 상을 주기 시작했다. 1000근을 보고한 자에게는 커다란 삽을 주었다. 1500근은 삽과 호미를, 2000근이 넘으면 손전등과 고무장화까지 주었다. 3000근을 넘으면 100근을 초과할 때마다 서양목 한 자씩을 더 얹어주었다. 그러자 사람들이 미친 듯이 보고하기 시작했다. 5000근을 부르는 사람이 나오고 1만 근을 제시하는 사람도 있었다. 심지어 무당 5만 근을 생산하겠다는 사람까지 나왔다.

모두들 소리를 질렀다. 모두들 주먹을 높이 들고 흔들었다. 무당 10만 근을 생산할 수 있을 만큼 나라를 사랑했다.

회당 연단에 앉아 있던 현장縣長*이 웃음을 터뜨렸다. 붉게 달아오른 얼굴로 허공을 두 손으로 누르며 소리쳤다.

"1만 근을 넘을 수는 없습니다! 1만 근을 넘을 수는 없어요!"

회의장의 누군가가 연단 위로 뛰어올랐다. 그러고는 곧장 집계자 쪽으로 다가갔다.

"내가 10만 근을 보고하고 상품을 전부 가져가겠소."

* 현縣의 행정 사무를 총괄하는 관리. 현의 장관.

"정말 무당 10만 근을 생산할 수 있단 말입니까?"

추궁을 받자 그가 목을 꼿꼿이 세우며 말했다.

"내가 애국하는 걸 막겠다는 뜻이오? 10만 근을 생산하지 못하면 내년에 우리 집안과 마을 사람들 목을 전부 베시오."

아이가 받고 싶은 상품은 작두였다. 작두를 받으려면 3000근을 보고해야 했다. 두 자루를 받으려면 6000근이었다. 하지만 아이가 다섯 자루를 받기 위해서 몇 근이 더 필요한지 계산을 끝내기도 전에 숫자는 이미 10만 근까지 이르렀다.

아이가 깜짝 놀라서 눈을 동그랗게 떴다. 눈앞에 펼쳐지는 세상일들을 이해할 수 없었다.

세번째 줄에 앉았던 아이가 연단에 보고하러 나갔다가 뒤로 밀려났다. 아이는 울고 싶었다. 세상사를 이해할 수 없었다. 아이가 울고 싶어졌을 때 현장이 연단으로 뛰어오르더니 책상 위에 서서 조용히 하라고 소리쳤다. 그래도 잠잠해지지 않자 허공에 작뢰포炸雷炮* 두 발을 쏘았다. 펑, 쾅 하는 총소리 비슷한 소리가 두 번 울려 퍼지자 회당 안이 조용해졌다. 현장은 연단의 책상 위에 서서 반지르르 빛이 나는 얼

---

* 천둥 치듯 요란한 소리를 내며 터지는 폭죽.

굴로 사람들의 열정과 각오를 칭찬한 뒤 누가 됐든 1만 근을 넘을 수는 없다고 못 박았다. 1만 근을 넘으면 허위 보고이며, 허위 보고는 진실하지 못하다는 뜻이라고 했다. 현장은 1만 근을 보고한 사람도 있고 8000근을 보고한 사람도 있지만 몇백 근밖에 보고하지 못한 사람도 있다고 말했다. 그렇다면 누가 많이 보고했을까? 또 적게 보고한 사람은 누구일까? 현장은 모두들 연단 아래로 가서 앉으라고 했다. 곧이어 허공에 붉은 꽃을 날릴 것이며 그 붉은 꽃에 얼마가 적혔든 그대로 보고하라고 했다. 모두들 조용해졌다. 그리고 자리로 돌아가 앉았다. 돌연 붉은 꽃들이 펄럭펄럭, 나풀나풀 붉은 비가 내리는 것처럼 회당 허공에 나부꼈다. 모두 종이를 오려 만든 진홍색, 은홍색, 분홍색, 자주색 꽃이었다. 꽃마다 리본이 달려 있었다. 그리고 리본에 수확량이 적혀 있었다.

사람들이 허공에 붉은 꽃을 뿌렸다. 붉은 꽃이 빗방울처럼 떨어졌다.

모두들 걸상에 올라서 꽃을 낚아챘다.

모두들 한 송이씩 잡았다.

5000이라고 적힌 꽃을 잡은 사람은 5000근을 보고한 셈이라 웃으며 삽과 호미, 괭이, 작두에 옷감까지 잔뜩 받았다. 1만을 잡은 사람은 운수 대통했다고 생각했다. 멜대에 져서 날라야 할 만큼의 상품에 옷감도 가족들이 5년은 충분히 입을 만큼 많았다. 사람들이 꽃을 들고 연단으로 올라가 상품을 챙겼다. 한편 아이는 머리 위로 떨어지는 꽃에 힘껏 손을 뻗었지만 겨우 주먹만 한 꽃을 거머쥐었을 뿐이었다. 꽃에 적힌 숫자는 안타깝고 안타깝게도 500이었다. 명예도 상품도 없는 숫자였다.

아이는 울고 싶어져 연단 아래에 섰다. 무리를 떠난 한 마리 양처럼 사람들 바깥쪽에 서 있었다.

아이는 울고 싶었다.

누군가 상품을 메고 왔다. 잔뜩 짊어진 채 아이 쪽으로 왔다. 아이가 물었다.

"정말로 무당 1만 근을 생산할 수 있나요?"

그 사람이 큰 소리로 웃으며 아이의 머리를 쓰다듬었다. 손으로 어깨를 쥐었다가 손바닥으로 뒤통수를 두드렸다.

아이는 자신을 데려온 본부의 상부 인사를 찾기 시작했다. 여기저기를 돌아다닌 끝에 회당 화장실에서 찾아냈다. 불이 켜진 화장실은 새로 만들어져 바닥에 새 시멘트가 깔려 있었다. 상부는 시멘트 바닥에 서서 단단하고 매끄러우며 빛이 나는 바닥을 발로 차고 있었다. 그가 말했다.

"돌아가면 본부의 화장실 바닥에도 시멘트를 깔아야겠어.

그럼 오줌으로 얼룩질까 걱정할 필요가 없겠지."

아이가 우물거리며 말했다.

"저도 1만 근을 보고하고 싶습니다."

상부의 눈이 동그래졌다.

"1만 근을 내지 못하면 작두로 제 머리를 내려치세요."

눈을 동그랗게 뜬 상부가 입까지 크게 벌렸다.

"정말입니다." 아이가 잠시 입을 다물었다가 다시 열었다.
"1만보다 더 큰 수를 제시할 수 있으면 좋겠습니다."

상부가 바지를 여미고 허리띠를 채웠다. 그는 발밑에 새
로 깔린, 생전 처음 보는 시멘트 바닥을 더 이상 쳐다보지 않
았다. 아이 손에서 붉은 꽃을 건네받아 살펴본 뒤 잠시 생각
에 잠겼다. 그러더니 펜을 꺼내 500 앞에 1을 더하고 뒤에
0을 붙여 1만 5000근을 만들었다. 상부가 활짝 웃으며 공을
쥐듯 아이의 머리를 쓰다듬었다.

"어서 현장을 찾아가게. 현장 사무실은 회당 뒤쪽의 2층에
있네."

아이가 현장을 찾으러 갔다.

그리고 현장을 찾았다.

현장의 사무실은 구식 건물에 있었다. 위신구 건물과는
판이하게 다른 그런 건물을 아이는 생전 처음 보았다. 빨갛

게 칠해 나무 바닥이 붉게 빛났다. 사람들이 발을 내딛는 곳은 칠이 벗겨져 둥글고 부드러운 물결무늬가 만들어져 있었다. 복도에서, 계단에서 여름날의 보리 같은 나무 향기가 느껴졌다. 아이가 손잡이를 잡고 계단을 올라가면서 단향목 향기가 이렇게 좋았구나, 하고 처음 느꼈다. 현장 사무실 문 앞에 서서 아이는 현장이 매우 좋고 선하며 친해질 수 있는 사람이라고 생각했다.

현장은 의사가 체온계를 보듯 집계표를 보고 있었다. 그가 관할하는 마을과 지역들이 내놓은, 방금 선녀가 꽃을 뿌리듯 배포했던 수확 예상량이었다. 따뜻하면서 환한 햇살 속에 앉아서 집계를 보는 현장의 얼굴이 조물주의 빛처럼 찬란하고 밝게 빛났다.

아이가 안으로 들어가 현장에게 붉은 꽃을 내밀며 우물우물 말했다.

"제 꽃에는 1만 5000이 적혀 있습니다."

현장이 꽃을 받은 뒤 잠시, 또 잠시 생각했다. 그러고는 웃으며 아이의 머리를 툭툭 치고 아이의 어깨를 두드렸다.

커다란 손이 공을 쥐듯 아이의 머리를 쥐었다.

2. 『하늘의 아이』 p91~p97

99구로 돌아온 아이는 작고 붉은 꽃들을 오리고 또 오렸다. 그런 다음 다섯 꽃잎이 겨울 매화를 닮은 그 작은 꽃들을 종이 상자에 담았다.

상자가 자물쇠 달린 서랍 속으로 들어갔다. 서랍 열쇠는 아이의 탁자 밑에 놓였다.

겨울이 되어 99구가 한가로워지자 사람들이 책을 들고 아이를 찾아갔다. "이 책을 읽어도 됩니까?" 하고 물으면 아이가 공문에 적힌 책 명단을 꺼내 대조했다. 명단에 있으면 "봐도 좋다"라고 대답하고 명단에 없으면 압수했다.

사람들은 마당에서 제각각 바람이 들지 않는 곳을 찾아 한가로이 책을 읽었다. 한 달 전 신문이나 방금 도착한 신문을 읽었다. 사람들이 넓게 흩어져 한갓지게 보냈다.

사람들이 한가한 걸 보고 아이가 회의를 열어야겠다고 결정했다.

"모두 나와라. 모두 나와."

아이가 큰 소리로 외쳤다.

그러자 모두들 밖으로 나왔다.

그러자 마당에서 회의가 열렸다.

사람들은 한가했다. 모두들 회의에 참석했다.

그들 앞에서 아이가 걸상에 올라섰다.

"오늘부터 '홍화오성제紅花五星制'를 실시한다. 순종한 사람에게는 작고 붉은 꽃을 하나씩 주겠다. 상을 줘야 할 때도 작은 꽃을 줄 것이다. 꽃을 받으면 침대 머리맡에 붙여라. 매달 한 번씩 평가를 해서 작은 꽃 다섯 송이를 모았으면 중간 꽃을 주고, 중간 꽃 다섯 송이를 모았으면 커다란 오각별을 줄 것이다. 별 다섯 개를 모으면 위신구를 떠나 집으로 돌아가 아들, 아내와 함께 살 수 있다. 당신들 부서로 돌아가라. 당신들 강단으로 돌아갈 수 있다. 당신들 실험실과 서재로 돌아가 더 이상 이곳의 죄인들과 갱생 교육을 받을 필요가 없다는 말이다."

아이가 계속 이어서 말했다.

"큰 별이 다섯 개라는 건 이미 새로운 사람으로 거듭났다는 뜻이다. 죄인에서 새로운 사람이 되었으니 자유다."

"오늘 햇살이 참 좋다." 아이가 큰 소리로 말했다. "이렇게 좋은 햇살 아래에서 우리는 홍화오성관리제에 관한 회의를 열고 있다. 모두들 자신이 받은 꽃을 침대 머리맡에 붙여라. 같은 방에 있는 사람들끼리 누가 멋대로 꽃을 오려 붙이지는 않는지 감독한다. 몰래 꽃을 오린 사람이 있다면 그 사람의 꽃 전부를 침대맡에서 떼어내라. 몰래 오린 사람을 신고하는 자에게는 중간 꽃 한두 개를 상으로 줄 것이다."

아래에 있던 교수들과 지식인들이 자신의 눈앞, 걸상 위에 올라선 아이를 쳐다보았다. 아이의 표정이 진지하고 또 진지했다. 햇빛을 받아서인지 얼굴에서 붉은빛이 났다. 빛이 타다닥 소리를 내며 바깥으로 흩어지는 것 같았다.

"오늘 현에 가서 무당 1만 5000근을 생산하겠다고 보고했다." 아이가 말했다. "우리 제99구가 위신구 전체에서 생산량이 가장, 제일 높을 뿐만 아니라 현 전체에서도 가장, 제일 높다. 현 전체에서 일등이라는 것이지. 원래는 1만 근을 보고한 사람이 일등을 차지했지만 그가 간 뒤에 우리가 일등이 되었다."

"모두들 보았겠지. 현장이 우리 제99구에 빨간 기름종이로 만든 커다란 꽃 다섯 송이를 주었다." 아이가 자랑스럽다는 듯 몸을 꼿꼿이 세우고 허공으로 팔을 뻗었다. 아이가 자랑스럽다는 듯 몸을 꼿꼿이 세우고 오른손으로 주먹을 쥐었다. "이 작은 꽃도 그 기름종이로 만들었다. 당신들이 몰래 만들고 싶어도 기름종이가 없어서 불가능하다는 뜻이다."

"이제 남은 일은." 마지막으로 아이가 회의에 참석한 사람들을 죽 훑어보았다. "농한기라고 한가롭게 지내면 안 된다

는 것이다. 땅을 일구고 거름을 주고 물을 뿌려야 한다. 물길
이 닿지 않는 밭에는 물을 길어다 주어라. 밀이 익을 때 이삭
이 손가락보다 굵어야 한다. 무당 반드시 1만 5000근을 거둬
야 해."

아이가 목청을 높여 물었다.

"1만 5000근씩 거둘 각오가 되었는가?"

아이의 물음이 쩌렁쩌렁 세상을 뒤흔들었다.

아래에 있는 사람들이 두려움에 가득 찬 눈빛으로 아이를
보았다.

"각오가 됐는가?"

아이가 다시 한 번 큰 소리로 물었다.

차가운 두려움이 조용히 마당 전체에 깔렸다.

아이가 팔을 휘두르며 소리쳤다.

"대체 마음을 먹었느냔 말이다!"

모든 시선이 더 이상 아이를 향하지 않았다. 그들은 스스
로를 보았다. 아이의 말을 듣지 못한 것처럼, 누군가 아이의
말을 설명해주길 기다리는 것처럼. 무척이나 따사로운 햇
살이 하나하나의 얼굴을 황금빛으로 물들였다. 하나하나의
얼굴이 노랗게 질려 두려움의 빛을 내뿜었다. 참새들이 제
99구 마당 담벼락에서 하늘로 날아올랐다. 놀란 정적이 감

돌았다. 하늘 끝까지 고요했다. 회의장의 정적이 호수처럼 덮쳐 사람들을 익사시킬 것만 같았다. 정적을 견디다 못해 아이가 걸상에서 뛰어내려 숙사로 돌아갔다. 그러고는 열쇠를 꺼내 서랍을 열고 종이상자를 꺼내 왔다. 아이가 우선 작은 꽃송이 한 움큼을 꺼내 보인 뒤 다시 손끝으로 작은 꽃 한 송이를 집었다.

"말해봐라. 1만 5000근을 생산할 각오가 되었는가?"

아무도 대답하지 않자 아이가 한 송이를 또 꺼냈다. 여전히 대답이 없자 두 송이를 더했다. 그런 식으로 여덟 송이가 되었을 때 아이는 더 이상 꽃을 더하지 않았다. 대신 서릿발 같은 표정에 냉기가 뚝뚝 흐르는 목소리로 말했다.

"누구든 먼저 대답하는 자에게 이 여덟 송이를 모두 주겠다!"

갑자기 누군가 자리에서 벌떡 일어났다.

"할 수 있습니다. 틀림없이 1만 5000근을 수확할 수 있습니다!"

그건 젊은이였다. 간통범을 놓친 뒤에도 도통 포기하지 못하고 쫓아다니던 그 실험 연구원이었다. 그는 순식간에 여덟 송이를 따냈다.

아이가 다시 다섯 송이의 붉은 꽃을 높이 들었다.

"각오가 되었는가?"

"네!"

다른 젊은이가 또 나섰다. 큰 소리로 주먹을 높이 흔들며 앞으로 나아가 공손하게 다섯 송이의 작은 꽃을 받았다.

아이가 또 물었다. 한 무더기 사람들이 주먹을 높이 흔들며 무당 1만 5000근씩 거둘 자신이 있다고 말했다. 그리고 앞으로 나아가 세 송이, 두 송이씩 꽃을 받았다. 아이가 또다시 묻자 또 무더기로 대답했다. 환호성이 마당과 벌판, 그리고 수십 리 멀리 떨어진 강물까지 질겁시킬 것처럼 터져 나왔다. 거대한 강물. 그 젖줄을. 작은 꽃을 받은 사람들이 숙사로 돌아갔다. 겨울이라 바람이 불었고 바깥은 어쨌든 추웠다. 꽃을 받지 못한 사람들은 끝까지 아무 말도 하지 않았다. 그들은 마당 바닥에 앉아서 고집스럽게 아이를 바라보고 마찬가지로 자기 자신을 바라보았다. 종교와 학자, 음악, 그리고 몇몇 사람들이었다. 작가는 다른 사람들처럼 1만 5000근을 생산할 수 있다고 말한 뒤 꽃을 받아 숙사로 돌아갔다. 그다지 많지 않은 십수 명만 남았다. 그들은 마당, 차가운 냉기 속에 앉아 서로를 바라보기만 할 뿐 '할 수 있다'는 말을 절대로 내뱉지 않았다. 아이도 그들을 보았다. 팽팽하게 당겨진 활시위처럼 긴장감이 흘렀다. 그 활시위에 화살이 걸렸다. 숙사로 돌아갔던 사람들이 전부 다시 나와서 대치 국면을 구경했다. 결국 고집을 꺾고 그 말을 내뱉는지 구경하러 나왔다.

아이가 어떻게 그 국면을 수습하는지 보려고 나왔다.

바람이 땅 위로 풀을 말아 올렸다. 땅은 사람을 받치고 풀을 받치고 마당과 그 상황을 받치고 있었다. 아이가 그들 앞으로 다가가 차가운 눈빛으로 물었다.

"대체 할 수 있는가, 없는가?"

아무 소리도, 대답도 없었다.

"말을 못 하겠으면 고개를 끄덕여라."

아무도 고개를 끄덕이지 않자 아이가 소리를 질렀다.

"마지막으로 묻겠다. 1만 5000근을 생산하겠다는 결심이 섰는가?"

학자와 종교, 음악 등은 미동도 하지 않았다. 한사코 고개를 끄덕이지 않았다. 한사코 아무 말도 하지 않았다. 상황이 그곳에서 굳어져갔다. 사람들이 빙 둘러서서 연극 같은 형세를 지켜보았다. 정오가 가까워올 무렵 태양이 구름 뒤로 숨어 대지에 회색빛을 칠했다. 마당 안 사람들의 얼굴이 전부 회색으로 변했다. 아이는 아무 말 없이 차가운 눈으로 입을 앙다문 채 그 자리에 서 있었다. 그러다 갑자기 몸을 돌려 자신의 숙사로 들어갔다. 아이가 무엇 때문에 숙사로 돌아 갔는지 아는 사람은 아무도 없었다. 모두의 눈이 따라서 움 직였다. 그리고 다른 숙사와 다를 바 없는 그 문만 뚫어져라 쳐다보았다. 화가 잔뜩 난 아이가 다시 걸어 나왔다. 아이가 작두를 들고 나올 거라고 생각한 사람은 아무도 없었다. 상 품으로 받은 새 작두였다. 칼날에 녹이라곤 조금도 없었다. 대추나무 받침 끝부분도 여전히 제비꼬리처럼 날렵하게 갈 라져 있었다. 아이가 작두로 뭘 하려는 건지 도무지 알 수가 없었다. 학자와 종교, 음악 등의 표정이 굳다 못해 망연해졌 다. 아이의 행동은 땔나무가 필요할 때 바람이 불거나, 물이 필요한데 독수리가 오는 것과 같았다. 아무 상관이 없는 일 이었다. 전혀 어울리지 않는 일이었다.

하지만 아이는 그렇게 했다.

일이 그렇게 이루어졌다. 일이 그렇게 확정되었다.

들고 온 작두를 아이가 텅 하고 땅에 내려놓았다. 입을 꾹 다문 채 칼날이 훤히 드러나도록 칼을 위로 올린 뒤 털퍼덕 칼날 아래 누웠다. 그러고는 칼날 쪽으로 목을, 작두 바닥 쪽 으로 머리를 둔 채 하늘을 바라보았다. 눈을 얼마나 부릅떴 는지 눈알이 빠질 것만 같았다.

아이가 소리쳤다.

"그럼 좋다. 1만 5000근을 생산할 수 있다고 말하지 못하겠다면 이리 와서 내 머리를 베라!"

허공에 대고 외쳤다.

"공화국 설립 전에 한 여자아이가 일본인의 심문에도 정보를 말하지 않다가 목이 잘리고 말았다. 하지만 공화국이 들어선 뒤 그녀는 국가의 영웅이 되었지." 아이가 계속 소리쳤다. "난 어려서부터 이런 걸 갈망해왔다. 누군가 내 목을 작두로 내려쳐주길 간절히 바랐다고. 그러니 당신들이 내 목을 내려쳐. 제발 당신들이 내 목을 작두로 내려치라고!"

아이가 이어서 소리쳤다.

"종교, 학자, 당신들이 이리 와서 내 머리를 쳐라!"

음악의 얼굴이 가장 먼저 하얗게 질렸다.

모두들 얼굴이 하얗게 질려버렸다.

3. 『옛길』 p43~p51

4열 여자들은 첫째 줄 숙사에 살았다. 워낙 수가 적어서 방 여덟 칸 가운데 네 칸만 사용하고 나머지 네 칸은 위신구 식당으로 썼다. 우리 1열은 마지막 넷째 줄 숙사를 쓰고 2열과 3열은 각각 둘째, 셋째 줄 숙사를 사용했다. 각 줄의 숙사는 방이 여덟 칸이고 방마다 이층침대가 네 개씩 있어 위아래로 여덟 명이 잤다. 그 밖에 남는 건물은 농기구나 잡동사니 등을 넣어두는 창고로 썼다.

모든 사람들이 일률적으로 침대 머리맡에 붉은 꽃을 붙이지는 않았다. 버드나무 간이 탁자 하나를 두 사람이 사용하다 보니 위쪽에 자는 사람은 탁자 앞 벽에, 아래에 자는 사람은 침대 머리맡에 붙여야 서로의 꽃을 감시하기 편했기 때문이었다. 10여 평방미터의 방에 이층침대 네 개와 버드나무 탁자 네 개가 있어 걸어 다니는 것조차 거치적거릴 만큼 좁았다. 모두들 군영에서처럼 이불을 네모반듯하게 접고 침대보도 매일 팽팽하게 잡아당겼다. 개인용 작은 걸상은 사용하지 않을 때면 침대 밑, 복도 쪽 끝으로 놓아야 했다. 세숫대야는 걸상 위에, 양치 컵은 침대 머리맡 선반에 두었다. 치약과 칫솔은 동쪽으로 비스듬히 놓되 칫솔의 솔 부분이 위로 향하게 했다. 언제 칠했는지 알 수 없을 만큼 석회가 누렇게 바랜 벽에는 상부의 상부인 한 사람의 초상만 허용될 뿐 어떤 장식도 붙일 수 없었다.

그러다가 이제 침대 머리맡, 탁자 앞에 붉은 꽃이 생겼다. 몇 송이, 몇 줄이 되는 선홍색이 어둠을 엮어 방 안에 생기를 불어넣었다. 항상 음울하던 회색 방에 갑자기 한 줄기 빛이 들어온 것만 같았다. 손톱만 한 붉은 종이꽃을 처음 받아왔을 때만 해도 모두들 붙이기 쑥스러워했다. 그런데 세 송이, 다섯 송이, 일곱 송이, 여덟 송이를 받은 사람들이 침대 머리맡이나 탁자 앞에 밥알로 꼼꼼하게 붙이고는 사뭇 진지하게 뒤로 한 걸음 물러나 비뚤어지지 않고 일렬로 잘 붙었는지 살펴보자 모두들 덩달아 진지하게 아이가 명한 자리에 작은 꽃들을 붙였다. 사실 다섯 송이의 작은 꽃을 중간 꽃으로 바꾸고, 다섯 송이의 중간 꽃을 큰 별로 바꿔서 위신구를 떠날 자유를 얻을 수 있다고 진짜로 믿는 사람은 없었다. 하지만 그렇다고 자신의 작은 꽃을 버리거나 남에게 주는 사람 역시 하나도 없었다.

나는 이미 작은 꽃 일곱 송이를 모았다. 무당 1만 5000근을 생산할 수 있다고 말해서 세 송이를 받았고 우리 열의 밀이 다른 세 열보다 무성해서 한 송이를 받았다. 그리고 나머지 세 송이는 10여 쪽의 『죄인록』을 아이에게 건넨 뒤에 받았다. 유성 하나가 꼬리를 끌며 머리맡을 지나가는 것처럼 일곱 송이의 꽃이 나란히 내 침대 머리맡에서 빛났다. 나는 위신구의 암울한 나날 속에서 고개만 들면 세월의 찬란한 빛을 볼 수 있었다.

아이가 만들어낸 홍화오성관리제는 천재적인 발견이자 발명으로, 모두를 자발적이고 자치적인 궤도 안으로 밀어 넣었다. 소나 말에게 채찍을 쓰지 않고도 알아서 밭을 갈고 수레를 끌고 뛰어다니게 만든 것과 같았다.

다음 해에 1만 5000근을 생산하기 위해 부지런히 물을 주고 김을 매고 두둑을 손보았다. 다른 일은 하지 않고 해가 뜨면 나가서 일하고 해가 지면 멈추었다. 밤이면 돌아와 볼 수 있는 책을 읽고 침대와 탁자 밑의 꽃들을 세었다. 벌써 수십 송이를 모아 몇 줄이 빽빽해진 사람의 침대맡은 불이 붙은 것 같았다. 다섯 송이씩 줄을 맞춰 나란히 늘어선, 행진하는 붉은 군대 같은 꽃들을 그는 매일 한 번씩, 혹은 몇 번씩 군사를 검열하듯 살폈다.

4. 『하늘의 아이』 p98~p103

아이가 사람들에게 나무를 해오라고 했다. 그러고는 끌고 가 자르고 켜며 뭔가를 만들어 안으로 넣고 나머지는 겨울 땔감으로 남겨두었다. 아이가 불을 쬐고 있을 때 똑똑, 쾅쾅 문 두드리는 소리가 울렸다. 하늘이 매섭게 차갑고 얼어붙은 땅이 갈라졌다. 죽은 듯 굳어버린 도로와 땅 위로 곤충이, 뱀이 기어가듯 금이 갔다.

눈이 내리고 싶으면 눈이 내렸다.

날이 시리고 싶으면 날이 시렸다.

아이는 불을 쬐고 있었다. 불쏘시개는 그가 압수한 책이었다. 문이 젖혀진 뒤 종교가 입구에 서서 아이가 두툼한 소설책『부활』로 불을 붙이는 것을 보았다. 화로 옆 땔감 아래로 또 다른 찢겨진 종이와 반쪽짜리 표지가 보였다. 프랑스 작가의『적과 흑』이었다. 불을 쬐는 아이의 얼굴이 발그레하니 빛났다.

"앉아라." 아이가 불 앞에 서 있는 종교를 보며 말했다. "서 있지 말고."

그러고는 종교가 바라보고 있던, 바닥의, 그 표지를 불에 던져 넣었다. '적과 흑' 글자가 화염에 휩싸여 사라졌다. 스탕달이 그렇게 불태워졌다. 종교는 그 자리에 서서 반쪽 남은『부활』에 시선을 박은 채 물었다.

"그 책을 읽었습니까?"

아이가 고개를 들었다.

"안 읽었다."

"어떤 책을 좋아하시죠?"

"아무것도 좋아하지 않아."

"그렇게 많은 책을……."

종교가 화로 옆으로 다가가 앉으려고 했다.

아이가 발로 걸상을 종교 앞으로 밀었다.

"그렇게 많은 책을." 아이가 따라 했다. "겨울 한 번을 나는 동안 반을 태우지. 2년이면 끝이다."

그렇게 말하면서 뭔가 생각이 난 듯 고개를 들고 물었다.

"무슨 일이지?"

종교가 할 말이 있었다는 것을 깨닫고 겸연쩍게 웃으며 말했다.

"열에서 제 꽃이 유난히 적습니다. 저도 꽃송이를 좀 늘리고 싶어서요."

아이가 고개를 들고 종교를 힐끗 쳐다봤다.

"책이 몇 권 더 있습니다." 종교가 말했다. "그걸 드리면 몇 송이 받을 수 있지 않을까 해서 왔습니다."

"얼마나 두꺼운가에 달렸지." 아이가 대답했다. "200페이지마다 작은 꽃을 한 송이씩 주겠다. 1000페이지가 넘으면 중간 꽃을 주고."

잠시 침묵에 잠겼다가 종교가 말했다.

"제가 바치는 건 다른 사람들 것보다 중요한 겁니다."

"전부 태워져." 아이가 말했다. "두께만을 따질 뿐이다. 얇은 책은 화로 하나도 제대로 피우지 못해."

종교가 그 자리에 굳어버렸다.

"가져와라." 아이가 말했다. "직접 왔으니 꽃을 주어야지. 다른 사람이 찾아서 가져왔으면 꽃은 그가 가져갔을 거다. 그러고 나서 당신에게서는 전에 내린 꽃을 회수했겠지."

"제 생각은." 종교가 걸상에서 일어났다. "제 책에는 삽화가 있습니다. 다른 책에 있는 삽화와는 완전히 다르지요."

아이가 앉은 채로 허리를 펴며 눈을 크게 뜨고 종교를, 종교가 책에 있는 삽화라도 되는 것처럼 바라보았다.

"일단 가져와봐. 아무리 대단한 삽화라도 종이니까, 불에 닿으면 전부 불붙지 않나."

종교는 할 말을 잃었다. 그래도 가지러 돌아갔다. 그리고 매우 빠르게 돌아왔다. 사실은 책들을 문밖에 둔 채 협상을 벌인 것이었다. 누런 봉투에서 몇 권을 꺼냈다. 『구약』 한 권과 『신약』 두 권, 그리고 『성경』의 시가집인 『시편』 한 권이었다. 16절지짜리 매끈하고 빳빳한 종이의 『시편』에는 페이지마다 삽화가 있었다. 아이가 책을 들춰보며 삽화 속에 있는 성부와 그리스도 탄생, 성모, 그리스도 수난, 세례, 천사와 천국의 그림들을 보았다. 아이는 그림책을 보는 것만 같았다. 곱게 채색된 성모 그림을 보았을 때 아이가 웃었다. 그리스도가 십자가에 못 박혀 피가 낭자한 그림을 봤을 때는 멍하니 넋을 놓았다. 성자 강생의 삽화를 보면서 아이가 시편을 닫았다.

"이 책은." 아이가 말했다. "삽화 두 장당 꽃 한 송이씩 주겠다."

종교의 눈이 반짝하고 빛났다. 일이 그대로 이루어졌다. 아이에게서 종교는 열다섯 송이의 꽃을 한 번에 받았다. 열다섯 송이를 침대맡에 붙이자 길게 늘어선 줄이 꺼지지 않는 등불 같았다.

5. 『하늘의 아이』 p105~p111

지구地區*를 다녀왔다.

지구는 멀었다. 그리고 지구는 컸다. 지구에는 건물과 길, 가로등, 그리고 순환 버스가 있었다. 무당 생산량을 1만 5000근이라고 보고했기 때문에 아이는 지구 견학이라는 상

---

* 중국의 2급 행정구(지급행정구)로 맹盟, 자치주自治州, 지급시地級市와 동급이다.

을 받았다. 회의에 참석했다가 그곳, 그러니까 지구의 강당이 현의 회당보다 배는 크다는 것과 상으로 주는 붉은 꽃도 현보다 크다는 것을 발견했다. 비단 꽃이었다. 비단 꽃은 종이꽃보다 좋았다.

지구에 가자 강철제련운동으로 온통 떠들썩했다. 지구에서는 제련 독려에 더 치중하고 있었다.

원래 99구는 강철을 제련하지 않았다. 상부에서는 모든 힘을 밀 재배에 쏟아 무당 1만 5000근을 생산하라고 했다. 덧붙여 그 광활한 밭에서 무당 2만 근 생산이 가능한 시범밭을 조성해 세상이 전부 놀라 달려오게 만들라고 했다.

하지만 이제, 강철 제련으로 세상을 뒤흔들어야 했다.

99구로 돌아온 뒤 아이는 강철제련운동에 대해 전하지 않았다. 다만 상부에서 모월 모일에 30리 밖의 91구로 가란다고 말했다. 구경이나 하라는 뜻이라고. 그래서 모월 모일에 모두들 길을 나섰다.

"안 가도 됩니까?"

누군가 물었다.

"된다." 아이가 대답했다. "다만 가는 사람에게는 작은 꽃을 두 송이씩 줄 것이다. 안 가는 사람은 두 송이씩 제하고."

그러자 모두들 갔다. 아침 일찍 식사를 마치고 마른 음식을 점심으로 챙겨 서쪽으로 한꺼번에 떠났다. 대지에 발을 맡긴 채 서쪽으로 곧장 나아갔다. 30리를 걸어 태양이 꼭대기에 이르렀을 때 햇살 속으로 어렴풋하게 그 위신구가 보였다. 역시 그런 건물이었고 역시 그런 담장이었다. 역시 그런 희뿌연 마른 웅덩이와 소금기 있는 땅, 지면으로 솟아오른 모래땅의 밀밭이었다. 다른 것이라고는 그 위신구 앞쪽의 마른 웅덩이 밭 사이에 흙으로 만든 무대와, 무대 옆으로 시골 석회가마 같기도 하고 농촌 입구의 기왓가마 같기도 한 흙벽돌과 진흙으로 쌓은 용광로 두 기가 있다는 것뿐이었다.

무대 위에 걸린 '천지를 뒤흔들고 영미를 뛰어넘자!' 같은 문구의 현수막이 호기롭게 눈길을 끌었다. 현수막은 무대 앞쪽의 막대에 걸렸고, 막대는 겨울의 햇살에 가로누워 있었다. 찬란하고 밝은 빛이 91구를 황금색으로 물들였다. 황금색 속에서 수백 명의 사람들이 북적거렸다. 주변 위신구에서 전부 몰려온 때문이었다. 94구, 95구, 96구, 97구, 98구, 덧붙여 91구 내 사람들까지, 천 명이 넘었다. 북적북적 빽빽했다. 거기에 근처 마을의 농민들까지 가세했다. 노인과 아이까지 천 명이 넘는 사람들이 무대 아래에 모였다. 커다란 확성기 몇 개가 나뭇가지 위로 들어 올려졌다. 사람들이 회의장으로 들어가 흩어졌다. 회의가 곧 시작되었다. 첫번째 순서는 용광로 점화식으로, 상부 인사에게 점화를 청했다. 폭죽이 요란스럽게 울렸다. 소리의 떨림 속에서 두 가마에 땔감을 쌓고 기름을 뿌린 뒤 상부 인사가 불을 붙였다. 타다닥 하는 소리와 함께 불빛이 하늘로 번졌다. 환호와 박수 소리가 천지로 울려 퍼졌다. 이어서 상부 인사가 연설을 했다. 그 뒤 세번째 순서인 공연이 시작되었다. 본부에서 준비한 연극이었다. 국가 건설에 반한 죄인이자 국가를 사무치도록 증오하는 어느 교수에 관한 내용으로 나름 줄거리가 있었다. 어느 날 교수가 속한 구에서 무당 800근을 생산할 수 있다고 산정하자 그는 기껏해야 180근밖에 생산할 수 없다고 반박했다. 구에서 5000근을 산정했을 때는 200근을 생산할 수 있지만 그나마 관개지여야 한다고 말했다. 구에서 무당 8000근을 보고하자 그는 자신이 평생 농업과 종자를 연구했지만 불가능하다며 미국이나 영국, 프랑스, 독일의 가장 좋은 농장에서도 무당 800근을 생산할 수 없다고 반박했다. 결국 구에서 그를 비판하며 사상 개조를 통해 무당 8000근을 생산할 수 있다고 인정하게 만들었다. 그 과정에서 강철 제련운동이 시작되었다. 어느 날 그가 용광로 앞에서 영문 모를 눈물을 흘리자 사람들은 그가 피곤해서 그렇다고 생각해 숙사로 돌아가 쉬도록 배려해주었다. 하지만 그는 그걸 기회로 삼아 달아났고, 다행히 어느 정도 깨우치고 적극적이며 거의 새로운 사람으로 거듭난 동료에게 붙잡혀 돌아왔다. 사람들은 그때서야 그가 고질적인 반동분자이며 형제가 미국에 교수로 있다는 것을 알았다. 그는 형제의 편지를 몸에 감추고 있었다. 연극은 실제 사건을 바탕으로 편집되었다. 결말은 그 교수가 겉으로만 회개하고 죄를 인정했을 뿐 실제로는 미국의 형제에게 공화국을 모함하는 편지를 보냈다는 것이었다. 이제 위신구의 다른 좋은 사람들이 그가 얼마나 고집스럽고 교활한지 꿰뚫어 보았고 절대 용서할 수 없으므로 그를 무대 위 형장으로 끌고 와야 한다고 했다.

그런 이야기였다.

그런 연극이었다.

연극의 마지막에, 배우가 진보적 동료들의 환호를 받으며 그를 무대 형장으로 끌고 와서는 무대 맨 앞쪽에 무릎을 꿇렸다. 배우가 총으로 그의 뒤통수를 겨누고 무대 아래를 향해 외쳤다.

"자, 여러분, 이 사람을 어떻게 처리할까요?"

무대 아래에서 미친 듯 소리쳤다.

"총살하라, 총살하라!"

무대 위에서 더 큰 목소리로 외쳤다.

"정말 총살할까요?"

무대 아래에서 웃음이 터졌다. 그리고 주먹이 허공에서 흔들렸다.

"정말로 총살하라, 정말로 총살하라!"

탕! 소리와 함께 교수 뒤통수에 있던 총구에서 하얀 연기가 피어올랐다. 그가 밀가루 반죽처럼 고꾸라졌다. 연극이라고만 여겼는데 무대에서 진짜 피가 흘러내렸다. 달아났던 교수가 쿵 하는 소리와 함께 아래로 떨어지자 무대 아래에 있던 사람들이 몸을 움찔하며 뻗었던 다리와 팔도 제대로 거두지 못했다.

연극이 그렇게 끝났다.

무대 아래로, 마치 무대 아래에 애당초 아무도 없었던 것 같은 정적이 흘렀다.

연극을 본 뒤 돌아가는 30리 흙길에서 99구의 누구도 입을 떼지 않았다. 멀리 숙사에서 피어오르는 저녁밥 짓는 연기가 석양 속으로 퍼져가는 소리마저 들을 수 있었다. 그리고 발자국 소리도. 터덕터덕, 타박타박, 대지로 떨어지는 소리가 차가운 대지를 손으로 두드리는 것 같았다. 대지는 망망하니 넓었다. 망망하니 넓고 까마득히 멀어 모든 소리가 대지의 뱃속으로 빨려 들어갔다.

"정말 대단한 연기였어. 총살하는 게 진짜 같더군."

아이가 말했다.

석양이 그렇게 사람들 뒤로 졌다. 모두들 그렇게 돌아갔다. 그렇게 강철을 제련하기 시작했다. 제련하는 자는 붉은 꽃을 상으로 받았고 제련하지 않는 자는 꽃을 빼앗겼다.

1. 『죄인록』 p53

91구에서 돌아온 뒤 사람들은 아무 말도 하지 않았습니다. 저녁 식사 때도 이전과 달리 밥그릇을 든 채 이러쿵저러쿵하는 사람이 하나도 없었습니다. 왜 그렇게 과묵해졌겠습니까? 바로 91구의 혁명 공연이 아직도 더 많은 개조가 필요한 그들의 마음과 영혼을 뒤흔들었기 때문이며, 바로 여기에서 그들 모두에게 갱신 교육이 필요하다는 것을 알 수 있습니다. 특히 학자, 그는 강철 제련에 동의했다며 아이가 꽃을 줄 때 그 작은 꽃을 건네받은 뒤 기쁜 표정 대신 비꼬며 조롱 섞인 웃음을 지었습니다. 일고의 가치도 없는 폐지를 받은 것처럼 두 손으로 꽃을 짓눌렀습니다. 그러고는 아이가 멀어지기도 전에 들고 있던 꽃을 구겨 바닥에 내던지고 발로 밟기까지 했습니다. 그는 누구 눈에도 띄지 않았다고 생각했겠지만 제가 그 모든 행동을 지켜보았습니다. 그런 행동에서 그가 속으로 얼마나 불안해하고 불만스러워하는지를 알 수 있습니다. 꽃을 던져버린 뒤부터 저녁 식사 때까지 그는 고개를 숙인 채 아무 말 없이 생각에 잠겼습니다. 그런데 고개를 숙인 채 침묵했다고 그의 사상이 결백하다고 할 수 있을까요? 그와 늙은 죄수 언어학자와의 아래 대화를 살펴보십시오.

"정말 믿을 수 없군요."

언어학자가 오늘 공연에 대해 길게 탄식했습니다.

"미쳤어요! 이 나라가 미쳐가고 있어요."

학자가 콧방귀를 뀌며 말했습니다.

"누군가 상부에 편지를 써서 이런 행위를 막아야 합니다."

그러자 학자가 잠시 생각에 잠겼다가 물었습니다.

"제가 쓸 테니 서명하시겠어요?"

늙은 죄수는 국가언어연구소의 옛 소장으로 전 국민이 사용하는 사전과 자전의 편찬을 주도했던 인물이었지만 그때만큼은 언어를 멀리했습니다. 의견을 묻는 학자의 눈길에 고개를 숙이고 아무 말도 하지 않았습니다.

그날 저녁 식사 때 학자와 언어학자는 더 이상 한 마디도 섞지 않았습니다.

그들의 이 짧은 논의와 대화는 저녁 식사가 시작된 지 얼마 지나지 않았을 때 식당 앞 왼편에서 이루어졌습니다. 당시 그들은 밥그릇을 든 채 식당 바깥의 돌 위에 앉아 있었고 멀지 않은 곳에 실험과 다른 몇 명이 있었습니다. 여기서 분명히 밝히건대, 누군가 조국의 열정을 모함하는 고발성 서신을 상부에 보낸다면 그건 학자와 언어학자일 것입니다.

2. 『죄인록』 p64 (일부 삭제)

열한 송이에 불과했던 실험의 작은 꽃이 하룻밤 사이에, 특별한 성과도 없고 적극적인 언행도 보이지 않았는데 열세 송이로 늘어났습니다. 늘어난 두 송이는 어디에서 나온 것일까요? 다른 사람의 것을 훔치거나 주운 것일까요? 상부에서 철저히 진상을 밝혀주기 바랍니다. 훔치거나 주운 것이라면 그의 모든 꽃을 회수하고 며칠 동안 자아비판을 하도록 징계를 내려야 합니다. 그렇게 경종을 울림으로써 모두가 꽃 앞에 성실하고 적극적이 되도록 해야 합니다. 새롭게 거듭나려는 자발적 행동으로 꽃을 쟁취해야지, 불로소득으로 상부와 다른 사람들을 속여서는 안 됩니다.

3. 『죄인록』 p66 (일부 삭제)

입동 전 밀에 물을 주던 날, 모두들 밭머리에서 쉬고 있을 때 여의사가 혼자 떨어져 밭머리 저쪽에 앉았습니다. 그러고는 주머니에서 늘 가지고 다니는 의료용 작은 가위를 꺼내 손톱을 자른 뒤 빛바랜 종이를 집어 손바닥만 하게 오각별을 오렸습니다. 그녀는 별을 이리저리 살펴보다가 멀리 던져버렸습니다.

여기서 주의할 점은 각종 동물 모양을 오릴 수 있는 그녀에게 별쯤은 식은 죽 먹기라는 것입니다. 언제든 그녀가 갑자기 별 다섯 개를 가져와 자유를 바란다면 그녀의 별이 어디서 났는지 의심해봐야 합니다. 또 하나는 의료용 가위입니다. 가위는 어디에서 난 것일까요? 의사라는 직무상의 편법으로 얻은 탐욕의 소산이 아니라면 또 다른 공급원이 있다는 뜻이 아니겠습니까?

4. 『죄인록』 p70~p71

성실하고 솔직한 고백을 하겠습니다. 전에 제출한 『죄인록』에 두 차례에 걸쳐 음악이 자산계급 색채가 농후하고, 완전한 자산계급 음악가이자 지식인이라고 썼는데 지나친 표현이었습니다. 그녀에게 소자산계급적 감정이 있다고 했던 건 『춘희』를 무척 아끼는 데다 그녀가 가지고 있는 다른 책들 때문이었습니다. 언젠가 아무도 없을 때 그녀가 베개 속에 숨겨둔 책들을 보았는데 『베토벤의 생애』, 『쇼팽전』 같은 외국 음악가의 전기가 대부분이었고 전부 전용 투명 포장지로 싸여 있었습니다. 바로 그 때문에 그녀가 자산계급 사상에 물들었으며 서양 물건과 서양 사람을 숭배하고 사상적으로 심각한 문제가 있다고 판단했습니다. 하지만 오늘, 음악에 대한 제 판단이 너무 빨랐으며 의견이 편파적이었음을 진솔하게 자아비판 합니다. 오늘 용광로를 지으러 모두 함께 나갔다가 망치를 가지러 혼자만 현장에서 돌아왔습니다. 마침 여자 숙사에 아무도 없기에 다시 한 번 음악의 방으로 갔고 베개와 침대 아래에 숨겨둔 책을 들쳐보았습니다. 그랬더니 공문에서 금지한 책뿐만 아니라 『황허의 포효』, 『하늘을 이긴 사람』 등 규정으로 허가된 책들도 많으며 그것들

역시 투명 포장지로 싸여 있었습니다. 여기서 주목할 만한 것은 『춘희』를 쌌던 포장지로 『유물론』도 쌌다는 것입니다. 이는 그녀의 사상이 변하고 있으며 그녀에 대한 제 판단이 다소 빨랐다는 뜻이 아닐 수 없습니다.

제가 이 점을 진솔하게 상부에 밝히는 까닭은 그녀가 스스로 변화하고 있으니 너무 빨리 그녀를 갱신 중점 대상자에 포함시키지 않았으면 하기 때문입니다. 다만 한 가지 걱정스러운 것은 그녀가 학자의 학식에 매료당했는지 늘 학자와 함께 있으려 한다는 점입니다. 이는 그녀가 새로운 사람으로 거듭나는 발걸음을 늦출 수 있습니다. 정말 그렇게 되는가는 강철을 생산하는 동안 관찰할 수 있을 것입니다.

제5장
『옛길』,
『죄인록』,
『하늘의 아이』

1. 『옛길』p69~p81 (일부 삭제)

그렇게 해서 강철을 제련하기 시작했다. 99구의 열정도 기름에 불 붙듯 일어났다. 처음 강철 제련을 거론했을 때 사람들은 하나같이 냉소를 지었다. 실패를 두고 보겠다는 야릇한 즐거움이 위신구를 가득 메우는 것만 같았다. 그러다 현실이 되자, 아이가 각 열에 두 개 내지 세 개의 용광로를 배분하자 사람들은 더 이상 웃지 않았다. 그때서야 강철 제련이 아주 진지하고 확실하게 시작되었음을 믿게 되었다. 시작하기 전 이웃 위신구를 참관하러 갔을 때 연극 도중에 정말로 총살하는 장면을 본 것도 어느 정도 작용했을 것이다. 그리고 60리 바깥의 마을을 참관한 일도 그랬다. 농민들이 마을 입구에 파놓은 용광로를 둘러보며 각자 집에서 솥이며 수저, 대야, 통, 낡은 괭이와 끌, 삽, 그리고 쓸모없는 철사와 납덩어리를 어떻게 용광로 안으로 집어넣는지, 어떻게 용광로 위쪽 공간을 막은 뒤 용광로 아래에 불을 지피는지 참관했다. 불을 피운 다음에는 장작과 흑탄을 쉴 새 없이 용광로 아래로 집어넣었다. 그러면 불빛이 휘이잉 소리를 내며 용광로 위쪽으로 솟구쳤다. 태우고 태워 하루 이틀 맹렬하게 뜨거운 불길이 이어지자 자잘한 철들이 문드러지기 시작했다. 괭이가 펄펄 끓는 진흙 덩어리가 되고 삽날이 붉은 윤기가 자르르 흐르는 종이죽처럼 변했으며 그렇게 단단하던 도끼와 망치도 푹 익은 물고구마처럼 흐무러졌다. 3일이 흐르자 용광로 안의 모든 물체가 전부 형체를 잃고 쇳물이 되었다. 3일째 어스름 속에 불을 끈 뒤 용광로 꼭대기의 점토를 치우고 저절로 식게 두거나 차가운 물을 뿌려 용광로에서 기둥처럼 빽빽한 흰 수증기를 빼냈다. 그렇게 사나흘 동안 적당히 냉각시킨 다음 용광로를 열자 맷돌 같은 철 덩어리가 푸르스름한 빛을 띠면서 세상에 모습을 드러냈다.

소달구지 한 대가 커다란 강철 한 덩어리와 작은 것 두 덩어리를 수십 리 밖의 진으로 싣고 갔다.

진에서는 다시 현으로 올려 보냈다.

강철 제련이라는 건 그다지 신비한 일이 아니었다. 99구는 담장 동쪽에 열 단위로 용광로 여섯 기를 짓고 늘 사용하는 호미와 삽, 도끼와 괭이, 곡괭이, 창고에 쌓인 녹슨 철사까지 구내에서 찾을 수 있는 철기란 철기를 전부 모았다. 그러고는 쓸모 있는 농기구만 남겨둔 채 쓸모없는 것을 전부 용광로 안에 넣고 배운 대로 불을 붙였다. 사나흘이 지나자 용광로 몇 기에서 또 철이 만들어졌다.

보름 뒤 본부에서 온 마차가 99구의 강철을 회수해 가면서 돼지고기 50근, 소고기와 양고기 30근을 보상이라며 99구에 내려놓았다. 새로운 생활이 그렇게 새로운 장을 열고 첫 페이지를 장식했다. 철을 생산하고 고기를 먹으면서 추운 겨울을 뜨겁고 떠들썩하게, 따뜻하고 풍족하게 매일 매일 설날같이 보냈다. 남자 죄수들은 날마다 세 무리로 나뉘어 한 무리는 용광로 앞에서 불을 때고 한 무리는 사방을 돌아다니며 철기를 모았다. 그리고 나머지 한 무리는 광야 어딘가에서 용광로용 땔나무를 베었다. 여자 죄수들은 반씩 돌아가며, 절반은 식당에서 밥을 짓고 절반은 남자들을 따라 나무를 베거나 사방으로 철을 구하러 다녔다. 하루는 할 일이 없는데도 모두들 숙사로 돌아가지 않았다. 용광로 곁에서 불을 쬐며 이야기를 나누거나 포커를 치거나 자갈을 주워 바둑을 두었다. 누가 어디선가 겉은 빨갛고 속은 금빛인 긴 고구마를 구해 용광로 밑 잿더미 속에 파묻었다. 30분쯤 지나자 고구마 향기가 금빛 찬란하게 주변으로 퍼졌다.

그때 실험이 갑자기 용광로 뒤편으로 나를 끌고 가더니 아주 비밀스럽게 말했다.

"보셨지요? 음악이 자기 손에 있던 고구마를 학자에게 주었다고요."

나는 반신반의했다.

"보세요."

실험이 다시 말했다.

두 기의 용광로 틈 사이로 내다보자 석양이 붉은 물처럼 지면으로 스며들고 있었다. 원래 하얗던 소금땅이 오가는 사람들에게 밟히면서, 여름날 물이 고였다가 가을과 겨울이면 말라버리는 웅덩이에서 검은 흙이 밟혀 올라와 석양 속에서 짙은 회갈색을 띠었다. 거기에 여섯 기의 용광로에서 반사되는 노란 불빛까지 더해지자 그곳의 땅과 사람들 얼굴에는 담황색과 자주색, 갈색이 한데 뒤섞였다. 그런데 음악의 얼굴만은 다른 남자나 여자와 달랐다. 그녀는 전혀 더러워 보이지 않는, 허리께까지 내려오는 빨간 외투를 입고 회색 털목도리를 둘렀다. 처음 99구에 왔을 때 검게 빛나던 그녀의 머리칼은 도시의 유행에 따라 귀에서 찰랑거렸지만 지금은 어느새 하나로 땋아 등에 늘어뜨릴 만큼이 되었다. 그녀는 정말로 학자의 뒤에 서 있었다. 카드를 치는 학자는 졌는지 얼굴에 종이를 붙이고 있었다. 학자 뒤에 있는 그녀의 얼굴이 붉은 기운에 눌리지 않는 하얀 보드라움과 윤기로 가득했다. 황허 강가로 불어오는 바람과 태양빛도 그녀에게는 너그러웠나 싶었다. 그녀가 사람들 사이에 잠시 서 있다가 정말로 학자 옆에 다가가 쪼그려 앉은 뒤 손에 든 고구마를 학자의 주머니에 살짝 넣었다. 곧이어 학자가 뭐라고 말하면서 손에 들고 있던 패를 옆 사람에게 주었다. 사람들에게서 벗어나 용광로 가장 앞쪽으로 간 학자는 누가 있는지 살펴본 뒤 용광로와 땔감 더미 사이에서 고구마를 먹었다.

"보셨겠죠."

실험의 말에 내가 고개를 끄덕였다.

"벌써 몇 개월째 저들을 살펴보았습니다. 당초 밀을 파종할 때 가시덤불에서 발견했던 남녀도 저 둘이었습니다."

실험은 그렇게 말하면서 나를 더 멀리로 데려갔다. 나는 그를 따라서 소금땅의 어느 구덩이 속으로 뛰어내렸다.

"오늘 밤은 학자가 여기 2호기를 지필 차례입니다. 열두시에 일어나 계십시오. 여기서 저 간통범들을 잡지 못한다면 제 머리를 비틀어버리세요."

나는 극도로 흥분한 실험의 얼굴을 물끄러미 쳐다보았다.

"아시죠. 제가 벌써 문의해봤는데요. 간통범 한 쌍을 붙잡으면 꽃이 최소 스무 송이래요. 작은 꽃 스무 송이면 바로 중간 꽃 네 송이와 바꿀 수 있어요."

그렇게 말하면서 실험이 허리께에 있던 손을 얼굴 앞까지 들어 손가락을 꼽았다. 얼마나 흥분했는지 손이 가늘게 떨렸다.

"미리 말해둘 게 있습니다. 이번에 간통범을 잡으면 4대 6으로 나누고 싶지 않아요. 3대7로 나눴으면 합니다. 3대7보다 더 적을 수도 있겠어요. 그러니까 제가 열다섯 송이를 갖고 작가 선생님이 4분의 1인 다섯 송이를 갖는 것이지요."

실험이 나를 똑바로 응시하며 말했다.

"아무것도 하지 마세요. 그냥 따라와서 증인만 서주시면 됩니다."

나는 그 자리에 멍하니 굳어버렸다.

그러자 실험이 말했다.

"하겠다는 겁니까, 안 하겠다는 겁니까? 안 하겠다면 당장 다른 사람을 찾고요. 그냥 한밤중에 저랑 산책하는 거라고 생각하면 되지 않겠습니까?"

나는 아무 말 없이 음악의 등 뒤로 늘어진 머리카락을 바라보았다.

"해요, 안 해요?" 실험이 갑자기 벌떡 일어섰다. "정말 안 하세요?"

나도 일어나 실험의 얼굴을 쳐다봤다가 저 멀리의 광활함과 고구마를 다 먹고 돌아오는 학자를 보았다. 그러고는 실험을 향해 힘껏 고개를 끄덕였다.

"하지!"

일이 그렇게 확정되었다. 태양이 서쪽으로 떨어지자 마당에서 식사를 알리는 호각 소리가, 배부른 참새가 두 다리를 꼭 붙인 채 물웅덩이를 날아가듯 맑고 유쾌하게 통통 튀며 울렸다. 위신구 사람들이 무리를 지어 마당 쪽으로 향했고, 용광로마다 한 명씩 배정된 야간 담당자들이 용광로 근처에 남아 식사를 기다렸다. 여섯 명 가운데 2호 용광로에 남은 사람은 정말로 학자였다. 모두가 떠날 때 학자가 식사를 빨리 좀 가져다 달라고 전임자에게 손짓하자 2호 용광로 전임자가 알았다며 고개를 끄덕였다. 하지만 나는 다른 사람들과 가던 음악 역시 무리 속에서 몸을 돌려 그에게 고개를 끄덕이는 것을 보았다.

그렇게 모두들 돌아갔다.

홍수가 지나간 뒤의 호수처럼 용광로 주변이 빠르게 고요해졌다. 석양의 마지막 빛이 흩날리자 가늘고 환한 빛이 보슬보슬한 가랑비처럼 떨어졌다. 용광로 꼭대기로 피어오르는 하얀 연기와 불빛이 허공에서 톡톡 타다닥 소리를 냈고 화염은 용광로 꼭대기를 휘감은 비단처럼 타올랐다. 멀어져 가는 사람들의 발자국 소리가 99구 담장을 돌면서 더 작아져 결국에는, 떠들썩했던 기억으로 더 선명해 보이는 적막만이 용광로 옆에 남았다. 무리를 따라가던 나는 담장 모서리에서 발걸음을 늦추며 숨을 죽였다가 다시 재빠른 걸음으로 용광로까지 되돌아갔다. 그러고는 곧장 학자에게 갔다.

학자가 나를 쳐다보았다.

"저녁에 음악을 못 오게 하시오."

나는 잰걸음으로 학자 앞에 다가가 바위틈에 자라는 야생 가시나무를 뽑을 것처럼 목소리를 낮췄다.

"당신들 사이를 알아챈 사람이 있소. 잡히는 날에는 평생 이 위신구에서 떠날 생각을 버려야 할 거요."

학자의 얼굴이 순식간에 창백해졌다.

말을 마치자마자 나는 휙 돌아서 빠른 걸음으로 끝없이 펼쳐진 석양 속에 재빨리 몸을 감췄다.

2. 『죄인록』 p129~p130 (일부 삭제)

학자와 음악의 관계가 야릇하다는 것은 확실한 사실입니다. 밀회 암호를 아무리 은밀하게 만든다고 해도 결국에는 예리한 시선을 피할 수 없습니다. 최근 들어 음악과 학자의 밀회가 함께 식사하며 소곤거리던 과거 방식에서 바뀌었습니다. 식사할 때 학자가 오른손에 들고 있던 젓가락을 왼손으로 옮기고 음악도 오른손의 젓가락을 왼손에 들면 서로 마음이 통한 것으로, 낮에 일하다가 틈을 내 예전의 저지대나 구덩이, 들풀 사이에서 길든 짧든 만나자는 뜻입니다. 만일 젓가락을 두 짝이 아니라 한 짝만 왼손에 들면 약속을 저녁으로 바꾸자는 신호입니다. 저녁에 어디에서 만나는지는 식사 후 학자가 젓가락을 밥그릇 위에 열십자로 교차시켜놓는지, 아니면 나란히 놓는지에 달려 있습니다. 교차시켜놓으면 자정 전에 마당 뒤편의 가시나무 숲이라는 뜻이고 나란히 놓으면 자정 이후 정해진 시간에 용광로 가장 동쪽의 소금웅덩이로 나오라는 뜻입니다.

3.『하늘의 아이』p111~p115

실험은 결국 간통범을 잡지 못했다. 결국 그 빛나고 매혹적이며 자그마치 열다섯 송이에 이르는 꽃도 받지 못했다. 몇 차례나 한밤중에 자리를 박차고 일어났지만 미풍이 쓸데없이 대지에 분 것처럼 헛걸음질만 쳤다.

다시 보름이 지나자 상황이 잠잠해졌다. 모래밭에서 바늘을 찾을 수 없는 것처럼 의외의 상황은 일어나지 않았다.

그리고 또 보름 뒤 얼굴색이 청백색인 상부 인사가 마차를 타고 왔다. 99구에 도착한 상부는 용광로를 살펴본 뒤 숙사로 가서 책 몇 권을 수거했다. 그러더니 철을 찾기 시작했는데 투시력을 가졌는지, 누가 법랑 밥그릇을 어디에 숨겼는지, 양치 컵이나 스테인리스 수저를 어디에 숨겼는지 전부 알았다. 상부는, 그 투시력의 소유자는 어디든 갔다 하면 찾아냈다. 그렇게 아주 많은 철을 찾았다. 그리고 아이를 한쪽으로 불러 아주 많은 말을 했다. 아이가 땀을 흘리다 하얗게 질렸다. 하얗게 땀을 흘리면서 손을 가슴 앞에서 비비 꼬았다. 마지막으로 상부는 새로 제련한 맷돌 반쪽만 한 주철을 실은 마차를 타고 떠났다.

또 한 주가 지난 뒤 상부가 마차를 타고 다시 99구에 왔다.

그는 마당 대문 앞에 마차를 세워놓은 채 곧장 용광로로 가서 강철을 수거했다. 용광로에서 처음 생산했던 주철은 맷돌만큼 컸고 화강암처럼 단단하면서 반질반질했다. 하지만 다음번에는 체만큼 작아졌다. 주철 표면에 작은 구멍까지 송송 패어 있었다. 그리고 마지막에 이르자 용광로에 불을 일주일 더 지폈음에도 동과冬瓜 한두 개만 한 데다 윤기도 없는 거대한 철 부침개 같아졌다. 그 새로운 철은 더 이상 청색이 아니라 붉은 흙색 혹은 노란 흙색이었고 벌집처럼 구멍 투성이에 두부 같았다.

겨울인데도 햇살이 따스했다. 황허 저쪽에서 바람이 희미하게 불어왔다. 상부가 용광로에서 나온 성긴 철 덩어리를 발로 밟았다. 여섯 기의 용광로에서 그렇게 성긴 철 두 덩이만 나왔다. 그는 발로 성긴 철을 밟으면서 눈앞에 있는 아이의 얼굴을 쳐다보았다.

아이의 얼굴이 살짝 하얘졌다.

그런데 상부가 온화하게 한쪽으로 아이를 부르더니 아주 많은 말을 하고 머리를 두드리고 어깨를 쥐었다가 마차 옆으로 데려갔다. 다른 구에서 수거해온 책이 마차의 절반을 차지하고 있었다.

반 수레의 책 앞에서 아이가 웃음을 지었다.

아이가 갑자기 용광로 앞으로 달려가 사람들 머릿수를 세어본 뒤 여자 숙사로 갔다. 음악이 보이지 않자 아이는 상부를 이끌고 황허 근처에서 벌목하는 무리 쪽으로 향했다. 얼마 뒤 만난 나무하는 사람들에게 몇 마디 묻고, 다시 다른 벌목 무리에게 물어 그 두 무리 가운데의 말라붙은 소금웅덩이로 향했다. 처음에는 성큼성큼 걷다가 나중에는 살금살금 걸었다. 그리고 더 나중에는 바닥에 엎드렸다. 잠시 뒤 상부가 웅덩이 쪽으로 냅다 뛰어갔다. 투닥거리는 소리, 달아나는 소리, 와 하는 떠들썩한 소리 뒤에 학자와 음악이 웅덩이 들풀 사이에서 끌려 나왔다.

그렇게 잡혔다.

끌려갔다.

아이의 얼굴에 달의 하얀 기운이 서렸다.

문 앞에 이르자 상부가 아이의 머리를 툭툭 치고 어깨를 잡았다가 또 머리를 몇 차례 쥐었다 놓고는 웃으며 말했다.

"수레 위의 책은 전부 자네 걸세."

아이가 수레 위의 학자와 음악을 쳐다보며 물었다.

"저들은요?"

"간통범이니 데려가야지."

아이가 하얗게 질린 얼굴로 음악과 학자가 끌려가는 것을 바라보았다.

4. 『옛길』 p100~p108, p133~p139

　그날은 실험이 용광로 옆을 지키는 차례였다. 매일 밤 간통범을 쫓아다니고 매일 밤 허탕을 쳤지만 그는 조금도 피곤해하지 않았다. 눈에 붉은 거미줄이나 그물처럼, 춘삼월 대지의 비옥한 땅에 만개한 빨갛고 노랗고 파란 꽃들같이 핏발이 서렸지만 정신은 극도로 또렷했다. 그의 눈은 넉넉하면서도 알찼다. 나란히 대칭을 이루는 두 개의 공원처럼 다양한 색깔을 품었고 그 속에서 각양각색의 사람들과 발걸음이 쉼 없이 오갔다. 사람들 무리에서, 그는 항상 다른 사람들을 주의 깊게 관찰했다. 그는 이미 학자와 음악의 행적과 규칙을 완전히 파악했고 그들이 밀회를 즐기는 기법과 비밀을 알아챘다. 식사 때 위신구 사람들이 전부 모인 식당에서 그들은 더 이상 예전처럼 밥그릇을 들고 함께 앉아 남들 눈을 피해 맛있는 음식을 상대방 그릇에 넣어주지 않았다. 남의 이목이 많을 때는 서로를 멀리하려고 했다.

　식사할 때든 일할 때든 음악은 대부분 나와 함께 있으면서 자신이 음악을 배우고 피아노를 치던 청소년기에 대해 들려주었다. 그녀가 성 전체에서 가장 젊은 음악 교사이자 피아니스트로 자리매김한 것은 무대에서 서양 악기인 피아노로 민요를 연주하면서부터였다. 그녀가 무대 위 피아노 앞에 단정히 앉아 〈커다란 꽃가마〉, 〈탐스러운 재스민〉, 〈파란 해방의 날〉을 연주할 때마다 무대 아래의 눈동자들이 반짝반짝 빛을 내며 신기하다는 듯 그녀를 쳐다보았다. 무대 위에서 내려다보면 그 눈동자들은 그녀에게로 날아오는 검은 깃털의 새 같았다. 특히 〈공화국 혁명 행진곡〉을 연주할 때 그녀의 열 손가락이 여름날 산야로 떨어지는 빗방울처럼 경쾌하게 피아노 건반 위를 오가고 피아노가 그녀의 열 손가락 아래서 총소리, 대포 소리, 군인들의 호령 소리, 군마 소리, 교전과 승리, 축하의 장면을 진짜처럼 모방해내면 무대 아래에서 우레 같은 박수 소리가 끝없이 이어졌다. 그럴 때마다 그녀는 꿈을 꾸는 것 같았다.

그녀는 공화국의 제1세대 자수성가형 음악가로 성장했다. 그런데 그녀만의 낭만 때문인지, 음악은 7일 밤 내내 똑같은 꿈을 꾸었다. 꿈에서 어떤 사람이, 다음 공연 때 연주곡 하나만 바꾸면 정말로 사랑하는 사람을 찾을 수 있을 것이다, 하면서 아주 또렷하게 일생의 사랑이 누구인지 이름과 그가 학자라는 것을 알려주었다. 다음번 공연은 상부 성장省長*의 환갑잔치였다. 성장의 생일잔치에 참석한 하객들은 전부 혁혁한 전공을 세운 군인과 혁명가 들이었다. 그렇게 대단한 사람들이 가득 모인 잔치에서 그녀가 피아노 연주로 흥을 돋우게 된 것이었다. 모두들 잔을 들어 축하할 때 그녀는 〈전선으로 떠나며〉, 〈포효하라〉, 〈친애하는 강이여〉와 모두가 잘 아는 〈공화국 혁명 행진곡〉 세 곡을 연주할 예정이었다. 그런데 세번째 곡을 연주하려는 순간 7일 밤 내내 꾼 꿈이 떠올랐다. 그래서 〈공화국 혁명 행진곡〉을 헝가리인인 리스트가 작곡한 〈사랑의 꿈〉으로 바꾸었다. 연주할 때는 청중 가운데 그 곡을 아는 사람이 없어서 귓가로 부드럽게 흐르는 물처럼 연주할 수 있었다. 연주가 끝나자 우레 같은 박수가 이어졌고 모든 혁명가와 군인들이 반짝반짝 빛나는 시선을 그녀의 얼굴에 던지기까지 했다.

그런데 다음 날, 음악은 3일 내에 성도를 떠나 황허 강가의 위신구로 가야 한다는 통지를 받았다. 결국 그녀는 자신이 사랑할 학자를 찾기 위해 위신구에 온 것이었다. 두 그루에 열린 다른 종류의 열매가 나무에 있을 때는 함께할 수 없

* 성省의 최고 행정 장관.

제5장 『옛길』, 『죄인록』, 『하늘의 아이』   121

지만 벌레 먹어 떨어진 뒤에는 함께 구를 수 있게 된 것과 같았다. 그렇게 함께 구르다가 실험의 눈으로 떨어진 것이다. 실험은 음악과 나의 동반이 위장에 불과하다는 것을 이미 꿰뚫고 있었다. 그들의 밀회를 잘 알아서 이미 언제든 아이에게 간통 사실을 고하고 스무 송이의 작은 꽃을 받을 수 있었다. 하지만 준비가 한창 무르익었을 때 실험은 유감스럽게도 학자가 식사를 마친 뒤에 젓가락을 밥그릇 위에 두는 걸 보름 연속 보지 못했고 그들이 옷을 벗고 욕정을 불태우는 장면도 보지 못했다. 실험은 그들이 벌거벗은 채 정을 통하는 모습을 보고 싶었다. 설령 단 한 번뿐이라도 직접 봐야만 아이에게 보고하고 공을 인정받아 최소한 스무 송이의 붉은 꽃을 받을 수 있었다. 실험의 일생에는 아직 진정한 사랑이 없었다. 실험은 극도로 목마른 사람이 한 모금의 물을 찾듯 사통하는 장면을 갈망했다. 하지만 그때 돌연 학자와 음악이, 아이가 데려온 상부에게 웅덩이에서 잡혀온 것이다. 그리고 아이에게 알려준 사람은 실험이 아니었다.

학자와 음악이 잡혔다는 소식을 듣자마자 실험이 용광로에서 숨을 헐떡이며 뛰어왔지만 땅 위를 굴러가는 점 하나가 끝을 알 수 없는 흙길로 사라지듯, 학자와 음악과 상부를 태운 마차가 광야로 사라지는 모습만 볼 수 있었다. 하늘에 흩어지지 않을 것 같은 구름이 끼어 구름 뒤 오후의 햇살이 연소될 수 없는 불처럼 흐릿해졌다. 자욱하고 검누른 구름 속으로 한 점 두 점, 그 칠흑을 비집고 점점이 뿌려지는 빛만 보일 뿐이었다. 사람들은 이미 입구에서 흩어지고 있었다. 모두들 놀라고 편안한 표정이었다. 학자와 음악이 자신들 턱밑에서 사통과 쾌락을 즐길 수 있었다는 것에 놀랐고, 제99구에서 결국 이런 일이 발생했으니 이제는 철을 찾고 나무하고 제련하는 매일의 단조로움에서 해방되었다는 것에 편안해했다. 오랫동안 떠들고 기억할 신선한 사건이 마침내 생겼다는 것은, 시작은 되었으나 아직 끝나지 않은 공연을 기억하는 것과 같았다. 뛰어서 돌아온 실험이 입구에 마차가 만든 바큇자국에 서서 여기를 쳐다봤다가 저기를 살펴보았다. 그의 얼굴은 실망과 경악으로, 머리 위 하늘의 시커멓지만 눈이나 비는 뿌리지 않는 구름처럼 잿빛이었다.

"누가 보고한 걸까?" 실험이 혼잣말하듯 다른 사람에게 묻듯 중얼거렸다. "누가 아이한테 보고한 거지?"

마지막까지 남았던 동료들이 그를 잠시 쳐다보다가 숙사나 일터로 돌아갔다.

"아이와 상부가 어떻게 알았을까요?" 실험이 내게로 다가왔다. "누가 보고한 걸까요?"

사람들이 모두 떠나간 뒤 나와 실험은 문밖에서 대문 안쪽으로 걸어가면서 서쪽 아이의 숙사 문이 닫힌 것을 보았다. 문 앞에서 책 표지 두어 장이 담장 아래에 떨어진 커다란 나뭇잎처럼 창 밑을 굴러다녔다. 실험이 계속해서 학자와 음악의 간통을 아이와 상부에게 보고한 게 누구인지 물었다. 그를 제외하면 학자와 음악의 일을 아는 사람은 아무도 없다고 했다.

"99구에는 100쌍도 넘는 눈이 있지."

내가 차갑게 큰 소리로 대꾸했다.

"이럴 줄 알았으면 진작 보고했어야 했어요."

안타까움과 후회 때문에 실험이 두 주먹을 쥐었다가 풀고, 풀었다가 다시 쥐었다. 꼭 허리쯤에서 독수리 두 마리가 날아오르려 했다가 내려가려 했다가를 반복하는 것 같았다.

"최소한 스무 송이나 되는 꽃을 누군지도 모르는 놈이 가져갔어요. 분명히 내 건데 다른 사람이 가져갔다고요."

숙사로 가는 내내 실험이 중얼거렸다. 자신이 보고하지 못한 것과 최소 스무 송이의 꽃을 받지 못한 게 일생에서 가장 크고 가장 실패한 일인 양, 지도교수를 대신해 위신구에 온 것보다 훨씬 더 심각한 일인 것처럼 중얼거렸다.

실험이 자신의 스무 송이 꽃을 빼앗아 간 밀고자를 찾아다니기 시작했다. 며칠 동안 일이 있건 없건 그는 매일 숙사의 침대맡과 탁자 앞을 돌아다니며 누구의 침대맡이나 탁자 앞에 갑자기 열 송이, 스무 송이의 꽃이 늘어나지 않았는지 살펴보았다. 아이가 모두에게 침대맡이나 탁자 앞에 꽃을 붙이고, 같은 숙사 사람들끼리 갑자기 늘어난 꽃이 있을 경우 진위 여부를 감시하라고 말하지 않았던가. 정말로 공을 세워 원래 실험의 것이었을 최소 스무 송이의 꽃을 가져간 사람이 있다면 분명 의기양양하게 꽃을 붙여 자신이 학자와 음악을 적발했다고 알릴 게 틀림없었다. 그렇지 않으면 그 간통범들은 여전히 모두의 턱밑에서 더 깊은 타락에 빠져 입에 올리기조차 부끄러운 죄를 짓고 있을 터였다. 꽃을 붙이기만 하면 실험은 누가 자신의 꽃을 가져갔는지 한눈에 알 수 있는 셈이었다. 내 침대맡과 종교의 침대맡, 그리고 공을 세워 떠나고 싶어 하는 다른 10여 명의 사람들까지, 실험은 어떻게든 핑계를 만들어 매일 순시라도 하듯 돌아다녔다. 심지어 옷을 기울 실과 바늘을 빌린다는 명목으로 여자 숙소까지 들어가 여자들의 침대맡과 탁자 앞에 붙여진 한 줄, 두 줄의 수십 송이 꽃을 살펴보았다. 실험은 이미 몇 번이나 계산해보았다. 작은 꽃 다섯 송이를 중간 꽃 한 송이로 바꾸고, 중간 꽃 다섯 송이를 큰 별 하나로 바꿔 별 다섯 개를 모으면 위신구를 떠나 자유의 몸으로 집에 돌아갈 수 있다. 별 다섯 개를 모으려면 중간 꽃 스물다섯 송이나 작은 꽃 125송이를 모아야만 했다. 많은 사람들이 125라는 숫자에 놀라서 125송이의 작은 꽃을 모으는 일에 처음처럼 힘쓰지 않았다. 하지만 실험은 달랐다. 그는 몸과 마음을 다하면 언젠가는 125송이를 모을 거라고 믿었다. 실험은 작은 꽃 스물다섯 송이를 모아 제99구에서 꽃송이가 세번째로 많았다. 첫번째는 서른두 송이였고 두번째는 스물일곱 송이였다. 따라서 최근 며칠 내에 작은 꽃이 서른 송이를 넘거나 중간 꽃이 여섯 송이를 넘은 사람이 있으면 그가 바로 실험의 꽃을 빼앗은 밀고자라는 거였다. 사실 실험이 그 사람을 찾으려는 건 어쩌겠다는 뜻이 아니라 학자와 음악의 간통을 어떻게 알아챘는지 알고 싶어서였다. 그리고 가능하다면 그나 그녀에게 두 사람이 벌거벗고 사통하는 장면을 보았는지도 물어보고 싶었다.

그러나 실험은 밀고로 공을 세운 사람을 끝내 찾아내지 못했다.

그는 누구의 침대맡이나 탁자 앞에서도 갑자기 늘어난 스무 송이의 작은 꽃을 찾지 못했다. 그 사람을 찾지 못한 채 며칠이 지나면서 실험은 이전의 원기 왕성한 모습을 잃어버

렸다. 도둑맞은 뒤 범인을 찾지 못해 맥 빠진 사람처럼, 일해
야 할 때는 일하고 끝내야 할 때는 끝냈지만 말수가 줄고 풀
이 죽은 채 항상 고개를 숙이고 다녔다. 공훈이라는 대문이
순식간에 눈앞에서 닫히고 자물쇠마저 채워진 듯, 실험의
앞길이 수문에 가로막힌 것 같았다.

학자와 음악이 간통으로 잡혀간 뒤 제99구는 돼지고기
50근, 소고기와 양고기 30근을 상으로 받았다. 사람들은 며
칠 동안 철을 생산하고 고기를 먹으면서 추운 겨울을 뜨겁
고 떠들썩하게, 따뜻하고 풍족하게 매일 매일 설날같이 보
냈다. 남자들은 숙사를 뒤져 철기를 찾지 않으면 항상 용광
로 옆에서 불을 쬐며 간통 사건을 이야기했다. 여자들은 돌
아가며 주방에서 밥을 짓고 반찬을 볶는 시간 이외의 모든
시간을 전부 용광로 옆에서 간통 사건을 떠드는 데 썼다. 간
통 사건은 쌀밥과 고기반찬처럼 모두를 며칠 동안 흥분 상
태로 만들었다. 용광로에 넣을 재료가 다 떨어지자 99구에서
는 꼭 필요한 삽과 호미, 쟁기, 파종기, 써레를 제외하고 주
방에서 불을 지피고 장작을 모을 때 쓰는 쇠막대, 각 숙사 서
랍의 자물쇠 고리와 걸쇠, 창틀에 박힌 쇠못까지 쇠붙이란
쇠붙이를 전부 용광로 속으로 쓸어 넣었다. 철을 생산하느
라 마당 주변의 나무는 하나도 남지 않았다. 어디에 서 있건

날이 맑고 안개만 없으면 한눈에 몇십 리까지 내다볼 수 있게 되었다. 강가 평지에 밑동만 남은 하얀 그루터기가 햇살 아래에서 무수한 태양의 새끼들이 땅 위로 나온 것처럼 줄줄이 늘어섰다. 톱밥 냄새와 쇳내가 마당과 일망무제로 펼쳐진 평지에 차가우면서 맑게 퍼졌다. 철 생산을 독려하기 위해 상부에서 보내주던 식량이 매달 1인당 45근에서 25근으로 줄었다. 줄어든 20근은 매달 최소한 2톤씩 철을 상납해야만 다시 채워질 수 있다는 의미였다.

밀가루와 옥수수가루가 반씩 섞인 만터우가 매끼 네 냥에서 석 냥으로 줄고, 반 그릇씩 받는 채소볶음은 무와 배추뿐으로 고기는커녕 기름기조차 찾아보기 힘들어졌다.

상부에서 온 조사대가 젊은 민병을 이끌고 숙사를 하나하나 돌았다. 탁자 위에서 누군가의 물 마시고 이 닦을 때 쓰는 찻잔이 철 법랑인 것을 보고 곧바로 수거했다.

누군가의 철 법랑 밥그릇을 발견하고는 그것도 챙겼다.

침대 밑 옷을 보관하는 나무 상자에 자물쇠와 쇠고리가 달려 있자 자물쇠를 으스러뜨리고 고리를 떼어내 등 뒤 광주리에 던져 넣고는 용광로 쪽으로 끌고 갔다. 또 각 열의 창고로 가서 사람 수를 세고 땅을 계산한 뒤 평균 두 사람당 하나꼴로 호미와 삽 등 농기구를 남겼다. 그리고 나머지 호미와 삽, 파종기에서 날을 뽑아내 용광로에 집어넣었다.

음력 12월 초, 마지막 용광로를 지핀 사람들이 꺼져가는 용광로 옆에서 아무 말 없이 침묵을 지켰다. 카드를 치거나 한가롭게 자갈 바둑을 두는 사람은 하나도 없었다. 그렇지 않아도 모자란데, 철이 없으니 절반으로 준 보상용 식량마저 받아 올 수 없었다. 결국 점심 때 한 사람당 옥수수 만터우 두 냥과 탕 반 그릇만 먹었을 뿐인데도 저녁에 밥을 지을 수 없었다. 모두들 용광로를 둘러싼 채 움직이지 않았다. 멀리 다른 위신구와 마을의 용광로에서 피어오르는 연기와 불꽃을 바라보며 기운 없이 축 늘어졌다. 석양이 질 무렵 용광로의 화로마저 사위어가자 싸늘함이 황허 저편에서 불어왔다. 그때 며칠 동안 침묵으로 일관하던 실험이 갑자기 모두들 앞에 벌떡 일어서며 외쳤다.

"제가 원료를 찾을 수 있습니다. 강철 원료를 제가 찾는다면 무슨 상을 받을 수 있죠?"

의기소침하던 실험이 갑자기, 암흑 속에서 모두를 위해 빛이라도 찾은 것처럼 지나칠 정도로 흥분해서 소리쳤다.

"제가 원료를 찾아내면 그건 줄어버린 식량을 여러분에게 전부 되찾아주는 것과 같습니다. 그러니 모두들 한 송이씩 제게 주시겠습니까?" 실험이 말했다. "제가 여러분을 위해 식량을 되찾아 올 테니 여러분은 각자 한 송이씩만 주면 됩니다. 어때요?"

그렇게 말하면서 용광로 옆에 서 있거나 쪼그리고 앉아 있는 동료들을 바라보았다. 하지만 모두들 아무 말 없이 자신을 미치광이를 보듯 바라만 보자 실험은 서거나 앉은 사람들을 쏘아본 뒤 휙 하니 돌아서서 마당 대문 쪽으로 향했다.

빠른 걸음으로 아이를 찾아갔다.

5. 『옛길』 p139~p145

99구에 천지가 개벽할 일이 일어났다.

밀담을 나눈 다음 날, 실험과 아이는 사람들이 아직 침대에서 자고 있을 때 함께 길을 나섰다. 일주일 뒤 그들이 돌아왔을 때도 사람들은 잠은 깼지만 침대에 누워 있었다. 윗사람인 아이가 없자 법률 선포 후 일시적인 공백이 생기듯 사람들이 느슨해지고 자유로워져 밤새 자고도 다음 날 해가 중천에 뜰 때까지 일어나지 않았다. 실험이 돌아왔을 때 이불 속에 누워 온기를 즐기는 사람이 있는가 하면 이불 속으로 파고들어 뭔가를 읽거나, 몰래 편지나 일기를 쓰는 사람도 있었다. 태양이 이미 창문을 통해 바스락거리며 안으로 흘러들고 있었다. 창밖의 겨울 참새들도 벌써 여러 차례 쨱쨱거리며 창턱을 날아갔다 날아오고, 날아왔다 날아갔다. 99구가 차가운 겨울날 게으른 정적에 빠지자 건물들이 광야에 늘어선 묘실 같았다. 바로 그때 숙사 문으로 망치가 떨어지는 것 같은 발자국 소리가 들리더니 실험이 쾅 하며 문을 열어젖히고 엄청난 기세로 숙사 입구에 섰다. 사람들이 이불에서 머리를 내밀고 잠시 멍하니 쳐다보다가 황급히 맨몸으로, 혹은 잠옷 차림으로 자리에 일어나 앉았다.

실험이 그렇게 꼿꼿하게, 1미터 60여 정도의 가늘고 빈약한 막대기 같은 몸으로 문 앞에 세워진 깃대처럼 거기에 똑바로 섰다. 그런데 사람들은 그가 들고 있는 목패 때문에 더 많이 놀랐다. 목패에는 눈처럼 하얀 종이가 붙어 있고 그 백지 위에는, 정말 놀랍게도 손바닥만 한 별 다섯 개가 붙어 있었다. 모두의 침대맡에 있는 것과 똑같이 반짝이는 기름종이로 오린 커다란 별 다섯 개였다.

"죄송합니다. 저는 이제 갑니다. 이미 새로운 사람이 되었어요!"

실험이 큰 소리로 말할 때 강철을 제련하면서 검푸르게 그을린 그의 얼굴에 암홍색 빛이 반짝였다. 허공에 들려진

별 다섯 개의 목패를, 창문을 통과한 햇살이 비스듬히 비추자 위쪽에 두 개, 아래에 세 개가 붙은 다섯 개의 별이 태양빛 속에서 불처럼 붉게, 눈부시게 빛났다. 강철을 제련할 때 화도를 지나 화문을 열면 갑자기 튀어나오는 불빛을 바라보듯 모두들 실험과 그가 들고 있는 목패를 바라보았다.

모두들 갑작스런 별 다섯 개에 깜짝 놀랐다. 한동안 99구에 무슨 일이 생긴 건지 알 수가 없었다. 그 엄청난 놀라움 속에 실험이 의기양양하게 가장 안쪽에 있는 자신의 침상으로 갔다. 그는 목패를 침대에 기대놓고 위쪽 침대로 풀쩍 올라가 끈으로 자신의 침구를 거침없이 묶은 뒤 다시 아래로 뛰어내려서는 침대 밑에서 자물쇠와 쇠고리가 없어진 나무상자를 끌어냈다. 그는 상자에서 물건을 꺼내 쓸 만한 건 커다란 가방에 넣고 낡은 신발이나 해진 양말, 갈겨쓰거나 낙서한 공책같이 쓸모없는 물건은 잡히는 대로 아래쪽 침대와 바닥으로 던져 순식간에 가져갈 물건을 모두 추렸다. 그런 다음 마지막으로 탁자의 책과 펜을 챙길 때 실험의 손이 느려졌다. 그는 작은 꽃 125송이에 해당하는 목패의 별 다섯 개 외에 탁자 앞 벽에 붙여놓은, 그토록 어렵게 온 힘을 다해 모은 스물다섯 송이의 작은 꽃들을 바라보았다.

실험이 그 작은 꽃들을 보면서 웃었다.

숙사 안에 있던 사람들은 이미 전부 일어나 그의 등 뒤에서 있었다. 남녀를 불문하고 다른 세 숙사의 사람들도 벌써 소식을 듣고 우리 숙사로 몰려왔다. 안으로 다 들어올 수 없어 많은 사람들이 문밖에 섰고 일부는 창문에 매달려 목을 이 계절의 나뭇가지처럼 길게 늘인 채 들여다보았다. 실험이 탁자 앞에서 몸을 돌렸다. 그는 벽에서 작은 꽃 두 송이를 떼어 아이가 하듯 손에 들었다.

"갖고 싶나요?" 실험이 웃으며 모두를 바라보았다. "여기 스물다섯 송이는 더 이상 제게 필요 없습니다. 누구든 듣기 좋은 말을 해주는 사람에게 제가 피땀 흘려 얻은 이 두 송이를 드릴게요."

사람들이 모두 놀라서 일주일 전에 그가 제련할 수 있는 강철 원료를 찾았다고 말했을 때처럼 그를 바라보았다. 그때는 정신병원에서 나온 사람을 흘겨보듯 바라봤지만 이번에는 개선장군을 우러러보듯 신뢰와 의아함, 부러움이 촘촘하게 얽힌 시선으로 바라보았다. 하지만 누구도 입을 떼지 못했다.

"필요 없나 봐요?"

실험이 갑자기 손에 든 작은 꽃 한 송이를 천천히 찢었다. 그러고는 손가락 틈 사이로 떨어뜨리자 바스러진 붉은 종잇

조각들이 작은 나비가 공중에서 떨어지듯 서서히 빙그르르 떨어져 내렸다.

"편하게 말씀하세요. 누구든 제 맘에 드는 말 한 마디만 하면 한 송이를 드리지요. 두 마디면 두 송이를 드리고요."

실험이 그렇게 말한 뒤 벽에서 또 몇 송이를 떼어내며 모두를 바라보았다. 사람들이 눈만 휘둥그레 뜬 채 반신반의하자 손 안의 붉은 꽃을 반쯤 허공으로 들고 또 찢으려고 했다. 바로 그때 다른 숙사의 동료 하나가 사람들 뒤에서 비집고 앞으로 나오며 소리쳤다.

"찢지 마세요. 당신은 우리 99구의 영웅입니다. 당신이 모두를 위해 강철 원료를 찾았다는 것을 알고 있어요. 당신이 우리의 구세주란 걸 스스로 알고 있나요?"

실험이 비집고 나온 그 교수에게 미소를 지으며 정말로 손에 있는 꽃 한 송이를 건넸다.

하나가 생기면 둘도 생기는 법. 누군가 정말 말 한 마디로 꽃을 받자 다른 교수가 앞으로 나오며 말했다.

"실험, 우리는 당신이 결백하다는 것을 알고 있소. 당신 지도교수를 대신해 죄를 뒤집어쓰고 위신구에 와서는 고통을 참으며 부지런히 학습하고 고생도 마다하지 않은 채 땅을 일구고 철을 만들었소. 당신이 우리의 본보기라는 것을 스스로 알고 있소?"

실험이 또 꽃 한 송이를 건넸다.

이어서 모두들 소리를 지르고 고함을 쳤다. 행여 뒤질세라 최대한 맹렬하게 나섰다.

"실험, 당신이 가고 나면 많이 생각날 거요. 당신을 내 노동과 개조, 학습의 모델로 삼겠소!"

"당신은 우리 99구가 배워야 할 모범이고 본보기일 뿐만 아니라 우리 황허 위신구 전체, 전국 위신구의 모범입니다!"

"우린 정말 눈 뜬 장님이자 평생 헛공부한 사람들이오. 당신의 학문과 당신의 지혜, 말하면 반드시 실행으로 옮기고 실행한 이상 성과를 거두는 당신의 행동과 자질을 우리같이 개조가 필요한 지식인들은 평생 배울 수 없고 따라 할 수 없을지도 모르오."

그때 무리 속에 서 있던 누군가가 팔을 흔들며 소리치기 시작했다.

"실험을 배우자!"

"실험에게 경의를!"

"실험은 우리 위신구 사람들의 모범이자 본보기, 실험은 가장 적극적이고 혁명적인 호인이자 청년이다."

환호성이 대형 집회 때처럼 쩌렁쩌렁하거나 열광적이지

는 않았지만 누군가 구호를 선창하는 것처럼 침대 위나 걸상 위에서 외치면 또 다른 누군가가 걸상 아래, 침대 아래에서 팔을 들고 따라 했다. 선창도 소리를 억누르는 외침이었고 호응도 확실히 수문을 활짝 열지 않아 비집고 나오는 물처럼 눌린 소리였다. 하지만 실험은 그래도 감격스러웠다. 그의 웃는 얼굴에 눈물이 어렸다. 그는 벽에서 전부 떼어낸 꽃 가운데 세 송이만 남기고 손을 휙 흔들었다. 스무 송이 가까운 꽃이 나풀나풀 춤을 추며 사람들 사이로 흩어졌다.

모두들 허리를 숙인 채 다투어 꽃을 줍는 사이 실험은 불룩한 짐을 들고 식당으로 가서 마지막 꽃을 마른 음식과 바꾸었다. 그러고는 성대한 대회 입장식에라도 참석하듯 별 다섯 개가 붙은 목패를 들고 99구 대문 쪽으로 걸어갔다. 얼굴에서 광채가 나고 기운이 넘쳤다. 실험은 눈부시게 맑은 하늘 아래로 황금빛 따사로운 겨울 햇살을 흠뻑 받으며 대문 앞까지 걸어갔다. 닫혀 있는 아이의 숙사를 힐끗 쳐다보던 그가 허리 숙여 인사를 하고 대문 밖으로 걸어갔다.

99의 모든 사람들이 대문까지 그를 배웅했다. 그런데 입구에서 내가 손에 들고 있던 짐을 건네주자 그가 짐을 받으며 나지막이 말했다.

"작가, 99구에서 당신이 최악이에요. 학자와 음악이 잡힌

게 당신의 밀고 때문이란 걸 알아요. 평생 이 위신구에서 개조만 받다 죽어서도 못 떠나길 바래요."

나는 쿵 하는 충격과 함께 대문 입구에 그대로 얼어붙고 말았다.

실험은 짐과 오성 목패를 들고 내게 냉소를 보낸 뒤 성큼성큼 바깥 세계로 통하는 흙길을 따라 아주 빠르게 멀어져 갔다. 등 뒤에 남은 동료들이 손을 흔들며 작별을 고해도 그는 한 번도 뒤돌아보지 않았다.

실험은 그렇게 떠났다. 하늘에서 떨어지듯 갑작스럽게 자유를 얻어 집으로 돌아갔다.

제6장
『죄인록』

『죄인록』p140~p141 (일부 삭제)

실험은 떠나면서 99구에 긍정적인 요소를 하나 심어주었습니다. 그 갑작스런 사건 때문에 사람들은 실적이 뛰어나거나 남다른 공헌만 하면 누구든 작은 꽃 125송이를 받고 별 다섯 개와 바꿀 수 있음을 굳게 믿게 되었습니다. 별 다섯 개는 새로운 사람이 되었다는 의미이며 자유롭게 집으로 돌아갈 수 있다는 뜻입니다. 그러나 부정적인 요소 세 가지도 낳았습니다. 첫째, 갱신이 특수한 기회나 지름길을 통해서도 가능하다고 생각하게 만들었습니다. 누구든 기회만 잘 포착하면 자유를 얻을 수 있다는 것인데, 사실 그렇다고 내적 영혼의 어둠이 진정한 빛으로 바뀌었다고 볼 수는 없습니다. 정도의 문제일 뿐, 실험이 바로 그러했습니다. 둘째, 실험은 떠날 때 자신이 영웅이라도 되는 양 오만방자하게 행동했습니다. 강철 제련을 위해 공을 세운 건 사실이지만 곧장 별 다섯 개를 내린 것은 다소 빠르며 많은 것으로 보입니다. 작은 송이부터 시작해 더 적극적인 실적과 축적을 유도함으로써 모두에게 갱신이란 반드시 작은 것부터 시작되며 질적 변화는 양적 변화에서 시작된다는 것을 알려주어야 했습니다. 셋째, 실험이 사회로 돌아가 정말로 새로운 사람, 좋은 사람, 깊은 성찰에 따른 애국자로 살아가는가의 문제입니다. 정말 그렇게 된다면 그건 99구의 갱신 과정이 위대하고 성공적이라는 것을 의미합니다. 하지만 그가 계속 교만하고 아무런 교훈도 얻지 못했다면 분명 위신구로 다시 돌아올 것입니다. 그가 위신구로 다시 돌아온다면 99구의 사람들은 그를 99구로 돌려보내달라고 강력히 요구합니다.

누구든 넘어진 곳에서 다시 일어나야 하는 법이기 때문입니다.

저는 오만한 사람은 반드시 위신구로 돌아올 것이며, 마땅히 돌아와야 한다고 믿습니다.

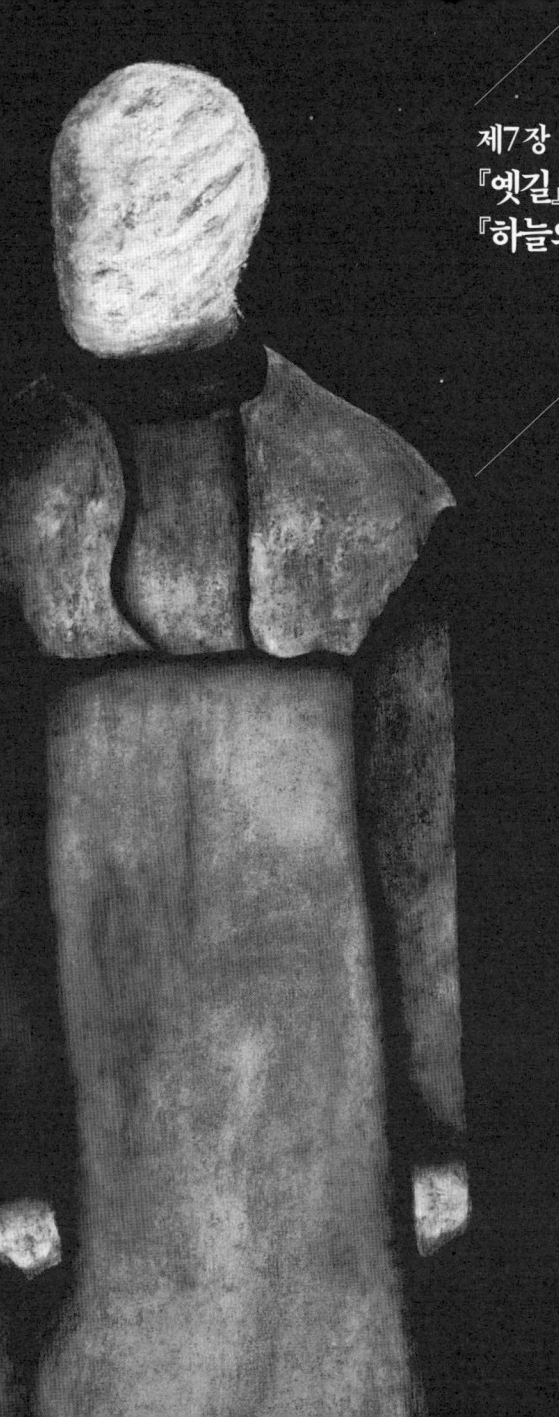

제7장
『옛길』,
『하늘의 아이』

1. 『옛길』 p187~p197

　실험이 떠나는 것에서 사람들은 희망의 빛을 보았다. 모두들 적극적이고 자발적이 되었으며 얼마나 빠릿빠릿해졌는지 예순 살은 스무 살로, 마흔은 열셋, 쉰은 열네 살로 돌아간 것 같았다. 아침에 일어나면 비질을 하고 누가 시키지 않아도 주방으로 가서 장작을 패고 밥을 했으며 용광로의 무너진 벽과 통로, 장작 더미 등을 정리했다. 종교와 몇몇은 남들보다 더 많이 일하기 위해 그나마 남은 철기인 도끼와 톱을 자신들이 쓰지 않을 때면 이불 속이나 침대 밑에 숨겼다. 그래서 다른 사람들은 일하고 싶어도 연장이 없어서 마당이나 숙사를 맴돌아야 했다.

　강철 원료가 떨어졌을 때 실험이 황허 부근에서 무한한 원료를 찾아 별 다섯 개와 자유를 얻었다는 사실을 모르는 사람은 하나도 없었다. 아이를 데리고 황허 강변으로 간 그는 어디선가 기왓장처럼 부서진 자철석 하나를 구해다 강변의 길고 검은 모래무지에 놓았다. 그러자 몇 년 동안 헤어졌던 부모를 다시 만난 아이처럼 흑사가 자석으로 달려들었다. 강변 모래 더미에 한 알 한 알 뿔뿔이 흩어져 있던 흑사가 자석을 만나서는 한 줄 한 줄 어린아이가 다른 아이의 어깨를 밟고 올라선 것처럼 똑바로 섰다. 두 사람은 자석으로 한 뭉텅 한 뭉텅 검은 사철을 빨아들인 뒤 다시 한 움큼씩 긁어 옷 위에 내려놓았다. 원래는 물이 흐르던, 여름날 황허가 한껏 불어나면서 가장자리로 흘러나왔던 무수한 실개천과 개울이 겨울로 접어들어 황허가 다시 중심으로 후퇴하면서 말라버린 곳. 그 실개천과 개울의 작은 강가에, 씻겨 나온 흑사가 검은 밧줄처럼 늘어섰다. 가닥가닥 줄 모래를 조심스럽게 한데 모으면 곧장 한 움큼씩 쥐어 올릴 수 있었다.

　실험과 아이는 아주 빨리 흑사 더미를 만들 수 있었다.

　두 사람은 황허 강가에 작은 용광로를 파고 기다란 돌을 2단으로 놓고는 그 사이를 진흙으로 평평하게 메운 뒤 진흙 위에 흑사 더미를 올렸다. 용광로 아래에 장작을 넣어 불을 지피자 불꽃이 돌과 진흙 아래에서 흑사를 녹이고, 진흙 주변의 틈새에서 용광로 윗부분까지 이글이글 타올랐다. 나흘 밤낮을 맹렬하게 솟구치던 불꽃이 사그라지자 정말로 용광로 안쪽에서 녹이 슨 작은 광주리 같은, 검은 뭉치 같은 쇳덩이가 굴러 나왔다. 그때, 사람이라고는 찾아보기 힘든 황량한 황허 강변에서 실험과 아이가 얼마나 좋아했는지는 아무도 모른다. 그들이 그때 무슨 말을 하고 어떤 약속을 했는지도 모른다. 그들이 위신구에 돌아온 뒤에야 사람들은 실험과 아이가 그 천지개벽할 쇳덩이를 들고 황허 강변에서 하루 밤낮을 걸어 돌아왔다는 것을 알았다. 돌아온 뒤 아이는 작은 꽃이 아니라 별 다섯 개를 곧장 실험에게 주었다. 실험이 아이의 숙사에서 별 다섯 개를 목패에 붙이는 동안 아이는 문 앞에서 이웃 위신구에서 거둔 철을 진으로 가져가는 마차를 세웠다. 마차의 강철은 모두 붉은 천에 싸여 있었다. 포장되지 않은 철에도 '천지를 흔들어라 최대한 많이, 빠르게, 우수하고 저렴하게'라는 구절과 '시간을 최대한 활용해 영국과 미국을 뛰어넘자'라는 구절로 이루어진 붉은 대련 對聯이 빠짐없이 붙어 있었다. 아이도 자신과 실험이 제련한 쇳덩이를 붉은 천으로 싸서 마차에 실었다.

아이가 본부로 가서 공로를 상신했다.

아이가 본부에서 하룻밤을 보낸 뒤 99구로 돌아온 건 실험이 떠난 다음 날이었다. 쌀과 밀가루를 한 수레 가득 싣고 돌아왔다. 가슴에 사발만 한 붉은 비단 꽃 두 송이를 달고 실험에게 줄 사발 둘레보다 큰 비단 꽃도 가져왔다. 아이는 남들처럼 표창식을 열어 실험의 가슴에 꽃을 달아주고 그가 새로운 사람이 되었음을 선포할 계획이었지만 아이가 돌아왔을 때 실험은 미련 없이 떠나고 없었다.

아이와 상부에서 아무런 지시를 내리지 않았음에도 사람들은 99구 마당을 깨끗하게 쓸고 문과 창문을 말끔히 닦았으며 대문에 커다랗고 붉은 대련까지 붙였다. '천지를 흔드나니 바다처럼 드넓은 곡물 창고로 서구를 비웃고, 시간을 붙드나니 산처럼 높은 강철로 천하를 호령하네'라는 대련의 두 구절은 웅장하면서 기백이 넘쳤다.

아이가 돌아와 대문 앞에 서서 대련을 보았다. 잠시 뒤 이해가 됐는지, 물을 뿌려 깨끗이 닦은 두꺼운 나무 문으로 시선을 돌렸다. 그리고 비질한 뒤 먼지를 가라앉히느라 물을 뿌린 문 앞의 모래땅을, 꽃잎을 그려놓은 것처럼 물기가 옅게 남은 땅을 바라보았다. 울퉁불퉁했던 지면이 거울처럼 매끈해져 노랗게 반짝이는 모래의 숨결과 물기의 청량함을

발산하고 있었다. 황금빛으로 투명하게 빛나는 정오의 햇살
은 용광로 불길이 허공에 떠 있는 것처럼 따스했다. 아이가
돌아왔다. 사람들이 대문 앞에서 자발적으로 두 줄로 늘어
서 가장 높은 상부의 상부를 맞이하듯 그를 맞았다. 마차가
멈추었을 때는 뜨거운 박수까지 보냈다.

아이가 마차에서 일어나자 얼굴 가득한 홍분이 햇살의 반
짝임과 하나가 되었다.

"실험은?"

아이가 모두를 향해 물었다.

"갔습니다." 누군가 대답했다. "어제 별 다섯 개를 들고 떠
났습니다."

아이의 얼굴에 당혹감과 불쾌감이 일었다.

하지만 대문 입구와 마당의 확 달라진 광경을 보고는 당
혹스러움이 점점 옅어지더니 아예 사라졌다.

"떠났다니 이 꽃을 달 수 없겠군."

실험을 대신해 안타깝다는 듯 붉은 비단 꽃을 들고 흔들
자 아이의 얼굴에서 붉은 꽃과 나비가 팔랑거리는 것처럼
웃음이 보였다가 사라지고, 사라졌다가 보였다. 그렇게 웃으
며 고개를 돌려 마부와, 쌀과 밀가루를 끌고 온 대추 색 말을
보았다. 그러더니 숙사로 가서 예의 작은 나무 상자를 가져

와서는 다시 마차 끝머리에 서서 소리쳤다.

"대문 입구를 청소한 사람이 누구지?"

중년의 교수가 나오자 아이가 작은 꽃 두 송이를 주었다.

"누가 마당과 내 숙사 입구를 청소했나?"

또 다른 교수가 나오자 아이가 작은 꽃 세 송이를 주었다.

"대문에 축하 대련을 써 붙인 사람은?"

예순여덟 살의 언어학자가 나섰다. 소년같이 천진난만한 웃음을 지으며 아이 앞으로 나간 그는 고개를 수그리며 굽실거리는 한편 머리를 돌려 주변 동료들을 살펴보았다. 그런데 생각지도 않게 모두들 웃음을 띤 채 선의의 격려와 박수까지 보내는 게 아닌가. 아이가 이번에는 작은 꽃 두세 송이 대신 어린애 손바닥만 한, 작은 꽃 열 송이에 해당하는 중간 꽃 두 송이를 주었다. 중간 꽃을 받을 때 언어학자의 두 손이 바르르 떨렸다. 뭔가 말하고 싶은데 할 수 없는지 아랫입술을 깨물었다. 그의 등 뒤로 다시 한 번 우레와 같은 박수 소리가 터지더니 오래도록 끊이지 않고 울려 퍼졌다.

그 이후 99구는 완전히 들끓기 시작했다.

아이와 실험이 발견한 흑사 제철 기술은 99구뿐만 아니라 황허 위신구 전체와 성 전체, 더 나아가 전국의 제철 문제를 해결할 수 있었다. 따라서 이상적인 모델로 선정해 현과 성은 물론 전국으로 확산시킴으로써 전 세계의 그 냉랭한 시선들에게 동양이 얼마나 지혜롭게, 어떻게 재래 방식으로 세계의 난제를 해결하는지 보여줄 필요가 있었다. 이제 영예롭고 눈부신 모델을 창출하기 위한 관건은 상부가 얼마나 빨리 자석을 보내주는가였다. 둥근 자석, 네모난 자석, U자형 말굽자석 등 자석이 있어야 99구는 황허 강변으로 출발하고 화로와 식당, 침구를 80리 바깥의 황무지로 옮기며 황허 제방을 따라 용광로를 줄줄이 파고 땅에서 원료를 채취하며 버드나무, 백양나무, 느릅나무, 가시나무와 흑사로 전국을 뒤흔들고 세계의 제철 서사시를 뒤흔들 수 있었다.

자석을 기다리는 동안 99구 사람들은 아이에게 결의서와 제안서를 쓰고 매일 도끼와 빗자루, 톱과 식기 등을 자신의 상자나 이불 속에 숨겼다. 연장이 있어야 땅을 쓸고 작은 꽃 한 송이를 받을 수 있었다. 질그릇이라도 있어야 강가에서 물을 떠다 비질한 땅에 뿌려 꽃을 받을 수 있었다. 종교는 변소에 갔다가 가득 찬 똥통을 퍼낼 삽이 없자 바지를 걷어붙인 채 양손으로 분뇨를 통에 담아 밀밭으로 가져갔다. 그는 똥통을 깨끗이 치운 뒤 강가에서 손과 발을 씻고 빨갛게 얼어붙은 손을 내밀어 아이에게서 어린애 손바닥만 한 중간 꽃 한두 송이를 받곤 했다.

며칠 사이 몇 송이에 불과하던 꽃을 수십 송이로 불린 사람이 나왔다. 침대맡이나 탁자 앞에 붙일 수 없을 만큼 많아져 작은 꽃을 중간 꽃 몇 송이나 오각별 한두 개와 바꾼 사람도 나왔다.

모두의 붉은 꽃과 오각별이 풍성해졌을 때 자석 한 포대와 학자와 음악이 마차 한 대로 돌아왔다. 땅거미가 깔릴 때쯤 도착해 마차의 살그락거리는 소리가 겨울날의 회백색을 띤 채 멀리서부터 들려왔다. 입구에서 마당을 치우던 위신구 사람들이 먼 곳을 향해 소리쳤다.

"자석을 가져온 겁니까?"

마부가 큰 소리로 그렇다고 외치며 일어서서 철썩 채찍을 내리치자 두두두 하는 말발굽 소리와 함께 마차가 99구로 달려왔다. 사람들이 마당과 숙사에서 하나둘씩 입구로 뛰어나갔고 마차가 도착했을 때 뒤쪽에 앉아 있는 학자와 음악을 발견했다. 마차의 양쪽 끝에 떨어져 앉은 두 사람은 '죄인'이라고 적힌 종이 고깔모자를 쓰고 검은 글씨로 크게 '간통범'이라고 적힌 한 자* 길이의 네모난 종이판을 가슴에 걸고 있었다. 글자 옆에는 남녀가 풀밭에서 부둥켜안고 뒹구

---

* 길이의 단위로 약 33.3센티미터. 척尺.

는 그림이 그려져 있었다. 자세히 보니 남자는 학자와 닮았고 여자는 음악과 닮았다. 간결하면서도 무슨 의미인지 확실히 알 수 있도록 무척 예리하게 형상화된 그림이었다. 글자도 가로세로가 균일하면서 바람에 잎이 한쪽으로 쏠린 나무처럼 안진경체를 광초狂草로 심하게 흘려 쓴 필체였다. 위신구에는 서화가가 많았다. 그들은 마차를 부리고 땅을 일구는 것처럼 능숙하게 표어를 쓰고 선전용 그림을 그렸다. 학자와 음악은 몇 년 뒤에 값비싸질 수 있는 서화가 그려진 모자와 종이판을 지닌 채 돌아왔다. 마차가 문 앞에 서자 그들이 고개를 들어 무리지어 서 있는, 무척 익숙한 사람들을 바라보았다. 음악은 손에 보라색 소독약을 들었고 얼굴빛도 보라색과 노란색에 창백할 만큼 파리했다. 그 가무파리한 얼굴에 머리카락마저 땀범벅으로 달라붙어 정신병원에서 뛰쳐나온 사람 같았다. 항상 깔끔하던 선홍색 윗도리는 진흙과 먼지투성이였고 어깨와 가슴 부분에 구멍이 나서 까맣고 하얀 솜이 지저분하게 비어져 나왔다. 한편 학자의 모습은 또 달랐다. 옷은 해지지 않았지만 얼굴 여기저기에 맞아서 부은 멍과 울혈이 가득했다. 두 입술은 어찌나 굳게 다물었는지 영원히 열리지 않을 깊은 상처가 가로로 새겨진 것 같았고 이마에 생긴 커다란 물집 두 개는 차가운 겨울 날씨에 딱딱하게 얼어버렸다. 또 왼쪽 손목은 온통 갈라져 삼끈에 싸인 채 간통범 종이판 뒤에 감춰져 있었다.

그들은 각각의 위신구로 조리돌려질 때 사람들이 무대에서 간통 장면을 연출해보라고 하자 거절해 얻어맞았다. 보름 전만 해도 반듯하던 두 사람이 보름 후 완전히 다른 모습으로 돌아왔다. 두 사람은 모두를 바라본 뒤 마차에서 내렸다. 음악이 먼저 내렸다. 음악은 내려와 학자가 내리는 것을 부축했다. 그때서야 사람들은 학자가 다리를 저는 것을 알았다. 한 걸음을 내딛을 때마다 한 번씩 절뚝거렸다. 그러나 그의 눈빛은 완강하고 꼿꼿한 게 조용히 속죄하는 기운 따윈 전혀 없었다. 그는 자신을 배반한 학생과 동료들을 바라보듯 사람들을 쳐다보았다.

나는 학자, 음악과 시선이 마주치지 않도록 사람들 무리에서 뒤로 물러났다.

마차에서 내린 학자와 음악이 마차 옆에 나란히 섰다. 음악은 고개를 숙였지만 학자는 고개를 치켜든 채 경멸하듯 모두를 쳐다보았다. 실험이 떠날 때처럼 학자가 오만방자한 것을 보고 사람들이 이해할 수 없다는 듯 쳐다보았다. 그리고 간통을 하고도 어떻게 저런 눈빛으로 모두를 훑어보는 거냐고 수군거렸다. 다행히 음악이 학자의 눈빛을 알아채고 옷자락을 잡아당겼다. 학자가 잠시 반항하며 버티다가 결국에는 눈빛을 풀고 수그러졌다.

아이는 마차가 완전히 선 뒤에야 숙사에서 나왔다. 참새가 날아가듯 단숨에 마차 쪽으로 달려가자 마부가 마차 위의 포대를 가리켰다. 아이가 곧장 포대를 열어 가득 들어 있는 막대자석과 말굽자석을 바라보았다. 전부 새것으로 검은 윤기가 잘잘 흘렀다. 한쪽 끝은 빨갛고 다른 끝은 녹색인데 빨간 쪽에는 A, 초록 쪽에는 B라고 적혀 있었다. 한 포대 가득한 자석을 보고 아이가 얼굴을 빛내며 손을 내밀었다. 하지만 자석들은 한데 얽혀서 떨어지지 않았다. 결국 두 발로 포대를 밟고 두 손으로 힘껏 말굽자석 하나를 잡아당겨서야 몇 개를 떼어낼 수 있었다. 아이가 마차 앞에 서 있는 위신구 사람들에게 자석을 하나씩 나눠주기 시작했다. 하나씩 줄 때마다 물었다.

"내일 출발할 준비가 되어 있는가?"

자석을 받는 사람들이 고개를 끄덕이며 큰 소리로 그렇다고 대답했다.

"이번 제철에 자신 있나?"

누군가 웃으며 "기다리다 지쳤습니다"라고 했다.

사람들은 자석을 받은 뒤에도 뭔가를 기다리듯 마차 앞을 떠나지 않았다. 아이가 무슨 뜻인지 알아채고 웃으며 숙사로 돌아가 나무 상자를 가져왔다. 그러고는 돈 많은 부모가 설날에 세뱃돈을 주듯 모두에게 작은 꽃 한 송이씩을 나눠주었다. 사람들이 기뻐하며 작은 꽃을 들고 숙사로 돌아간 뒤 아이가 대문 길옆에 가만히 서 있는 학자와 음악을 발견했다. 아이는 포대에 마지막으로 남아 있던 자석을 음악에게 건넸다.

2. 『옛길』 p198

다음 날 어스름이 채 가시지도 않았을 때 99구 사람들이 전부 일어나 황허 강변으로 떠날 준비를 시작했다.

짐을 묶고 배낭에 잡동사니를 넣고 수레에 냄비와 사발, 바가지, 수저, 기름, 소금, 간장, 식초 등을 실었다. 그리고 동녘이 환해질 무렵 네 개 열의 127명이 모두 대문 앞에 모였다. 하지만 떠나려는 순간 대열 속에 음악은 있는데 학자는 없다는 것을 발견했다. 이에 학자와 같은 숙사 사람이 나와서 보고했다. 그의 말에 따르면, 학자는 전날 본부에서 돌아온 뒤 저녁도 먹지 않고 말 한 마디 섞지 않으면서 밤새 옷을 입은 채로 침대맡에 앉아 입을 꽉 다물고 정면 어디쯤을 쳐다보기만 했다. 그는 학자가 속에 쌓인 게 많아서 생각에 잠겼고 피곤해지면 잠들려니 했지만, 학자는 아침에도 여전히 멍하게 정면을 응시하며 마치 한데 붙어버린 것처럼 두 입술을 꾹 다물고 있었다.

같은 숙사의 교수가 "황허 강변에 제련하러 안 가나?" 하고 물었다.

그는 아무 말도 하지 않았다.

"여기 남으라고 했는가?"

다시 물었지만 여전히 입을 다문 채 침대맡에 흙 인형처럼 앉아 있었다.

그러다 호루라기가 세 번 울려 위신구 사람들 모두 아무 말 없이 서둘러 마당으로 집합했다. 그리고 대오를 정비해 떠나려 할 때 학자가 끝내 나오지 않았음을 발견하고 문제의 심각성을 깨달은 것이다. 그가 자살했을지도 모른다는 생각에 다급하게 아이를 이끌고 제2열 3숙사로 갔다.

3. 『하늘의 아이』 p181~p183 (일부 삭제)

학자는 여전히 침대 머리맡에 단정하게, 두 다리를 구부린 채 벽에 기대앉아 그 문, 창문의 빛을 뚫어져라 쳐다보고 있었다.

아이가 들어가 물었다.

"제철하러 안 가나?"

학자는 아무 말도 하지 않았다.

"꽃을 받을 수 있는 얼마나 좋은 기회인데, 이걸 놓치면 엄청난 손해라고."

학자는 아무 말도 하지 않았다.

"남고 싶은가? 하지만 여기는 황무지라 사람이 없으니 누가 지킬 필요도 없어."

학자는 아무 말도 하지 않았다.

"알고 있다. 우리가 간 뒤에 자살하려는 거." 아이가 꿈에서 깨어난 것처럼 말했다. "당신이 흑사 제철 기술을 싫어한다는 거 알아. 하지만 당신이 자살하면 99구에 사고가 생기는 거지. 그럼 나는 지구에 갈 수 없어. 성에서 열리는 대회에 참석할 수 없고 수많은 꽃과 상장을 받을 수 없다고."

학자가 눈을 들어 가련하다는 듯 아이를 쳐다보았다.

"그럼 왜 그러는데?" 아이는 도무지 이해할 수 없어 학자의 침대 앞으로 반걸음 더 다가갔다. "제련하러 가라. 그럼 당신에게도 똑같이 꽃을 주겠다. 당신도 125송이를 모으면 남들처럼 자유롭게 돌아갈 수 있어."

아이의 얼굴을 바라보던 학자의 시선이 그대로 창문 쪽으로 옮겨졌다. 입가에는 냉소가 흘렀다.

"내가 지금 다섯 송이를 주면 어떤가?"

학자가 아무 말도 하지 않았다.

"다섯 송이에 해당하는 어린애 손바닥만 한 중간 꽃은?"

학자가 여전히 아무 말도 하지 않았다.

"중간 꽃 두 송이는? 세 송이는?"

학자는 계속 말이 없었다. 아이를 쳐다보지도 않았다. 아이가 고개를 돌려 문밖의 하늘을 바라볼 때 얼굴에서 무력감이 묻어났다. 그러다 갑자기 목소리를 높였다.

"중간 꽃 네 송이면 가겠나? 바로 오각별 하나를 주면 갈 텐가? 당신이 가지 않으려는 건 흑사 제철 기술을 망치려는 뜻이겠지. 하지만 그건 99구의 대표작을 망치는 거다. 이 대표작을 망가뜨리려면 나를 작두로 내려쳐버려. 내 소망, 죽음도 두려워하지 않은 그 소녀를 따르겠다는 내 소망을 이뤄달라고. 당장 가서 작두를 가져오지. 다른 사람들과 강철을 만들러 황허 강가로 가든지, 아니면 작두를 가져올 테니 내 소원을 이뤄주든지 해."

아이가 그렇게 말하면서 정말로 나갔다.

둘러싸고 있던 사람들이 아이를 위해 길을 터주었다. 아이가 바람처럼 걸어갔다. 골목 사이로 바람이 부는 것 같았다. 아이가 잰걸음으로 제2열 3숙사를 나갈 때 동쪽에서 하얀빛이 맑고 순결하게 퍼졌다. 아이는 작두를 가져다 학자에게 작두날을 내려치도록 하리라 작정하며 발걸음을 재촉했다.

모두의 시선 속에 아이가 자신의 숙사로 들어갔다.

작가가 그의 숙사로 따라서 들어갔다.

그들은 많은 말을 나누었다.

잠시 뒤 아이가 빈손으로, 딱딱하고 하얗게 질렸던 얼굴이 전부 풀린 채 걸어 나왔다. 그는 입구에서 놋쇠 호루라기를 불어 흩어진 사람들을 대문 앞으로 다시 모았다. 그러고는 계속 고개를 숙인 채 입구의, 담장 기둥 아래에 있는 음악에게 말했다.

"당신은 나를 따라와. 시키는 대로 하면 꽃을 주지."

그러면서 아이가 다시 제2열 3숙사로 향했다. 음악은 머뭇거렸다. 하지만 결국 아이를 따라갔다.

동쪽에 붉은빛이 서렸다. 음악을 뒤따르게 하면서 제2열 3숙사에 도착하자 아이가 입구에 서서 큰 소리로 외쳤다.

"나를 베려고 애쓸 필요 없다. 아무래도 손쓰기 어려울 테니까. 다른 사람들과 제철하러 황허 강변으로 갈 필요도 없다. 생각해보니 당신이 말하지 않아도, 개조받지 않아도 상관없어. 하지만 당신이 해야 할 일은…… 전부 음악이 대신해야겠어. 어쨌든 두 사람은 다정한 한 쌍이니까. 당신이 안 가도 음악은 가야 해. 음악이 가면 혼자서 두 사람 몫을 해야겠지. 당신 일은 전부 음악이 대신할 거다."

아이가 말을 마친 뒤 뒤돌아서 갔다.

말이 방 안에 인질처럼 남았다. 대문 입구에 도착한 아이는 하늘색과 대열을 살펴본 뒤 다시 호루라기를 불고 손짓하며 대열을 북쪽으로 출발시켰다.

과연 99구의 동쪽 담 모퉁이를 돌 때 학자가 뒤쪽에서 따라왔다. 다리가 부러진 뒤에도 주인을 쫓아가는 불쌍하고 불쌍한 개처럼 절뚝거리며.

4. 『옛길』 p199~p210 (일부 삭제)

99구에서 황허 강변까지는 80여 리 길이었다.

그 80리 길은 여름에는 소택지였다가 겨울에는 꽁꽁 언
채 말라붙는 소금땅이었다. 날이 밝기 전에 일어났지만 태
양이 떠올랐을 때에야 비로소 소금기 짙은 강변에 들어설
수 있었다. 태양이 동쪽 대지의 지평선에 금물처럼 엉겨 붙
어 하늘과 땅을 하나로 찰싹 붙여주었다. 강가에서는 서릿
빛처럼 차가운 새 울음소리가 들려왔다. 한 번, 혹은 몇 번뿐
이었던 새 울음이 동쪽 하늘에서 눈부신 불꽃을 불러낸 뒤
에는 더 이상 성기지 않고 한데 어우러져 울렸다.

태양도 빛이 한데 어우러졌다.

평원의 모래사장도 하얀 소금이 한데 어우러졌다.

사람들의 땀도 얼굴에서, 몸에서 한데 어우러졌다.

모두들 침구와 행낭, 취사도구를 메고 곡식과 조미료를
실은 수레를 끌며 황허 강가로 향했다. 아이는 한 마리 새처
럼 맨 앞쪽으로 날아가 그와 실험이 걸었던 정북쪽 길로 나
아갔다. 그렇게 여름날은 물웅덩이였다가 겨울에는 말라버
리는 소금땅을 따라 걸었다. 헐벗은 웅덩이에 어쩌다 타터
우차오塔頭草라 불리는 사초莎草가 뭉텅이져 있으면, 그 속에

서 가끔씩 참새나 야생 조류가 날아올라 하늘을 유영하거나 하늘과 땅 사이를 쏜살같이 지나면서 고추를 먹은 여자의 비명처럼 날카롭고 맑은 소리로 울었다.

한일자로 늘어서 끝없이 넓기만 한 황무지를 걸어가는 대열이 꼭 아득한 하늘 아래 한 줄로 날아가는 고독한 기러기 떼 같았다. 타터우차오의 퀴퀴하게 바랜 냄새와 혀로 퍼지는 소금의 짠내, 가시덤불 잡목의 나무 내음, 새벽 대지의 따사로운 빛 향내, 공기의 차가운 기운이 한데 섞여 황무지만의 희누르스름한 소금기를 가진 유황 냄새가 되어 형체 없이, 그러나 매우 진하고 강렬하게 공기 속을 맴돌았다.

맨 앞 수레에 꽂힌 붉은 깃발이 바람에 휘날리며 촤르르 촤아 하는 소리를 내서 꼭 강가를 걷는 것 같았다. 누군가 뒤처져 간격이 벌어지면 "따라붙어라", "좀더 빨리", "뒤처지는 자는 꽃을 한 송이씩 제하겠다" 같은 말들이 맨 앞에서 맨 뒤까지 전해졌다. 마지막에 걷는 사람은 학자와 종교였다. 학자가 지팡이를 쥐고 한 걸음 뗄 때마다 발에 작은 모래 더미가 하나씩 끌려왔다. 종교는 학자가 대열에서 떨어지지 않게, 의외의 사고로 걷지 못하는 일이 없도록 살피고 돕는 역할을 맡았다.

"당신은 나보다 학식이 풍부하겠지요. 『자본론』 수정 작업에도 참여했다고 들었습니다." 종교가 말했다. "그런데 이 스라엘 사람들이 모세를 따라 이집트를 떠날 때 얼마나 힘들었는지 아십니까?"

학자는 아무 대꾸 없이 듣기만 하면서 앞으로 나아갔다.

"도중에 얼마나 많은 사람들이 굶어 죽었는지, 또 얼마나 많이 지쳐서 나가떨어졌는지 모릅니다. 매일 밤낮으로 가을, 그리고 겨울을 보냈지만 이집트를 나가지도 못하고 가나안 땅에 도달하지도 못했지요. 하지만 우리는." 종교가 왼쪽 어깨에 메고 있던 짐을 오른쪽 어깨로 바꾸고 앞으로 다가가 학자의 초록색 범포 가방을 받아 들었다. "80리니까 좀 서두르면 날이 지기 전에 강가에 도착할 수 있습니다."

결국 대오에서 떨어진 사람은 하나도 없었다. 정오가 가까워지자 거친 황량함 가운데 연못 하나가 눈앞에 나타났다. 얼어붙은 수면 위로 여름날 왕성하게 꽃을 피웠던 수초와 갈대가 생전 빗질이라고는 해본 적이 없는 봉두난발처럼 말라붙어 있었다. 모두들 못 주변에 둘러앉아 휴식을 취하며 얼음을 깨서 물을 끓이고 마른 식량을 먹은 뒤 다시 정북쪽으로 걸어갔다. 도저히 걷지 못하는 사람은 앞쪽 수레에 앉았다. 다만 앉는 사람은 자신의 붉은 꽃 한두 송이를 수레 끄는 사람에게 주어야 했다.

그렇게 하루 종일 황망하게 걷다 보니 중간쯤부터 발에 물집이 잡히는 사람이 생겼다. 자신의 짐 속에서 쓸모없는 물건을 버리는 사람도 있었다. 중년 여의사는 줄곧 감춰왔던 청진기와 혈압계를 길가 가시나무에 걸쳐 더 이상은 죽어가는 환자를 상관할 수 없게 되었다.

땅거미가 깔릴 때쯤이 되자 고개만 돌리면 길에 나뒹구는 신발과 양말, 낡은 모자, 삽자루, 망치 자루, 심지어 어느 여교수의 새 바지까지 볼 수 있었다. 분명 더 이상 걷지 못할 지경이 되었지만 대열에서는 아이고 하는 탄식 소리가 전혀 들리지 않았다. 길가에 주저앉아 더 이상 못 가겠다는 사람이 나올 법한데 갑자기 앞쪽에서 "봤는가? 저기 석양 속에 회색빛으로 높이 올라온 땅이 황허 제방이다" 하는 소리와 뒤이어 "먼저 도착하는 사람에게는 꽃 다섯 송이를 주고 나중에 오는 사람에게서는 다섯 송이를 제하겠다. 꼴찌로 도착하는 사람은 꽃을 내놓는 것은 물론이고 가마를 쌓고 밥을 해야 한다"라는 말이 덧붙여지자 대열의 발걸음이 빨라졌다. 젊은이들이 부지런히 걸어 앞으로 나가서는 마지막 힘을 짜내며 석양 속의 제방을 향해 뛰었다. 신발 아래로 풀잎과 나뭇가지가 바스락 소리를 냈다. 붉은 깃발을 든 사람이 뛰어가면서 구호와 노래를 부르자 머리 위의 깃발이 불덩이가 날아가는 것처럼 흔들렸다. 나중에는 종교마저 학자를 버리고 빠른 걸음으로 앞쪽의 사람들을 뒤쫓았다. 그는 뛰면서 미안하다는 말과 함께 학자의 짐을 바닥에 내려놓았다. 남자와 여자, 늙은이와 젊은이들이 말 떼가 승리를 향해 내달리는 것처럼 뛰었다. 그들이 내지르는 웃음과 환호성이 파도처럼 강가를 휩쓸어 황허 강변의 천년 적막을 깼다. 황허 강변을 들끓게 만들었다. 젊은 강사가 제일 먼저 도착해 아이와 실험이 쌓아놓은 가마 위에서 붉은 깃발을 흔들며 와 하고 소리쳤다. 작렬하는 선홍빛이 석양을 봉화대 저편에 깔린 먼지처럼 흐릿하고 무력하게 만들었다. 제일 뒤처진 학자가 절뚝거리며 앞쪽으로 걸어가 자신의 범포 가방을 줍고는 달려가는 사람들과 구호, 환호성, 그리고 붉은 깃발을 그 자리에 서서 멍하니 바라보았다. 아랫입술을 꼭 깨무는 그의 얼굴로 소금웅덩이에 겨울 안개가 깔리듯 짙은 망연함이 깔렸다.

그때 일부러 뒤처져 있던 내가 기회를 놓치지 않고 다가가 학자의 짐을 받았다.

"거의 왔으니 서두르지 말아요."

학자가 나를 보고 웃으며 감격에 찬 목소리로 고맙다고 했다. 어투에서 불쾌감이나 조롱이 전혀 느껴지지 않았다.

학자와 음악은 내가 그들의 『죄인록』을 썼다는 사실을 모르는 게 틀림없었다.

5. 『하늘의 아이』 p200~p205 (일부 삭제)

일이 그렇게 이루어졌다.

태초에 신이 하늘과 땅을 창조했다. 하얀 낮과 검은 밤으로 갈랐다. 아이가 "당신들은 이쪽에서, 여자들은 저쪽에서 지낸다"라고 하자 남녀가 갈렸다. 황허 제방 아래의 잡초 속이나 나무 옆에 물웅덩이의 잡초와 갈대, 가시나무를 베어내 다시 형태를 부여했다. 그렇게 초옥과 초당을 짓자 집이 생겼다. 끌고 온 장막을 세우자 살 곳이 생겼다. 돌을 쌓고 땔감에 불을 붙이자 부뚜막과 음식이 생겼다. 자석으로 흑사를 빨아들여 한데 모으자 사철이 생겼다.

규정에서 다섯 명이 작은 용광로를 파라고 하자 다섯 명이 했다. 규정에서 열 명이 큰 용광로를 쌓으라고 하자 열 명이 했다.

사람들이 땅을 돌아다니며 흑사를 찾았다. 물을 따라 흐르다가 모래 위에 길게 남은 흑사를 찾아 막대자석과 말굽자석을 놓으면 흑사가 큰 걸음 작은 걸음으로 달려왔다. 그러면 옷이나 보자기로 용광로까지 옮겼다. 3일 내지 5일이 지나면 용광로에서는 워터우窩頭* 같은 쇳덩어리가 굴러 나왔다.

신이, 나와 너희, 그리고 너희와 함께하는 모든 생물들 사이에 세우는 영원한 약속의 상징이 있다, 내가 구름 사이에 무지개를 둘 것이니 이는 나와 대지 사이에 세워진 상징이다, 라고 말했다. 빛은 무지개와 같았다. 불은 빛과 같았다. 용광로의 불이 한 덩어리가 되어 쉼 없이 타올라 낮이면 낮마다 밤이면 밤마다 차갑고 황량한 대지와 세상을 데웠다. 밤의 어둠과 냉기를 비추었다. 아이의 문 앞에 쌓인 쇳덩이는 까맣고 파랗고 둥글납작해 한 덩이씩 쌓아 올릴 수 있었다. 낮이면 쇳내가 불그스름했다. 밤이 되어 푸르스름한 달과 하얀 별이 황허를 따라 솟아오르면 호수의 물안개가 배를 띄우듯 쇳내가 아이의 방을 둘러쌌다.

아이는 용광로 근처의 저지대에서 지냈다.

저지대에는 나무가 있었다. 막대로 장막을 세우고 네 귀를 나무와 돌에 묶었다. 돌과 땔감으로 가장자리를 눌렀다. 장막 안에는 풀을 두껍게 깔았다. 그러자 아이에게 따뜻하

---

* 옥수수가루 등 잡곡가루를 원뿔 모양으로 빚어서 찐 음식.

고 바람이 들지 않는 천막집이 생겼다. 등불이 허공에서 흔들거렸다. 불빛이 햇살 아래 흘러가는 물 같았다. 작가가 들어가 완성한 『죄인록』을 건넸다. 괘선지에 정갈한 글자. 괘선은 빨간색이고 글자는 파란색이었다. 원고 뭉치를 아이 옆 나무 선반에 내려놓았을 때 "앉아라" 하고 아이가 말했다. 작가가 등불 아래에 앉자 달빛 속의 검은 쇳덩어리처럼 그림자가 하나로 모아졌다. "말해봐" 하고 아이가 대충 책을 넘기며 말했다. 넘기면서 말했지만 손은 이미 지면에 멈춰 있었다.

"도착한 그날." 작가가 입을 뗐다. "그날도 음악과 학자가 함께 있었습니다. 음악이 학자의 짐을 들어주었지요."

"그리고" 작가가 말했다. "어디서 났는지 고추와 셴차이鹹菜*도 학자에게 주었습니다."

"정말 믿기 힘든 일이 있습니다." 작가가 아이의 얼굴을 쳐다보았다. "종교가 겉으로는 좋아진 것 같아도 그가 읽는 책은, 감히 상상조차 하기 힘들게도, 학자가 번역에 참여하고 상부 지시에 따라 수정한 『자본론』, 그 크고 두꺼운 책 말입니다." 작가가 손짓하며 소리를 높였다. "그 커다란 『자본

---

* 소금에 절인 장아찌.

론』 안쪽에 네모나게 구멍을 파서 이렇게 작은 『성경』을 숨겼습니다. 모두들 그가 일이 없을 때마다 허가된 책을 읽는다고 생각하지만 사실은 『자본론』에 끼워놓은 『성경』을 읽는 것입니다."

아이의 얼굴에 놀라움이 서렸다.

"책은 이불을 갠 뒤 그 속에 숨깁니다."

아이의 얼굴에 놀라움이 서렸다.

"의사는 도둑질을 합니다. 매일 남들이 모아놓은 흑사를 아무도 없을 때 한 주먹씩, 한 움큼씩 자신의 밀가루 포대에 담습니다."

아이의 얼굴에 놀라움이 서렸다.

작가가 말했다.

"지금 말씀드린 것들을 모두 『죄인록』에 기록했습니다."

아이가 잠시 멍하니 있다가 물었다.

"오늘은 몇 송이를 받고 싶은가?"

작가가 부끄러워하며 대답했다.

"적당히 알아서 주십시오."

아이가 몸을 돌려 침대맡으로 가서는 나무 함에서 예의 나무 상자를 꺼냈다. 작은 꽃 세 송이를 꺼내자 작가가 손을 내밀었다. 꽃이 작가의 손에 놓였다. 원고지와 파란 잉크도.

상을 받은 뒤 작가가 아이의 거처에서 나갔다.

아이도 나갔다. 일이 그렇게 이루어졌다. 아이는 흑사를 수집하는 모두에게, 매일 한 사람당 흑사 열 사발씩 내라고 했다. 5일마다 용광로를 돌리고 각 용광로마다 커다란 대나무 광주리보다 크고 300근 이상 나가는 쇳덩이를 만들라고 했다. 땔감 담당자는 불을 꺼뜨려서는 안 된다고 했다. 밖으로 나온 아이가 천막 앞에 섰다. 차가운 바람이 불어왔다. 용광로에서 빛이 뿜어져 나왔다. 누구도 막을 수 없는 물소리가 황허 제방에서 콰르릉하며 울렸다. 사람들은 모두 휴식에 들어가 초옥에서 잠들었다. 제방을 따라 만든 가마에서 불꽃이 시뻘겋게 올라 절반의 하늘과 세상을 비췄다. 아이가 쇳덩이 위에 서서 멀리 초옥을 바라보았다. 조용해진 뒤 어디선가 종교가 나와서 빛 속, 쇳덩이 옆에 섰을 때 아이의 소리가 울렸다.

"겁도 없군, 당신!"

종교가 깜짝 놀라며 쳐다보았다.

"전부 냈다고 하더니 큰 책 속에 작은 책을 숨겨? 그리고 매일 보다니. 내가 모를 줄 알았나?"

종교가 털썩 꿇어앉아 몸을 덜덜 떨었다. 뭔가 말하려는 듯했지만 아무 말도 하지 못했다.

"돌아가라. 책을 가지고 와."

말을 마친 뒤 아이가 자신의 처소로 돌아갔다.

거처로 간 아이는 기지개를 켠 뒤 자신이 만든 의자에 앉았다. 돌아갔던 종교가 순식간에 돌아왔다. 아이에게서 한 걸음 떨어진 곳에 서서 계속 몸을 떨었다. 언제든 다시 무릎을 꿇을 태세였다. 아이가 그 커다란 16절지 책, 벽돌처럼 두껍고 검붉은 표지의 딱딱한 양장본을 받았다. 표지에 '자본론'이란 제목과 아주 긴 저자 이름이 적혀 있었다. 공문에서 가장 추천하며 누구나 반드시 읽어야 한다고 명시한 책이었다. 아이는 자신의 밥그릇만큼이나 그 책이 익숙했다. 하지만 한 번도 다른 사람이 그의 밥그릇을 사용하지 않은 것처럼 책을 읽어본 적이 없었다. 책을 들추자 스무 장쯤 뒤에 과연 가로 2촌, 세로 3촌, 깊이 1촌 정도 되는 구멍이 있었다. 구멍의 네 변이 작은 『성경』에 꼭 들어맞았다. 『성경』은 표지 없이 속지만 있었다. 글씨가 파리똥만큼 작은 게 꼭 열을 지어 자석으로 달려드는 검은색 강모래 같았다. 책을 덮고 아이가 종교를 흘겨보았다. 종교가 황급히 무릎을 꿇었다. 그때 바깥에서 누군가 오가는 소리가 났다. 그쪽에서 "2호기, 땔감 넣어라!" 하는 외침이 들리더니 이내 곧 끊어지고 적막으로 돌아갔다. 타닥거리는 불꽃 소리와 멀리서 들리는 물소리를 제외하고는 만물이 전부 고요했다.

"당신은 두 가지 죄를 지었다." 아이가 말했다. "하나는
『성경』을 몰래 봤다는 것, 이건 큰 죄다. 다른 하나는 진짜 성
서에 구멍을 뚫은 것, 역시 큰 죄야. 죄에 죄를 더했으니 본
부로 보내야겠지. 학자와 음악의 간통보다 심각하니 총살감
이다." 거기까지 말한 뒤 아이가 생각에 잠긴 듯 잠시 말을
멈추고 큰 책을 넘겼다. 작은 책을 품은 큰 책이 후드득 소리
를 내며 다시 접혔다. "당신이 성실하다는 걸 감안해서 상부
로 보내지는 않겠어. 하지만, 말해봐, 당신에게 어떤 벌을 주
어야 할까?"

"무엇이든 상관없습니다." 종교가 대사면이라도 받은 듯
연신 고개를 끄덕였다. "무엇이든 하라는 대로 하겠습니다."

아이가 큰 책에서 작은 책을 꺼낸 뒤 "일어나" 하고 말했
다. 종교가 자리에서 일어났다. 그러자 아이가 작은 책을 종
교 앞으로 던지며 말했다.

"그 책에다 오줌을 싸라. 오줌만 싸면 전부 끝나."

종교가 다시 그 자리에 얼어붙고 얼굴도 하얗게 질렸다.

"죽으라면 죽겠습니다. 하지만 제발 이 책만은 봐주십시
오. 전국에 오직 이 책 하나만 남았습니다. 다른 책들은 공화
국이 들어선 뒤 전부 수거돼 불살라졌습니다. 이 책은 제가

국가도서관에서 유일하게 남은 판본을 재물과 인맥을 동원해 얻은 것입니다. 이 책마저 사라지면 전국 어디에서도 더 이상 찾아볼 수 없습니다."

말하는 사이 종교의 입술이 바람 속의 나뭇잎처럼 바들바들 떨렸다. 차가운 밤이었지만 종교의 얼굴은 온통 땀투성이였다. 아이가 그를 힐끗 쳐다보며 콧방귀를 뀌었다.

"오줌을 누지 않겠다? 그럼 돌아가서 당신 꽃을 전부 가져와. 한 50송이쯤 되지? 그리고 또 있어. 정녕 그 책에 오줌을 누지 않겠다면 꽃을 반납하는 건 물론이고 내일 강철을 실은 수레를 당신 혼자 끌면서 나와 본부로 간다."

아이는 종교에게 벌로 둘 중 하나를 선택하라고 했다. 하나는 책에 오줌을 누는 것이고, 다른 하나는 그동안 모은 꽃을 전부 반납하고 노새처럼 검은 쇳덩이를 실은 마차를 끌며 아이와 진으로 상납하러 가는 것이었다. 왕복 300리에 이르는 길이라 쉬지 않고 가도 3일이 걸리는데 500~600근에 이르는 두세 개의 검은 쇳덩이까지 끌고 가야 했다.

하지만 종교는 끝내 후자를 선택했다.

6. 『하늘의 아이』 p209~p214

아이가 다섯 사람을 이끌고 사철을 헌납하러 떠났다. 수레 세 대를, 한 대는 종교 혼자서 끌고 두 대는 네 사람이 나눠서 끌었다. 종교는 죄가 있으니 마땅히 혼자 끌어야 했다. 비탈길을 올라갈 때나 움푹 파인 웅덩이를 지날 때에만 아이가 밀어주었다. 다음 날 진에 도착한 뒤에야 아이는 99구의 사철을 본부에 헌납하면 본부는 현에, 현은 지구에, 지구는 성에, 그렇게 한 단계씩 도성까지 보낸다는 것을 알았다.

도성에서는 전시를 한다고 했다.

일이 그렇게 이루어졌다. 생각했던 것보다 훨씬 위대하고 웅장했다. 아이가 흑사로 강철을 제련한 것은 창조적 행동일 뿐만 아니라 세계, 그 모든 반동 국가에 대한 최강의 반격이자 투쟁이었다. 이제 중국은 흑사 제련 기술이 있으니 다른 나라에서 강철을 수입할 필요가 없게 된 것이다.

진으로 간 지 5일이 되도록 아이는 돌아오지 않고 바람이 불듯 소식만 하나둘 99구로 전해졌다. 첫번째 소식은 상부에서 흑사 쇳덩이를 세상에 터뜨린 핵폭탄이라고 평가했다는 것이었다. 그 소식은 99구 전체를 깜짝 놀라게 만들었다. 두번째는 아이가 붉은 꽃 외에 한 수레 가득 곡식과 고기를 상품으로 받았다는 소식이었다. 세번째는 사철을 베이징에 보내기만 하면 99구의 수많은 사람들이 새로 거듭났다고 인정받아 실험처럼 자유롭게 돌아갈 수 있다는 내용이었다. 사실인지 확인되지 않았음에도 사람들은 모두 미친 듯 모래를 모으고 나무를 베어 철을 생산했다. 누가 재촉하지 않아도 각자 신들린 것처럼 행동했다. 겨울날 날이 밝기도 전에 자리에서 일어나 물웅덩이에서 세수를 하고 불을 지키는 사람 하나만 남겨놓은 채 나머지는 전부 제방을 넘어 검은 철가루를 모았다.

아이는 진에 있었다. 진은 황허 강변에서 120리 거리였다. 하나의 마을, 수백 명의 사람들, 중심 도로와 도로에 자리 잡은 상점이 있는 곳이었다. 그리고 진에, 도로의 끝에 위신 본부가 있었다. 붉은 지붕의 건물이 커다란 마당을 사방으로 둘러싸고 각종 집무 종이판이 걸린 그곳이 바로 본부였다.

본부 마당에는 강철들이 쌓여 있었다. 기다란 것, 네모난 것, 타원형, 청색, 회색, 검푸르죽죽한 색. 각 구에서 보내온 주철의 중량을 재서 기록하는 사람이 있고, 마침 주철을 트럭에 싣고 있어서 땡그랑, 땡땡 하는 소리가 진의 거리를 가득 메웠다.

온 세상으로 널리 퍼졌다.

누군가 물었다.

"주철을 어디로 가져갑니까?"

신고 있던 사람이 대답했다.

"강철공장이요."

"무엇을 하려고요?"

"강철공장에서 이걸 다시 괭이와 쇠파이프로 만듭니다."

세상 사람들이 그때서야 철의 용도를 알았다. 초기에는 주철이 마당에 산처럼 쌓여서 매일 트럭 두 대로 옮겨야 했다. 하지만 지금은 주철이 줄었다. 위신구마다 강철 원료가 떨어졌기 때문이었다. 지난 보름 동안 트럭은 마당에서 3일씩 기다려도 항상 가득 신지 못한 채 떠났다.

강철 원료가 바닥난 것이다.

마을에서는 더 이상 어디서도 쇳내를 맡을 수 없었다. 길가나 마을 입구에 검게 그을리고 시뻘겋게 달아오른 용광로만이 텅 빈 채로 서 있었다.

바로 그때 실험과 아이가 검은 철가루를 찾아냈다. 흑사제철 기술을 발견했다. 실험은 물리, 그것도 금속물리학을 배웠다. 흑사 제련 기술을 찾아낸 실험은 붉은 별 다섯 개를 받고 집으로 돌아갔다. 아이는 첫번째 사철을 황허 강변에서 수레에 신고 이틀을 걸어 본부로 갔다. 상부 인사가 사철을 만져보고 아이의 머리를 만지면서 얼굴이 붉게 상기됐다. 상부 인사는 아이에게 상장을 주며 사람들 앞에서 내용을 읽었다. "상, 장" 하며 처음 두 글자는 아주 느리게 읽고 뒤의 "아이가 국가 건설 중 강철 사업에 지대한 공헌과 노력을 보인 바 이에 특별히 상장을 주어 독려합니다"라는 내용은 빠르게 읽었다.

그리고 또 본부의 명칭과 날짜를 읽었다.

박수 소리 속에서 상부가 아이에게 상장을 수여하고 커다란 붉은 꽃을 달아주었다.

아이는 전체 위신구의 유명 인사가 되었다. 저녁 때 상부의 초청으로 아이가 연회에 참석하자 쌀밥과 하얀 만터우, 고기반찬, 닭찜, 그리고 술이 나왔다. 아이가 "저와 함께 철을 가져온 사람들도 함께 먹는 것이지요?"라고 말하자 끝 쪽에 탁자가 하나 더 차려졌다. 거기에는 쌀밥과 하얀 만터우, 고기반찬은 있었지만 닭찜과 술은 없었다.

연회 자리에서 상부가 아이에게 물었다.

"자네 성도에 못 가봤지?"

아이가 고개를 끄덕였다.

상부가 조용히 생각에 잠겼다가 약속했다.

"오늘 마차 세 대에 철 1톤을 가져왔지. 자네가 연내에

100톤을 생산한다면, 내 보장하겠네, 지구 대표회의에 데려가는 것은 물론 성, 베이징 대표회의에도 참석시켜주겠네."

일이 그렇게 확정되었다. 아이의 얼굴이 붉게 상기되었다.

"1톤을 생산할 때마다 상장과 밀가루 한 포대, 꽃 두 송이를 주십시오. 100톤을 생산하고 성 대표회의에 나가겠습니다."

아이는 아직 성도에 가본 적이 없었다. 아이는 늘 성도에 가보고 싶었다. 진에는 도로가 하나고 현성은 세 개였다. 지구에는 크고 작은 도로가 최소 서른 개는 되었다. 그렇다면 성도는, 도로가 과연 몇 개나 될까?

아이는 진과 현과 지구는 알았지만 성도는 어떻게 생겼는지 몰랐다.

아이는 성도에 가고 싶었다.

철 100톤을 생산하면 상장이 100장이고 꽃이 200송이니까 그땐 성도에서 새해를 맞을 수 있겠구나, 하고 아이가 생각했다. 진에서 황허 강변으로 돌아갈 때 종교가 수레를 끌고 아이가 위에 올라탔다. 아이가 하늘을 쳐다보며 한참을 생각하다 말했다.

"계산 좀 해봐. 흑사 150근이면 철 100근을 만들 수 있어. 그렇다면 철 100톤에는 흑사가 얼마나 필요하지? 우리한테 용광로가 총 스무 기 있고 평균 5일이 한 회니까 100톤을 생산하려면 며칠이 필요한가?"

종교가 황야에 수레를 세우고 막대로 땅에 써가며 중얼중얼 계산했다. 철 100근이면 혹사 150근이고 1000근이면 1500근이 필요하니까 1톤이면 혹사 3000근이 필요하다. 스무 기에서 한 번에 평균 300킬로그램씩 생산하니까 총 6000킬로그램이고, 따라서 각각의 용광로를 서른다섯 번 돌리면 105톤이 된다. 그런데 한 회에 5일 밤낮이 걸리므로 평균 서른다섯 번이면 175일, 꼬박 6개월이 걸린다고 말했다.

계산과 함께 말을 마친 종교가 일어나자 길가 땅 위에 커다랗게, 꼭 게가 땅 위에서 결투를 하는 듯한 모양이 남았다. 종교가 일어나 아이의 얼굴을 살폈다. 아이의 얼굴이 막막함과 실망으로 가득했다.

"그럼 2~3일에 한 번씩으로 용광로 주기를 줄이고 용광로마다 평균 500이나 800킬로그램을 생산하고, 또 가마를 몇 기 더 지으면 연말까지 100톤을 생산할 수 있겠네?"

계산하며 묻는 아이의 얼굴에 붉은빛이 서렸다.

일이 그렇게 이루어졌다. 태양이 높이 솟아올랐다. 앞쪽의 수레가 멀리서 멈추고 그들을 기다렸다. 그들이 갔다. 아이가 수레에 타고 종교가 끌었다. 햇살을 마주한 아이의 얼굴에 웃음이 피었다.

"당신의 그『성경』을 불태우지 않겠어. 작은 꽃 다섯 송이만 제하고 책에 오줌을 누라고도 하지 않겠다." 아이가 말했다. "연말에 난 꼭 성도에 가야겠어. 당신은 돌아가면 말이야, 사람들에게 100톤만 생산하면 서른다섯 명의 죄인이 실험처럼 자유롭게 집으로 갈 수 있다고 말해."

종교가 깜짝 놀라 고개를 돌려 아이를 바라보았다.

"마흔 명, 혹은 쉰 명이 집으로 갈 수 있겠다." 아이가 말했다. "당신 책에 쓰여 있더군. 신이 빛이 생겨라 하니 빛이 생겼다, 신이 물이 생겨라 하니 물이 생겼다."

종교가 나귀처럼 수레를 끌며 뛰었고 태양이 그의 머리 꼭대기를 비췄다.

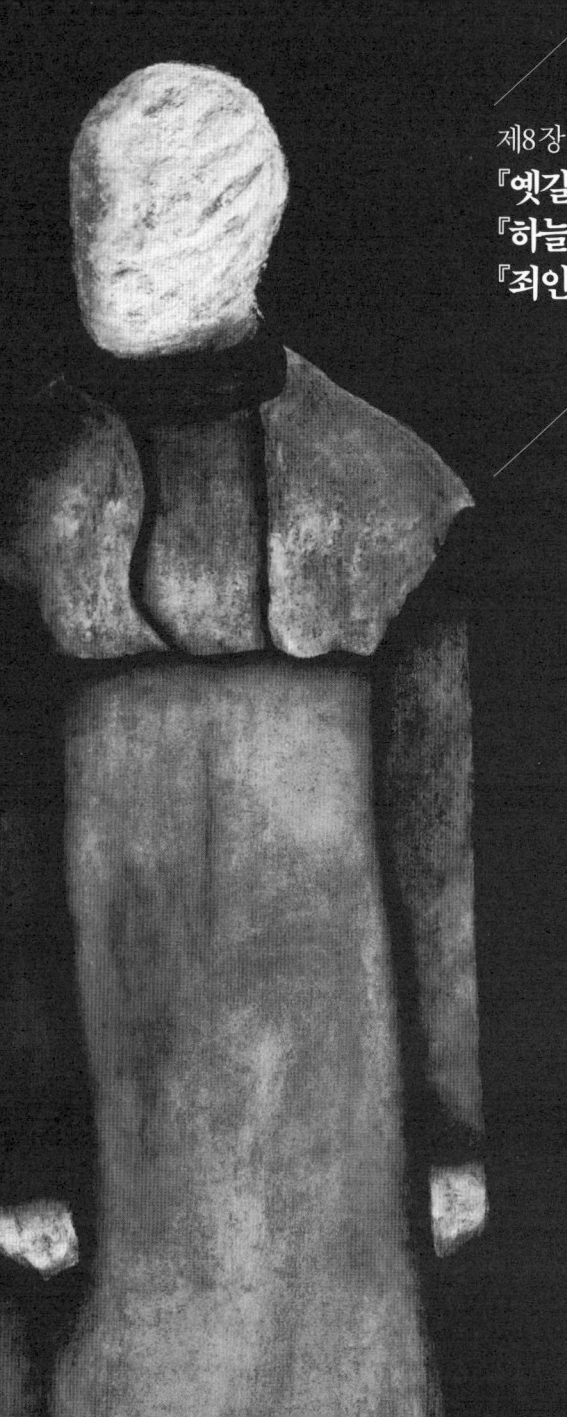

제8장
『옛길』,
『하늘의 아이』,
『죄인록』

1.『옛길』p300~p309

5일째 되는 날 아이가 진에 데려갔던 사람들을 이끌고 황허 기슭으로 돌아왔다. 소문은 사실이었다. 진에서 현, 현에서 성 하는 단계에 따라 사철을 베이징까지 보내기만 하면 99구 사람들이 대거 사면돼 자유로워질 수 있다고 했다. 그렇다면 누가 사면을 받을까? 당연히 적극적으로 성과를 내고 붉은 꽃을 많이 받은 사람일 터였다. 그래서 모두들 더욱 필사적으로 사철을 모으고 나무를 베고 강철을 제련했다. 그런데 문제는 강가에서 사철을 모아 제련하는 게 더 이상 제99구만이 아니라는 사실이었다. 제련 기술이 위신구 전체로 퍼지면서 보름도 채 지나지 않아 항하 기슭은 흑사를 모으는 사람들로 넘쳐났다. 춘제가 목전에 다가왔을 때는 상류와 하류 수십 리에서 위신구의 수천 명은 물론, 새끼줄에 자석을 매달고 강변을 오가는 농민들까지 볼 수 있었다. 황허 맞은편 기슭 저편으로도 누군가 서 있는 게 보이는가 싶으면 어느새 가마에서 불이 피어올랐다. 불빛과 연기가 허공으로 뛰어올라 황허의 양 기슭을 밝게 비췄다.

아이의 흑사 제철 기술이 순식간에 황허 양 기슭과 전국, 그리고 세계로 퍼졌다. 춘제 즈음 황허 양쪽으로 용광로가 하나둘 늘어나더니 낮이면 나무 베는 소리와 도도한 강물 소리가 기슭을 휩쓸었다. 그리고 밤이 되면 수백 기의 용광로 불빛이 둑을 따라 맹렬하게 타올라 황허는 머리와 꼬리 없는 화룡火龍 같았다.

아이의 성과를 표창하는 증서가 전국 방방곡곡으로 발송되었다. 증서에 찍힌 도성제철위원회의 빨간 도장이 태양처럼 99구 사람들의 가슴을 밝혀주었다. 모두들 자신의 이름이 집으로 돌아가는 첫번째 사면 명단에 들어가길 바라며 매일 사력을 다해 붉은 꽃을 모았다.

아이도 자신의 꽃과 상장을 간절히 바랐다.

어느 날 아이는 본부에서 가져온 상장과 꽃이 춘삼사월

풀밭에 가득한 꽃보다 더 많고 더 향기롭다는 것을 발견했다. 아이는 자신의 천막 동쪽 범포에 상장을 붙이거나 걸었고, 천막을 지탱하는 막대와 나무에 붉은 꽃을 걸었다. 그뿐만이 아니었다. 아이는 사람들이 꽃이나 별을 잃어버리거나 망가뜨리지 않도록, 또 서로 비교하면서 경쟁할 수 있도록 꽃을 전부 수거했다. 그는 자신의 천막 서쪽 범포에 100여 개의 네모 칸을 그리고 각 칸마다 이름을 적은 뒤 그 사람이 모은 꽃을 이름 아래에 붙였다. 그러고는 모두에게 3일마다 천막으로 와서 자신의 꽃이 몇 송이인지 확인하고 다른 사람은 얼마나 많은지 살펴보라고 했다.

붉은 꽃과 상장, 그리고 붉은 별이 아이의 천막을 가득 채웠다. 얼마나 붉은지 천막이 하루 종일 불타는 것 같았다. 99구가 그렇게 뒤흔들렸다. 꽃이 많은 것으로 50위 안에 드는 사람들은 누군가에게 따라잡힐까 봐 미친 듯이 흑사를 모으고 제련했다. 50위에 들지는 못하지만 서너 송이만 더 모으면 들어갈 가능성이 있는 사람들은 제련할 때마다 어떻게든 따라잡으려고 안간힘을 썼다. 그리고 몇 송이, 혹은 십수 송이밖에 없는 낙오자들은 자신보다 몇십 송이가 많은 사람들을 보면서 따라잡지는 못해도 더 벌어지지 않으려고 노력했다. 특출한 성과를 내면 2차, 혹은 3차 무리에 끼어 세상에 돌아갈 수 있을 거라는 기대도 있었다.

춘제를 앞두고 황허 기슭은 오장육부가 뒤집힌 것처럼 곳곳이 구덩이와 수로로 파헤쳐졌다. 그날 아이는 황허 제방을 거닐지 않고 하루 종일 자신의 천막에 들어앉아 식사 때조차 나오지 않았다. 자신의 거처에서 아이는 너무나 기분이 좋았다. 전날 또 한 차례 철을 상납하러 가서 상장 다섯 장과 커다란 붉은 꽃 열 송이를 받았다. 아이의 천막은 더 이상 꽃을 걸 곳이 없었다. 그는 어쩔 수 없이 범포와 기둥에서 꽃과 상장을 전부 떼어내 늘어놓았다. 그러고는 상장을 한 장씩 다닥다닥 동쪽 범포의 아래쪽부터 붙이기 시작했다. 붉은 꽃은 천막 꼭대기와 상장 사이사이에 걸었다. 그러자 붉은 꽃과 상장이 한 송이 한 송이, 한 장 한 장 가로세로로 줄을 맞춰 군영의 명예전시관에서처럼 가지런하게 놓였다. 아이는 어느새 상장 70장과 커다란 꽃 140송이를 모았다. 이제 강철을 30톤만 더 생산하면 상장은 100장이 되고 꽃은 200송이가 되어 성으로 가서 성도를 볼 수 있었다. 아이가 자신의 천막 안에서, 자신의 공간 그 세상의 상장과 꽃을 물끄러미 바라보다가 몸을 돌려 맞은편 네모 칸칸에 적힌 이름과 작은 꽃들을 바라보았다. 벌써 작은 꽃이 80송이, 90송이인 사람도 있었다. 이름 아래의 책 한 권만 한 빨간 네모 칸으로 부족해 작은 꽃들이 찬란한 빛을 뿜어내며, 우리 집 유채꽃이 남의 집 밭에서도 피어난 것처럼 자신의 네모 칸을 넘어 다른 사람 칸을 침범했다. 서쪽 범포도 꽃으로 가득한 동쪽 범포와 똑같이 불꽃처럼 붉었다. 용광로 불꽃이 피어오르듯 아이의 가슴이 갑자기 따뜻해지고 빨갛게 달아올랐다.

아이가 천막 곳곳을 둘러보았다. 비단 꽃과 명주 꽃, 종이 꽃, 붉은색, 분홍색, 농갈색, 진홍색의 반질반질한 꽃들이 하나같이 마음에 들어 속으로 이름을 붙여주었다. 사발만 한 붉고 커다란 비단 꽃은 모란이라 하고 조금 작은 명주 꽃은 작약, 바구니만 한 은홍색 종이꽃은 장미, 붉은 꽃 속에 노란색 꽃술이 달린 브로치들은 대륜국화, 소륜국화, 구월황국이라 불렀다. 그런데 한창 둘러보고 있던 중에 오른쪽 누군가의 네모 칸에 꽃이 한 송이도 없는 것을 발견했다. 화단의 화초 사이에 푸르스름한 석판이 깔린 것처럼 민둥민둥했다.

이름을 보니 학자였다.

붉은색들 속에 학자의 네모 칸만은 치솟는 화염 속 어느 한 부분에만 물이 뿌려진 듯했다. 여기저기서 펄펄 끓어오르는 불길과 상관없이 서쪽 범포 한구석 학자의 칸만은 황량하고 조용했다.

그 민둥민둥한 범포 조각에 아이는 깜짝 놀랐다. 그렇게 많은 날 동안 학자의 네모 칸이 단 한 송이도 없이, 붉은색 가운데 깊고도 검은 우물처럼 남아 있는 줄 몰랐다. 펄펄 끓던 아이의 마음이 끄느름히, 천천히 식기 시작했다.

2. 『하늘의 아이』 p261~p262 (일부 삭제)

천막 가득한 붉음이 하늘에 걸린 무지개 같았다.

아이는 빛나는 얼굴과 투명한 마음으로 붉음 속에 있었다. 하지만 천막에 들어선 학자는 그 완전한 붉음에 놀라서 얼굴에 붉은 돌이 얹힌 듯 표정이 딱딱하게 굳었다.

아이가 말했다.

"내 말을 들어, 나는 당신 편이야. 잘 들어, 고깔모자를 쓰고 사람들한테 당해주기만 하면 꽃을 아주 후하게 주겠다."

아이가 말했다.

"사람들한테 수모를 당하려면 모자에 여러 가지 죄명을 적어라. 모두들 당신을 보고 놀라게. 그래서 제련에 박차를 가하고 밤낮 쉬지 않도록 말이야."

"꽃을 아주 많이 주겠다. 붉은 칸을 메우다 못해 다른 칸으로 넘어갈 만큼. 사람들은 모두 당신을 부러워하면서 부지런히 흑사를 모으고 강철을 만들 거다."

아이는 학자의 얼굴에 떠오르는 슬픔을 보았다. 학자가 그 붉음 속에서 서릿발처럼 차가운 눈초리로 쏘아보았다. 아이가 아니라 천막의 그 붉은 세상을 쳐다보았다.

뚫어져라 쳐다보던 학자가 마침내 물었다.

"한 송이도 없으면 어떻게 됩니까?"

"위신구에서 평생 일하다가 죽어야지."

"그럼 여기서 죽게 두십시오."

냉소와 함께 그렇게 내뱉은 학자가 당당하고 오만하게 붉은색 일색인 천막을 나갔다. 천막 바깥의 밤에는 강변을 따라 만든 용광로에서 나오는 환하고 붉은 빛이 있었다. 하늘이 백주대낮처럼 붉고 환했다. 강물이 붉고 환하게 콸콸거리며 흘렀다. 학자가 제방 위에 서서 강물이 흘러가는 소리와 제련하는 소리를 묵묵히 들었다. 학자는 한참, 그리고 또 한참 있다가 제방에서 내려왔다. 한참, 그리고 또 한참 있다가 다시 아이의 천막으로 갔다. 학자가 아이를 보았다. 학자는 멍하고 무기력한 표정을 짓고 있었다.

학자가 아이 앞으로 한 걸음 다가가 가볍지도, 무겁지도 않은 소리로 물었다.

"100톤을 생산하면 정말 누군가는 자유를 얻습니까?"

고개를 끄덕이는 아이의 얼굴이 다시 빛나기 시작했다.

"제가 하라는 대로 하면, 새사람으로 거듭난 사람들을 선발할 때 음악에게 별 다섯 개를 주어 보내주십시오." 학자가 말했다.

아이가 얼굴을 빛내며 단호하고 무겁게 고개를 끄덕였다.

"당신들에게 아주 많은 꽃을 주어 얼른 100송이가 되도록 하지."

일이 또 그렇게 이루어졌다. 황허가 서쪽으로 방향을 돌렸다. 땅으로 밤의 한기가 스며들었지만 천막 안은 따뜻했다. 학자가 다시 천막을 나가 그 차가운, 불꽃의, 겨울밤 속으로 사라졌다. 아이가 감격스러운 눈빛으로 그를 배웅했다. 학자가 밤 속으로 사라졌다. 아이가 제방에 서서 불 속을 내달리는 용 같은 강물을 바라보았다. 아이의 얼굴에 용광로 불로는 절대 말릴 수 없는 그 강물 같은, 눈에 보이지 않는 빛과 열기가 넘쳤다.

3. 『하늘의 아이』 p263~p269 (일부 삭제)

학자와 음악이 사람들에게 당하면서 정말로 제철 속도가 빨라졌다.

100톤이 거의 완성되었다.

섣달이 된 이후에는 시간이 한달음에 달려가는 것 같았다. 아이의 상장과 꽃이 98장과 196송이가 되었다. 100톤에 거의 가까워졌다. 이번 한 번만 용광로를 더 돌리면 100톤이 넘을 터였다. 흑사를 넣을 때 아이가 용광로마다 세 통에서 다섯 통씩 더 넣으라고 했다.

이번 철은 다른 때보다 1톤 정도 더 많아야 했다.

그렇게 불이 붙여졌다.

그렇게 용광로가 지펴졌다.

3일 뒤 불을 끌 때 하늘에서 눈송이가 날렸다. 세상이 하얀 호수로 변했다. 강물 소리가 안개에 막혀버렸다. 거대한 적막 속으로 눈이 떨어지는 미세한 소리와 수면 위를 휘감은 안개의 속삭임만 들렸다.

최대한 빨리 철을 보내기 위해 사람들은 더 이상 나무를 베거나 흑사를 모으지 않았다. 전부 용광로를 끄고 가마를 뜯고 수레에 싣는 일에 가담했다. 가능한 한 눈이 오기 전에 철을 보내야 했다. 100톤을 채우는 마지막 철이었기에 용광로를 지피는 동안 모두들 나무통을 두 자 내지는 세 자 되게 잘라 세로로 세우고 퍽퍽 장작을 팼다. 강렬한 불꽃으로 3일 밤낮 72시간을 지핀 뒤, 원래대로라면 불을 끄는 것 외에 꼭 대기와 허리에 둘 내지 네 곳의 통풍구를 트고 하루 동안 용광로를 식혀야 했다. 또 꼭대기로 차가운 물을 들이붓고 용광로에서 뿜어져 나오는 하얗고 짙은 연기가 희미하고 옅어질 때까지 기다려야 했다. 그런 뒤에야 고온을 무릅쓰고 안으로 들어가 쇳덩이를 가지고 나올 수 있었다.

하지만 이번 철은 그날 아침이 밝아올 때부터 불을 끄고 통풍을 시켰다. 규정대로라면 다음 날까지 식혔다가 물을 뿌리고 들어가야 했지만 아침 일찍부터 아이가 호루라기를 불며 큰 소리로 외쳤다.

"눈이 온다. 이러다가 일을 망치겠어. 제99구에서 마침내 강철 100톤을 생산했다. 빨리 가마를 열어 상부로 보내지 않으면 다른 사람에게 일등을 뺏길 수 있다."

아이가 새벽부터 자신의 천막 입구에서 소리쳤다.

"다른 사람이 일등을 하면 누구든 별 다섯 개 받을 생각을 접어야 할 거다. 집에서 새해를 맞을 생각은 하지도 마라."

아이가 연이어 세 번을 외치자 사람들이 황망히 물통을

들고 졸린 눈을 비비며 용광로 쪽으로 바삐 걸음을 옮겼다. 학자가 그 속에 끼었다. 그는 걸어가면서 자신을 비판하는 종이판을 가슴 앞에 걸고 하얀 고깔모자를 썼다. 맞은편에서 음악이 빈손으로 사람들을 따라오다가 고깔모자를 쓴 학자를 보고 급히 되돌아가 자신의 종이판과 모자를 챙겨왔다. 사람들이 그렇게 용광로 사이의 공터에 도착했다. 아이가 삼삼오오씩 일을 배정해주자 누군가는 물을 길러 가고, 누군가는 용광로 중간에서 통풍구의 흙 마개를 치워 차가운 바람을 안으로 집어넣었다. 바로 그때 학자와 음악이 고깔모자를 쓰고 종이판을 건 채 아이 앞에 섰다.

"어디에 무릎을 꿇을까요?"

아이가 되는 대로 아무 곳이나 가리킨 뒤 숙사로 돌아가 세수를 했다. 이제 100톤이 넘어 성도에 갈 수 있다는 생각에 아이는 밤새 눈을 붙이지 못했다. 등불을 밝힌 채 신랑이 신방을 바라보듯 상장과 꽃을 바라보았다. 그리고 날이 채 밝기도 전에 사락사락 눈 내리는 소리가 들리자 호루라기를 불었다.

오늘 반드시 상부에 들어가 100톤을 채워야 한다.

아이가 세수를 한 뒤 천막에서 다시 나갔다. 스무 기의 용광로 꼭대기가 전부 열렸다. 사람들이 황허 강물을 이고 지며 날라서 한 통씩 꼭대기 위쪽 가장자리에 있는 흙구덩이로 들이부었다. 그러면 물이 용광로 위쪽으로 흘러가 안으로 떨어졌다. 차가운 물이 고온의 용광로 안으로 들어가자 냉기와 열기가 상충하면서 귀가 찢어질 듯한 엄청난 파열음을 만들어냈다. 그러고는 흑백의 연기가 요란한 소리와 함께 용광로 입구를 벗어나 하늘로 퍼졌다. 용광로 꼭대기에서 엉기면서 버섯 모양이 되었다. 스무 개의 연기 기둥이 꼭 구름이 피어오르는 것 같았다. 아이가 허공의 깊은 곳으로 날아가는 새처럼 구름 쪽으로 걸어갔다. 첫번째 용광로, 두번째 용광로. 중간 열세번째의 가장 큰, 방 한 칸만 한 용광로 앞에 도착했을 때 아이는 용광로 꼭대기에 꿇어앉은 학자를 발견했다. 물구멍에서 겨우 두 자 정도밖에 떨어지지 않은 곳이었다. 직경이 1미터나 되는 연기 기둥이 용광로 입구에서 솟구쳐 학자의 얼굴을 문지르고 덮었다. 아이가 학자에게 다가가서 눈의 그 밝고 하얀빛에 의지해 고깔모자를 살펴보았다. 검고 크게 적혀 있던 원래의 '간통죄인' 외에 '반역죄', '반당죄', '인민 배반죄', '민족 모독죄', '영수領袖 불경죄', '백성 능멸죄', '인류 문명 역행죄', '국민 부강 방해죄', '부녀 희롱죄', '애정 숭배죄', '노인 아동 학대죄', '노선 오류죄' 등이 적혀 있었다. 각양각색의 죄목이 '간통죄인'의 양옆,

위아래는 물론 모자 뒤까지 빽빽하게 적혀 있었다. 용광로의 연기와 열기가 그의 얼굴 앞쪽으로 솟구치면서 검은 잉크가 흘러내렸다. 그의 얼굴로 흘러내렸다. 황허로 물을 길러 가려면 누구든 이쪽을 지나 황허 제방 저쪽으로 가야 했다. 돌아올 때도 반드시 그 용광로 앞을 지나야 했다. 모두들 학자의 수모와 수고, 후회, 가책을 볼 수밖에 없었다.

아이가 고개를 돌려 음악을 찾았다.

학자가 그 용광로 아래를 바라보았다.

아이는 종이판을 걸고 고깔모자를 쓴 채 용광로 아래에 꿇어앉은 음악을 발견했다. 사람들이 모두 그녀의 수모와 수고, 후회, 가책을 보았다. 아이는 좋고 선량하며 음악과 학자를 사랑했다. 그는 잠시 음악을 바라보다가 다시 고개를 돌려 관대한 목소리로 물었다.

"당신들 둘이 가진 꽃이 몇 송이지?"

"52송이입니다."

"오늘 죄목을 총 몇 개나 적었나?"

"스물일곱 가지입니다."

"그럼 작은 꽃 스물일곱 송이를 더 주겠다."

학자가 눈을 반짝이고는 고개를 들어 감격스럽게 아이를 바라보았다. 아이가 뒤쪽의 용광로로 걸어가려는데 마침 강

바람이 제방을 따라 불어왔다. 용광로 연기를 휘말아 올리는 바람에 아이가 휘청했다. 아이는 몸을 추스르다가 학자가 미동도 없이 그 자리에 계속 꿇어앉은 것과 얼굴에 투명하고 커다란 수포가 생긴 걸 발견했다. 자세히 살펴보자 과연 증기에 데어 부풀어 오른 물집으로 큰 건 동전만 하고 작은 건 콩알만 했다. 아이는 마음이 흔들려 학자 얼굴에 생긴 열두 개의 수포를 일일이 세었다.

아이가 말했다.

"음…… 그럼 열두 송이를 더 주겠다."

학자가 고개를 끄덕이며 고맙다고 하고는 환하지만 보이지 않게 웃었다.

4. 『죄인록』 p181~p183 (일부 삭제)

아이, 제 말을 들으셔야 합니다. 정말로 이렇게 음악과 학자에게 꽃을 주어서는 안 됩니다. 당신은 선량하고 대범하고 그들을 사랑하지만 학자의 속마음을 알지는 못하지 않습니까? 99구의 사람들 가운데 학자만큼 학문이 높은 사람도 없고 그보다 더 간계한 사람도 없습니다. 그의 마음은 바닥이 보이지 않는 우물 같아서 아무도 그가 무슨 생각을 하는지 모릅니다. 그렇지 않다면 음악도 죄인이 되면서까지 그와 함께 있었을 리 없습니다. 학자가 고깔모자를 쓰고 종이판을 가슴에 건 채 그곳에 꿇어앉아 줄곧 지켜왔던 오만과 존엄을 내던짐으로써 흑사 수집과 강철 제련의 속도를 높인 것은 사실입니다. 하지만 한꺼번에 열 송이, 스무 송이씩 주어 순식간에 100송이로 늘려준 것은 불합리합니다. 힘들게 나무를 베느라 다리며 팔이 다치거나 부러지고, 매일 흑사를 모으고 제련하면서 사철에 짓무르고 동상까지 걸린 사람들이 어떻게 승복할 수 있겠습니까? 99구 사람들은 죄인인데다 당신을 거역하는 일이 없다지만 속으로 불만과 원한이 계속 쌓여 어느 순간 한꺼번에 저항하면 어떡할 겁니까? 더욱이 이 보름밖에 안 되는 짧은 기간 동안 꽃을 잔뜩 받아 자유를 얻는 첫 무리에 음악이나 학자가 들어간다면, 그들에게 너무 많은 편의를 주는 게 아닙니까?

아이, 제 말을 들으십시오. 반드시 들으셔야 합니다. 앞으로 며칠 내에 어떻게든 음악과 학자에게서 열 송이, 스무 송이를 제하십시오. 특히 그들이 위신구를 떠나는 첫번째 사면 명단에 들지 않도록 해주십시오. 분명 그들은 간통범으로 죄악을 저지른 사람들이니까요. 그렇게 해야만 사람들을 설득할 수 있고 모두들 부릴 수 있으며, 당신의 권위가 의심받는 일 없이 신의 지팡이나 지휘봉처럼 견고할 것입니다.

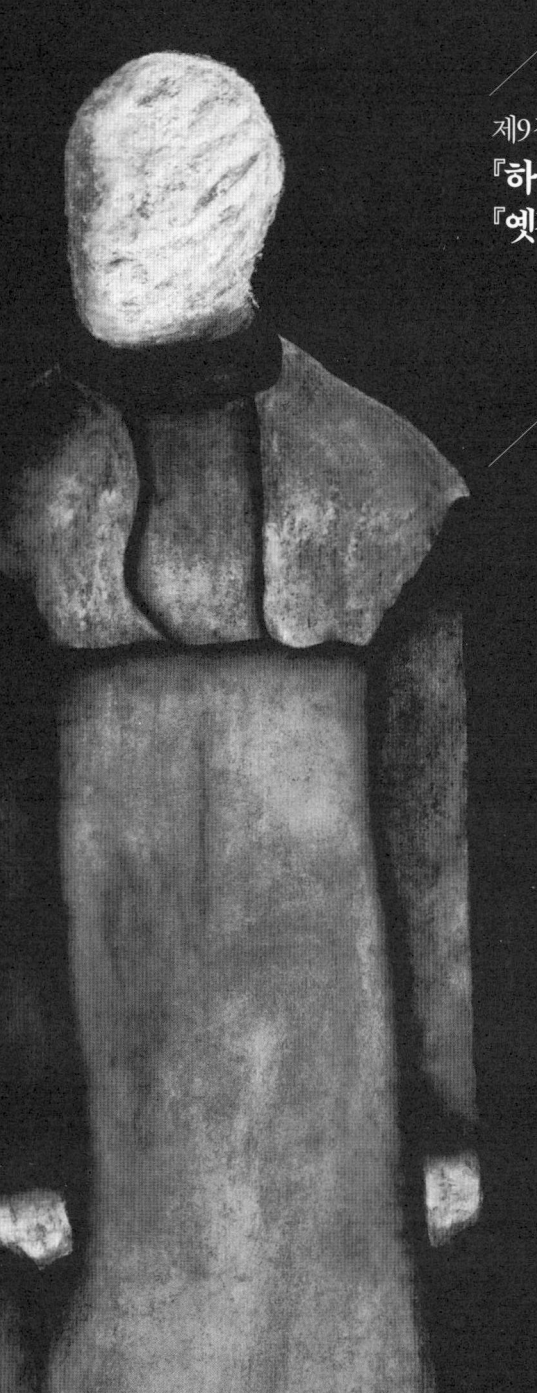

제9장
『하늘의 아이』,
『옛길』

1. 『하늘의 아이』 p270~p275

일이 그렇게 이루어졌다.

아이가 수레 일곱 대를 이끌고 기세등등하게 강변을 떠나 걷기 시작했다. 20리쯤 가자 눈발이 잦아들더니 이내 그치고 태양이 모습을 드러냈다. 가슴이 환해지면서 들떴다. 원래 세상이 이렇게 밝았구나, 원래 세상이 이렇게 빛났구나 싶었다. 소금땅에서 뒤틀려 올라온 염기성 피각皮殼이 쩍쩍 갈라진 채 솥을 덮은 누룽지처럼 대지의 웅덩이를 덮었다. 상서로운 징조인지 참새가 앞장서 날아가 수레를 기다리고, 또다시 앞으로 날아가 쩍쩍하고 울었다. 쩍쩍거리며 길을 안내했다. 간혹 가다 만나던 광야의 나무, 지난번 철을 상납하러 갈 때만 해도 하늘과 땅 사이에 우뚝 서 있던 나무가 이번에는 천지간 거리를 넓혀놓았다. 간혹 가다 만나던 나무가 그루터기가 된 때문이었다. 99구 건물에 도착해 물을 끓여 식사를 하고 다시 진으로 떠났다. 참새가 계속해서 길을 안내하며 울었다. 마침내 진에 도착했다. 참새는 어느 건물 위로 날아가버렸다. 길가에서 벌써 대련을 적은 종이와 붉은 폭죽을 팔고 있었다. 새해를 맞이하는 발걸음이 타다닥 소리를 내며 맞은편에서 달려왔다.

아이는 기분이 좋아 흥얼거리기까지 하며 수레 앞에서 손을 흔들었다.

"어서 서둘러라. 100톤을 넘었으니 저녁 때 고기를 먹을 수 있을 거다."

과연 고기를 먹을 수 있었다. 우선 무게부터 달아 수첩에 적고 주판으로 계산을 했다. 서기가 깜짝 놀라며 "아! 가장 먼저 100톤을 넘었습니다!" 하고는 수첩을 들고 건물로 뛰어 들어갔다. 상부 인사가 다시 수첩을 들고 뛰어나오더니 웃으며 아이의 손을 잡았다.

"정말 경사야. 과연 자네가 제일 먼저 100톤을 넘었군. 축하하네. 저녁 때 돼지고기와 소고기, 술을 대접하겠네."

그러고는 식당 쪽에 소리쳤다.

"탁자 둘을 더 준비해라. 쌀밥과 하얀 만터우, 소고기 조림에 계란도 삶도록."

수레를 끌고 간 99구 사람들이 마당에 앉아 발에 잡힌 수포와 피멍울을 터뜨리다가 그 소리에 들뜬 표정으로 식당 쪽을 바라보았다. 원래 세상이 이렇게 밝았구나 싶었다. 빛이 있으라고 하자 빛이 생겼다. 신이 빛이 좋고 밝은 것을 보고 빛과 어둠을 갈랐다. 사람들이 쉽게 지치는 것을 보고 해가 있을 때는 일하고 해가 지면 쉬라고 했다. 황혼이 깔렸다. 불그레한 석양이 예전에는 서쪽 마을 입구의 대추나무에 걸리곤 했다. 하지만 이제 대추나무는 강철을 만드느라 태워졌다. 나무가 전부 용광로로 들어갔다. 세상이 반들반들해 밝은 빛이 아무 막힘 없이 천지를 뒤덮었다. 차단되지 않는 석양빛이 핏물처럼 대지를 붉게 물들였다. 상부가 아이의 손을 잡아끌더니 자신의 방으로 데려가 앉혔다. 벽에 붙은 아이와 제99구의 제철 통계칸에 붉은 펜으로 오각별 하나를 그렸다. 제99구의 칸이 붉은색으로 가득 찼다. 불꽃 같았다. 상부가 그의 붉은 펜을 내려놓고 아이의 손을 쥐었다.

"자네가 위신구를 대표해 회의에 참석하기로 확정됐네. 제일 먼저 100톤을 넘었으니까. 또 흑사 제철 기술을 발명한 것도 자네들이니까."

상부가 다 익은 대추를 떨어뜨리려 대추나무 가지를 흔들 듯 아이의 손을 쥐고 흔들었다.

"그런데 한 가지가 또 있어. 아주 좋은 강철이 필요하다네. 자네가 101톤을 생산했지. 정말 놀라운 수치인 건 사실이지만 성에 가서 표창을 받으려면 50근 이상의 최상급 강철을 가져가야 해."

그렇게 말하면서 상부는 밖으로 나가 식당 도마에 있던 식칼을 가져왔다. 그러고는 아이를 다시 마당으로 불러 그들이 방금 내려놓은 빈대떡 같고 둥글둥글한 철 더미 앞에 섰다. 상부가 자갈을 집어 식칼을 치자 탕탕하며, 황허의 얼음이 갈라질 때처럼 낭랑한 소리가 울렸다. 이어서 아이의 단자 같은 쇳덩이를 쳤다. 그러자 퉁퉁, 나무로 단단한 진흙 토를 치는 듯한 둔탁하면서 비어 있는 소리가 났다.

"이걸로 어떻게 성 대회에 나가겠나?"

상부가 벌집 같은 쇳덩이를 발로 밟고 손에 든 쇠칼을 흔들었다.

"이 식칼 같은 철을 만들어서 성으로 가야 하네. 그러면 성에서 자네를 도성으로 보내줄 걸세."

아이가 고개를 들어 상부의 얼굴을 쳐다보았다.

"도성에 가본 적 없지?"

아이가 고개를 들어 상부의 얼굴을 쳐다보았다.

"성도에는 가봤나?"

아이가 고개를 들어 상부의 얼굴을 쳐다보았다.

"방법을 찾아보게."

상부가 손의 먼지를 털고 조롱박을 쥐듯 아이의 머리를 쥐었다가 뒤통수를 툭툭 쳤다.

"3~4일 내에 이 식칼처럼 단단하고 청명하게 울리는 철을 만들어야 하네. 그 강철을 가지고 성에 가야 해. 그런 철을 만들 수 없다면 더 이상 성도에 갈 생각은 말게."

태양이 사라졌다.

땅거미가 깔렸다.

세상이 이상할 정도로 조용했다. 본부 바깥에서 또 누군가 벌집 사철을 끌고 왔다. 상부가 무게 다는 사람에게 소리쳤다.

"대식당으로 데려가라."

그러고 나서 상부는 아이를 작은 식당으로 데려갔다. 건물 안으로 들어가 문을 닫고 아이와 탁자에 앉았다. 하얀 식탁보 위에 접시와 밥그릇이 놓여 있었다. 식탁보가 더러워질까 봐 걱정할 필요도 없었다. 쌀밥과 하얀 만터우, 샤오

주燒酒*에 돼지갈비 무 찜, 홍당무 소고기 찜, 계란볶음, 땅콩 튀김이 큰 그릇에 담겨 나왔다. 마음껏 먹을 수 있었다. 상부가 돼지고기와 소고기를 아이의 그릇에 놓아주었다.

일이 그렇게 되었다. 또다시 좋은 강철을 만들어야 했다.

2.『옛길』p317~p327

선달 초파일 아침부터 황허 강가에 함박눈이 펑펑 쏟아져 세상을 어렴풋하고 하얗게 덮었다. 그 눈 속으로 아이가 수레를 이끌고, 푹푹 파이는 눈을 헤치며 본부에서 돌아왔다. 모두들 이번에 가져간 사철 덩이가 최소 3톤이니까 어쨌든 상부에서 말한 100톤은 문제없이 넘었을 거라고 생각했다. 100톤이 넘으면 아이는 성도에 갈 수 있고 아이가 성도에 가면 스무 명, 서른 명, 심지어 마흔 명이 실험처럼 자유로워질 수 있게 된다. 집에서 춘제를 맞을 수 있다는 뜻이었다. 하지만 뜻밖에도 어제 철을 상납하러 간 아이는 곧장 진에서 현으로, 현에서 지구로, 또 상부를 따라 성으로 가지 않았다.

* 투명한 무색의 증류주, '바이주'라고도 함.

아이는 그날 밤 길을 떠나 다음 날 날이 훤해질 때 헐떡거리며 돌아왔다.

광야의 바람이 땅을 얼리며 휘파람 소리를 냈다. 눈이 무릎까지 쌓여 세상은 온통 하얗기만 할 뿐, 아무것도 없었다. 99구 사람들은 전부 처소에서 불을 쬐고 있었다. 용광로를 다 껐기 때문에 남은 장작개비를 각자의 초막으로 가져가 불을 지폈다. 모두들 숙사에 웅크린 채 불을 쬐며 한담을 나눴다. 아이가 성도에 갔다 오면 서른 명에서 쉰 명이 자유의 몸으로 집에서 새해를 맞을 거라고 예상하며, 서른 명이면 누가 갈 수 있고 쉰 명이면 누가 더 들어가는지 따져보았다. 그렇게 즐거운 예측에 빠졌을 때 누군가 갑자기, 하얀 눈발 사이로 눈을 헤치며 이쪽으로 걸어오는 그림자를 발견했다. 수레를 끄는지 삐걱거리는 바퀴 소리와 발 소리도 들렸다. 그가 곧장 몸을 돌려 뒤쪽의 초막들을 향해 외쳤다.

"아이 일행이 돌아왔다. 아이 일행이 돌아왔다!"

목이 쉬도록 들뜬 외침이 강가의 설백雪白 속에서 제방과 눈보라를 따라 하류로 퍼졌다. 곧이어 누군가 초막에서 뛰어나오는 것을 시작으로 하나둘씩 전부 초막 앞으로 나와 아이와 수레를 바라보았다. 설룡雪龍 같은 아이와 수레 행렬이 100여 명의 동료 앞으로 다가왔다. 머리며 몸이 온통 하안 것은 물론이고 눈썹과 머리카락에까지 얼음이 맺혔다. 하지만 모두들 한껏 들떠서 웃고 있었다. 사실 아이가 돌아가면 한 사람당 작은 꽃을 열 송이씩 주기로 한 때문이었다. 열 송이면 다른 사람들보다 앞설 수 있었다. 집으로 돌아가는 대열에 충분히 낄 수 있었다. 다른 사람들은 그들이 하루 밤낮 동안 꼬박 수레를 끌었음에도 왜 춘삼월 복숭아꽃처럼 분을 바른 듯 화사한지, 어째서 눈 내리는 겨울 추위에 전혀 아랑곳하지 않는지 도무지 이해할 수 없어 멍하니 쳐다보기만 했다. 앞에 선 아이와 한쪽으로 놓인 일곱 대의 수레를 그저 바라보았다.

아이가 몸에 쌓인 눈을 털고 머리에 앉은 눈송이와 얼음 알갱이도 쓸어낸 뒤 자신의 앞에 모인 사람들을 쭉 훑어보며 큰 소리로 말했다.

"좋은 소식이다, 좋은 소식. 우리 제99구가 가장 먼저 흑사주철 100톤을 생산했다. 다른 곳은 기껏해야 70여 톤밖에 못 만들었고. 상부에서 이미 우리 99구가 본부와 현, 지구를 대표해 성 회의에 참석한다고 밝혔다. 당신들 가운데 일부가 춘제에 실험처럼 집으로 돌아갈 수 있다고 분명히 말했다."

말하는 사이 종교가 수레 한 대를 끌고 오자 아이가 수레 위로 풀쩍 뛰어올라 계속했다.

"어제 상부에서 상장 다섯 장과 큰 꽃 열 송이를 받았다. 순식간에 내 상장이 104장이 되고 꽃이 208송이가 되었다. 당신들이 철을 제련한 덕에 받은 꽃과 상장이다. 거기에 감사하고자 나는 돌아오는 길에, 춘제를 집에서 보낼 사람을 상부에서 몇 명 배정해주든 그 수를 두 배로 늘리겠다고 결정했다. 상부에서 다섯 명을 배정하면 내가 열 명에게 자유를 줄 것이고 스무 명을 배정하면 마흔 명을 보내겠다. 상부에서 과감하게 마흔 명을 치하하면 나는 당신들 전부를 자유롭게 할 것이다. 그리고 나 아이 혼자서 이곳에 남아 건물과 용광로를 지킬 것이다."

바퀴가 둘인 짐수레를 진짜 무대처럼 평평하고 안정적으로 만들기 위해 종교는 자리에서 일어선 채 수레 손잡이를 꽉 잡고 수평을 유지했다. 아이는 수레 위에서 목청을 높여 많은 말을 했다. 사람들은 아이가 그렇게 큰 소리로, 그렇게 쉴 새 없이 말하는 것을 본 적이 없었다. 아이는 춘제를 집에서 보낼 사람을 두 배로 늘리는 것은 물론, 집에서 다시 돌아오지 않아도 되는 사람 또한 두 배로 늘리겠다고 말했다. 성도에 가기 전 며칠 동안, 상부에서 상장과 꽃을 후하게 내린 것처럼 그도 모두에게 작은 꽃을 후하게 주겠다고 했다. 이미 100송이를 넘었거나 100송이에 근접한 사람들이 그 기간 동안 최선을 다해 125송이를 넘으면 성도에서 돌아와 꽃을 오각별로 바꿔주겠다고 했다. 오각별을 가진 사람들은 모두 새로운 사람이 된 것이니 전부 위신구를 떠나 다시는 이 황허 강변으로 돌아올 필요가 없다고 했다. 아이의 목이 감기에 걸린 것처럼 쉬었다. 그는 말하는 내내 두 손을 허공에서 흔들었다. 그 모습을 보면서 사람들은 최고 상부의 어느 지도자와 요인을 떠올렸지만 도대체 아이가 누구를 따라 하는지는 알 수가 없었다. 어쨌든 그는 분명 아이였다. 얼마 전에야 지구에 가본 아이. 그가 아는 세상 물정은 그의 연설을 듣고 있는 죄인들보다 턱없이 적었다. 사람들은 그렇게 들으면서 기뻐했지만 전부 사실로 받아들일 수도, 그렇다고 희망을 버릴 수도 없었다.

"당신들이 떠나기 전에 반드시 해야 할 일이 있다."

아이의 목소리가 연극 막바지에 감정을 전부 발산하듯 다시 한 번 높아졌다.

"무슨 일이냐고? 모두들 반드시 최소 80근의, 두드렸을 때 탕탕 소리가 나는 최상급 강철을 만들어야 한다. 강철제련 운동을 실시하기 전에 마을 입구의 나무마다 종 대신 걸었던 철궤나 소달구지 바퀴처럼 맑게 울리는 철, 모두들 사용하는 칼이나 도끼날 같은 철 말이다. 우리가 흑사로 만든 워터우 같은, 두드리면 나무통 소리가 나는 철 말고."

아이가 말하는 도중 헛기침을 했다. 커다란 무대에서 천군만마의 부하들에게 힘차고 낭랑하게 연설하는 어느 인물과 똑같았다.

"몇 달 전이었다면 좋은 강철을 생산하는 게 대단한 일도 아니었을 거다. 하지만 지금은 흑사를 빼면 세상천지에서 강철 원료를 찾을 수 없다. 지금은 좋은 강철 원료를 가진 사람이 세상에서 가장 좋은, 최고의 강철을 만들 수 있고 바로 그가 최상급 강철을 가지고 성에, 도성에 갈 수 있다. 그런데 그 좋은 강철 원료를 누가 가지고 있지?"

아이가 사람들을 내려다보며 말했다.

"이 황량한 황허 강변 어디에서 도끼날, 식칼, 철궤, 소달구지 바퀴 같은 강철 원료를 찾을 수 있단 말인가?"

눈앞의 사람들을 훑어보고 눈 내리는 하늘을 바라보았다.

"누구든 좋은 강철 원료를 찾아오면 한 근당 한 송이씩 꽃을 주겠다. 열 근이면 열 송이지. 50근이면 50송이니까 중간 꽃 열 송이, 오각별 두 개와 맞먹는다. 지금껏 모은 꽃과 별을 합치면 당장, 지금, 바로 짐을 꾸려 집으로 돌아갈 수 있다. 하지만 당신들 중 누가 그 좋은 원료를 가지고 있지?"

아이가 모두를 뚫어져라 쳐다보았다.

"누가 있나?"

"있으면 내놓아라. 시간이 지나면 기회도 사라질 거다!"

그사이 날이 환하게 밝아서 제방의 눈 위로 빛이 설핏 서렸다. 황량하고 새하얀 설원, 오전의 시간 속, 아득한 백색 위로 신비하고 푸르스름하게 빛나는 눈을 볼 수 있었다. 모두들 아이 앞에 선 채 아무 말도 하지 않았다. 서로 쳐다보다가 다시 아이에게로 시선을 돌렸다. 아이가 선생님도 풀지 못한 어려운 문제를 차근차근 풀어낸 어린애처럼 웃었다.

"최상급 철을 가져와라."

아이가 몸을 돌리며 소리쳤다.

"최상급 재료를 준비해놓았다. 이제 남은 일은 당장 불을 피워 가장 좋은 땔감으로 가장 좋은 철을 녹이는 것이다."

누군가 뒤쪽 수레에서 커다란 작두 다섯 개를 날라 왔다. 작두에는 녹슨 자국 하나 없었다. 칼날은 하얗게 빛나고 칼몸과 칼등은 오래된 강철처럼 새까맸다. 작두가 사람들 앞에 가지런히 놓였다. 아이가 수레에서 뛰어내리더니 그중 하나에서 칼날과 대추나무 받침의 연결 못을 뽑아냈다. 그러고는 손가락만큼 두껍고 여섯 치쯤 되는 그 연결 못으로 작두날을 탕탕 두드리며 환하게 웃었다.

"세상에 이것보다 더 좋은 강철 원료는 없을 거다."

아이가 또 큰 소리로 외쳤다.

"오랜 규칙이지. 잘하는 자는 상을 받고 게으른 자는 벌을 받을 거다. 아무리 늦어도 24시간 내에 이 작두 다섯 개를 녹여서 흑사로 만든 것과 똑같이 둥글납작한 강철을 만들어라. 상부에서 보자마자 흑사로 만든 줄 알도록."

아이가 그렇게 말하면서 수레에서 뛰어내린 뒤 자신의 천막 쪽으로 천천히 걸어갔다.

"난 피곤해서 한숨 자야겠다. 당신들은 빨리 용광로를 정비하고 불을 피워라."

아이가 멀지 않은 자신의 천막으로 들어갔다.

사람들이 넋을 놓고 있다가 누군가 작두 다섯 개를 옮기기 시작하자 다른 누군가가 눈밭으로 가서 작은 용광로 쪽으로 장작을 날랐다. 그렇게 최상급 철을 제련하기 시작했다. 커다란 용광로를 사용할 수 없어서 가장 작은 용광로로 모여 분주히 움직이고 일했다. 모두들 그 다섯 개의 작두날, 100근이 넘는 순수한 강철은 최대한 빨리 녹여야 한다는 것을 잘 알았다. 불길이 약한 물렁한 재질의 땔감이 아니라 반드시 딱딱한 대추나무나 밤나무, 느릅나무를 사용해야 함을 잘 알고 있었다. 그래서 사방으로 흩어져 딱딱한 땔감을 찾기 시작했다. 누군가 초막에서 느릅나무 걸상을 들고 나왔다. 누군가는 식당의 대추나무 조리대를 들고 왔고 누군가는 자신의 밤나무 상자를 안고 왔다. 또 누군가는 초막의 기둥이 쓸 만한 밤나무 잡목인 것을 발견하고 부드러운 버드나무나 오동나무로 대체한 뒤 기둥을 뜯어 왔다.

땔감을 모으고 불을 피우며 용광로를 정비하는 동안 학자가 조심스럽게 아이의 천막으로 갔다. 손가락으로 입구의 발을 두드린 뒤 안에서 대꾸가 들리자 발을 걷고 들어갔다. 아이의 거처는 여전히 상장과 꽃으로 가득했다. 들어서자마자 쏟아지는 자극적인 붉은빛에 학자가 자신도 모르게 눈을 감았다. 바깥은 무척 추웠지만 천막 안, 그 붉음 속에는 몸이 확 풀리는 온기가 흘렀다. 학자가 입구에서 잠시 감았던 눈을 뜨고 방 안을 둘러보았다. 아이가 요에 엎드려 있고 종교와, 수레를 끌었던 한 사람이 아이 양쪽에 꿇어앉아 다리와 허리를 주무르고 있었다. 그리고 또 한 사람이 아이의 머리 앞에 꿇어앉아 양 어깨를 주무르고 있었다. 종교가 아이의 허벅지와 종아리를 다 주무른 뒤 발바닥을 안마하려고 양말을 벗기는 순간 학자가 들어왔다. 천막 안이 잠시 밝아졌다가 다시 어두워졌다. 학자는 전혀 생각지도 못했던 광경 속에 들어섰다. 종교와 다른 두 사람이 그를 힐끗 쳐다보며 고개를 끄덕이고는 아무 말 없이 다시 손을 움직였다.

아이가 어깨를 주무르는 교수 쪽에서 머리를 돌리며 무슨 일이냐는 눈빛으로 학자를 바라보았다. 학자가 아이의 머리 앞쪽에 쪼그리고 앉아 조용히 말했다.

"여쭤야 할지 말아야 할지 의문이 드는 일이 있습니다."

아이가 할 말이 있으면 어서 하라는 뜻으로 눈꺼풀을 힘껏 치켜떴다. 그러자 학자가 아이에게 자신을, 고름이 맺혔지만 아직 터지지 않은 수포로 가득한 자기 얼굴을 더 분명하게 보여주려는 듯 쪼그린 채 앞으로 한 걸음 더 다가갔다.

"지구를 대표해 성으로 강철을 내러 가는 게 우리 99구 한 곳뿐입니까?"

아이가 대답할 말을 찾지 못해 망연자실할 때 학자가 좀 더 깊이 있게 말했다.

"지구에서는 우리 한 곳뿐일 수도 있지만 성에는 지구가 10여 곳이 넘으니 성에 가는 곳도 10여 곳이 넘을 겁니다. 그 10여 곳에서, 우리가 작두로 좋은 강철을 만들듯 철궤나 칼, 도끼 등을 사용하지 않는다는 법이 어디 있습니까? 우리는 황허 황무지에 있어서 좋은 강철을 만들 재료가 없지만 다른 곳이 도시나 공장 지구에 있다면 우리 작두보다 더 낭랑하고 단단한 재료를 찾지 않겠습니까? 예를 들어 철도에서 철궤를 좀 훔쳐다가 흑사로 만들었다고 하면 그들 강철이 우리 강철만 못할 리 없습니다. 또 그들이 목재로 제련하지 않고 공장이나 탄광의 점결탄을 사용한다면 우리가 어떻게 그들의 강철보다 좋은 강철을 만들 수 있겠습니까?"

쪼그리고 앉아 조목조목 짚고 있을 때 추위로 얼어붙었던 학자의 수포가 천막 안의 열기로 녹으면서 참기 어려운 고통과 함께 고름이 흘러내렸다. 학자는 말하는 동시에 차가운 공기를 입으로 빨아들이고 흘러내리는 고름을 손으로 쉴 새 없이 훔쳤다.

학자의 설명에 아이가 깜짝 놀라 자리에서 벌떡 일어나 앉더니 학자를 뚫어져라 쳐다보았다.

"기왕 지구를 대표해 성으로 간다면." 학자가 말했다. "성에서 일등을 해야 성 대표로 베이징에 갈 수 있습니다."

망연하게 굳어졌던 아이의 얼굴이 조금 부드러워졌다. 신발을 찾아 신고는 안마하던 종교와 다른 두 교수에게 한쪽에서 기다리라고 했다. 그러고는 침대 끝으로 옮겨 학자와 가깝게 앉았다.

"무슨 방법이 있는가?"

학자가 작은 걸상을 잡아당겨 앉았다. 학자의 행동과 견해 때문에 종교와 다른 두 교수는 놀라는 한편 질투를 느꼈다. 철을 상납하러 갔기에 아이가 지구 대표로 성에 간다는 사실을 가장 먼저 알았음에도 아이와 다니는 내내 왜 그런 문제를 생각하지 못했는지 의문이 들었다. 천막 밖에는 여전히 눈이 내렸지만 안에서는 눈 내리는 소리를 들을 수 없었다. 하지만 아크릴 창문을 통해 눈송이가 떨어지자마자 붉은 온기에 녹아 도르르 말려 흘러내리는 것을 볼 수 있었다. 종교 등은 학자의 얼굴을 바라보다가 종종 창밖으로 흘러내리는 물을 바라보았다. 흘러내리는 물처럼 선명하면서 도르르 감긴 안타까움이 그들 얼굴에 배어났다.

"생각하고 생각해봤습니다."

학자가 또 웃었지만 통증 때문에 표정이 어색했다.

"성에서 개최하는 건 흑사 제철 기술의 체험회입니다. 누가 대회에 참여하든 좋은 강철을 흑사처럼 성기고 둥근 모양으로 제련하겠지요. 하지만 흑사 제철 기술은 우리 99구에서 발명한 겁니다. 바로 당신, 아이가 발명하고 창조한 것이지요. 그래서 우리는 반드시 둥글납작하게 만들 필요가 없습니다."

학자가 잠시 말을 끊고 미소를 천천히 거두더니 엉덩이 밑의 걸상을 한 뼘 정도 당겨 아이에게 바싹 다가갔다.

"우리는 오각별 모양으로 만들어야 합니다."

무슨 비밀을 공개하듯 학자가 갑자기 큰 소리로 외쳤다.

"설령 그들의 재료가 철궤라 해도, 또 그들이 점결탄으로 불을 피웠다 해도 우리가 커다란 오각별을 제련하고, 오각별에 붉은 칠을 한 뒤 붉은 종이로 싸고, 또 붉은 비단으로 포장한다면. 대회 때 하나하나 펼치는데 빈대떡이나 워터우 같은 강철 속에서 붉은 오각별 강철이 나오고 두드렸을 때도 탕탕하는 맑은 소리가 울린다면, 감히 단언컨대, 우리 99구가 성에서 일등일 겁니다. 그럼 아이, 당신은 성을 대표해 도성 대회에 나갈 겁니다."

아이의 천막이 갑자기 조용해졌다.

말을 마친 학자가 입을 꾹 다문 채 아이의 얼굴을 바라보았다. 아이의 순진한 얼굴에서 처음에 서렸던 의혹이 순식간에 사라지고 분을 바른 듯한 홍조와 감출 수 없는 흥분이 떠올랐다. 아이가 자신의 입술을 위아래로 핥은 뒤 학자에게서 종교와 두 교수에게로 시선을 옮겼다. 그 순간의 정적 속에, 천막과 아크릴 창문 위로 떨어지는 눈송이 소리가 들렸다. 버들개지가 산에 떨어지는 것 같았다. 종교는 아이의 시선이 어떤 의미인지 분명히 알았다. 아이가 그들에게 먼저 나가 있으라고 했다. 종교가 자리에서 일어나 마지못해 모두를 둘러보고는 두 교수를 이끌고 밖으로 나갔다.

천막 안이 다시 한 번 밝아지고 차가운 바람이 들어왔지만 이내 희미하니 침침해지고 따뜻해졌다. 종교 등이 나간 뒤 아이가 학자 얼굴에 맺힌 수포로 시선을 돌렸다.

"지금 큰 공을 세웠으니." 아이가 말했다. "꽃을 몇 송이나 받고 싶은가?"

"알아서 주십시오. 몇 송이든 저와 음악에겐 은혜를 베푸시는 겁니다."

"알고 있다." 아이가 웃었다. "당신은 그 꽃을 전부 음악에게 주겠지. 125송이가 넘어 음악이 집으로 돌아갈 수 있도록 말이야."

학자가 고개를 끄덕였다.

"아주 좋은 방법을 제시했으니까 스물다섯 송이를 주겠다. 이 스물다섯 송이면 당신과 음악은 100송이가 넘겠군."

학자가 다시 한 번 의외라는 듯 눈을 크게 떴다. 그는 감격한 나머지 덜컥 무릎을 꿇고 머리를 조아리려다가, 문득 그런 모습을 누가 보면 학자로서의 신분과 존엄을 잃게 될까 봐 두려워졌다. 그래서 무릎을 꿇으려는 순간 입구 쪽을 쳐다보고 발자국 소리에 귀 기울이며 허둥지둥 허리와 고개만 숙인 채 작은 목소리로 감사 인사를 하고는 천막을 나갔다.

천막을 나서던 학자는 아이의 천막 뒤편에 석 자 깊이의 구렁이 있는 것을 발견했다. 그리고 그 구렁을 따라 화로가 만들어져 있으며 불길이 아이의 천막 쪽으로 연결된 것을 보았다. 마침 한 교수가 아궁이에 땔감을 넣고 있기에 학자가 물었다.

"하루 불을 지피면 꽃을 몇 송이나 받습니까?"

교수는 그가 자신을 놀린다고 생각해 눈을 희번덕거렸다.

"5일을 지펴야 한 송이를 받지요. 딱 한 번 일주일에 두 송이를 받은 적이 있습니다."

그러면서 땔감을 아궁이에 쑤셔 넣고는 더 이상 학자와 말을 섞지 않았다.

학자가 문 앞의 공터에 서서 멀리 눈 내리는 하늘을 바라보며 기지개를 켰다. 그러고 나서 모두들 바쁘게 일하는 용광로 쪽이 아니라 자신의 초막으로 향했다. 초막에서 나왔을 때 학자는 온갖 죄명을 적은 고깔모자를 쓰고 종이판을 걸고 있었다. 그는 이번에도 전처럼 고깔모자를 쓰고 종이판을 건 채 조신하게 용광로 옆에 꿇어앉을 생각이었다. 용광로를 정비하는 순간부터 점화해서 제련을 시작하고 태우고 불을 끈 뒤 통풍하고 담금질해 철을 꺼낼 때까지, 오각별 강철을 붉게 칠하고 붉은 비단으로 포장해 수레에 실을 때까지 꿇어앉아 있을 작정이었다. 학자는 한 마리 용이 지나가듯 죄명을 주르륵 적으면 아이가 최소한 열 송이를 줄 거라고 계산했다. 거기에 열 송이를 더하면 음악에게 80송이를 벌어주는 셈이니까 원래 음악이 가지고 있던 34송이를 합하면 총 114송이가 된다. 아이가 기분이 좋으면 열 송이가 아니라 한 번에 스무 송이를 줄 수도 있고, 그러면 124송이다. 한 사람이 자유를 얻기에 딱 한 송이가 부족하다. 한 송이, 어떻게 해야 할까, 아이를 기쁘게 해서 한 송이를 얻으면 음악이 완전히 자유롭게 돌아갈 수 있다……

눈보라가 거세졌다. 제방 저쪽에서 황허의 거친 물소리가 여러 개의 피리가 같은 곡조를 연주하는 듯 웅웅거리는 바람 속에, 높은 리듬감과 기슭을 때리는 타격 소리를 끼워 넣었다. 날이 그렇게 추웠지만 학자는 기대 때문에 가슴이 따뜻해졌고 발걸음에도 저절로 힘이 들어갔다. 그는 빠르게 가장 남쪽의 작은 용광로로 향했다. 용광로가 작아서, 또 이번에는 양질의 강철을 만들어야 했기 때문에 용광로를 정비하고 불을 붙이는 일은 이미 전문가가 된 몇몇 교수가 맡았다. 나머지는 할 일이 없었다. 하지만 다른 사람들은 할 일이 없는지 몰라도 학자는 고깔모자를 쓰고 종이판을 건 채 꿇어앉아 속죄하는 일이 있었다. 학자가 자신 있게 바람을 맞으며 남쪽에서 네번째의 큰 용광로까지 나아갔다. 그러나 모퉁이를 돌았을 때 그는 다섯번째 작은 용광로 앞에 할 일

없는 사람들이, 수십 명이, 거의 100명이 직접 만든 고깔모자와 종이 상자로 만든 종이판을 걸친 것을 보았다. 고깔모자는 하얀 종이로 만든 것도 있고 신문지나 갈색 펄프지로 만든 것도 있었다. 그리고 모든 고깔모자와 종이판에는 학자처럼 손으로 쓴 각종 죄명이 적혀 있었다. 학자는 놀라지 않을 수 없었다. 눈밭에 꿇어앉아 눈에 파묻힌 사람들을, 꼭 눈에 둥지를 튼 희뿌연 번데기 같은 사람들을 바라보았다. '아이에게서 꽃을 받지 못하겠구나' 하는 생각이 머릿속으로 스치자마자 만약 자신이 다른 사람들과 함께 꿇어앉지 않는다면 꽃을 받을 수 없을뿐더러 꿇지 않았다는 이유로 열 송이, 스무 송이를 빼앗길 수 있음을 깨달았다.

학자는 지혜로웠다. 그는 우선 용광로 동쪽에서 바람이 잘 들지 않는 곳을 찾아 꿇어앉았다. 그리고 꿇어앉은 고깔모자들 숲을 넘어 전문가 교수들과 아이가 용광로 입구 눈밭에서 이전에 흑사를 쌓았던 층에 어떻게 오각별 진흙 거푸집을 만들지, 거센 불길로 작두를 녹인 뒤 어떻게 그 쇳물을 마침맞게 거푸집에 부어야 냉각과 통풍, 담금질을 끝냈을 때 커다란 오각별이 될지 의논하는 것을 바라보았다. 그들은 종이에 쓰고 막대로 눈밭에 그려가며 작두 다섯 개의 중량과 부피, 오각 틀의 공간과 깊이를 계산하고 쇳물을 틀에 부었을 때 그들이 원하는 오각별이 되려면 두께와 지름이 얼마여야 하는지 계산했다. 그때 학자는 무척이나 계산에 참여하고 싶었다. 강철을 오각형으로 만들자는 제안을 했으니 최상의 오각별을 만들기 위한 지략과 방법도 내고 싶었다. 그 순간 제99구와 아이의 이름, 날짜를 거푸집에 새겨야 한다는 생각이 떠올랐다. 그러면 오각별은 붉은 앞면과, 99구와 아이의 이름, 제련한 날짜가 새겨진 뒷면으로 구성된다. 그렇게 되면 최상의 강철별은 성에 가든, 도성에 가든, 어떤 상부 인사가 보든, 심지어 국가 최고의 상부일지라도 붉은 강철별을 보기만 하면 아이가 몇 월 몇 일에 제99구에서 제련한 것임을 알 수 있다. 지위 고하를 막론하고 어떤 상부 인사든, 국가 지도층이든 그 오각별을 보면 혹사 제철 기술과 아이의 이름을 기억할 것이다.

진흙 거푸집에 시간과 이름을 넣어야 한다는 생각이 들자 학자는 꿇어앉은 동료들보다 자신이 한 수 위라고 느꼈다. 그는 사람들 속에서 일어나 고깔모자 숲을 헤치며 용광로 입구의 아이와 전문가들에게 걸어갔다.

3. 『하늘의 아이』 p275~p281

일이 그렇게 이루어졌다.

강철 오각별은 직경이 한 자 여덟 치 반에 두께가 두 치 석 푼으로 두 사람이 들기에도 버거웠다. 아이와 종교는 우선 진으로 가서 본부에 보여준 뒤 곧장 성의 기차역으로, 또 성의 강철 대회장으로 가져가 평가를 받을 생각이었다. 그러고 나서 가능하다면, 성을 대표해 가장 높은 상부인 도성으로 가서 가장 높은 상부의 상부에게 보여 기쁨을 선사하고 평가를 받고 싶었다.

아이는 강철별이 반드시 성을 대표해 도성으로 갈 것이라고 믿었다.

날이 이상하리만큼 좋았다. 제련할 때는 바람이 불고 눈이 휘날리더니 강철을 꺼낼 때는 쾌청했다. 푸르스름하고 매끈한 강철을 눈이 부시도록 붉게 칠하고 다시 붉은 종이로 포장했다. 그러고는 눈부시게 붉은 종이를 다시 붉은 비단으로 쌌다. 그 눈부신 붉은 비단 바깥을 또다시 붉은 이불로 둘러 붉은 비단과 붉은 종이, 붉은 강철을 감쌌다. 이불이 푹신해서 들어 옮길 때도 낭랑하고 맑은 강철별을 만질 수 없었다.

길을 떠날 때 모두들 나가서 배웅했다. 사람들이 황허 제
방에 떼를 지어 섰다. 모두들 손을 흔들었다. 모두들 축복하
며 행운을 빌었다. 모두들 그 강철이 평가대회에서 탁월한
성적으로 일등을 차지할 것이며, 다가오는 춘제에 성을 대
표해 도성으로 갈 것이라고 믿었다. 모두들 아이가 춘제 전
에 성에서 돌아와 많은 위신구 사람을 자유롭게 해줄 것이
라고 믿었다. 모두들 배웅하며 손을 흔들고 행운을 빌었다.
태양이 떠올라 대지에 빛을 비추었다. 아득한 백색 위에 수
천수만의 빛과 점이 팔딱거렸다. 아이와 종교가 길에 올라
눈을 헤치며 나갔다. 바퀴가 깊은 눈을 다지며 끼익끼익 소
리를 냈다. 너무도 고요했다. 강철을 만드느라 나무를 모두
베어버려 아득히 하얀 대지는 넓게 펼쳐진 거대한 백지 같
았다. 참새들은 내려앉을 곳이 없어 쉼 없이 날면서 짹짹거
리다, 지칠 때쯤 겨우 눈밭에 외롭게 서 있는 가시나무와 산
쑥을 발견하고 내려앉았다. 참새 몇 마리가 가시나무와 산
쑥 가지를 지그시 눌렀다. 종교가 수레를 끌고 아이가 뒤따
랐다. 너무나 조용해서 뜬금없이 말을 붙였다.

"당신은 꽃이 몇 송이나 되나?"

아이가 멋쩍게 물었다.

"아흔두 송이입니다."

종교가 고개를 돌렸는데 이마에 땀방울이 송골송골했다.

아이가 땀방울을 보더니 "아" 하며 갑자기 흥분해서 말했다.

"열 송이를 더 주겠다. 날 극진히 챙기느라 애쓴 걸 감안해서 말이야."

종교가 깜짝 놀라서 수레를 세운 뒤 환한 얼굴로 말했다.

"수레에 올라앉으세요. 날이 따뜻해서 신발이 눈에 젖을 겁니다."

아이는 성도에 가느라 새 신발을 신었다. 헝겊신이었다. 바닥을 여러 겹 덧대고 발등엔 파란색 베로 장식한 신발. 발을 들어 바닥을 보니 정말로 동그랗게 신발 코까지 물이 번져 있었다. 아이가 수레에 올라 이불로 싸고 묶은 오각별 옆에 나란히 앉았다. 이불은 푹신하고 따뜻했다. 사람은 한껏 흥이 올랐다. 참새는 수레를 따라 날았다. 하늘에는 빛과 미세한 울림만이 있었다. 너무도 조용했다. 내내 뛰는 바람에 종교는 온몸이 땀투성이가 되었다. 그는 눈을 집어 땀을 닦고 갈증을 푼 뒤 신이 난 나귀처럼 눈 속을 뛰면서 강철이 실린 수레를 끌었다.

한참 가다가 아이가 하늘을 바라보며 말했다.

"너무 조용하다. 이야기를 하나 해봐라."

"무슨 이야기요?"

종교가 묻자 아이가 잠시 생각한 뒤에 말했다.

"허락할 테니, 당신이 가장 좋아하는 그 책에 있는 이야기를 이어서 해봐."

종교도 잠시 생각에 잠겼다가 "전에 했던 이야기를 이어서 할까요?" 하고 물었다.

"마음대로 해." 아이가 대답했다.

종교가 수레를 끌면서 지난번에 단 둘이 있을 때 아이에게 들려주었던 『성경』 속 일화들을 떠올렸다. 이미 「창세기」의, 신이 세상과 인간을 창조한 이야기와 인간이 죄를 지어 에덴동산에서 쫓겨난 이야기를 했다. 노아의 방주, 바벨탑, 모세와 십계, 금송아지와 구리 뱀, 그리고 이스라엘의 첫번째 왕도 이야기했다. 종교는 성경에서 가장 재미있는 이야기를 해주고 싶었다. 그래서 그리스도 탄생 일화를 들려줘야겠다고 생각했다. 종교가 수레를 끌면서 눈과 빛 속에서 길을 찾으며 이야기를 시작했다. 요셉은 나사렛의 목수였고 그의 약혼녀는 당신이 가져간 그 그림 속의 성모 마리아였습니다. 그때 마리아는 아직 젊었지요. 그런데 요셉과 결혼도 치르기 전에 갑자기 임신을 한 겁니다. 요셉은 고민 고민하다가 마리아가 부정했으니 파혼해야겠다고 결심하지요.

그런데 신이 꿈에 나타나 "걱정하지 말고 두려워하지 말라. 마리아 태중의 아이는 신의 권능과 성령으로 말미암은 것이니 마리아를 아내로 맞아들여 태중의 아이를 너의 아이로 길러라. 그리고 아이의 이름을 예수라 하라"라고 했습니다. 예수란 메시아란 뜻이고 메시아란 환난에서 영원히 구원해주는 사람을 뜻합니다.

종교는 희색이 만연해져 손발까지 흔들며 아이에게 예수 탄생 일화를 이야기해주었다.

"바로 그렇게 마리아가 아이를 낳아 예수가 세상에 오셨습니다. 사람들에게 그리스도가 생기고 경배해 마지않는 예수와 성모가 생긴 것입니다."

예수 탄생 일화를 끝낸 뒤 종교가 수레를 끌고 다시 10여 리를 걸었다. 어렴풋이 99구의 건물이 보였다. 눈밭 사이로 어렴풋이, 흰색으로 찬란하게 빛나는 하늘 아래 어렴풋이. 종교가 목이 말라 길가의 눈을 또 먹었다. 신발에 모래가 들어가 벗어서 털자 신발에서 뜨거운 땀김이 몽글몽글 올라왔다. 아이가 종교의 신발에서 나오는 땀김을 보고 하늘의 하얀빛을 보며 심드렁하게 물었다.

"얘기가 끝났나?"

"끝났습니다."

그들은 다시 수레를 끌며 앞으로 나아갔다. 길가의 눈이 얇아져 모래가 드러난 곳이 종종 보였다. 최대한 빨리 진에 도착하기 위해 수레를 가볍게 하고 지름길로 가다 보니 생각지도 못했던 비탈을 만났다. 다행히 비탈이 정남향이라 눈이 많이 쌓이지 않은 데다 햇살이 강해 그나마도 거의 녹아 있었다. 모랫길이 누렇게 빛났다. 일이 그렇게 찾아왔다. 일이 그렇게 이루어졌다. 아이가 내려서 수레를 밀었다. 밀면서 물었다.

"마리아를 임신시킨 건 누구인가?"

종교가 대답했다.

"신입니다."

"예수의 아버지가 신인가?"

"예수는 아버지가 없습니다. 하지만 신의 아들이지요. 예수가 바로 신입니다."

"말도 안 돼."

아이가 불만스럽게 종교를 흘겨봤다.

"오늘 당신이 내 머리를 흐려놓았지만 그래도 꽃을 빼앗지는 않겠다. 그런데 예수에게 아버지가 없다면 그 어머니 마리아는 어떻게 임신할 수 있었지?"

원인을 꼭 알아야겠다는 듯 앞에서 수레를 끄는 종교를

아이가 뚫어져라 쳐다보며 물었다.

"도저히 못 믿겠다. 오늘 당신은 아버지 없이 어떻게 그 어머니가 예수를 임신했는지 분명하게 설명해야 한다. 분명하게 설명할 수 없다면 다 헛소리다. 쓸데없는 생각과 말을 한 것이라면 꽃을 제하지 않을 수 없지."

수레를 미는 아이의 목소리가 집요하고 뜨거웠다. 종교가 고개를 돌려 설명하려 했지만 비탈길이 코앞에 있어 우선 머리부터 숙이고 힘껏 수레를 끌어야 했다. 아이가 수레를 밀었다. 비탈길은 보통 비탈처럼 약 40도 경사에 수십 미터 길이였다. 평소대로라면 숨을 고르고 힘껏 끌어야 했을 텐데 수레가 비탈 아래에 이르렀을 때 아이와 종교가 힘을 쓰기도 전에 평지보다 더 가볍게, 작은 힘에 스르르 굴러갔다.

오르막길이 내리막길 같았다.

종교가 고개를 돌려 아이를 바라보았다.

아이가 종교를 보았다.

두 사람은 힘을 주지 않고도 수레를 끌 수 있었다. 수레는 천천히 같은 속도를 유지하며 비탈을 올라갔다. 아이와 종교 둘 다 무척 신기해했다. 그리고 함께 웃으며 손잡이를 잡고 수레를 따라 걸었다. 밀지도, 끌지도 않는데 수레가 비탈 정상까지 혼자 굴러갔다. 꼭대기에 오른 뒤 설원의 하얀빛을 내려다보면서 그곳이 모래톱으로 이루어진 황허 옛길*임을 알았다. 두 사람은 전혀 힘주지 않아도 수레가 잘 굴러가는 그 괴이한 비탈을 다시 한 번 시험해보려고 수레를 정상에서 아래쪽으로 밀었다. 그런데 곧, 비탈을 내려올 때는 무척 힘들다는 것을 발견했다. 올라갈 때는 힘이 전혀 필요 없던 게 뒤집힌 거였다. 몇 번이나 그 신기한 비탈길을 시험해봤지만 올라가기는 쉽고 내려오기는 힘들었다. 수레를 꼭대기에 둔 뒤 아이가 길가에서 병을 하나 주워 비탈 아래에 내려놓자 병이 비탈 위로 저절로 굴러 올라갔다. 다시 비탈 위에서 병을 아래로 힘껏 굴려보았다. 병이 굴러가지 않고 그 자리에 멈춰 섰다.

정말 이상하리만큼 신기했다.

아이와 종교가 서로를 바라보며 미소 지었다. 그러고는 강철 오각별을 수레에서 내려 비탈 꼭대기의 한가운데에 세웠다. 수레와 병, 길가에 던져진 밀짚모자는 모두 둥글어서 전혀 힘주지 않아도 비탈 아래에서 위로 스르륵 올라갔다. 그 뒤 오각별을 길가로 옮겼다가 비탈 꼭대기로 보냈다. 비탈 위의 수레와 병은 힘을 주지 않는 이상 움직이지 않았다.

* 黃河故道. 황허의 옛 수로로, 보통 잡초가 자라는 알칼리성 토지와 습지, 물길의 세 유형이 있다.

아이가 오각별을 싼 이불을 풀고 비단을 열고 붉은 종이를 벗긴 뒤 오각별을 언덕 꼭대기에, 태양을 마주 보게 세웠다. 태양이 너무도 밝았다. 하늘이 시리도록 파랬다. 대지가 너무도 고요해 구름이 허공을 가르는 소리까지 들을 수 있었다. 오각별이 붉은빛을 뿌렸다. 직경 한 자 여덟 치 반에 두께 두 치 석 푼인, 새로 제철해 검푸른 색을 띠는, 뒷면에 아이의 이름과 생산 날짜와 시간이 적혀 있는 별. 앞면을 빨갛게 칠한 별. 옅게 풍기는 페인트 냄새와 붉은빛이 세상에 퍼지고 세상을 밝혔다. 오각별이 신기한 비탈 정상에서 세상의 불처럼 타올랐다. 아이가 수레와 병, 밀짚모자를 모두 정남쪽 비탈 아래에 가져갔다. 역시 힘들이지 않아도 오각별 쪽으로 굴러 올라갔다.

아이가 웃었다.

종교도 해보고는 "신기한 비탈입니다" 하고 말했다.

"아니야." 아이가 말했다. "아버지가 없는데 그 어머니가 어떻게 예수를 임신했는지 설명할 필요 없다."

그러고는 오각별을 종이와 비단, 이불로 싸고 수레를 끌었다. 앞으로 나아가는 발걸음이 무척 가벼웠다.

일이 그렇게 이루어졌다.

제10장
『하늘의 아이』

1. 『하늘의 아이』 p282~p300

성과 지구를 비교하자면 성이 크고 지구가 작았다. 지구
와 현을 비교하면 지구가 현보다 컸다. 현과 진을 비교하면
현이 진보다 번화했다. 진에서 회의가 열리면 바닥에서 자
고, 현에서 열리면 침대에서 잤지만 네 명, 다섯 명, 혹은 여
섯 명이 한 방을 썼다. 지구에서는 두 명이나 세 명이 한 방
을 썼고 성에서는 한 사람이 하나씩 썼다. 뜨거운 물이 나오
고 욕조가 있는 데다 수세식 변기도 있었다. 수세식 변기에
앉자 아이는 용변을 볼 수가 없었다. 그래서 문을 잠그고 변
기 뚜껑을 올린 뒤 변기통 양편을 밟은 채 쪼그리고 앉았다.

용변을 본 뒤 물을 내리고는 휴지로 변기통 가장자리의 발자국을 깨끗이 닦았다.

아이가 수세식 변기를 사용하지 못한 일은 누구도 알지 못했다.

강철회의 참가자들은 모두 같은 건물에 묵었다. 나무 계단에 빨간 난간, 반들반들한 시멘트 바닥. 하얀 침대보와 하얀 벽, 홑청이 있는 이불. 침대가 어찌나 푹신한지 처음 앉았을 때 아이는 푹 꺼지는 줄 알고 깜짝 놀랐다. 하지만 나중에는 문을 닫고 침대 위에서 뛰었다. 허공으로 반쯤 튕겨져 올라갔다. 잠들기 전에도 뛰었고 아침에 눈을 뜬 뒤에도 벌거벗은 채 뛰었다. 세수한 뒤에는 화장실의 하얀 수건 대신 베갯잇으로 얼굴을 닦았다. 베갯잇에는 도성의 붉은 톈안먼天安門이 새겨져 있었다. 톈안먼이 발산하는 붉은빛 때문인지 얼굴을 닦으면 부드러우면서 따뜻했다. 식사를 하라고 부르면 식사를 했다. 회의에 참석하라고 하면 회의에 참석했다. 각자의 이름이 적힌 붉은 대표증이 나왔다. 모두들 작고 붉은 비단 꽃도 받았다. 비단 꽃 아래에는 끝이 제비 꼬리처럼 잘린 노란 리본이 달려 있었다. 대표증을 왼쪽 가슴에 달고 그 아래에 붉은 꽃을 달았다. 그러면 버스를 탈 때 요금을 낼 필요가 없었고 공원 입장도 무료였다. 상점에서도 종업원이 먼저 웃으며 맞아주었다. 물건을 바라보기만 하면 종업원이 알아서 그 제품과 생산지, 기능과 품질을 설명해주었다.

물건들이 종류별로 분류되어 있었다. 철물, 백화, 피륙, 농기구…… . 농기구 판매 구역에서는 농기구를 팔았다. 피륙에서는 손으로 짠 것부터 기계로 직조한 것까지 각양각색의 천을 취급했다. 백화에서는 수건, 모자, 기성복, 치약, 칫솔, 비누, 성냥, 등유 등 수천수백 가지 일용품을 팔았다. 그래서 그런 곳을 백화점이라고 했다.

아이는 백화점 구경하는 것을 가장 좋아했다.

백화점 안에서는 농기구 코너를 가장 좋아했다. 농기구 코너의 물건들은 모두 아이에게 익숙했다. 그런데 한 가지, 아이가 이상하다고 느낀 것은 농기구 코너에서 산탄총을 파는 것이었다. 진짜 총과 똑같았다. 다섯 자 쯤 되는 총신에 흑색 화약과 탄알을 장전하면 한 번에 멧돼지나 여우를 잡을 수 있는 총, 나무에 앉은 새 떼에 발사하면 한 번에 몇 마리씩 잡을 수 있는 총이었다. 농기구 코너 벽에 걸린 산탄총은 사냥꾼이라는 증명서만 한 장 있으면 누구나 살 수 있었다. 사냥꾼이 아니더라도 집 주변에 야수가 출몰해 사람과 가축을 위협한다는 것만 증명하면 누구나 살 수 있었다.

회의에 참석한 이틀 동안 아이는 산탄총을 세 번이나 보러 갔다. 회의가 열리는 동안 공문을 읽고 신문을 보고 두 차례 고기 요리와 채식 요리를 먹었다. 볶음 요리도 꽃처럼 예쁘게 담겨 나왔다. 현마다 강철 대표를 파견했기 때문에 강당은 늘 사람들로 넘쳐났다. 사람들이 그렇게 회의를 했다. 각 대표들은 대회에 들고 온 강철을 무대 장막 뒤에 늘어놓고 전부 붉은 천으로 덮었다. 이틀을 준비한 뒤 한꺼번에 무대에 올라 살펴본다고 했다. 한꺼번에 평가해 세 명을 선발하며, 일등이 성을 대표해 강철 예물을 도성으로 가져간다고 했다. 이등과 삼등은 도성에는 가지 않지만 많은 상을 받는다고 했다.

일이 그렇게 이루어졌다.

아이는, 자신의 강철별이 정말로 상을 받는다면 농기구 코너의 그 산탄총을 달라고 하리라 결심했다. 강당에서 아이는 조바심을 내며 이제 회의는 그만하고 흑사제철평가대회를 어서 시작했으면 하고 바랐다. 회의석상에는 '성 제철 영웅 대표대회'라고 적힌 현수막과 아주 거대한, 가장 최고로 높은 상부의, 그 위대하고 위대한 초상화가 걸려 있었다. 초상화 아래에는 커다란 꽃바구니가 있고 주변이 환했다. 아이는 연단 아래 첫번째 줄의 정중앙에 앉았다. 양쪽에는 상부의 상부인 고위급 간부와 혁명가가 앉았다. 상부가 아

이에게, 우리는 전투 때 총알 사이를 뚫고 다녔네, 그때 자네
는 아직 세상에 나오지도 않았지, 하며 오만하게 말했다.

옆에 앉은 상부가 아이의 머리를 쓰다듬었다.

아이는 상부에게 공손했다. 머리를 들어 강당의 천장을
바라보며 세상이 참 좋다고 생각했다. 강당에는 천여 명이
앉을 수 있었다. 붉은 의자에서 붉은빛과 붉은 고무 냄새가
풍겼다. 강당 꼭대기의 백열등이 하나하나 원을 만들고 하
나하나 오각별을 만들며 눈이 부시도록 하얀빛을 쏟아냈
다. 아이가 종교의 이야기를 떠올렸다. 예수가 강림할 때 하
늘이 하얀빛으로 가득 차고 무수한 천사들이 허공에서 신을
찬양하는 노래를 불렀다고 했다. 예수가 강림했다. 일이 그
렇게 이루어졌다. 세상에 메시아가 나왔다.

마침내 그 순간이 왔다. 상부가, 대표들과 연단에 올라
100여 개의 강철을 살펴보겠다고 발표한 뒤 제련 전문가와
강철 과학자에게 작은 망치를 주었다. 그리고 자신도 망치
를 들며 강철을 두드려 순도와 강도를 확인하겠다고 했다.

대회가 시작되자 대표들이 전부 일어나 미친 듯이 박수를
쳤다.

성에서 가장 높은 상부가 맨 앞으로 나갔다. 그러고는 사
람들을 이끌고 오른쪽 아래에서 연단으로 올랐다. 작은 망

치를 든 채 살펴보고 평가하면서 번호가 매겨진 강철을 두드렸다. 빈대떡 모양도 있고 원뿔 모양, 직사각형, 정사각형 모양도 있었다. 어떤 것은 삼각형이었다. 아이의 강철은 가장 안쪽 탁자에, 벽에 비스듬히 기대어 놓여 있었다. 붉게 칠한 아이의 강철 오각별이 역시 붉은 칠을 하고 '충忠' 자로 만들어진 주철과 나란히 놓여 닭 무리 가운데의 공작과 봉황처럼 유난히 이목을 끌었다.

일이 그렇게 이루어졌다.

평가단이 셋째 열의 주철을 살펴보며 지나갔다. 망치를 든 사람이 철의 윗면을 두드려보았다. 탕탕하는 소리가 강당을 가득 메웠다. 탕탕하는 울림이 온 강당으로 퍼졌다. 사람들 얼굴에서 붉은 광채가 났다. 붉음이 강당을 가득 메웠다. 곧이어 아이가 연단에 오를 차례가 되었다. 어찌나 가슴이 뛰고 다리가 후들거리는지, 연단에 올랐을 때 아이는 하마터면 꿇어앉을 뻔했다. 앞쪽의 머리가 하얀, 상부인지 제철 전문가인지 모르겠는 사람이 셋, 혹은 다섯 개마다 쇳덩이를 두드렸다. 아예 두드리지 않는 것도 많았다. 두드리지 않는 것은 전부 흑색을 띠거나 벌집 모양이었다. 구멍이 작아서 대회에 보내진 철들이었다. 상부인지 전문가인지 모를 사람이 벌집 구멍이 없는 강철만 골라서 두드렸다. 한 번만 두드려도 강철의 순도와 강도를 알 수 있었다. 뒤편에 서 있는 아이의 심장이 맹렬하게 뛰었다. 누군가 강철을 두드려보더니 표면에 귀를 갖다 댔다. 모두들 웃었다. 두드리는 것은 이해가 돼도 손으로 만져보는 것은 이해가 되지 않았다. 한겨울이라 바깥은 추웠지만 강당은 따뜻했다. 불을 피우지 않아도 강당 안이 따뜻했다. 온기가 강당의 벽에서 나오고 있었다. 그게 성도 강당의 남다른 특징이었다. 아이가 대열의 가장 앞에 있는, 성에서 가장 높은 상부가 철을 하나씩 만져보다가 자신의 오각별 강철과 '충' 자 철은 보고 만지고 심지어 다른 사람에게 뒤집으라고 한 뒤 뒷면까지 살피는 것을 바라보았다.

강철 소리를 듣게 망치로 두드려보라고 했다.

경쾌한 소리가 났다.

일이 그렇게 이루어졌다.

상부 인사가 아이를 찾아왔다. 거처에서 아이는 따뜻한 물로 목욕한 뒤 수건으로 몸을 닦지 않았다. 물기가 뚝뚝 떨어지는 채로 침대에 굴러 침대보를 적셨다. 침대보는 매일 갈아주었다. 더럽지 않아도 갈았다. 늘 갈아주어서 아이는 가끔 신발을 신은 채 침대에 올라가 뛰었다. 더러워져서 갈아주니까 전혀 아깝지 않았다.

"앉아보게." 찾아온 사람이 말했다. "기탄없이 말해보세."

아이가 얼굴을 붉혔다.

"아직 어리구나." 찾아온 사람이 말했다. "앞날이 창창해. 이렇게 어린데 성 대표가 되고 국가의 제철 사업에 공헌하다니."

아이가 얼굴을 붉혔다.

"흑사 제철 기술을 발명한 게 자네지?" 찾아온 사람이 다시 물었다. "정말 자네가 흑사 제철 기술을 발명한 건가? 도와준 사람도 없이?"

아이가 얼굴을 붉히며 고개를 끄덕였다.

"말해보게."

아이가 설명했다. 어렸을 때 자석이 있었다. 그래서 강변의 흑사가 자석만 보면 발뒤꿈치를 들고 자석 쪽으로 달려온다는 것을 어려서부터 알았다. 그러다 대대적으로 강철제련운동이 시작되었다. 강철 원료가 다 떨어졌을 때 흑사를 제련하면 어떨까 하는 생각이 들어서 시험하다가 흑사 제철 기술이 나왔다. 제련하다 보니 흑사로 100톤을 생산했고 또 그 최상급 강철별을 생산했다. 상부 인사가 웃으며 아이의 어깨를 두드리고 머리를 쓰다듬었다. "도성에 가봤나?" 하고 묻자 아이가 고개를 저었다. "가고 싶나?" 하자 아이가 고개를 끄덕였다. "기차를 본 적이 있나?" 하고 묻자 아이가 또 고개를 저었다. 상부가 무척 아쉽다는 듯 아이를 바라보며 물을 따라주고 자신의 잔에도 한 잔 따랐다.

"도성은 무척 좋다네. 쯔진청紫禁城도 있고 완리창청萬里長城도 있지. 톈안먼 광장은 자네 마을 두 개를 합친 것만큼 크다네. 상점은 성도의 백화점 몇 개를 합한 것보다도 크고. 새로 지은 기차역에는 집채만 한 시계 한 쌍이 매달려 있지."

상부가 잠시 생각한 뒤 다시 말을 이었다.

"베이징에 가고 싶다면 두 가지를 반드시 지켜야 하네."

아이의 찻잔이 입가에서 그대로 굳어버렸다.

"앞으로는 자네 99구에서 생산한 강철이 100톤이라고 말하면 안 되네. 300톤을 생산했다고 말해야 하네."

아이의 눈이 동그래졌다.

"둘째, 자네의 강철별은 흑사로 제련한 게 아니라 철궤나 장작용 칼, 아니면 작두로 제련한 것이지. 하지만 누구에게든 흑사로 제련했다고 말해야 하네. 아무리 높은 사람이라고 해도, 자네 목에 칼을 들이밀거나 뒤통수에 총을 겨눈다고 해도, 죽어도 강철별은 황허 강변에서 흑사 제철 기술로 만든 것이라고 말해야 하네. 믿지 않으면, 강변에 용광로가 아직 있으니 함께 가서 확인하자고, 똑같은 강철별을 만들어 보이겠다고 하게."

상부는 잠시 더 앉아 있다가 돌아갔다. 가기 전에 또 아이의 어깨를 두드리고 머리를 만지며 다음 날 성장이 모두를 쑹청宋城에 데려가 명승고적지를 안내하고 중요한 지시를 내릴 거라고 말했다.

상부가 가버렸다. 아이가 방에서 멍하니 굳어버렸다. 뭔가 중대한 일이 발생할 것 같았다. 중대한 일이 저 앞에서 아이를 기다리고 있는 것 같았다.

아이는 저녁도 먹지 않고 잠도 제대로 이루지 못했다.

다음 날 쑹청으로 갔다. 경찰차가 앞장서고 성장의 승용차가 뒤따랐다. 쑹청은 송나라의 도읍으로, 성도에서 차를 타고도 한참을 가야 했다. 일고여덟시쯤 떠났는데 몇 시간이 지난 뒤에야 송나라 도성에 도착할 수 있었다. 구름에 닿을 듯 높은 룽팅龍亭을 보고 고색창연한 샹궈쓰相國寺를 둘러보았다. 마지막으로 쑹청을 유람하고 철탑에 올랐다. 철탑은 구름을 뚫을 듯 높았다. 사람들은 대부분 3층이나 4층까지만 올라갔지만 아이는 계속 올라갔다. 정상에 오르자 바람에 철탑이 흔들렸다. 아이가 종교한테 들은 이야기를 떠올렸다. 노아와 그의 후손들은 홍수가 끝난 뒤 정착하여 농작물을 가꾸고 포도를 재배하며 세상으로 퍼져나갔다. 종족이 갈라져 온 세상으로 흩어졌을 때 하늘까지 닿는 탑을 쌓아 이름을 떨치고 싶어 하는 사람이 생겼다.

철탑은 철이 아니라 벽돌로 쌓은 것이었다. 구름에 닿을 만큼 높은 데다 수백 년 동안 무너지지도, 부서지지도 않은 채 처음 모습 그대로라서 사람들이 철탑이라고 불렀다. 철탑의 꼭대기 층에는 작은 문이 하나 있었다. 아이가 문을 나서자 머리카락이 바람에 곤두섰다. 하늘을 올려다보았다. 하늘 가득한 빛과, 그의 정수리 머리카락을 미끄러지듯 지나 첨탑에 걸리는 구름이 보였다. 사르락하며 첨탑에 구름이 찢기는 소리도 들렸다. 멀리 내려다보자 쑹청이 한눈에 들어왔다. 바닥에 퍼진 건물들이 종교가 말했던 바벨탑의 무너진 잔해 같았다. 쑹청에는 나무가 전혀 없었다. 전부 베어져 교외의 용광로로 들어갔다. 반질반질한 쑹청은 폐허 같았다. 좀더 멀리 바라보자 하얀 구름이 솟구치더니 앞으로 달려가면서 뒤로 길게 눕는 게 보였다. 기차였다. 땅 위를 기어가는 뱀처럼 구불구불하게, 덜컹거리며 동쪽에서 서쪽으로 달려갔다. 아이는 탑 위에서도 발밑이 흔들리는 걸 느낄 수 있었다. 아이가 땀이 배어 나오는 손으로 난간을 더 꽉 붙들었다. 기차가 쑹청의 저편에서 멀리 교외로 뛰어갔다. 하지만 아이는 보았다. 기차가 수면 위를 헤엄치는 뱀처럼 땅을 할퀴며 뛰어가는 모습을 아주 분명하게 보았다.

성도에 돌아간 뒤 아이는 지난번에 자신을 찾아왔던 사람을 찾아갔다. 상부 인사는 회의를 조직하느라 그런지 회의장 건물에서 살았다. 아이가 들어가자 상부가 뭔가를 쓰고 있다가 깜짝 놀라며 펜을 내려놓았다. 그러고는 "자네군, 무슨 일인가?" 하고 물으며 의자를 권했다. 하지만 아이는 의자에 앉는 대신 단호하게 말했다.

"흑사를 발견한 것도, 흑사 제철 기술을 발명한 것도 저입니다. 겨우내 99구 사람들과 강철 300톤을 생산했습니다. 강철별도 황허 강변의 흑사만으로 만들었습니다. 누구든 믿지 못하겠다면 황허 강변으로 데려가 보여줄 것이고 그의 눈앞에서 직접 강철을 만들어낼 것입니다."

상부가 뜨악해하며 아이를 쳐다보았다.

"기차를 타고 도성에 가고 싶습니다." 아이가 말했다. "기차를 타고 도성에 가서 둘러보고 싶습니다."

"늦었네." 상부가 안타까워했다. "성장이 벌써 충자철을 도성에 보내기로 결정했네."

아이가 잠시 생각한 뒤 말했다.

"그건 제 강철만 못합니다. 제 것은 탕탕탕탕 하는 강철 소리가 나지만 그건 나무나 돌 소리가 납니다."

"하지만 충은 뜻이 좋지. 자네 오각별의 의미도 좋지만 너무 광범위하네. 그에 비해 충은 의미가 구체적이고 분명하지. 강철은 자네 것보다 못하지만 뜻은 더 좋다네. 도성에 보내는 예물로 아주 적합해."

다급해진 나머지 아이의 눈가가 젖어들었다.

"충이 무슨 뜻입니까?"

상부가 일어나서 아이의 머리를 또 쓰다듬었다.

"돌아가서 자네 죄인들에게 물어보게. 그들은 충의 뜻을 잘 알 걸세. 모두들 불충한 탓에 개조를 받고 있으니까."

아이가 곧장 성장을 찾아갔다. 아이에게 이야기를 해준, 회의장 건물에 살면서 회의를 조직하는 그는 참 좋고 선량하며 아이를 사랑했다. 그는 아이에게 성장을 찾기 위한 길과 방법, 주의해야 하는 일들을 알려주었다. 그렇게 아이가 성장을 찾아갔다. 어느 건물 8층, 동쪽에서 여섯번째 문이었다. 문을 두드릴 때 심장이 쿵쾅쿵쾅 뛰었다.

안쪽에서 "누군가?" 하는 소리가 들렸다.

"강철별을 만든 아이입니다."

성장이 놀란 표정으로 문을 열어주었다.

"무슨 일인가? 자, 자, 자, 어서 들어와 앉게."

성장의 사무실은 생각만큼 넓거나 화려하지 않았다. 커

다란 방 두 칸에 크고 오래된 붉은 책상. 책상 위에는 신문과 문서, 이런저런 잡동사니가 놓여 있었다. 창턱에 놓인 전화기, 하얀 회벽. 벽에 걸린 중국 전도와 세계 지도, 국가 최고 상부의 초상화. 그리고 소파와 침대. 생각했던 것만큼 널찍하거나 깔끔하지 않았다. 아이는 그게, 성장이 널찍하거나 깔끔한 걸 원하지 않기 때문임을 알았다. 원하기만 했다면 분명 널찍하고 깔끔했을 거였다. 성장인데, 성에서 가장 높은 상부인데, 그가 한마디 하자 성 전체가 강철 제련에 뛰어들었는데, 또 한마디 하자 성의 나무가 전부 베어졌는데, 또 한마디 해서 방 두 칸을 깔끔하고 널찍하게 만드는 게 어려울까?

"앉게나, 무슨 일인가?"

아이가 방을 둘러보며 앉았다. 소파가 아이의 침대처럼 푹신했지만 아이는 이미 경험한 터라 전혀 놀라지 않았다.

"기차를 타고 베이징에 가고 싶습니다."

아이가 두 손을 맞댄 채 무릎 사이에 끼우고 직접적이면서 간절하게 말했다.

"흑사를 발견한 것도, 흑사 제철 기술을 발명한 것도 저입니다. 99구 사람들과 겨우내 강철 300톤을 생산했고 흑사로 그 강철별도 만들었습니다. 강철별은 두드리면 탕탕탕 소리가 나지만 충자철은 나무나 돌 소리가 납니다. 분명 바람이 든 무처럼 속에 벌집 구멍이 있을 겁니다."

아이가 말하면서 성장의 얼굴을 올려다보았다. 애절하고 가련하게, 순진하고 아쉽다는 듯. 성장은 참 좋고 선량하며 아이를 무척 사랑했다. 아이의 얼굴을 바라보고 아이와 눈을 마주치면서 차마 아이에게 상처를 줄 수가 없었다. 그가 석양 아래의 바다처럼 온화하며 자애롭고 호탕한 표정으로 웃었다.

"도성에 가고 싶다고."

성장이 또 아이의 머리를 쓰다듬고 어깨를 두드렸다.

"그거야 어렵지 않지. 도성을 돌아다니며 쯔진청도 보고 이허위안頤和園도 유람하고 싶다는 게 아닌가."

성장이 물을 따라 아이 손에 쥐어주며 자상하고 선량한 웃음을 지었다.

"도성에 가는 일은 나한테 맡기게. 이번에는 성 대표로 도성에 가지 못하지만 다음에 이보다 더 큰 명예를 주겠네. 베이징의 중앙 상부 인사가 자네에게 꽃을 달아주고 상장을 주도록 하겠네."

아이가 만족했다. 방 안이, 세상이 온통 하얗게 빛나는 것 같았다. 그리고 방을 나서다가 마침내 그 말을 했다.

"상으로 산탄총을 주십시오. 강변의 황야에는 들짐승이 있고, 또 모두들 죄인입니다. 그들을 관리하려면 역시 총이 있어야겠습니다."

아이가 말했다.

"총이 있으면 겁을 줄 수 있습니다. 겁을 주니까 더 많은 생산량을 보고했습니다. 겁을 주니까 나무를 베고 강철을 만들었습니다."

성장이 웃으며 아이의 얼굴을 가만히 쳐다보았다.

"자네는 지난번에 무당 몇 근을 생산하겠다고 보고했나?"

"1만 5000근입니다."

성장이 깜짝 놀라 아무 말 없이 아이를 쳐다보았다가 허공을 바라보고, 마지막에는 근엄하고 엄숙한 표정을 지었다. 아래층에서 자동차 소리가 울릴 때까지 굳은 표정으로 있다가 아이에게 물었다.

"자네의 그곳에는 교수들만 있지?"

아이가 대답하기도 전에 성장이 다시 말했다.

"교수들은 모두 지식과 능력이 있지. 자네에게 진짜 총을 주겠네. 무당 1만 5000근을 생산하려고 하지 말고 그 지식인들을 이용해 무당 1만 근을 생산할 수 있는 실험밭을 가꾸는 게 어떤가?"

성장이 걸상을 아이 앞으로 끌어당겨 아이의 눈을 똑바로, 친근하게 바라보았다.

"그들을 압박해 무당 1만 근을 생산할 수 있는 실험밭을 가꾸게. 밀 이삭을 조 이삭만큼 키우고, 밀 낟알을 옥수수 낟알만큼 키우면 자네를 데리고 헌납하러 도성에 갈 걸세. 그러고는 톈안먼과 창안제長安街를 둘러보고 완리창청에 오르고 이허위안을 유람할 걸세. 쯔진청도 가고. 아, 중난하이中南海도 있군. 자네 혹시 아는가? 국가 최고 상부는 전부 중난하이에 있다네. 거기에서 업무를 처리하고 식사를 하고 잠을 자지. 외국 대통령이라고 해도 모두 중난하이에 들어갈 수 있는 건 아니라네. 하지만 자네가 무당 1만 근을 생산할 수 있는 실험밭에서 조 이삭보다 큰 밀 이삭을 재배하면 내가 자네를 데리고 베이징을 유람할 걸세. 쯔진청에 묵으면서 국가 최고 상부와 기념사진도 찍도록 도와주겠네."

아이의 눈이 반짝였다. 아이는 방 안이 하얀빛으로 가득 차는 것을 보았다. 무수한 천사가 허공에 서 있고 사방에서 아름다운 음악과 찬가가 울려 퍼지는 것을 들었다.

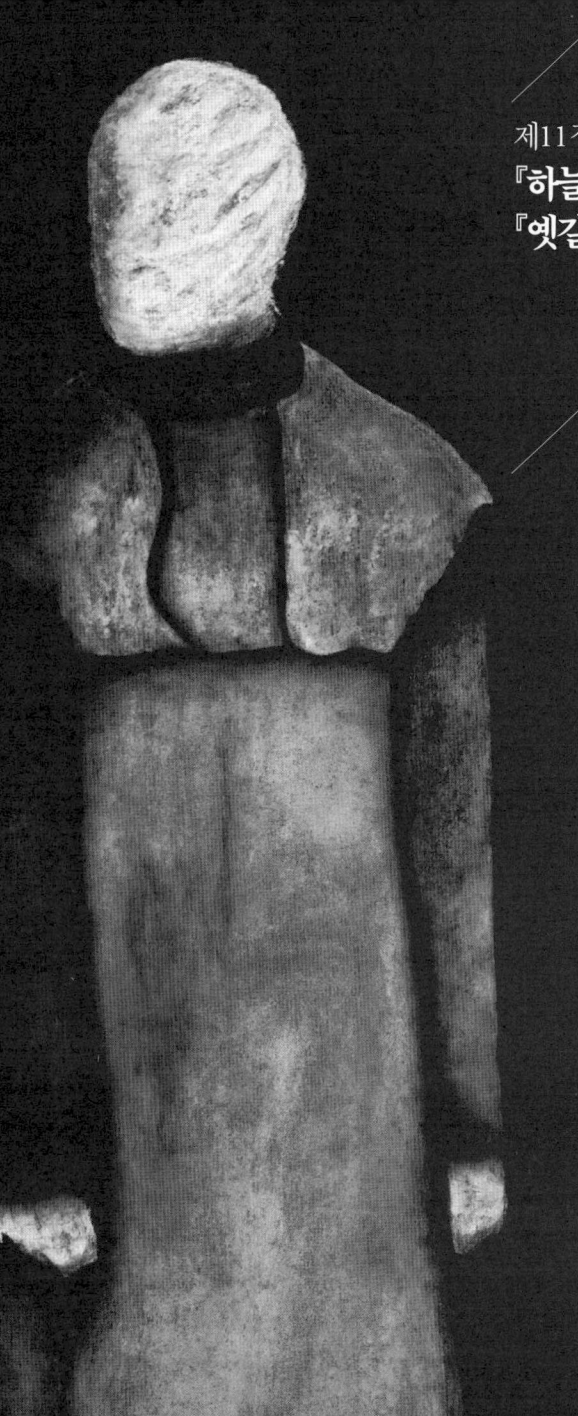

제11장
『하늘의 아이』,
『옛길』

1. 『하늘의 아이』 p305~p311 (일부 삭제)

하얗게 빛나는 하늘, 아이가 빛 속에서 돌아왔다.

원래는 종교가 현성까지 아이를 데리러 오겠다고 했었다. 하지만 종교는 아이를 데리러 오지 않았다. 정류장에 도착해 차에서 내린 아이가 한참을 기다리고, 또 한참을 찾았지만 종교는 그림자도 보이지 않았다. 아이는 기분이 나빠졌다. 어쩔 수 없이 현성에서 진까지 혼자 걸어가 성에서의 일을 본부에 전했다. 성장을 만났지만 결국 충자철을 성 대표로 선정해 도성에 보냈으며, 1만 근을 생산할 수 있는 실험밭을 가꾸면 다음에 성 대표로 도성에 보내주고 쯔진청에 묶게 해준다고, 중앙의 국가 최고 상부와 중난하이에서 만나 사진도 찍게 해준다고 했다고 전했다.

아이는 흥분했지만 본부의 상부는 마뜩찮아 했다.

아이의 머리를 쓰다듬거나 어깨를 두드리는 사람은 아무도 없었다. 그저 본부에서 식사를 하겠냐고 물었다. 아이가 고개를 저었다. 상부가 다른 구의 제련 상황을 살펴봐야 한다며 아이에게 잘 가라고 했다.

그래서 아이가 본부를 나왔다.

야속한 기분으로 진을 떠났다.

아이는 기분이 좋지 않았다. 하늘이 하얗게 빛났다. 시간상 현성에 닿지 못하면 진으로 데리러 오겠다던 종교가 끝내 오지 않았다. 하늘이 가없이 넓었다. 아이는 오가는 시간까지 보름을 성도에서 보냈다. 현성의 정거장에는 제때 운송하지 못한 쇠뭉치와 쇳덩이, 쇳조각이 가득했다. 하지만 진은, 본부의 마당은 휑하기만 할 뿐 예전에 으레 쌓여 있던 벌집이나 빈대떡 같은 철이 더 이상 보이지 않았다. 멀리서 여전히 강철을 만드는 연기가 피어올랐다. 진 바깥의 마을에서 올라오는 연기가 하얀빛을 흠뻑 받았다. 연기도 하얀빛으로 반짝거렸다. 아이가 귀로에 올랐다. 그렇게 광활한데 그 혼자뿐이었다. 마음이 언짢아서 더 넓게 느껴졌다. 나무들이 모두 베어져 세상이 반질반질하게 빛났다. 마치 하늘에서 넘어진 것처럼 태양이 하늘에서 새어 나오듯 기울어졌다. 겨울이었지만 사람을 따뜻하게, 뜨겁게 달궈주었다.

더할 나위 없이 깨끗한 눈에, 매끈하고 쓸쓸한 대지가 은백색과 황금색으로 빛났다.

땅이 발을 받쳐주어 아이가 돌아왔다.

평평하게 넓은 대지를 노랗고 하얀빛이 가득 메웠다. 한 사람, 검은 점 하나가 점점 커졌다. 99구와, 광활한 들녘의 용광로와 연기는 여전히 처음처럼 서 있었다. 아이가 점점 가까이 갔고 대지가 그의 발을 받쳐주었다. 지난 보름이 몇 년 전처럼 느껴졌다. 성도에서의 일, 성에서 만난 상부 인사가 아이의 머릿속으로 스쳐 지나갔다. 정오 무렵이 되자 햇살이 정수리에서 고꾸라지며 몸을 덮쳐눌렀다. 아이의 몸이 온통 땀투성이가 되었다. 갈증에 사방을 둘러보던 아이가 광야의 움푹한 곳에서 어렵사리 눈을 찾아냈다. 눈으로 갈증을 푼 뒤 길을 가로지르기 시작했다. 아이는 상으로 받은 여행 가방을 들고 있었다. 노란색 범포로 된 가방은 도시나 도성에서 온 교수와 전문가들이 가진 가방과 똑같았다. 하지만 아이의 가방 한쪽에는 사발만 한 오각별이 선명하게 찍혀 있었다. 다른 쪽에도 '성 제철 영웅 대표대회'가 반달처럼 둥그렇게 찍히고 그 아래에 '충' 자가 붉고 크게 인쇄되어 있었다. 정말 공교롭게도 아이가 제출했던 오각별 모양과 다른 사람이 제출했던 '충' 자였다. 하지만 충자철은 성을 대표해 도성으로 갔고 오각별은 성 기념관에 남았다.

가방을 들고 있었지만 아이는 성도에서의 일이 딴 세상 일처럼 느껴졌다.

길을 가로지르다 보니 보름 전에 아이와 종교가 발견한 신기한 비탈이 나왔다. 하늘은 여전히 하얗게 빛나고 순백은 황금색을 머금었다. 끓어오를 듯한 순백, 광활한 대지의 겨울 속에는 바람 한 점 없이 숨 막힐 듯한 적막만이 감돌았다. 그 적막 속에서 아이가 신기한 비탈에 앉아 잠시 쉬고 나자 하늘에서 하얀빛이 사그라졌다. 계곡 속 시냇물 같던 천사들의 노랫소리도 사라졌다. 오후 내내 걸어 아이가 황허 강변에 도착했다. 멀리 99구가 보이고 제방 아래 우뚝 선 황허 강변의 용광로와 제방 앞에 몰려선 사람들이 보였다. 하늘에서 하얀빛이 사라졌다. 사람들은 침묵에 빠진 채 아이가 돌아오는 것을 묵묵히 바라보았다.

아이를 마중 나가는 사람도, 아이에게 손을 흔드는 사람도 없었다.

하늘에서 하얀빛이 사라졌다. 무슨 일이 생겼음을 눈치챈 아이가 다급해졌다. 긴장한 얼굴로 가방을 다른 손에 바꿔 들고는 그 침묵을 향해 걸어갔다.

침묵도 아이를 향해 힘껏 달려왔다.

2. 『옛길』 p340~ p347 (일부 삭제)

99구 사람들이 호수 옆의 죽은 물웅덩이처럼 침묵에 빠져 들었다.

아이의 천막이 타버렸다. 어제 불이 붙자마자 타다닥 하는 소리와 함께 불꽃이 하늘 높이 솟구쳤다. 모두들 물통을 들고 황허로 물을 길러 갔다. 하지만 천막에서 강변까지는 왕복 몇백 미터였다. 첫번째 물통이 도착했을 때는 이미 천막과 천막 안에 가득 찼던 붉은 꽃, 붉은 별, 상장, 그리고 아이가 오각별을 담아두었던 나무 상자와 이불까지 전부 잿더미로 변한 뒤였다. 천막이 기름을 먹인 새 범포여서 불을 만나자 애인이라도 본 것처럼 한데 엉켜 죽어도 떨어지려 하지 않았다. 범포는 검누르게 타오르는 역한 기름 냄새를, 천막 안의 침구는 검은 연기와 솜 탄내를 내뿜었다. 그리고 상장과 붉은 별과 꽃은, 사람들이 종이 타는 냄새를 맡기도 전에 불 속에서 연기가 되어 흩어져버렸다.

어떻게 불이 난 건지는 모르겠다. 누군가 고의로 냈을 수도 있고, 무의식중에 던진 담배꽁초나 불씨가 천막 옆 땔감에 붙으면서 천막을 태워버린 건지도 모른다. 아이가 곧 성도에서 돌아올 시간이었다. 예정대로라면 하루 이틀 사이에 황허 강변으로 돌아와 사람들을 대거 돌려보낼 것이었다. 벌써 110송이, 120송이의 작은 꽃을 모은 사람들은 아이가 돌아오기만 하면 상을 받을 것이고 그럼 125송이가 될 것이라고 믿었다. 작은 꽃 다섯 송이면 중간 꽃 한 송이고, 중간 꽃 다섯 송이면 손바닥만 한 오각별 하나니까 작은 꽃 125송이면 오각별 다섯 개와 바꿀 수 있었다. 오각별 다섯 개면 자유를 얻어 드넓은 세상으로 나갈 수 있었다. 100송이를 겨우 넘긴 사람들도 125송이까지 아직 갈 길이 멀었지만 아이가 기분이 무척 좋아서, 춘제가 지난 뒤 성을 대표해 도성으로 철을 헌납하러 가게 되면, 기쁜 나머지 인심이 후해져서 열 송이, 스무 송이, 심지어 서른 송이를 줄지도 모른다는 희망을 품고 있었다. 그러면 집으로 돌아가 설을 맞을 수 있었다. 세상이 넓어질 터였다. 아이가 황허를 떠나기 전에, 자유를 주지 못하더라도 100송이, 혹은 90송이를 모은 사람은 집으로 휴가를 보내준다고 약속한 것도 있었다.

사람들이 모두 희망에 들썩거렸다. 충분히 125송이가 되는 사람들은 아이가 떠나자마자 짐을 챙기며 완전히 돌아갈 준비를 했다. 100송이 전후의 사람들도 옷과 상자를 정리하며 집에서 명절 쇨 준비를 했다. 모두들 아이가 일찌감치 성에서 돌아오기를 바랐다. 아이가 자신의 소망, 다가오는 봄에 성 대표로 도성에 가서 강철을 헌납해 표창을 받고 도성을 구경하며 세상사를 경험하고자 하는 소망을 이룰 수 있기를 바랐다. 하지만 아이가 돌아오기 전날 그의 천막이 불타버렸다. 천과 기둥, 상장, 붉은 꽃, 그리고 범포 위 붉은 칸에서 빨갛게 빛나던 위신구 사람들의 모든 꽃들이 순식간에 재로 변해버렸다. 불꽃은 어젯밤 황혼 속에 타올랐다. 느슨해지고 한가해진 며칠 동안 사람들은 각자의 판잣집과 초막, 천막에서 잠을 자거나 카드를 치거나 장기를 두었다. 떠날 준비를 하는 사람들은 가져가야 하는 것을 빼놓지는 않았는지, 불필요한 것을 넣지는 않았는지 끊임없이 짐을 살펴보았다. 침대 머리맡에서 짐을 풀었다가 묶고, 묶었다가 풀었다. 그때, 석양이 황허 상류에서 붉은빛을 내뿜을 때 갑자기 제방에서 누군가 소리쳤다.

"불이야! 어서 나와서 불을 꺼라!"

한밤중에 황허 제방을 따라 불어오는 돌개바람 같은 외

침이었다. 사람들이 왁자지껄 각자의 거처에서 뛰어나가 놀란 눈으로, 아이의 천막에서 짙은 연기가 빙글빙글 나선형으로 꼬여 솟구쳐 오르는 것을 바라보았다. 그리고 짙은 연기 속에 휩쓸린 붉은 불꽃을 보았다. 새까만 연기 속에서 불꽃이 좌충우돌하며 검은 연기의 바깥으로 뛰어나오려 했다. 사람들이 고함을 치고 소리를 지르며 용광로 근처와 처소에서 물통을 찾았다. 허겁지겁 물을 길러 황허 강변으로 뛰어갔다. 하지만 부산하게 물을 길어 돌아왔을 때 천막의 짙은 연기는 이미 옅어지고 불꽃만 하늘로 솟고 있었다. 그토록 악착스럽게 뒤엉켜 있던 연기가 얌전히 불길이 되어 하늘로 올랐다. 사람들이 조심스럽게 불 옆으로 다가가 물을 뿌리고 소리를 지르며 화재 현장과 제방을 바쁘게 오갔다. 두 시간 남짓을 정신없이 오간 끝에 마침내 불이 꺼졌다. 천막에는 시커먼 재와 흙탕물, 타다 만 천 조각과 기둥, 그리고 물에 젖어버린 아이의 웃옷 두 벌과 해방군용 신발 한 켤레만 남았다. 나머지는 전부 잿더미나 진흙 덩어리가 되었다.

그때 사람들 뇌리로 덜컥, 아이의 천막만이 아니라 천막에 붙어 있던 자신들의 붉은 꽃과 오각별도 전부 타버렸다는 생각이 엄습해왔다. 모두들 검은 진흙 덩이를 아무 말 없이 바라보았다. 침묵이 세상을 가득 메웠다.

밤이 되었지만 사람들은 아무도 식사를 하지 않았다. 여느 날처럼 식당에 옥수수 만터우과 무 볶음, 미탕米湯이 준비되었지만 꽃이 100송이를 넘었던 사람들은 전혀 움직이지 않았다. 꽃이 적었던 사람들은 먹고 싶어도 꽃이 많았던 사람들이 눈을 부라리며 남의 불행을 즐거워한다고 욕할까봐, 동고동락의 의리를 보여주기 위해 식사를 걸러야 했다. 전날처럼 카드를 치거나 바둑을 두거나 떠드는 사람도 밤새하나 없었다. 사람들이 전부 죽어버린 것처럼 99구가 적막에 빠졌다. 다음 날, 모두들 아이가 돌아오는 날이라는 것을 알고 있어서 아침부터 길 저편을 바라보았다. 아무것도 보이지 않으면 판잣집으로 돌아가 멍하니 있었다. 오전이 되고 점심때를 지나 오후의 어스름이 차오를 때, 전날 아이의 천막에 불이 났던 그때가 되었다. 하지만 소리치거나 고함지르는 사람은 아무도 없었다. 누군가 제방 위에 서서 고개를 길게 빼고 천막에서 외부 세계로 이어진 길을 바라보다가 갑자기 제방에서 뛰어 내려와 조용히 말했다.

"어서요, 빨리 와봐요."

그가 바깥세상으로 이어진 길을 가리키자 그림자 하나가 판잣집과 천막 쪽으로 다가오는 게 보였다. 처음에는 햇살 속에 땅으로 미끄러져 떨어지는 나뭇잎처럼 작고 까만 점이었는데 점점 사람의 형상이 되었다. 예정대로 돌아온 아이라는 것을 분명히 알 수 있었다.

모든 사람이 숙소에서 나왔다. 누가 알려주거나 소리치지 않았지만 모두들 아이가 돌아왔다는 것을 알고 약속이라도 한 듯 밖으로 나왔다. 불타버린 아이의 천막 앞에서 침묵으로 한 덩이가 된 채 석양 속에서 걸어오는 아이를 바라보았다. 아이가 가까워질수록 침묵이 두껍고 불안해졌다. 모두들 얼굴이 누렇게 뜨고 초췌하니 하였다. 석양 속의 얼굴들이 초겨울 허공에 걸린 회백색의, 희누르스름하게 서리가 엉긴 나뭇잎 같았다.

"거기 가만히 서서 뭐 하고 있는 건가, 누가 좀 오라고!"

거의 도달했을 때 아이가 소리쳤다. 목소리에서 흥분과 풀리지 않는 화가 묻어났다.

가장 앞에 서 있던 건 종교와 학자, 의사 등이었다. 종교는 원래 마중 나가고 싶었지만 고개를 들고 보니 학자와 다른 사람들이 전부 제자리에 서 있어서 몇 걸음 가다가 멈춰 서고 말았다. 왜 아무도 앞으로 나가 아이를 맞으며 환영 인사를 하거나 그들 뒤에 놓인 화재 현장과 의외의 사고를 보고하지 않았는지, 왜 그저 불안하게 죽어라 침묵을 지키며 아이가 화내길 기다리기라도 하듯 아이의 얼굴을 바라보고 아이의 걸음과 짐을 바라보기만 했는지 모르겠다.

아이가 사람들이 뭔가 이상하다는 것을 눈치챘다. 처음에
는 걸음을 조금 늦췄지만 사람들 사이로 뒤편의 시커먼 잿
더미와 진흙 덩이를 발견하고는 갑자기 속도를 높였다. 그
러고는 사람들의 쥐죽은 듯한 침묵 속으로, 마치 그 죽어버
린 공동묘지 같은 침묵을 깨버리기라도 하듯 달려왔다.

3. 『하늘의 아이』 p312~p320

일이 그렇게 이루어졌다.

아이의 새 천막이 황혼 속에 세워지기 시작했다.

원래의 자리에서 제방 쪽으로 몇 미터 더 들어간 곳이었
다. 달이 떠올랐을 때 기둥을 세우고 식당의 휘장을 떼어 달
빛 속에서 완성했다. 달빛이 거울처럼 밝았다. 불에 타버린,
재와 진흙 덩이만 남은 옛 자리는 황사로 메워졌다. 아이의
거처는 변함없이 새로운 세상이었다.

침상이 있고 등불이 있었다. 화로에서 단단한 땔감이 타
닥거리며 타올랐다. 아이가 등불 속에서 빛나는 얼굴로 천
막에 빼곡히 들어선 사람들을 바라보았다.

누구의 꽃이 몇 송이였고 별이 몇 개였는지, 자유를 얻을 사람이 누구이고 누가 집으로 돌아가야 하는지 따져보기 시작했다. 하지만 아이는 120송이가 넘었던 사람이 몇 명 되지도 않았는데 열 명이 넘는다고 했다. 열 명 남짓하던 110송이가 넘는 사람을 수십 명이라고 하고, 원래 스물네 명이던 100송이가 넘는 사람을 마흔세 명이라고 했다.

아이는 자신의 꽃과 상장이 몇 개였는지만 기억할 뿐 다른 사람 꽃이 몇 송이였는지는 기억하지 못했다. 천막 범포에 가득했던 붉음, 빨간 바다 같던 그 붉음만 기억할 뿐이었다. 늦가을 벌판의 홍시 같던 맞은편 작은 꽃들은 도대체 누가 120송이고 110송이였는지, 혹은 100송이가 안 됐는지 기억하지 못했다.

천막이 불탄 뒤 다시 집계했더니 100송이를 넘는 사람이 칠팔십 명이나 되었다. 원래는 서른몇 명에 불과했다. 천막 안에서 아이는 불을 쬐면서, 종교는 의자에 앉은 상태로 사람들이 원래 몇 송이였는지 보고하는 것을 들었다.

모두들 보고했다. 모두들 거짓말을 했다. 사람들이 들어왔다가 나갔다. 불을 쬐는 아이의 침상 아래, 발 옆에 상품으로 받은 노란색 범포 가방이 있었다. 아이가 침대에 앉아 불을 쬐었다. 집계 결과가 나왔다. 아이의 입가에 웃음이 걸렸다. 멸시의 웃음이었다. 아이가 천천히 천막 밖으로 나갔다. 사람들이 전부 따라서 천막 밖으로 나갔다.

천막 안은 조용했지만 바깥은 떠들썩했다. 100송이 미만이던 사람들도 전부 구경하러 천막 바깥의 달빛 아래에 모였다. 확실히 100송이를 넘었던 사람들이 100송이를 넘는다고 거짓말한 사람들에게 큰 소리로 욕했다. 침묵하지 않고 따졌다. 원래 100송이를 넘지 못했던 사람들이 자신은 100송이를 넘겼다며, 맹세할 수 있다면서 카랑카랑한 목소리로 100송이 이상이라고 거짓말한 사람은 누구라고 욕했다. 사람들은 누군가 고의로 아이 천막의 꽃에 불을 질렀을 수 있다는 것을, 혹은 무의식중에 천막을 태웠을 거라는 사실을 전부 잊어버렸다. 달빛이 꼭 물 같았다. 밤이 깊고 조용해졌다. 설이 가까웠음을 말해주는 하현달이 구름을 뀐 채로 하늘에서 움직였다. 멀리 황허의 상류와 하류, 맞은편 기슭으로 용광로 빛이 보였다. 어렴풋이 강철을 만들고 대화하는 소리가 들려왔다. 아이가 하늘을 보고 양쪽 기슭의 용광로 빛을 바라본 뒤 혼자 숙소로 들어가 집계한 명단을 의자에 내려놓았다. 등불 아래에서 아이는 뜻밖에도, 기이하게도 가방에서 군복을 꺼내 입었다. 낡았어도, 단추 다섯 개를 채운 뒤 옷깃을 여미고 앉자 위엄이 느껴졌다. 녹색 군복은 누렇게 바랬지만 다섯 개의 커다란 단추는 여전히 암홍색으로 어둡고 빨간 빛을 냈다. 아이가 위엄 있게 사람을 불러 물었다.

"정말로 그렇게 꽃이 많았나?"

들어온 사람은 훌륭한 논문을 썼던 중년의 부교수였다. 그는 논문을 쓸 때처럼 진지한 표정으로 자신이 보고했던 개수를 말하고는 무척 억울하다는 듯 "천막에 모두 붙여놓았었으니 제 꽃이 몇 송이인지는 누구나 알 것입니다"라고 말했다.

그가 나갔다. 이어서 다른 교수가 들어와 의자 앞에 서자 아이가 새로 작성된 명단과 숫자를 보며 물었다.

"정말 그렇게 꽃이 많았나?"

아이가 묻자 교수가 울 것처럼 대답했다.

"118송이가 있었습니다. 그건 모두들 알 것입니다. 지금도 꽃을 받았던 시간과 개수를 댈 수 있습니다. 종이와 펜을 주신다면 제가 왜 118송이인지 계산해 보이겠습니다."

교수가 계산할 수 있게 종이와 펜을 달라고 했다. 그는 도성 유명 대학의 수학가로 평생 1 더하기 1이 왜 2여야 하는지 증명했다. 수많은 공식과 방식, 연산을 거친 뒤 결국에는 1 더하기 1이 2일 뿐만 아니라 확실히 2라는 것을 증명했다.

그 결과를 보고하자 상부에서 그의 논문에 딱 한 줄,"이 사람을 왜 위신구로 보내지 않는가?"라고 적었다.

아이는 그에게 계산해보라고 하지 않았다. 아이는 참 좋고 선량하며 수학자의 말을 믿었다. 아이가 그에게 나가라고 했다. 다시 두 사람이 들어왔다. 또다시 두 사람이 들어왔다. 마지막으로 들어온 사람은 학자였다. 무거운 발걸음에 다소 굳은 표정으로 들어왔다. 데었다가 얼어붙은 이마의 부스럼이 푸르스름하고 딱딱하게 굳어 있었다. 동상으로 푸르스레한 뺨에서 검은 빛이 났다. 부스럼투성이에 검푸른 얼굴의 학자가 천막으로 들어와 천막의 새로운 모습과 바닥에 깔린 새 모래를 훑어보고, 아이가 입고 있는 낡았지만 위엄이 느껴지는 군복을 바라보았다. 내려다보는 그의 시선은 거만하거나 비굴하지 않고 차갑기만 했다. 한 달 전에 고깔모자를 쓰고 무수한 죄명을 적은 채 용광로 옆, 제방 위에 꿇어앉았을 때의 그 자발적이고 겸손하며 속죄하는 듯한 표정은 온데간데없었다. 그는 아이를 응시하며 아이가 입을 열기 전에 거만하거나 비굴하지 않지만 차갑게 말했다.

"제게 꽃이 121송이였냐고 물을 필요 없습니다. 음악을 안 보내도, 제게 자유를 주지 않아도 되지만 제 꽃이 121송이였다는 것을 의심할 수는 없습니다."

천막 안에 긴장감이 팽배해졌다. 학자는 키가 큰 데다 일어서 있었고 아이는 원래가 왜소한데 앉아 있었다. 학자의 얼굴이 석판처럼 푸르스름하고 딱딱했다. 아이의 군복에서 나오는 위엄이 옅어졌다. 꼿꼿하고 태연하면서도 진지한 표정, 옷이 받쳐주고 있던 군건함이 무너지고 내려앉았다. 아이가 학자를 한참 곁눈질하다 우물우물 물었다.

"그럼 누가 자기 꽃을 부풀려 보고했지?"

학자가 아무 말도 하지 않았다.

"거짓말한 사람 한 사람을 대면 꽃 한 송이를 주고, 두 사람을 대면 두 송이를 주겠다. 네 명을 대서 네 송이를 받으면 당신은 125송이가 되지. 당신에게든 음악에게든 별 다섯 개를 줄 테니 둘 중 한 사람은 자유를 얻을 수 있다. 내일 당장 집으로 돌아갈 수 있어."

학자가 아무 말도 하지 않았다.

"어서 말해!"

아이가 말했다.

"어서 말해!"

"아는 대로 말해!"

학자가 아무 말도 하지 않았다.

학자는 새 천막 한가운데에 서 있었다. 키가 커서 똑바로 서려면 머리를 숙여야 했지만 중앙에서 머리를 똑바로 들고 허리도 꼿꼿이 세웠다. 그는 입을 꾹 다문 채 아무 말도 하지 않았다. 하지만 눈빛은 차갑고 매서웠다. 학자가 아무 말도 하지 않자 아이에게 나름대로의 위엄이 다시 생기고 얼굴에도 아까의 차갑게 굳었던, 그렇지만 유치한 표정이 되살아났다. 아이가 가슴을 똑바로 펴고 성도에서 가져온 군복을 추슬렀다.

"말하라니까!" 아이가 으름장을 놓았다. "네 사람을 대면 당신의 121송이를 인정하고 네 송이를 더 주겠다. 그러면 당신들은 125송이가 되고, 그건 오각별 다섯 개와 맞먹으니까 당신이나 음악은 완전히 집으로 돌아갈 수 있다."

학자가 입을 열었다.

학자의 입가에 먼저 웃음이 걸렸다. 한 가닥 아주 잠깐이었다. 웃음을 거둔 뒤 높지도 낮지도 않은 목소리로 학자가 말했다.

"100송이가 안 되면서도 넘는다고 거짓말한 사람을 알고 있습니다. 최소한 스무 명은 댈 수 있지요. 하지만 말하지 않을 겁니다."

"음악을 자유롭게 돌려보내고 싶지 않은가?"

"이미 타버린 제 121송이가 아직 유효합니까? 그럼 제게

121송이가 있었음을 아시니 타버린 121송이부터 보상해주십시오."

"어떤 죄인이 거짓말했는지 말하면 인정해주겠다."

"말하지 않으면 인정하지 않고요?"

학자가 반보 앞으로 나가 험준한 산처럼 아이 앞에 우뚝 선 채 냉기가 뚝뚝 흐르는 웃음을 지었다.

"이번에 꽃이 적은 사람이 천막을 태워버린 게 아무렇지도 않습니까? 다음에는 꽃이 많은 사람이 이 천막을 태우는 것은 물론이고 당신이 잠든 사이에 불을 질러 천막과 당신을 통째로 태워버리면요?"

학자가 아이의 얼굴을 쳐다보며 위협하듯이 경고했다.

"그동안 모았던 붉은 꽃을 없던 걸로 하면 내일부터 아무도 강철을 제련하지 않을 텐데 그건 두렵지 않습니까?"

"당신은?" 아이가 물었다. "당신도 이 천막에 불을 질러 나를 태워 죽일 건가?"

"그러지 않을 겁니다." 학자가 이를 앙다물며 말했다. "하지만 제 꽃을 인정해주지 않는다면 내일부터는 죽어도, 평생 죄인으로 살더라도, 다시는 강철을 만들지 않을 겁니다."

"정말로 안 할 건가?"

학자가 힘껏 고개를 끄덕였다.

아이가 잠시 침묵에 빠졌다. 잠시 고요해졌다. 아무 말 없이 학자의 얼굴을 바라보았다. 종교가 꽃의 개수가 적힌 새 명단을 들고 줄곧 한편에 앉아 있었다. 작가도 줄곧 한편에 앉아 있었다. 아이가 천막에서 나가라는 말을 하지 않았기 때문에 한편에 계속 앉아 있었다. 어떤 사람들은 들어와서 무척이나 부러운 눈빛으로 작가와 종교를 바라보았다. 또 어떤 사람들은 개 두 마리를 보듯 차갑게 흘겨보았다. 학자는 연민의 눈초리로 주인 주변을 서성이는 고양이를 보듯 바라보았다. 아이는 차분하고 조용하고 만반의 준비를 하고 있었다. 아이가 학자의 얼굴을 바라보았다.

"정말로 내일부터 흑사 제련을 하지 않을 건가?"

학자가 입을 꾹 다문 채 다시 고개를 끄덕여 분명하고 확고하게 자신의 결심을 밝혔다. 아이가 몸을 돌리더니 차분하고 조용하게 옆에 있는 노란색 여행 가방을 끌어당겼다. 그리고 가방의 지퍼를 열었다. 가방을 뒤적여 갑자기, 뜻밖에도, 놀랍게도 뭔가를 하나 꺼냈다. 그의 행동만큼 아주 놀라운 물건이었다. 정말 너무나도 놀라운 물건이었다. 그건 새까맣고 반지르르 윤기가 흐르는, 진짜 총이었다. 성장이 준 총. 성장이 혁명 때 사용했던 모제르 소총*이었다. 성장이 왜 아이에게 흔쾌히 그 총을 내주었는지는 아무도 모른다.

사실 아이는 백화점의 산탄총을 원했다. 하지만 성장은 한껏 격앙되어 자신이 썼던 구식 모제르 소총을 아이에게 상으로 주었다. 무대에서의 연극처럼, 갑자기, 충동적으로 아이가 총을 꺼냈다. 아이가 총을 옆에 있는 빈 걸상에 내려놓았다. 총에서 검은빛, 반질반질한 검은빛이 흘렀다. 다시 가방 속을 뒤적였다. 종이봉투를 꺼내 찌지직 찢었다. 그러고는 총알 하나를 꺼냈다. 황금색의, 만지면 은빛이 도는 총알이었다. 아이는 총알을 총 옆에 놓았다. 천막 안의 공기가 팽팽해졌다. 그물처럼 뒤엉킨 채 천막을 뒤덮고 있던 무수한 줄들이 팽팽하게 당겨진 것 같았다. 공기에서 울림이 느껴졌다. 화로의 땔감이 모두 타들어가 옆에 있던 땔감을 모래 위에 던지자 불꽃이 허공으로 튀어 올랐다. 누구도 총이 있을 거라고는 생각하지 못했다. 아이가 왜 그렇게 갑자기, 연극적으로 군복을 걸쳤는지 그때서야 이해할 수 있었다. 아이는 차분하고 조용하게 진작부터 계획을 세운 거였다. 총과 탄알이 담겼던 노란 가방을 한쪽으로 치우며 아이가 고개를 돌려 학자를 바라보았다. 총알은 노랗고 총에는 검은 윤기가 반지르르 흘렀다. 총알이 총구까지 굴러가 멈췄다. 학

* 독일의 마우저가 발명한 연발식 권총.

자가 하얗게 질렸지만 냉정을 유지하며, 억지로나마 얼굴과 눈빛에 경멸의 뜻을 담아냈다.

학자가 말했다.

"저를 쏘아 죽여도 강철을 만들지 않을 겁니다. 제 121송이 꽃을 인정하기 전에는 말입니다."

아이가 학자를 온화하고 선량한 눈빛으로 쳐다보며 약간 떨리는 작은 목소리로, 마치 학자에게 간구하는 것처럼 말했다.

"정말로 거짓말한 사람을 말하지 않고 내일부터 강철도 만들지 않을 건가? 그럼 그 총으로 나를 쏘아 죽여라. 나를 쏘아 죽이면 당신은 거짓말한 사람을 말하지 않아도 되고 강철을 만들 필요도 없다."

아이가 말하면서 총을 들더니 아주 서툴게 탄창을 뽑았다. 그러고는 훨씬 더 서툴게 총알을 장전했다. 또 힘들게 총알을 약실로 보내고 나서 손잡이를 학자 쪽으로 돌려 총구를 자신에게 향하도록 했다.

"들어서 나를 쏴라. 그럼 내일 강철을 만들 필요가 없다."

아이가 말했다.

"내가 바라는 건 딱 하나. 반드시 내 가슴을 쏘아 내가 정면으로, 앞쪽으로 쓰러지게 해야 한다. 뒤쪽으로 쓰러지게 하지 말고."

아이가 계속 말했다.

"내가 부탁하는 걸로 하지. 나한테 총을 쏴라. 총알을 내 앞가슴에서 관통시키기만 하면 된다."

"부탁이다."

아이가 고개를 들고 간절하게, 몇 살짜리 아이가 아버지한테 부탁하듯 학자를 바라보았다.

"총을 쏴라. 나를 쏴 죽이면 당신은 강철을 만들 필요가 없다. 그냥 가슴을 관통시켜 내가 앞쪽으로 쓰러지게만 하면 된다."

학자는 한 번도 그렇게 가까이서 총을 본 적이 없었다. 아이가 손잡이를 학자 쪽으로 돌려 총구를 자신에게 향하게 한 뒤 총을 학자 앞으로 밀자 학자가 본능적으로 물러났다. 아이가 온화하게, 애원하듯 자신을 총으로 쏴 죽이라고 할 때 학자의 얼굴이 하얗게 질렸다. 무어라 중얼거리면서 뒤로 뒤로 물러나다 천막을 나가버렸다.

그 뒤 아이가 사람들을 하나하나 다시 천막으로 불러들였다. 사람들이 들어올 때마다 부탁했다. 총을 눈앞에 갖다 주며 말했다.

"장전된 총이다. 내일부터 강철을 만들지 않겠다면 지금

나를 쏘아라. 그냥 가슴을 관통시켜 내가 앞쪽으로 쓰러지게만 하면 된다."

몇 명이 나가면 또 몇 명을 불러들였다.

"내일부터 강철을 만들겠나? 안 해도 된다. 대신 이 총에 총알이 장전되었으니 나를 쏘아라, 부탁이다. 그냥 가슴을 관통시켜 내가 앞쪽으로 쓰러지게만 하면 된다."

모든 사람들이 전부 들어왔다. 모두에게 그렇게 말했다. 날이 밝아오자 동쪽이 하얘지며 새로운 하루가 시작되었다. 태양이 황허 하류의 물살 위로 올라오면서 하늘에 붉은빛이 퍼졌다. 대지가 깨어나고, 강물이 출렁이며 해가 떠오르는 방향으로 흘러갔다. 99구의 사람들이 자리에서 일어났다. 밤새 한숨도 못 잔 사람도 있었다. 하지만 모두들 자석과 포대를 들고 황허 강변으로 가서 흑사를 모았다. 도끼와 톱을 챙겨 아주아주 먼 곳으로 나무를 하러 갔다.

일찌감치 제련 기술을 터득했던 제철 전문가와 교수들이 용광로를 점검하고 흑사를 넣은 뒤 불을 붙이는 등 새롭게 강철 만들 준비를 했다.

세상이 다시 바빠졌다. 하늘에서 밝은 빛이 퍼지고 강물이 세차게 흘렀다.

4. 『옛길』p350~p359

  나, 작가가 99구에 면목 없게 되었다.

  마침내 나는 작은 꽃 125송이를 오각별 다섯 개와 맞바꾸었다. 황허 강변, 황허 옛길의 끝없이 넓은 소금땅과 물웅덩이를 떠날 수 있게 되었다. 완전한 자유를 눈앞에 두었다. 새로운 사람이 되었다. 집으로 돌아가면 언제까지나 아내, 자식들과 함께할 것이다. 위신구를 떠날 준비를 하는 며칠 동안, 나는 아무 말 없이 침묵을 지키며 나무를 베야 할 때는 나무를 베고 흑사를 모아야 할 때는 흑사를 모았다. 하지만 다른 사람들이 정신없이 바빠지면 몰래 내 판잣집으로 돌아가 짐과 옷을 정리했다. 내가 제일 먼저 자유를 얻어 돌아가는 것을 남들이 눈치채지 못하게 이불과 베개, 침대밑의 나무 상자와 기둥에 걸어두었던 낡고 먼지투성이의 인민복은 전부 두고 가기로 결정했다. 오각별 다섯 개와 포대 자루 하나만 가져갈 생각이었다. 포대에는 아이의 명의로 좀더 받아두었던 만터우와 마른 음식을 넣고, 아이에게 주지 않았던 황허 강변과 죄인들에 관한 매일의 일기와 기록들을 넣었다. 집으로 돌아간 뒤 가능한 때가 되면 위신구의 교화에 관한 책을 시작하고 싶었다. 그건 내가 보름마다 아이에게 몰래 바쳤던 몇 쪽짜리 『죄인록』과는 차원이 다른 진짜 사실적인 책이 될 것이다. 나는 정말 선량한 책, 아이를 위한 것도, 국가를 위한 것도, 민족과 독자들을 위한 것도 아닌 오직 나 자신을 위한 책을 쓰고 싶었다. 그래서 정말 선량한 책이 될 조각들을, 아이에게 보고하기 위해 죄인들의 언행을 기록하는 틈틈이 아이가 준 원고지에 적어서 베개 속에 숨겨두었다. 내가 가져가려는 것은 그 진짜 책의 단편들과 음식뿐, 다른 것들은 있던 그대로 판잣집에 남겨둘 작정이었다.

나는 떠난 뒤에도 떠난 티가 나지 않기를 바랐다. 아이를 제외하면, 꽃들이 전부 타버렸음에도 내가 별 다섯 개에 맞먹는 작은 꽃 125송이를 벌써 모았다는 사실은 종교를 포함해 그 누구도 몰랐다.

어젯밤에 이미 아이에게서 오각별 다섯 개를 받았다.

나는 오늘 밤 모두가 잠들었을 때 황허 강변의 용광로를 떠나 진과 현 쪽으로 갈 생각이었다. 오늘 밤은 내가 용광로 4호, 5호, 6호기의 불을 지킬 차례였다. 떠나기에는 불을 지키는 날이 최적이었다. 오후에 몰래 판잣집으로 돌아가 가져갈 물건을 챙겼다. 땅거미가 질 때 식당에서 만터우 몇 개와 아이를 위해 구운 유라오모油烙饃* 두 개도 챙겼다. 저녁 식사 뒤 거처에 돌아갈 때에도 여느 날처럼 판잣집으로 돌아가 같은 숙사 동료들과 이런저런 한담을 나누었다. 오늘 흑사를 얼마나 모았냐고 이 사람에게 묻고, 나무하러 얼마나 멀리까지 갔으며 단단하고 좋은 나무를 찾았느냐고 저 사람에게 물었다.

나는 일부러 불만스럽게 "젠장, 또 내가 불을 지킬 차례군. 편안히 잠자긴 글렀네" 하고 투덜거렸다. 그러고는 무척 풀 죽은 표정으로 동료들이 이러쿵저러쿵 떠드는 모습을 바라보다가 저고리로 포대를 감싸 들고 나와서는 용광로로 향했다. 춘제가 세상을 향해 달음박질치듯 다가오고 있었지만 황허 강변의 동료들은 시간을 알지 못하는 것처럼, 춘제가 다가온다는 것을 모르는 것처럼 늘 하던 대로 불을 피우고 강철을 만들었다. 멀리 상류와 하류 곳곳의 용광로에서 나오는 환한 불빛이 황허를 따라 눈부시게 펼쳐졌다. 드넓은 강변과 중심 쪽으로 줄어든 강물을 불빛이 더할 나위 없이 환하게 비춰주었다. 아득하고 광활한 밤의 적막 속에 달빛은 없었지만 툭 불거져 나온 듯한 하늘에서 별들이 푸르스름하게, 때론 빽빽하고 때론 성기게 빛났다. 물 흐르는 소리가 차갑고 눅눅하게 제방을 가득 메웠다가 빗방울처럼 강

---

* 허난성에서 즐겨 먹는 밀전병의 일종.

변으로 흩날렸다. 이곳에 오래 있다 보니 강변 특유의 소금
내를 더 이상 느낄 수 없게 되었다. 오장육부를 파헤치듯 모
래를 뒤엎어 사철을 모을 때에만 초봄 버드나무에서 움틀
때 나는 축축한 비린내 같은 젖은 모래 냄새가 새롭게 피어
올라 황허 강변을 휘감았다.

제방을 따라 제2조의 4호, 5호, 6호 용광로 쪽으로 갔다.
가장 높고 가장 큰 6호기가 용광로들 중앙에 탑처럼 우뚝 서
있었다. 나는 제방에서 내려가 저고리 속에 숨겨온 포대를
용광로 뒤쪽 돌 사이에 숨긴 뒤 저고리를 입고 용광로 앞쪽
으로 걸어갔다. 내가 교대해줄 사람은 국가공정설계원의 건
축 설계사였다. 그는 신중국이 들어서기 전에 건물과 교량
설계로 서방 국가에서 상을 받았다. 서양인이 주는 상을 받
았으니 당연히 교화 대상이 되었다. 서방 국가의 칭송을 받
은 그가 국가의 죄인이 아니라면 누가 죄인이겠는가? 하지
만 죄인이 된 뒤 그는 흑사 제철 기술 전문가가 되었다. 아
이가 성도에 가져간 강철 오각별도 그의 주도하에 만들어졌
다. 나는 그에게 다가가 평소처럼 덤덤하게 말했다.

"이제 그만 돌아가서 주무세요."

그도 평소처럼 나를 바라보며 말했다.

"자정 전까지는 느릅나무를 때서 불을 좀 키워야 합니다."

그러고는 옆에 있는 땔감을 가리키며 말했다.

"자정 이후에는 불길이 약해도 되니까 버드나무나 백양나무, 오동나무를 때시고요."

그러고 나서 몇 마디 더 하고는 판잣집 쪽으로 걸어갔다.

용광로 옆에는 불을 지키는 교수들 몇 명뿐, 다른 사람은 아무도 없었다. 불을 맡은 사람들이 멀리서 카드를 치자며 불렀다.

"저 빼고 치십시오. 저는 여기서 흑사를 조금 더 넣고 센 불로 계속 지펴야 합니다." 내가 대답했다.

그들은 카드를 치고 나는 홀로 이쪽에 조용히 있었다. 용광로 불 속에서 타닥타닥 하는 소리가 때론 크게, 때론 작게 들려왔다. 누군가 광장에서 내키는 대로 빨리 뛰다가 천천히 걷기를 반복하는 것 같았다. 그건 아이가 돌아온 뒤 처음으로 제련하는 철이었다. 용광로 옆에는 포대에 담지 않은 흑사가 석탄가루처럼 쌓여 있었다. 나는 4호, 5호, 6호 용광로에 느릅나무 땔감을 더 넣었다. 6호 용광로는 크기 때문에 땔감도 많이 들었다. 땔감을 가득 넣은 뒤 멀리 있는 땔감 뭉치를 6호기 옆으로 날랐다. 장작개비에서 풍기는 나무 냄새가 얼마나 진한지 기름집에 들어간 것 같았다. 장작에서 방울져 나오는 나무 기름이 한 방울 한 방울 붉게 불 속으로 떨어지자마자 뜨거운 열기에 딱 하는 소리를 내며 타올랐다. 순식간에 불 속에서 나무즙 향기가 뿜어져 나왔고, 나는 그 향내를 뱃속 깊이 삼키고 싶어 자신도 모르게 코를 벌름거렸다.

막상 떠나려니까 조금 아쉬운 마음이 들었다. 불을 다 넣은 뒤 다시 황허 제방에 올라 제련하는 밤 풍경을 바라보았다. 황허 상류에서 하류까지 제방을 따라 이어진 화룡 같은 용광로가 맹렬하게 타오르며 밤을 낮처럼 환하게 밝히는 모습, 서쪽에서 꿈틀거리며 내려가는 황허 위로 용광로가 초롱이나 갑옷처럼 황허에 걸쳐진 광경을 바라보았다. 허공에 짙고 습한 탄내가 떠다녔다. 3일 뒤면 춘제였다. 날이 밝기 전에 진에 도착하고, 하루 종일 걸어서 현성에 도착해 다음 날 일찍 장거리 버스를 타면 섣달 그믐날 밤에 성도에 있는 집에 도착할 수 있다. 제야를 아내, 아이들과 함께 보낼 수 있다. 갑자기 집에 돌아가면 아내는 놀라서 소리를 지르겠지. 아들과 딸도 깜짝 놀라 손자 손녀처럼 와락 목에 매달릴 거다. 그러곤 제일 먼저 목욕물을 한 솥 끓여줄 것이고 예전에 입던 옷을 가져다주겠지. 어쩌면 잠시 옛날 옷들을 찾지 못해 아들 옷을 내줄지도 모른다. 아들이 이제는 나만 할 테니까. 위신구에 온 뒤 지금까지 5년 동안 한 번도 집에 간

적이 없다. 5년이면 아들과 딸이 많이 변해서 어쩌면 알아보지 못할지도 모른다. 제방에 서자 정면에서 냉수를 뿌리듯 밤바람이 나를 훑고 지나갔다. 하지만 냉기 속에서도 나는 아들딸 생각에 펄펄 끓어올랐다. 아내는 어떻게 변했을까 상상하자 정말로 5년간 아내나 다른 여자를 안아본 적이 없는데 맨몸으로 아내와 한 침대에 들 용기가 날지 의문이 들었다. 나는 제방의 가장 높은 곳에 올라 용광로를 뒤로한 채 황허를 바라보면서 목청껏 노래하거나 소리 지르고 싶었다. 하지만 의외의 일, 쓸데없는 일을 하면 안 된다는 것 또한 잘 알았다. 내가 할 수 있는 일이란 아무 일도 없는 것처럼 평소대로 불을 지키며 강철을 만드는 것뿐이었다.

그렇게 제방 위에서 미칠 듯 좋아하다가 또 아무 일도 없다는 듯 한참을 서 있다가 소변을 보고 천천히 내려왔다. 용광로로 되돌아와 별빛에 의지해 돌 사이에 숨겨둔 포대가 그대로 있는지 살피고 만져보기까지 한 다음 흥얼거리며 용광로 앞으로 갔다. 그때 누군가가 4호기와 5호기 사이에서 두리번거리는 게 보였다. 나를 찾고 있었는지, 나를 보자마자 성큼성큼 다가왔다. 하지만 이내 다시 멈춰서 사방을 두리번거리고는 작은 소리로 엄청난 말을 했다.

"정말로 오각별 다섯 개를 갖고 있습니까?"

종교였다.

물음에서 가느다란 떨림이 느껴졌다. 다급한 어투와 잠긴 목소리가 마치 목구멍에서 말을 손으로 직접 끄집어낸 것 같았다.

"어떻게 알았어요?"

"그런 건 관두고." 종교가 다급하게 말했다. "정말로 다섯 개가 있으면 어서 떠나세요. 용광로 불은 내가 지킬 테니. 더 늦으면 아예 떠나지 못할 겁니다."

나는 용광로 입구의 불빛에 의지해 종교의 얼굴을 물끄러미 쳐다보았다. 간절함과 다급함이 배어 있는 얼굴이었다. 어서 가라고 재촉하면서, 긴장했는지 가슴 앞의 웃옷 자락을 꼭 쥐고 있었다.

"왜요?"

"당신한테 별 다섯 개가 있다는 걸 아는 사람이 있어요."

나는 다시 한 번 놀라지 않을 수 없었다. 얼른 용광로 뒤쪽으로 가서 포대를 꺼내고는 고맙다는 말만 남긴 채 용광로를 등지고 빠른 걸음으로 대로를 향했다. 그때 종교가 급히 쫓아왔다.

"강변의 샛길로 가세요. 대로에는 벌써 사람들이 숨어서 기다리고 있을 겁니다."

나는 다시 한 번 고개를 끄덕인 뒤 오른쪽으로 꺾어 걷는 듯 뛰는 듯 말라붙은 소금 저지대로 들어섰다. 최대한 빨리 소금땅처럼 까만 어둠 속으로 나를 녹여 보이지 않게 만들었다.

발밑으로 바람이 일 만큼 빠르게 걷자 손에 들고 있던 포대가 앞뒤로 흔들리며 쉴 새 없이 바지에 스쳤다. 2리쯤 걷고 나서 용광로 쪽으로 고개를 돌렸다. 종교에 대한 고마움이 물을 많이 마셨을 때처럼 목구멍으로 차올랐다. 너무 급하게 떠나느라 종교와 악수조차 하지 않은 게 마음에 걸렸다. 돌아가서 성심껏 악수하며 진심 어린 이별을 하고 싶었다. 하지만 그건 단지 생각이고 마음뿐이라는 것을 잘 알았다. 나는 절대로 다시 돌아갈 수 없었다. 그런 생각에 빠져 있을 때 샛길의 갈림길에 도착했다. 왼쪽으로 꺾으면 큰길과 만나고 다른 길로 가면 벌목팀이 나무하고 장작 패는 공터였다. 어느 방향으로 갈까 망설이고 있을 때 갑자기 전등 두 개가 내 얼굴로 환한 빛을 쏘았다. 깜짝 놀라 잠시 멍한 순간, 이마와 눈만 내놓고 나머지 얼굴은 수건으로 가린 네 사람이 달려오더니 나를 에워쌌다. 나는 찌르는 듯한 환한 빛에 팔로 눈을 가리며 몸을 옆으로 비틀었다. 누군지 짐작할 수 있을 것 같을 때 누군가 입에서 짜내듯 "밀고자!"라고 소리쳤다. 그러고는 뒤에 있던 누군가가 내 무릎 뒤쪽을 힘껏 걷어찼다. 두 다리가 맥없이 풀리면서 나는 자리에 꿇어앉았다. 이어서 누군가는 등을 걷어차고 누군가는 뺨을 때렸다. 정신없이 주먹질과 발길질을 한 뒤 또 누군가가 손으로 내 눈을 가리고는 몸이며 가방을 뒤지기 시작했다. 그들은 전혀 어렵지 않게 내 속옷 주머니에서 지갑을 찾을 수 있었다. 이내 "찾았다"는 소리가 들리고 "태워" 하는 또 다른 소리가 들렸다. 그러고는 성냥 긋는 소리가 들렸다. 눈을 가린 손 틈 사이로 노란 불빛이 일어나는 것을 볼 수 있었다. 빛은 곧 불로 변했다. 눈을 가린 손이 풀리나 싶더니 다시 주먹질과 발길질이 이어지고 불가에 꿇어앉혀졌다. 네 명이 나란히 내 앞에 서서는 가방에서 원고를 꺼내 불을 붙였다. 또 지갑에서 기름종이를 잘라 만든, 하얀 원고지에 싸인, 손바닥만 한, 붉게 빛나는 다섯 개의 오각별을 꺼내 하나하나 불 속으로 던져 넣었다. 모두 불사른 뒤에는 10여 장의 남은 원고마저 전부 던졌다. 이어서 "밀고자" 하고 짜내듯 외쳤던 젊은이가 바지를 벗더니 내 얼굴에 오줌을 갈겼다. 그러자 보고 있던 다른 세 사람도 나를 둘러싸고는 바지를 벗고 불빛에 의지해 내 머리며 얼굴에 오줌을 뿌렸다.

오줌이 빗물처럼 정수리 뒤쪽에서 목덜미를 타고 등으로

흘러내렸다. 또 이마에서 눈가, 코를 따라 입술로 이어지고 턱을 지나 앞가슴까지 흘러내렸다. 오줌을 다 누자 또 누군가가 무대에서 대사를 읊듯 큰 소리로 말했다.

"분명히 알려주겠다. 이것이 바로 인민이 너에게 내리는 심판이다. 이것이 바로 너희 같은 밀고자들의 최후다!"

이어서 내 뒤편에 있던 누군가가 자신의 생식기로 내 머리를 쳐 마지막 오줌 방울까지 털어내며 물었다.

"죄를 인정하나?"

나는 줄곧 감고 있던 눈을 뜨고 고개를 끄덕였다.

"말로 해!"

누군가 또다시 발로 걷어찼다.

나는 줄곧 닫고 있던 입을 열었다.

"마땅합니다. 이런 꼴을 당해도 쌉니다."

"바보는 아니구나."

그렇게 한마디 평가를 한 뒤 네 사람이 가볍게 웃으며 콧소리를 냈다. 바지를 여미고 나를 내버려둔 채 황허 용광로 불빛 쪽으로 걸어갔다. 나는 모래밭에 쪼그리고 앉아 고개를 들어 밤하늘 별빛의 환한 적막과 아득함을 바라보았다. 그리고 네 사람의 뒷모습을 보면서 어렴풋하게 그들 중 두 사람이 99구의 누구인지 짐작해냈다. 하지만 조금도 그들이 원망스럽지 않았다. 다만 내 대신 불을 지켜주겠다며 샛길로 어서 가라고 했던 종교의 진위와 성의가 의심스러울 뿐이었다. 네 젊은이가 멀어지고 불이 사그라질 때 지갑을 살펴보았다. 지갑 안에 있던 10위안 남짓한 돈이 그대로 들어 있었다. 텅 빈 포대로 얼굴을 먼저 닦고 목에 남은 축축함도 힘껏 닦아냈다. 지린내가 다시 한 번 코를 찔렀다. 포대를 불에 던져 타오르는 것을 지켜본 뒤 자리에서 일어났다. 허리와 다리, 팔을 움직이자 오른쪽 다리가 조금 아픈 것을 제외하면 아무 이상이 없었다. 그들의 주먹질과 발길질이 내가 생각했던 것만큼 심하거나 독하지 않았다는 것을 알 수 있었다. 125송이로 바꾼 별 다섯 개가 사라진 이상 나는 다시 위신구로 돌아갈 수밖에 없었다. 광야의 밤 속에 한참을 서 있다가 길게 한숨을 내쉬었다. 그리고 종교의 진위와 성의를 확인하기 위해, 나는 판잣집으로 걸어가다가 다시 외부 세계로 연결된 대로 쪽으로 향했다. 대로에 거의 다다랐을 무렵, 샛길에서 나를 둘러싼 채 매질하고 오줌을 눈 네 사람이 대로 모퉁이로 꺾는 것을 발견했다.

"완전 대성공이었어요." 그들이 대로 모퉁이를 향해 소리쳤다. "혁명이 승리했습니다!"

소리가 떨어지자마자 대로 모퉁이 어딘가에서 대여섯 명

이 걸어 나오며 손전등 세 개를 환하게 흔들었다. 그들은 들고 있던 몽둥이와 끈을 던진 뒤 네 사람에게 합류해서는 함께 웃고 떠들었다. 묻고 대답하는 사이로 언뜻, 누가 귀신같이 맞혔다며 칭찬하는 듯한 말이 들렸다. 그들은 모두 함께 황허 강변의 판잣집 쪽으로 돌아갔다.

나는 더 이상 종교를 의심하거나 원망하지 않았다. 소금 땅, 그 땅 위에 앉아 밤하늘을 바라보며 점점 멀어지는 발소리를 듣다 보니 축축한 오줌기가 얼음처럼 차갑게 피부에 엉겨 붙었다. 마음이 텅 비고 쓸쓸한 게 사람들에게 걷어차인 뒤 황야에 던져진 상갓집 개 같았다. 맥없이 웅덩이의 모래 언덕에 기대 누워서, 용광로 불가로 가서 오줌에 젖은 옷을 완전히 말린 다음에 판잣집으로 돌아가야 하는데, 하고 생각했다. 비통함과 체념에 한바탕 울어야 할 것 같았다. 분명 내가 울고 있으려니 생각하며 손으로 눈가를 더듬어보다가 양쪽 눈이 눈물 자국 하나 없이 말라 있는 것을 발견했다. 그렇게 흘러넘치던 오줌마저 전혀 남아 있지 않았다. 오각별이 전부 불탔고 흠씬 두들겨 맞은 데다 젊은 죄인 넷이 내 머리에서 얼굴로 오줌을 누고 생식기로 머리를 치며 마지막 오줌 방울까지 털었는데, 두 눈이 오줌에 흠뻑 씻겼는데, 혀로 오줌의 지린 맛과 짠맛을 느낄 정도였는데 이상하게도 나는 전혀 슬프거나 원망스럽지 않았다. 오히려 온몸이 더할 나위 없이 홀가분하고 자유롭게 느껴졌다.

어디에서 온 것인지 알 수 없는 홀가분함과 자유로움이 온몸에 퍼지는 게 정말 이상했다.

제12장
『옛길』

1. 『옛길』 p381~p386

봄이 되자 제99구는 황허 강변에서 철수했다. 김을 매고 비료를 뿌려야 했기 때문이었다. 아이가 회의에 참석했을 때 상부에서, 지난해에 밀을 심으면서 보고했던 무당 생산량을 반드시 여름까지 수확하라고 했기 때문이었다. 상부에서 99구로 돌아온 뒤 아이는 총을 꺼내 기름칠하고 햇볕에 말리고 탄창에 총알을 장전했다. 그러고는 쟁반에 천을 깐 뒤 모제르 소총을 올려놓고 종교에게 쟁반을 들려 뒤따르게 했다. 아이가 건물을 하나씩 돌며 모두에게 일일이 물었다.

"무당 1만 근을 생산할 자신 있나?"

그러면 그 사람은 아연실색했다.

"자신 없으면 총으로 나를 쏘아 죽여라. 가슴을 관통시켜 내가 죽을 때 앞으로 넘어지도록 하기만 하면 된다."

그러면 그는 아이를 바라보고 종교가 들고 있는 쟁반 위의, 진짜로 기름이 반지르르한 모제르 소총을 바라보며 고개를 끄덕였다.

"다른 사람들이 자신 있다면 저도 자신 있습니다."

그러면 아이가 만족스럽게 웃으며 쟁반의 천 밑에서 손바닥만 하고 동전만 한, 기름종이를 잘라 만든 오각별을 그에게 주었다. 작고 붉은 꽃을 주는 대신 곧장 오각별을 상으로 주었다. 그리고 종전과 마찬가지로, 오각별을 다섯 개 모으면 누구든 자유롭게 집으로 돌아갈 수 있었다. 사람들은 더 이상 황허 강변에서 강철을 제련할 때처럼 광적으로 작은 꽃과 별을 모으려고 하지 않았다. 하지만 커다란 오각별을 마다하거나 받은 뒤 찢거나 내던지는 사람도 없었다. 모두들 공손히 받으면서 심드렁한 표정을 지었지만 사실은 무척 조심스러워하며 읽어도 되는 책 속에 끼워두었다. 많은 사람들, 이를테면 학자와 의사, 흑사 제철 기술의 제련 전문가 등도 남들 앞에서는 경멸하듯 되는대로 탁자나 침대에 던지지만 아무도 없을 때면 조심스럽게 남들이 모르는 자신만의 장소에 오각별을 숨긴다는 것을 나는 알고 있었다.

아이는 오각별을 주면서 "1만 근을 생산할 수 있겠는가? 불가능하다면 이 총으로 나를 쏴라. 가슴을 관통시켜 내가 죽을 때 앞으로 쓰러지게만 하면 된다"라고 말했다.

모든 사람이 할 수 있다고, 아이를 따라 최선을 다하면 1만 근이 아니라 1만 5000근도 생산할 수 있을 거라고 했다. 사람들이 전부 오각별 하나씩을 받은 뒤 밭으로 나가 김을 매기 시작했다. 비료를 주고 물을 주기 시작했다. 하지만 나는 99구에서 무당 1만 근을 생산할 수 있을 거라고 말하지 않았다. 그리고 예전에 다섯 개를 가졌었던 손바닥만 한 별도 받지 않았다. 아이와 종교가 쟁반에 총을 들고 건물을 돌다가 우리 처소에 도착했을 때 나는 숨어버렸다. 그리고 한밤중에 홀로 숙사를 빠져나왔다. 춘삼월의 밤, 황허 옛길의 광야는 싸늘했지만 밤바람 속에서 초목이 소생하는 기운을 느낄 수 있었다. 그건 병원의 소독약 냄새처럼 코와 정신을 일깨우며 일망무제의 사방으로 퍼졌다. 분명 나무를 찾아볼 수 없는데도 어디에선가 버들개지가, 그 시기면 늘 그래왔던 것처럼 콧구멍으로 날아들었다. 사람들이 전부 잠들었다. 몇 줄로 늘어선 건물들이, 학자가 보라색 물약으로 뭔가를 쓰느라 불을 켜놓은 곳만 빼놓고, 나머지는 전부 소등해 달빛 속에 녹아들었다. 마당 바깥의 초목에서 파릇파릇 연두색 움트는 소리가 들리고 멀리서 밤벌레 우는 소리가 어렴풋하게 전해졌다. 나는 그 소리를 밟으며 대문까지 걸어가 바깥을 바라보았다. 땅에 떨어진 달빛이 수면처럼 고요하다가 가볍게 흔들리며 물결치는 모습을 바라보았다. 멀리 밀밭에서는 겨울잠에서 깨어난 밀 싹들이 은색 달빛을 받아 희뿌옇게 빛났다.

아이의 문을 두드렸다. 아이는 안에서 혁명 때의 유격전을 다룬 그림책을 보고 있었다. 낮 동안 천으로 덮은 쟁반 위에 있던 총이 여전히 쟁반에 놓인 채로 탁자 위에 있었다. 숙사로 돌아온 뒤 총과 쟁반을 탁자에 놓고는 전혀 건드리지 않은 것 같았다. 도로 빼낸 총알만 번데기처럼 총 옆을 굴러다녔다. 나눠주고 남은 오각별이 쟁반 안에서, 어떤 건 한 귀퉁이로 총을 덮고, 어떤 건 귀퉁이가 총 손잡이에 깔린 채 붉은색을 뿜었다. 그 모습을 보고 있자니 건국 당시 한 화가가 조국과 상부에 바쳤던, 혼신의 힘을 쏟아 그린 커다란 유화가 떠올랐다. 숙사는 예전 모습 그대로였다. 침대와 탁자, 걸상, 아이가 직접 못을 박은 세면대, 늘 닫혀 있는 안으로 통하는 침대 머리맡의 나무 문까지. 다만 그 문에 아이의 옷과 가방을 걸 수 있도록 나무못이 몇 개 박힌 것만 달랐다. 방이 전보다 좁아진 것 같았지만 뭐가 더 늘어난 것 같지도 않았다. 내가 문 앞에서 머뭇거리며 서 있자 아이가 힐끗 쳐다보며 물었다.

"무슨 일이지? 벌써 두 달이나 원고를 내지 않아서 진의 본부에서 재촉하던데."

말하면서 아이가 그림책으로 다시 눈길을 돌렸다.

내가 아이를 향해 웃으며 말했다.

"사람들이 제가 글을 쓰게 내버려두지 않습니다. 밀고자라고 욕하며 쓰기만 하면, 어디에 두건 전부 찾아내 불태우거나 원고에 소변을 봅니다."

아이가 다시 한 번 그림책에서 고개를 돌려 나를 쳐다보았다. 근심과 추측으로 가득한 얼굴이었다.

"정말인가?"

"조 이삭보다 크고, 옥수수 이삭만큼 커다란 밀 이삭을 재배할 수 있습니다. 하지만 저를 믿어주셔야 합니다. 저를 이곳에서 떠나 먼 곳에서 혼자 살도록 해주셔야 합니다. 혼자 땅을 일구고 비료를 뿌리고, 혼자 밥을 해먹을 수 있도록 해주셔야 합니다. 그렇지 않으면 밀을 재배해낸다고 해도 질투하는 죄인들이 전부 뽑거나 태워버릴 겁니다."

아이의 눈이 동그랗게 커졌다. 등불 아래의 두 눈동자가 물처럼 맑고 투명해 달빛을 방 안에서 고스란히 비춰내는 것 같았다.

"어제 밭을 갈러 나간 사이에 누군가가 제 침대에 소변뿐만 아니라 대변까지 보았습니다."

내가 아이에게 말했다.

"걱정 마십시오. 이 사람들에게서 벗어나게만 해주시면 반드시 서른에서 쉰 개의, 조 이삭보다 큰 밀 이삭을 가져오겠습니다. 그 밀 이삭을 가지고 도성으로 갈 수 있을 겁니다. 기차를 타고 도성을 구경하고 중난하이에 묵으면서 국가 진짜 최고 상부의 상부와 기념사진도 찍을 수 있을 겁니다. 어쨌든 제게 별 다섯 개를 주지 않으면 다리가 열 개라도 위신구에서 달아날 수 없습니다. 나간다고 해도 오각별이 없으면 다시 이곳으로 돌려보내지거나 감옥으로 보내지겠지요."

내가 아이에게 계속 말했다.

"밀이 익었는데도 조 이삭보다 큰 밀 이삭 수십 개를 거두지 못하면 저를 3일 밤낮, 6일 밤낮, 9일 밤낮, 혹은 매일 밤낮으로 학자가 강철을 제련할 때 썼던 것 같은 고깔모자에 죄명이 적힌 종이판을 걸려 꿇어앉히십시오. 그리고 남자건 여자건, 99구의 모든 사람들에게 제 머리와 얼굴에 소변과 대변을 누게 하십시오."

방 안의 공기가 기쁨으로 옅어졌다. 아이의 얼굴이 흥분 때문에 일그러지는 것 같았다. 아이가 손에 들고 있던 그림 책을 탁자에 던진 뒤 벌떡 일어나 나를 뚫어져라 쳐다보며 물었다.

"정말로 조 이삭보다 큰 밀 이삭을 재배할 수 있나?"

아이가 다급하게 말했다.

"그럼 좋다. 그럼 당신을 이 마당에서 내보내주지. 20리 이 내에서 당신이 가고 싶은 곳 어디든 가도 좋다. 조 이삭보다 큰 밀 이삭을 재배하기만 하면 기름종이 한 장과 가위를 통 째로 주겠다. 당신이 원하는 크기로, 또 원하는 숫자만큼 오 각별을 자르게 해주겠다. 그 별만 있으면 세상 어디든 당신 은 자유롭게 갈 수 있다. 하지만 당신이 조 이삭보다 큰 밀 이삭을 재배하지 못하면."

아이가 시선을 돌려 탁자 쟁반에 놓인 총을 한 번 바라보 고는 다시 고개를 돌려 차가운 목소리로 말했다.

"재배하지 못하면 총으로 나를 쓰러뜨려야 한다. 총알을 가슴에서 관통시켜 내가 앞으로 포복하듯 넘어지게 해야 한 다. 그뿐만 아니라 나를 이 99구의 어딘가 높고 양지바른 곳 에, 머리를 동쪽으로 향하게 해서 묻어야 한다."

그렇게 말한 뒤 아이가 입술을 깨문 채 나를 바라보며 내 동의와 대답을 기다렸다.

나는 잠시 생각한 뒤 진지하게 고개를 끄덕이며 강한 어조로 그렇게 하겠다고 대답했다.

2. 『옛길』 p386~p391

나는 혼자 99구의 마당을 떠났다. 나와 똑같은 죄인들을 떠나 99구 서북쪽의 모래땅에 초막을 짓고 살았다. 그 모래땅은 2층 건물 높이에 넓이도 1무가 넘는 게 꼭 고대 제왕의 무덤 같았다. 어쩌면 정말로 어느 나라 어느 시대의 왕릉인지도 몰랐다. 모래땅에 직경이 두 자에 가까운 측백나무 그루터기가 10여 개 있었다. 왕릉이 아니고서야 모래땅에 10여 그루나 되는 오랜 측백나무가 있을 리 있겠는가? 강철 제련이 전국적으로 시행되면서 그곳의 나무들도 전부 잘려나가 태워져 나는 모래땅의 좋은 경작지를 얻을 수 있었다.

모래땅의 양지는 하늘을 찌를 듯 높은 고목들에서 해마다 낙엽이 떨어지고 썩기를 오래도록 반복한 덕분에, 시간이 흐르면서 회백색 모래의 메마른 땅에서 폭신하고 까맣게 기름진 땅으로 변해 있었다. 나는 3일 동안 99구 밀밭의 바깥쪽을 훑어보다가 왕릉 모래땅을 거처로 결정했다. 동남쪽 몇 리 밖으로는 99구에서 여러 날 동안 조성한 밀밭이 있고 서남쪽으로는 밀밭 몇 뙈기와 소금웅덩이가 있었지만 동북과 서북쪽 방향으로는 소금웅덩이와 끝없는 황무지만 펼쳐졌다. 봄이 되어 황무지의 소금땅에서 염기에 강한 쑥과 타터우차오가 연두와 검푸른 빛을 내기 시작하자 소금땅의 강렬하고 유황 섞인 짠내가 야생초의 비릿하고 싱싱한 내음으로 바뀌었다. 모래땅 정상에 올라 보니 동남쪽의 밀밭이 비단처럼 매끈하고 반지르르하게 펼쳐졌다. 한편 서북쪽 황무지는 들쑥날쑥하게, 아직 녹색으로 완전히 덮이지 못해 거친 흰색을 띠는 게 겨우내 미처 빨지 못한 이불을 대지 위에 펼쳐놓은 것 같았다. 나는 모래땅 동남쪽 비탈의 황무지를 개간하기 시작했다. 1편分*의 네모반듯한 땅을 평평하게 다져 4층의 계단밭, 여덟 배미의 거울처럼 평평한 밭을 만들었다. 그러고는 여덟 배미 밭에서 오랫동안 조성된 위쪽의 낙엽 썩은 땅을 뒤엎었다. 그 똥거름 같은 부엽토를 뙈기밭 아래와 뒤섞고, 비가 오거나 물을 줄 때 편하도록 배미 가장자리에 곧게 두둑을 만들었다. 그리고 소금땅에서 크고 작은

* 중국식 토지 면적 단위로 약 66.7제곱미터.

자갈을 주워 4층 여덟 배미 가장자리의, 들쑥날쑥한 2층에서 4층 계단 두둑에 박았다. 혹시라도 계단이 무너져 여덟 배미 밭을 망가뜨리지 않도록 하기 위해서였다. 그리고 마지막으로 그 여덟 배미 밭에 밀을 심기 시작했다.

밀 파종기가 이미 몇 달이나 지났기 때문에 밭에 곧바로 씨를 뿌릴 수 없었다. 나는 동남쪽 몇 리 밖에 있는 밀밭으로 가서 잎이 파랗고 무성한 모종을 선별했다. 그러고는 풍성하고 검은 윤기가 흐르는 모종을 나의 4층 여덟 배미 밭으로 옮겨 심었다. 행여 옮기다가 다칠까 봐 모종 뿌리에서 흙을 털어내지도 않았다. 하나씩 옮겨 심을 때마다 새로운 구덩이에 물을 몇 사발씩 뿌렸고, 한 배미를 끝내면 다시 전체적으로 물을 주었다. 이틀에 걸쳐 여덟 배미에 전부 옮겨 심은 뒤 또 한 차례 물을 주었다. 모래땅의 동남쪽 검은 땅에 그렇게 초록색 줄들이 생겨났다. 옮겨 심은 첫날에는 모종이 풀 죽은 듯 머리를 축 늘어뜨렸지만 이틀, 사흘이 지나자 뿌리가 검은 흙과 엉기면서 흙에서 수분과 양분을 빨아들이기 시작했다. 그러고는 기운을 차린 듯 땅에 축 늘어졌던 잎사귀가 어느 순간 땅을 뚫고 나온 부추처럼 허공으로 둥글게 솟아올랐다. 자신의 잎으로 태양과 산들바람을 받아들이고 만족스럽다는 듯 바람에 따라 흔들리며 소곤댔다.

일주일이 지나자 여덟 배미 밭은 새까맣고 새파란 잎들로 넘실거렸다.

나는 초막을 동남쪽 양지바른 비탈에 짓지 않았다. 99구 사람들이 김을 매다가 맞은편 먼 모래땅에서 작은 밀밭을 가꾸는 초막을 발견하도록 둘 수는 절대로 없었다. 그래서 서북쪽 비탈, 한없이 넓은 소금땅을 마주보는 곳에 초막을 지었다.

내 평생 가장 쓸쓸하고 조용한 삶이 그렇게 시작되었다. 여덟 배미의 땅을 가꾸고 김을 매고 물을 뿌리면서, 양지바른 밭머리에 앉아 밀이 보이지 않게 자라고 변하는 모습을 지켜보았다. 한가할 때면 모래땅 이곳저곳을 돌아다녔다. 이른 새벽에는 모래땅 정상에 서서 일출을 바라보고 황혼에는 모래땅 비탈에 앉아 일몰을 바라보았다. 때로는 남쪽 언덕에 누워 햇볕을 쬐다가 이마에서 땀이 흐르면 태양을 등진 채 드러누워 광야의 바람을 쐬었다. 하늘 위 구름의 변화와 한밤중 달과 별이 움직이는 발걸음과 울림을 뚫어져라 바라보기도 했다. 나는 글을 쓰고 싶었다. 여덟 배미의 밀밭 가장자리에 누우면 펜을 들어 글을 쓰고 싶다는 열망에 두 손이 땀으로 축축하게 젖곤 했다. 글을 쓰고 싶다는 충동을 잠재우기 위해서 내가 할 수 있는 일은 차가운 모래땅을 꽉 움켜쥐는 것밖에 없었다. 그러면 펜을 잡고 싶다는 열정에 가늘게 떨리는 손을 사람에게 잡힌 두 마리 토끼처럼 진정시킬 수 있었다.

무엇을 쓰고 싶은 건지는 몰랐지만 어쨌든 글을 쓰지 않으면 계속 안절부절못하고 밤에도 잠을 이루지 못할 것임을 나는 잘 알고 있었다. 이미 안절부절못하고 뜬눈으로 밤을 보내고 있었으니까. 99구를 떠날 때 아이가 잉크 반병과 붉은 줄이 그어진 하얀 편지지 한 권을 주며 매일의 언행을 기록해 7일마다 제출하면 자신이 상부에 내겠다고 했다. 하지만 나는 그나마 가진 잉크를 내가 먹고 자고 농사짓는 일을 장부에 기입하듯 기록하는 데에 쓰고 싶지 않았다. 이제 다시는 아이와 상부를 위해서 어떤 것도 쓰고 싶지 않았다. 그게 설령 반쪽, 혹은 몇 줄밖에 되지 않더라도. 나는 그 원고지와 잉크로 내가 정말 원하는 것들을 쓰고 싶었다. 혼자서 땅을 가꾸는 시간 동안 진정한 책을 한 권 쓰고 싶었다. 그 진정한 책이 무엇인지는 몰라도, 그냥 고집스럽게 진정한 책을 쓰고만 싶었다.

99구에서 몇 리 떨어진 모래땅에서 혼자 밀을 재배한 지 보름쯤 지난 어느 날 아이가 찾아왔다. 그때 나는 여덟 배미 밭에서 김을 매고 있었다. 바늘처럼 작지만 눈에 띄는 풀싹을 호미로 파내거나 손으로 뽑고 있을 때 아이가 멀리서 휘적휘적 걸어왔다. 99구에서는 아이를 빼면 누구도 내가 이곳에서 조 이삭보다 큰 밀 이삭을 재배하고 있다는 사실을 몰랐다. 그들은 누군가 더 이상 내 침대에 소변과 대변을 보거나 욕을 쓰지 못하도록 내가 99구를 떠나 따로 경작하는 것을 아이가 허락했다고 생각했다. 내가 조 이삭보다 큰 밀 이삭을 재배하겠다고 약속한 것은 아이의 동의하에 99구 사람들을 떠나기 위한 구실일 뿐이며, 정말로 조 이삭보다 큰 밀 이삭을 재배하는 것은 모래로 만터우을 쪄내는 것처럼 허황되다고 믿었다. 아무도 나를 믿지 않았지만 아이는 나를 믿어주었다. 나는 황급히 웃으며 두둑으로 나가 그를 맞았다. 아이가 몸을 돌려가며 사방을 두루 살펴보고 밭머리에 쪼그리고 앉아 아직 성기고 무질서한 밀 포기들을 살펴보았다. 쪼그린 채 잎사귀를 살며시 쓰다듬어본 아이가 일어나서 의심과 근심이 가득한 눈으로 나를 쳐다보았다.

"약속한 거 기억하지? 당신이 조 이삭만 한 밀 이삭을 재배하지 못하면 나를 여기에서 쏘아 죽이고 여기에 묻어야 한다."

아이가 다시 한 번 몸을 돌려가며 사방을 둘러본 뒤 흥분에 조금 떨리는 목소리로 말했다.

"당신이 평평하게 만든 이 밀밭에 묻어. 내 무덤 머리는 동쪽으로 두고."

그래서 동쪽을 한번 바라보았다. 태양이 정수리에 있어 동쪽이 하얗게 빛났다.

"재배할 수 있으니 걱정 마십시오."

자신 있게 대답하면서 다시 아이의 얼굴을 살펴보았다. 그리고 하얀빛을 마주한 아이의 얼굴에서, 그 매끈하고 부드러운 피부에서, 마치 부드러운 밀가루 반죽 겉면에 시간이 흐르면서 생긴 얇은 껍질처럼 이상하게 굳어 있는 기운을 발견했다. 그의 입술 위에는 우윳빛 솜털이 반짝이는데 그의 이마에는 아주 분명한, 하루 종일 흔들린 물결무늬 같은 흔적이 있었다. 나이 어린 모습은 예전과 똑같았지만 하루 종일 고단하게 일한 시골 아이 같았다. 어쨌든 그는 여전히 고집스럽고 단순한 눈빛으로 나를, 그리고 오이나 콩을 심은 것처럼 5촌 간격으로 한 포기씩 심어놓은 밀밭을 바라보면서 한참을 침울하게 있었다.

"밀이 너무 성긴 것 아닌가?"

"촘촘히 심으면 이삭을 제대로 키울 수 없습니다."

"정말로 조 이삭만큼 커다란 밀 이삭을 키울 수 있나?"

"때가 되면 아실 겁니다. 밀이 익은 뒤 이삭을 들고 상부에 가서 성장을 만나면 성장은 틀림없이 그걸 가지고 당신과 도성으로 갈 겁니다. 베이징을 둘러보며 세상을 접하고 중난하이에 묵으면서 국가 제일 최고 상부의 상부와 기념사진도 찍을 수 있을 겁니다."

아이가 나를 바라볼 때 한낮의 햇살이 아이의 환한 얼굴을 천천히 투명한 황금빛으로 물들였다. 마치 도금한 불상을 절에서 세상으로 옮겨놓은 것 같았다. 내 말에 확신을 불어넣기 위해 나는 입술을 깨물고는 조용히 덧붙였다.

"그런 밀을 재배하지 못하면 언제까지든 고깔모자를 씌우고 죄명이 적힌 종이판을 건 뒤 사람들에게 매일 제 머리에 대변과 소변을 보라 하십시오. 하지만 재배해내면 다시 한번 별 다섯 개를 주고 아무도 모르게 여길 떠나게 해주십시오. 이 죄인 소굴을 벗어나게 해주십시오."

아이가 그래도 내 말을 믿을 수 없는지 다시 쪼그리고 앉아 밀을 살펴보았다. 자리에서 일어났을 때에도 여전히 의혹과 불안이 서려 있었다. 하지만 내 말 때문에 희망을 품고 어쩌면 가능하다고 느끼는 것도 분명했다. 다른 사람들에게서는 별과 총이 담긴 쟁반을 들이민 뒤에야 "다른 사람들이 1만 근을 생산할 수 있다고 말한다면 저도 1만 근을 생산할 수 있다고 믿습니다"라는 말을 겨우 받아낼 수 있었다. 오직 나만 주동적으로 아이를 찾아가 조 이삭만 한 밀 이삭을 만들 수 있다고 말하고 재차, 삼차 처절할 만큼 강한 맹세를 했다. 나는 아이가 의심하도록 두지 않았다. 하지만 아이는 많든 적든 간에 여전히 미심쩍어했다. 아이가 고개를 들고 반신반의하며 나를 한참 바라보다가 떠나면서 마지막으로 덧붙였다.

"재배해내지 못하면 가슴 앞에서 총을 쏘아 나를 앞쪽으로 쓰러뜨려라. 내가 죽으면 이곳에, 무덤 머리가 동쪽을 향하게 묻고. 또 한 가지, 당신은 작가니까 내가 죽으면 내 이야기를 책으로 써라."

3. 『옛길』 p392~p400

그 뒤 아이는 아주 가끔 모래땅을 찾아왔다. 사실 왕복 30리는 족히 걸어야 하는 먼 길이었다. 초봄이 잠깐 느껴지다가 순식간에 지나갔다. 그러고는 밀 모종과 소금땅에서 녹색 기운과 비릿한 기운이 느껴지는가 싶었는데 그 뒤 2~3일 만에, 아무런 조짐도 없던 그날 밤에, 잠에서 깨어나 보니 음력 2월 중춘仲春의 풋풋함과 따사로움이 초막을 가득 메우고 있었다. 공기가 축축하고 눈앞이 온통 초록색이었다. 갑자기 코가 확 뚫려서인지 자리에서 몇 번이나 확실하고 크게 재채기를 했다. 잠시 뒹굴다 일어나 초막 앞 모래땅에서 맨몸으로 소변을 보던 나는 그 민둥민둥하던 모래 비탈이 초록색으로 뒤덮인 것을, 노란색 하얀색 파란색 보라색의 작은 꽃들이 무수히 피어난 것을 발견했다. 다시 고개를 들어 멀리 바라보자 소금웅덩이는 더 이상 회백색이 아니었다. 두터운 녹색이 소금땅을 빈틈없이 덮고 있었다. 황야에 나무는 한 그루도 없었지만 크고 작은 그루터기에서 저마다 가지를 허공으로 뻗고 있었다.

태양이 솟아오르자 지난겨울 황허 강변에서 솟구치던 불꽃처럼 동쪽이 붉어졌다. 황허 옛길에 일망무제로 펼쳐진 사막 평원이 태양 아래에서 초록 풀과 야생화로 눈부시게, 반지르르하게 빛났다. 나는 일출 속에서 야생풀을 밟고 뛰어다니며, 동쪽 하늘 아래 태양이 평원에 뿌리는 금빛 물속으로 한걸음에 뛰어갈 수 있다면 하고 간절히 바랐다. "아, 아" 하는 거칠고 격한 외침이 살바람처럼 입을 뛰쳐나가 펑펑거리며 광야로 흩어졌다. 나는 단숨에 수십 걸음을 내달렸다. 그리고 매일 물을 긷는 동남쪽 샘가에 이르러서야 내가 벌거벗고 있음을 깨달았다.

조금 부끄러워져 하반신을 바라보고 인적이라고는 찾아볼 수 없는 텅 빈 들판을 바라보았다. 하늘에서 꾀꼬리 몇 마리가 꾀꼴꾀꼴하며, 반짝했다가 사라지는 검은 돌 같은 그림자를 던지고 날아갔다. 샘물에서 축축한 냉기가 올라와 물이 뚝뚝 떨어지는 젖은 수건으로 몸을 덮은 것 같았다. 나는 글을 써야 했다. 반드시 써야 했다. 벌써 진짜 책의 제목과 첫머리를 생각해두었다. 지난밤 내내 잠들지 못하다가 마침내 제목과 첫머리를 결정했기 때문에, 그래서 비로소 봄꽃이 피고 대지가 녹색을 띠기 시작했다고 해야 옳았다.

나는 책 제목을 '옛길'이라고 확정했다.

나체로 샘가에 서 있던 나는 자그마한 샘구멍으로 물을 떠 세수를 한 뒤 초막 쪽으로 돌아가기 시작했다. 음력 2월에 새벽이라 아직은 겨울 끝의 한기가 남아 있었다. 실오라기 하나 걸치지 않은 채 황야를 뛰어다닌 데다 샘가에서 오래 서 있었던 탓에 온몸이 차갑게 얼어 녹자색 소름이 오소소 돋아났다. 제법 추웠지만 온통 꽃이 핀 새벽의 맑음과 흥분을 더 오래 누리고 싶어 느긋하게 걸었다. 하지만 초막이 가까워오자 발걸음을 빨리했다. 얼른 초막으로 뛰어 들어간 나는 순식간에 위아래 속옷을 챙겨 입었다. 시간이 지나면 영감이 사라질 것 같은 게 최대한 빨리 『옛길』의 첫머리를 써야겠다는 생각이 들어서였다. 나무판에 못을 박아 만든 중간 높이의 책상을 초막 입구의 밝은 곳으로 끌어다 놓고 문 뒤쪽에서 작은 걸상을 가져온 뒤 상부에서 읽고 배우라고 준 오래된 신문을 침상 머리맡에서 꺼냈다. 신문을 책상에 펼쳐놓고 자리에 앉은 나는 입을 꾹 다물어 지나치게 빨리 뛰는 심장을 진정시켰다. 마음이 평온해지면 엄숙하고 숙연한 순간이 시작될 것임을 나는 잘 알고 있었다.

손을 바르르 떨며 원고지에 첫머리를 적었다.

"고목에 파인 상처가 결국에는 세상을 보는 눈이 되는 것처럼, 위신구는 이 나라에서 가장 독특한 풍광과 역사를 갖고 있다."

『옛길』의 첫머리를 그렇게 적었다. 나는 시작의 느낌이 물씬 풍기는 그 문장을 다시 한 번 조용히 읽어본 뒤 길게 숨을 내뱉고 가슴과 팔을 넓게 펼쳤다. 이어서 옷을 입고 양말을 신고 신발을 꺾어 신고는 모래땅 무덤의 꼭대기에 섰다.

그때 나는 내가 거인처럼 느껴졌다. 가장 힘겨운 전투에서, 초반에 기세를 휘어잡은 것 같았다. 동녘의 해가 완전히 떠오르자 넓은 벌판에 흐르던 붉은 물결이 사라졌다. 사막평원에 눈부신 노란빛이 흘러넘쳤다. 태양이 어느새 장대 높이만큼 올라갔다. 밤사이 녹색과 꽃으로 뒤덮인 황야에서 말로 표현할 수 없는, 가랑비 소리가 주위를 꽉 메운 것 같은, 촉촉하게 속살대는 소리가 들려오기 시작했다. 하지만 어디선가 날아온 참새 떼가 비탈에 내려앉아 신나게 짹짹거리는 바람에 속살대는 소리가 사라졌다. 참새 쪽으로 시선을 돌린 뒤에야 참새 떼가 밀밭에 내려앉았다는 것을 알아챈 나는 다급하게 밀밭으로 향했다. 가까이 가자 참새 떼가 일제히 날아올라 넓고 보드라운, 가없는 하늘 속으로 사라졌다. 나는 밀밭머리에 서서 내 밀들을 살펴보았다. 땅에 잘 적응해 한 포기 한 포기 모두 까무끄름한 진녹색을 띤 채, 사방이 다섯 치씩 떨어진 널찍한 곳에서 비옥한 땅과 밝은 햇살을 만끽하고 있었다. 정상적인 대형 밀밭에서는 한 줄에 빽빽하고 줄 간격도 발을 겨우 디디고 김을 맬 수 있을 정도로 좁았겠지만 내 밀밭에서는 한 포기 한 포기가 진귀한 수종처럼 널찍하게 떨어져 있었다.

뙤기밭 앞에 서 있던 나는 2층 중간의 두 포기가 누렇게 변한 것을 발견했다. 조심스럽게 다가가서 살펴보니 누럴 뿐만 아니라 뿌리 쪽 잎사귀가 말라가고 있었다. 모종 뿌리에 해충이 생겼나 싶어서 얼른 땅에 엎드려 뿌리 주변의 흙을 파기 시작했다. 그러다 땅에 뾰족한 물건이 있었는지 손이 베여 피가 샘물처럼 솟구쳤다. 나는 얼른 손가락 끝을 눌러 지혈한 뒤 왼손으로 다시 흙을 팠다. 흙 속에 해충은 없었다. 밀이 땅속 깊이 뿌리를 뻗으면서 비옥한 토양을 지나 원래의 희누스레한 모래에 부딪혔던 거였다. 모래는 수분이 없으니 두 포기 밀에 따로 물을 주어야 했다. 나는 초막 뒤 간이 주방에서 물 반통과 밥그릇을 가져왔다. 그리고 밥그릇으로 물을 뜨면서 오른손 검지의 상처를 누르고 있던 엄지를 떼고는 막 엉겨 붙은 상처에서 핏방울을 짜내 그릇에 떨어뜨렸다. 물을 한 그릇 뜰 때마다 두세 방울씩 피를 떨어뜨렸고, 잎이 마른 모종에 두 그릇씩 피 섞인 물을 주었다. 핏방울이 깨끗한 물에 떨어지자 처음에는 은홍색 구슬 같다가 곧 빠르게 실처럼 퍼지면서 녹아들었다. 그러면 맑은 물이 조금 붉어지고 아주 약하게 피비린내가 풍겼다. 나는 모종 옆 구멍에 핏물을 부은 뒤 물이 스며들기를 기다렸다가 구멍을 메웠다. 그러고는 흙이 뜨지 않게 손으로 토닥토닥 두드려 바람이 곧장 뿌리로 들어가는 것을 막는 동시에 밀이 흙 틈새로 호흡할 수 있게 했다.

다음 날 두 포기를 다시 살펴보자 누런 잎과 마른 잎이 완전히 사라졌다. 토질이 좋은 곳의 밀보다 훨씬 튼실해지고 진녹색도 선명해졌다. 심지어 잎마저 생기가 넘치고 단단해진 것 같았다. 다른 잎들은 검은빛을 띠면서 활처럼 휜 채 땅에 나란했지만 그것들은 절대 거꾸러지지 않을 쇳조각처럼 꼿꼿하게 허공으로 뻗었다. 나는 피에서 활력을 얻었다는 것을 알았다. 그렇게 밀을 애지중지 받들며 김을 매야 할 때는 김을 매고 물을 주어야 할 때는 물을 주었다. 중춘에 웃거름을 줄 시기가 되었을 때, 나는 웃거름을 주지 않았다. 대신 밀에 번호를 매기고 칼로 120개의 작은 팻말을 깎아 1, 2, 3 하며 120까지 숫자를 적은 뒤 서쪽에서 동쪽으로 밀 앞에 팻말을 꽂았다. 그리고 밀이 좀 누레지거나 비실하거나 지력地力이 부족하다 싶으면, 아침에 혈액이 가장 풍족할 때 바늘로 손끝을 찔러 물그릇에 핏방울을 떨어뜨렸다. 비실대는 정도가 약하면 몇 방울, 심하면 열 방울 넘게 떨어뜨린 뒤 뿌리 가까이에 뿌렸다. 그러면 하룻밤 만에 누런빛이 새까만 윤기로 바뀌고 시들거리던 것도 튼튼해졌다.

식량을 받으러 99구로 돌아갔을 때 아이가 밀을 재배하면서의 내 언행을 기록했는지 묻고 상부에서 계속 채근한다고 했다. 그래서 나는 120포기 밀의 생장과 변화도 매일 원고지에 적었다. 그러다가 아이가 심하게 재촉하면 후다닥 적은 그 글을 제출하고 심혈을 기울인 『옛길』은 베개 밑에 숨겨두었다. 시간이 그렇게 하루하루 흘러갔다. 나는 2~3일마다 손가락을 바늘로 찌르거나 작은 칼로 그어 핏방울을 그

룻에 떨어뜨리고는 웃거름을 주어야 하는 밀에 뿌렸다. 오늘은 이 손가락 끝을 찌르고 내일은 저 손가락 안쪽을 그으며 20일, 30일 주기로 되풀이하는 바람에 손가락은 항상 상처투성이로 아물 새가 없었다. 그렇게 4월 말이 되었다. 날씨가 따뜻해져 아침저녁만 빼면 낮에는 홑옷을 입어도 괜찮아졌을 때 밀이 분얼分蘖을 시작했다. 어느 날 밤 초막 바닥에 자리를 깔고 누웠는데 땅에서 사스락대는 소리가 들려왔다. 나는 그저 밤사이 땅과 밭에서 만들어내는 자연스러운 기척이나 속삭임이라고만 여겼다. 더욱이 달과 별이 높이 뜨고 만물이 고요한 한밤중이니 달빛과 별빛이 땅에 떨어져 움직일 때 나는 물 흐르는 듯한 소리이거나, 황야에서 풀이 자라고 꽃이 필 때 나는 신비한 소리나 중얼거림이라고 생각했다. 그런 소리들이 밤마다 들렸기 때문에 나는 밀이 자라고 갈라지는 소리를 소홀히 하고 말았다. 사실 밀 줄기마다들이 자라는 소리와 봄날 밤 대지에서 울리는 숨결을 구별하지도 못했다. 그때도 바닥에서 몸을 뒤척이면서 또 『옛길』의 뒷부분을 구상하고 있었다. 밤마다 다음 날 쓸 『옛길』의 줄거리는 물론 세세한 부분까지 전부 결정한 뒤에야 나는 편안하게 잠들 수 있었다. 벌써 수십 장, 거의 2만 자에 달하는 분량을 써서 가지런히 머리맡에 둔 터라 초막에서는 느끼한

피 냄새와 침상 밑 땅 깊은 곳에서 올라오는 진흙 냄새와 함께 잉크 냄새가 떠다녔다. 분량이 얼마나 될지는 모르겠지만 60여 쪽을 끝내고 나자 『옛길』의 윤곽이 머릿속에 뚜렷하게 잡혔다. 그렇게 또렷하고 분명하게 결론을 정리하던 그날 밤, 나는 예전과는 판이한 땅의 소리와 달의 숨결을 들었다. 그때가 상순인지 하순인지도 몰랐고 초막 바깥에 상현달이 떴는지 하현달이 떴는지도 몰랐다. 그냥 잠잘 준비를 하다가 어렴풋하고 가물가물하게 베개 밑에서 귀뚜라미가 기어가는 듯한 소리를 들었다. 고개를 들자 소리가 바로 사라졌다. 베개를 베면 물이 흐르는 것처럼 소리가 귓가로 돌아왔다. 나는 베개를 치우고 머리맡 쪽의 풀을 젖힌 다음 귀를 땅바닥에 갖다 댔다. 그러자 밀밭 쪽 모래땅 밑에서 밀 포기와 뿌리가 뛰어다니는 소리가 들렸다. 서로 맞잡은 채 밀고 당기며 들썩거리는 게 밀 모종과 뿌리가 싸우는 것 같았다. 웃옷을 걸치고 초막을 나선 나는 살금살금 밀밭으로 다가가 쪼그리고 앉았다. 아무것도 볼 수 없고 아무것도 들리지 않았다. 하지만 다시 밀밭 사이에 엎드려 귀를 대자 밀 뿌리와 줄기가 땅 밑에서 비틀고 잡아당기는 소리가 들렸다. 마치 뭔가가 몸부림치며 땅 위로 뚫고 나오려는 것 같았다. 그 치열하면서도 가느다란 사각거림은 고요한 밤 죽순이 돌 틈을 비집고 지면으로 나올 때 사그락사그락 하는 소리 같았다.

밀에서 왜 그런 소리가 나는 건지 이해할 수 없어서 밭머리에 앉아 이런저런 생각을 하며 물끄러미 바라보고 있을 때 동쪽이 하얘지더니 황야가 새벽 속에서 뿌옇게 몽롱하다가, 조용히 파고든 한순간에 환하게 밝아졌다. 황혼이 깔리기 전 정적이 흐르고 대낮같이 밝아지는 어느 한 순간처럼, 밭이 갑자기 밝아졌다. 어슴푸레한 순간이 구름 그림자가 지나가듯 사라진 뒤 나는 내 피를 마신 밀들이 더 이상 모종이 아니라는 것을 발견할 수 있었다. 그건 줄기를 쭉쭉 뻗어 원래의 포기를 알 수 없는 뭉치로, 본래의 줄기를 구분할 수 없는 가시덤불 같았다. 하지만 내 핏물을 많이 받지 않은 밀은 한쪽에 그대로 있었다. 비실거리거나 누렇지는 않았지만 아무래도 초라해 보였다.

아직 분얼하지 못한 모종에게 미안해졌다. 밀을 키우면서 편애한 것 같았다. 그날 나는 작은 칼로 네 손가락을 한꺼번에 그어 물통에 핏방울을 뚝뚝 떨어뜨렸다. 그러고는 여러 차례 핏물을 주었던 밀에게는 상황에 따라 반 그릇이나 한 그릇을 주고, 그동안 적게 준 밀에게는 한 번에 두 그릇 혹은 세 그릇씩 주었다. 다시 밤이 깊고 조용해졌을 때 나는 번호를 보며 10여 포기를 골라냈다. 어떤 것은 낮에 핏물 반 그릇을 준 것이고 어떤 것은 한 그릇, 또 어떤 것은 두 그릇, 세 그릇을 준 것이었다. 나는 10여 포기 밀에 오래된 신문지를 덮고 신문지 네 귀를 모래나 돌로 눌렀다. 한밤중에 다시 밀밭 가장자리에 서자 신문지 아래에서 벌레나 나방이 신문지에서 벗어나려고 몸부림치는 것 같은 소리가 사그락사그락 들렸다. 다음 날 날이 밝았을 때 다시 갔더니 모종을 덮었던 신문지가 우산처럼 밀 포기에 들려져 있는 것을 볼 수 있었다. 핏물을 두 그릇, 세 그릇 마신 밀은 신문지를 우산처럼 둥글게 든 정도가 아니었다. 대나무 잎처럼 단단하고 두툼한 잎과 싹들이 신문지를 뚫고 나와 햇살 아래서 초록빛을 발했다. 신문지를 젖히자 모종이었던 밀은 더 이상 외줄기가 아니었을 뿐만 아니라 다른 것들처럼 줄기와 잎을 쭉쭉 뻗어내 가시나무처럼 뭉텅이져 있었다.

4. 『옛길』 p401~p419

나의 밀들은 광야에서처럼 자라났다. 99구 널따란 밀밭의 밀들이 겨우 지면을 벗어나 목을 단단히 세울 때 내 밀들은 이미 분얼을 끝냈다. 다른 밀들이 분얼을 준비할 때 내 밀들은 젓가락만큼 길어졌다. 120포기가 잎과 잎을 서로 걸어 밭 뙈기에 차양을 드리운 듯, 까만 윤기가 흐르는 초록빛으로 땅을 뒤덮었다. 하루는 99구에 가서 사람들이 밭에 나가길 기다렸다가 식당에서 양식과 기름, 소금을 받아 나오는 길에 아이와 마주쳤다. 아이는 입구에서 햇볕을 쬐며 그림책을 보고 있었다. 나를 발견하고도 그림책에서 눈을 떼고 싶지 않았는지 "우리가 했던 약속 기억하겠지, 조 이삭 같은 밀 이삭을 거두지 못하면 나한테 어떻게 하기로 했는지 말이야"라고 말한 뒤 다시 새로운 페이지로 시선을 떨어뜨렸다. 나는 곡식을 멘 채 아이 앞에 서서 무슨 그림책인지 보았다. 『성경 이야기』로, 커다란 나무 밑에서 성모와 아이들이 시원한 바람을 쐬며 노는 그림이었다.

"걱정 마십시오." 내가 자신 있게 말했다. "반드시 조 이삭만 한 밀 이삭을 키워낼 수 있습니다. 그것도 서너 포기가 아니라 100포기가 넘을 겁니다."

아이가 천천히 그림책을 덮고 자리에서 일어나 의심스러운 눈초리로 내 얼굴을 바라보았다.

"지금 밀이 어떤데?"

"부추 같고 미나리 같습니다."

"그런데 당신 얼굴색이 좀 누렇군."

아이가 갑자기 깜짝 놀라며 말했다.

"원래 그렇습니다."

내가 웃으며 대답했다.

"매달 돼지기름 반 근씩을 더 주라고 식당에 말해둘 테니 몸 좀 챙겨."

그러고 나서 얼마 후 아이는 정말로 식당에서 돼지기름 한 병을 받아 나를 찾아왔다. 밭머리에서 어느새 무릎까지 자라고 검은 윤기가 반지르르한 밀들이 땅을 뒤덮은 것을 보고 아이는 입을 크게 벌린 채 한참 동안 아무 말도 하지 못했다. 그러다 내가 초막에서 나오는 것을 보고는 신이 난 참새처럼 내 쪽으로 날듯이 뛰어왔다.

"어떻게 기른 거지? 이 모래땅에서 어떻게 이렇게 튼튼한 밀이 나왔지?"

그러고는 밭에 서서 손으로 밀 잎을 다시 만져보다가 내가 말하기도 전에 혼자 결론을 내렸다. 밀의 엄청난 생장은 이 밭이 바람이 잘 통하고 양지바른 데다 작년까지 수백 년 동안 여기에서 자라던 백양나무 덕이다, 해마다 떨어져 썩은 낙엽이 거름이 되어 땅이 비옥해졌고, 송백은 원래 기름이 많은데 100년 묵은 백양나무이니 땅이 기름져질 수밖에 없다, 라는 것이었다. 밀들을 다 둘러본 뒤 평소에 잘 웃지 않던 아이가 환하게 웃으면서 밭머리에 앉아 나와 많은 이야기를 나누었다. 99구의 무당 1만 근을 생산해낼 실험밭에서도 밀이 아주 잘 자라며 그곳은 포기가 촘촘하다고 했다. 또 한 교수가 계산했다며, 원래 파종할 때는 무당 수십 근의 씨앗만 뿌리면 되는데 지금 99구 동쪽의 관개가 가능한 1무 남짓한 땅에는 초봄 때 800근 이상의 씨앗을 더 뿌렸으니 원래의 씨앗까지 거의 1000근이라고 했다.

"그 1무에 씨앗을 한 층으로 빽빽하게 깔아서 꼭 밀알을 펼쳐놓고 말리는 것 같다니까."

그러면 밀 모종이 새끼치기를 하지 않는다고 해도 한 포기가 몇 포기인 셈이라고, 씨앗 하나에서 어쨌든 한 포기가 나올 것이고 한 포기에서는 이삭 하나가 팰 것이며, 밀이 익으면 이삭 하나에서 최소한 서른 알은 나올 테니 씨앗 1000근이면 자연히 밀 3만 근이 된다고 했다. 3만 근에서 절반을 빼서 이삭마다 열다섯 알이 팬다고 해도 무당 최소 1만 5000근이라는 말이었다. 지난 몇 세대 동안 일반적인 상황에서 이삭 하나당 20알, 30알도 안 나오는 경우가 있었느냐고 했다. 그렇게 말하면서 아이가 얼굴 한가득 환한 웃음을 지었고, 또 하염없이 나의 튼튼한 밀을 쳐다보았다. 아이의 얼굴이 물감을 칠한 듯 붉게 빛났다.

"1만 근을 거뜬히 생산할 수 있는 실험밭이 있고 조 이삭만큼 커다란 밀 이삭도 있으니까 하반기에는 누가 뭐래도 내가 도성에 가겠군."

그렇게 말하면서 아이가 땅바닥에 드러누웠다. 하늘을 바라보는 아이의 얼굴에서 원래의 홍조가 어서 그때가 되었으면 하는 간절한 기대와 희망으로 변했다.

하지만 보름 뒤, 나의 밀들은 가장 먼저 밀대를 내보냈지만 지력地力이 부족해 하룻밤 사이에 잎이 또 누레졌다. 나는 최대한 피를 흘려 보필해야 한다는 것과 단순히 누렇게 된 밀에만 따로 핏물을 붓는 것으로는 부족하다는 것을 알았다. 비가 내릴 때 열 손가락에서 전부 피를 낸 뒤 밭두둑에 서서 공중에다 피를 뿌려 핏방울과 빗방울이 한꺼번에 잎에, 포기에, 포기 사이사이 땅에 떨어지게 해야 한다는 것을 알았다. 그래서 비가 오기를 기다렸다가 정말로 열 손가락을 전부 그은 뒤 밀밭 사방에서 빗물에 의지해 곳곳으로 피를 뿌렸다. 3일 뒤 비가 그치고 날이 개자 내 밀들은 누런빛 없이 다시 초록색으로 빛났다. 밀대도 하루에 한 마디씩 쑥쑥 솟아올랐다. 처음에는 보통 밀대와 비슷한 굵기였지만 며칠이 지나자 다른 밀의 두 배 가까이 굵어졌다. 꼭 봄날 땅에서 새로 솟아 나오는 작은 대나무 같았다. 맛이 어떤지 보려고 그다지 무성하지 않은 밀대 하나를 잘라냈다. 이내 내 밀대가 일찍이 다른 곳에서 본 밀대와 다르다는 것을 알 수 있었다. 보통 밀대는 포기에서 뽑았을 때 속이 비어 있지만 내 밀대는 살이 꽉 차 있었다. 단단한 껍질 속에, 으깬 두부로 밀대를 채운 것처럼 보드랍고 하얀 살이 들어 있었다. 손톱으로 밀대의 살을 긁어 입에 넣자 입안 가득 진한 향기와 상큼하고 달콤한 맛이 퍼졌다.

그날 난 사치스럽게도 밀대 세 개를 꺾어 속을 파먹고 나중에는 탕으로 끓여보기까지 했다. 지나치게 조밀하다 싶은 곳에서 밀대를 뽑아다가 잘라서 솥에 넣고 끓였는데 소금만 조금 넣고 기름은 한 방울도 넣지 않았음에도 고깃국에 야생 버섯을 넣은 듯한 감칠맛이 났다. 게다가 야생 버섯은 흙 냄새가 나지만 내 부드러운 밀대탕은 흙이나 야생 냄새 하나 없이, 흰 구름을 끓인 것처럼 깔끔했다.

안타깝게도 그 맛있는 음식을 오래 즐길 수는 없었다. 20일 뒤 여름이 정식으로 시작되면서 태양이 3~4일 강렬하게 밀을 내려쬐자 댓속에서 하얀 살이 사라졌다. 태양에 녹아버린 건지 폭풍같이 자라나는 밀대가 흡수해버린 건지는 모르겠다. 5월 말이 되자 밀대에서 부드러운 살이 완전히 사라지고, 대신 키가 배꼽까지 커졌다. 이삭도 맺히기 전인데

나의 밀들은 다른 밀들이 익을 때만큼 포기가 커지고 밀대
도 물웅덩이에서 자라는 갈대처럼 길쭉해졌다. 그때 나는,
조 이삭만 한 밀 이삭을 내가 재배할 수 있음을 알았던 것처
럼 밀이 갈대만큼 자랄 수 있다는 것도 예상했어야 했다. 하
지만 그런 것은 생각지도 못한 채, 때 맞춰 비가 오고 바람이
부는 것에만 들떠 있었다. 밀이 워낙 빨리 자라다 보니 영양
분이 많이 필요했기에, 나는 비가 올 때마다 손가락을 전부
칼로 그어 밭에 피를 뿌려야 했다. 보름이 되도록 비가 오지
않을 때에는 물을 길어다 최소 한 그릇 반의 피를 섞은 뒤 밭
에 뿌려야 했다. 피를 너무 많이 흘린 탓에 현기증이 일기 시
작했다. 항상 피를 쏟고 나면 세상이 빙글빙글 돌아 바닥에
쓰러지지 않도록 재빨리 주저앉아야 했다. 이미 여러 차례
갑작스런 현기증으로 쓰러지기도 했다. 영양을 보충하기 위
해 나는 멀리 늪으로 나가 물고기와 게를 잡았다. 그러던 어
느 날 커다란 늪의 수초와 갈대밭 사이에서 낚시를 하고 있
을 때 갑자기 바람이 일었다. 바람은 북쪽에서 남쪽으로 불
어왔다. 처음에는 상쾌한 미풍이었는데 나중에는 거센 바
람이 되고 먹구름까지 일으켰다. 이어서 늪의 수초와 갈대
가 빗으로 빗어 내리듯 전부 수면에서 허리를 구부리며 누
웠다. 바로 그때 갈대 같은 나의 밀이 떠올랐다. 나는 물고기

를 넣어둔 물통을 내던진 채 맨발로 밀밭을 향해 뛰었다. 가는 도중 비가 내리기 시작하더니 폭우가 되고, 천둥이 내 머리 위에서 우르릉거렸다. 순식간에 하늘이 밤처럼 시커메지고, 코앞에서 천둥과 벼락이 쳐서 나는 거의 튕겨져 나갈 뻔했다. 실성한 것처럼 비를 뚫고 몇 리를 뛰어 모래 구릉에 도착한 뒤 나는 재빨리 구릉을 올라갔다. 하지만 밭에 도착한 순간 쾅, 하고 밭머리에 죽은 듯이 얼어붙어버렸다. 오는 내내 불안하게 떠올렸던 상황이 그대로 펼쳐져 있었다. 갈대 같은 유연성이나 강인함을 갖추지 못한 내 밀들이 빗속에 완전히 부러져 갈기갈기 찢긴 초록색 깔개처럼 밭에 널브러져 있었다. 찢겨진 밀 포기와 잎이 맑은 수면에 떠서 밭에서 구릉 아래의 모래땅으로 흘러가 쌓였다. 나는 한참 동안을 목석처럼 그 자리에서 서 있다가 입술을 깨물며 빗물 위에 쪼그리고 앉아 양동이로 쏟아 붓는 듯한 빗줄기를 머리에서 흘러내리게 둔 채 황야에 버려진 어린아이처럼 큰 소리로 울었다.

날이 갠 뒤 나는 완전히 부러진 밀을 전부 뽑아냈다. 그리고 고꾸라진 밀 옆에 가시나무 가지를 꽂아 줄로 적당히 묶어 세우고, 그 참담하게 쓰러진 밀들이 기대거나 걸치면서 다시 일어날 수 있게 포기 주변에 콩꼬투리와 오이 같은 것으로 걸대와 기둥을 만들었다. 며칠 뒤 재난에서 살아난 밀을 다시 한 번 세어보았다. 처음에 120포기, 분얼한 뒤에는 수백에 이르렀던 밀이 52포기만 남았다. 검은 윤기가 흐르던 빽빽한 밀밭이 듬성듬성하고 버성겨졌다. 그 뒤로 나는 밀밭을 떠날 수가 없었다. 샘가에 물을 길러 가거나 어쩔 수 없는 일이 있을 때를 제외하고는 항상 밀밭의 52포기 옆을 지켰다. 99구로 돌아가 양식과 기름, 소금을 가져올 때도 날씨가 좋은 날을 골라 빨리 갔다 빨리 돌아왔다. 가는 동안에도 집에 아이를 혼자 남겨두고 나온 엄마처럼 불안해하며 종종걸음을 쳤다. 『옛길』마저 멈춘 채 오로지 52포기 밀을 키우고 돌보는 것에만 신경 썼다. 결국 내게 남은 것은 52포기뿐이었으므로, 손가락에서 피를 뽑아 뿌리는 것 외에도 나는 식당에서 받아온 돼지기름과 유채기름을 밀 뿌리에 주고 날이 좋을 때는 물고기와 게, 개구리, 올챙이 등을 잡아다 탕을 끓이거나 잔인하지만 산 채로 부수어 걸쭉하게 만든 다음 땅에 묻었다. 새우탕이나 게장은 내 피만큼 영양분을 주거나 기름지게 만들지는 못했지만 그래도 일주일에 사나흘 정도는 밀이 잘 자라도록 해주었다. 6월 초가 되었을 때 다른 밀들은 겨우 무릎 높이였지만 내 52포기 밀은 작은 나무만 했다. 잎도 손가락 하나만큼 넓은 데다 젓가락 하나 반은 되게 길었고, 밀대도 손가락 두께에 내 어깨 높이였다.

그건 밀이 아니라 밀나무였다.

밀나무에서는 6월에 이삭이 패기 시작했다. 황혼이 질 무렵, 세번째 돼기의 두번째 밀 꼭대기에서 부드럽고 노랗고 투명한 이삭이 잠자리처럼 누워 있는 것을 발견했다. 손으로 툭 건드리자 야들야들한 수초 같은 밀 향기가 투두둑 떨어졌다. 다른 밀들을 다시 살펴보았더니 10여 포기의 꼭대기에도 초록 잎에 싸여 부풀어 터지려는, 새끼손가락 같은 원기둥이 있었다.

결국 나는 아직 이르지만 정말로 이삭이 팼다는 것을 인정했다. 한여름이라 머리 꼭대기에서 태양이 불처럼 뜨겁게 내리쬐어 사나흘에 한 번씩 물을 주어야 했다. 여덟 돼기 내 밀밭은 어쨌든 모래땅이어서 수분과 영양분이 모두 부족했다. 내 피가 아니었다면 밀은 진작 타 죽거나 말라 죽었을 것이다. 이삭이 팰 때 충분한 물과 영양분을 공급하기 위해서 우선 더 이상 길지도, 튼튼하지도 않은 버팀대를 길고 두꺼운 막대기로 바꾸었다. 그리고 밀 밑동부터 허리, 목까지 줄로 묶은 다음 매일 새벽마다 포기에 물을 뿌리고 3일마다는 땅에 흠뻑 물을 주었다. 포기에 물을 줄 때는 이삭 팬 밀을 특별히 챙기는 차원에서 따로 핏물 반 그릇씩을 뿌리에

붓고, 땅에 흠뻑 뿌릴 때에는 모든 밀이 열 내지 스무 방울씩 마실 수 있도록 열 손가락 가운데 최소 대여섯 개를 칼로 그었다. 그러자 더 이상 손끝이나 손가락 안쪽 마디만으로는 감당할 수가 없었다. 매일 하나 혹은 몇 개씩 상처를 내었더니 기존의 상처가 낫기도 전에 새로운 상처가 늘어날 수밖에 없었다. 내 열 손가락은 전부 흉터와 상처로 만신창이가 되었다. 게다가 주로 오른손으로 왼손가락을 그어서 왼손가락에만 열 곳 넘는 상처가 곪았다. 상처를 내기 전과 낸 이후에 소금물로 소독하고 씻어냈지만 소용없었다. 그래서 나중에는 의도적으로 오른손에 상처를 냈다. 그러다 오른손 열 손가락에 상처가 너무 많아 더 이상 칼을 멜 곳이 마땅치 않아지자 나는 손바닥을 그어 물통이나 밀에 피를 흘려 넣었다. 하지만 손바닥을 베자 더 이상 아무것도 할 수 없게 되었다. 호미를 잡을 수도, 삽을 잡을 수도, 심지어 밥할 때 칼을 들 수도 없었다. 결국 나는 손바닥, 특히 오른쪽 손바닥은 그냥 남겨두기로 결정했다. 밀에 피를 주어야 할 때면 왼쪽 손목에서 시작해 위아래로 상처를 냈고 양쪽 팔에 칼을 멜 곳이 없을 만큼 상처가 늘었을 때는 종아리 뒤쪽을 그은 뒤 다리에서 피가 저절로 떨어지도록 종아리를 물통에 가로로 걸쳐놓았다. 그랬더니 밀에게 피를 주는 것도, 내가 일하는 것도 아무 문제 없었다. 김매고 풀 뽑고 물을 길을 때마다 상처가 벌어지고 쓸려 아팠지만 본격적으로 움직이기 시작하면 통증이 점점 줄어들고 고름도 옅어졌다.

6월 중순이 되자 52포기의 밀에 전부 이삭이 패고 까끄라기가 났다. 밀 이삭은 줄기 끝에 나왔을 때부터 손가락만큼 굵었다. 처음에는 둥글다가 네모나게 되더니 며칠 만에 네모반듯한 사각 나무 기둥 같아졌다. 하지만 손으로 이삭을 누르자 사각형 나무속에 물이 차 있는 것처럼 물컹거렸다. 이삭 아랫부분을 벗겨본 뒤에야 이삭에 아직 단단한 낟알이 생기지 않았다는 것을 알았다. 이삭마다 초록색과 흰색이 뒤섞인 물이 들어 있었다. 나는 이제 씨알이 맺혀야 한다는 것을 알았다. 그리고 씨알이 맺히려면 충분한 영양분이 필요했다. 더 이상 물통에 피를 섞어 뿌릴 수 없었다. 52포기 밀을 52그루의 나무로 대해야 했다. 한 포기 한 포기씩 돌보며 주변의 풀을 뽑고 흙을 모아 북돋아주고 물을 댔다. 씨알이 맺히는 동안 나는 핏방울을 나눠주는 게 아니라 아예 상처를 벌려 그릇에 반 그릇, 혹은 반 그릇 이상씩 피를 흘려넣은 뒤 물을 섞어 뿌렸다. 날씨가 더할 나위 없이 좋았다. 다른 작물과 나무들은 매일 무자비한 태양에 말라갔지만 내 밀밭은 그렇게 강렬한 햇빛을 필요로 했다. 나의 밀들은 매일 충분한 빛과 높은 온도를 누릴 수 있었다. 온도가 얼마나 높았는지는 모르겠다. 다만 한낮이 되면 샘가의 수초를 제외한 다른 곳의 녹색이 전부 회백색으로 변했고 모든 풀과 가시나무가 고개를 푹 수그렸다. 흑사 제철 기술 때문에 세상의 나무가 전부 베어져, 너비가 수십 리에 길이가 수백 리에 이르는 황허 옛길의 모랫길과 평원에서 팔뚝만 한 나무를 한 그루도 찾아볼 수 없었다. 한낮에 모래 구릉 정상에 올라 사방을 둘러보면 세상이 전부 불타는 것 같았다. 나무 그늘이 없어 햇살을 피할 수 없는 새들이 하늘을 잠시 날다가 땅 위로 내려가 잡초와 가시나무 사이를 파고들었다. 몇 리 바깥의 갈대밭으로는 목마름에 지친 이리나 여우가 목을 축이고 물을 끼얹는 모습을 항상 볼 수 있었다. 새 떼들이 폭염을 피해 갈대 사이로 파고든 뒤 나오지 않는 광경도 볼 수 있었다. 고기를 먹고 싶으면 갈대밭에서 얼마든지 새를 잡을 수 있었겠지만 나는 한 발자국도 밀 옆을 떠날 수가 없었다. 두 차례 자리를 비운 사이 52포기의 밀이 48포기로 줄고 말았기 때문이었다. 네 포기는 새가 내려앉는 바람에 부러졌다. 나는 1분 1초도 밀 옆을 떠날 수 없었다. 참새가 내 밀 이삭 때문에, 그리고 밀 이삭 아래의 그늘 때문에 항상 50마리, 심지어 100마리도 훨씬 넘게 떼를 지어 날아왔다. 그 작은 밀밭에 허수아비를 네 개나 세워두었지만 새들은 며칠 만에 적응해 허수아비 머리며 어깨에 내려앉아 신나게 지저귀었다. 밀 이삭이 내가 예상한 대로 씨알을 맺고 꽃가루를 날렸다. 전날에는 손가락만큼 굵던 게 다음 날이 되자 손가락을 훌쩍 넘었다. 전날에는 키 큰 사람의 엄지손가락만 하다가 며칠이 더 지나자 정말 조 이삭만 해졌다. 두 포기는 내 키보다도 크게 자랐다. 바람과 새가 걱정돼 가느다란 줄로 나무 걸대에 이삭을 묶을 때는 걸상을 밟고 올라서야 했다. 이삭을 묶을 때 새 밀알의 맑은 향기가 기름 속에 섞인 설탕물 냄새처럼 청량하게 풍겨왔다. 나는 그렇게 매일 나의 밀들을 지켰다. 잡초와 가시나무로 멍석 같은 차양을 새로 세운 뒤 초막에서 작은 걸상을 가져다 차양의 그늘을 따라 걸상을 옮겨가며 앉았다. 오후에 나른하니 졸음이 쏟아져도 감히 졸 수조차 없었다.

마침내 밀 잎사귀가 아래쪽부터 위쪽으로 말라가기 시작했다. 윤기가 흐르던 까끄라기도 구름처럼 하얀색으로 말라갔다. 까끄라기는 가느다란 가시나무 가지만큼 굵고 길이도 두세 치 정도나 되었다. 꽃가루가 날리고 씨알이 맺히던 어느 날, 밭머리 차양 아래에 앉아 참새를 쫓고 있을 때 이삭 주변에서 작고 붉은 점들이 흔들거리는 게 어렴풋하게 보였다. 강렬한 햇살 때문에 눈이 부신 거라고 생각하면서 높은 걸상을 가져다 밀 사이에 올라섰다. 밀보다 높이 올라가 까끄라기의 꼭대기를 살펴보았다. 안개처럼 뭉친 작고 붉은 점들이 어디에서 날아왔는지 이삭 까끄라기 주변을 맴돌았다. 그리고 안개 같은 붉은 점들에서 진한 풀 냄새와 코를 찌르는 밀 향기, 작물을 교배시켰을 때 나는 자극적인 비린내가 풍겼다.

나는 걸상에서 내려왔다.

밀 옆에서 잠시 머뭇거리다가 땅에서 제일 큰 이삭 한쪽 끝을 벗겨냈다. 그러고는 이미 조 이삭만큼 커다랗게 자란 그 이삭 아래쪽에서 밀알을 하나 훑어냈다. 이삭에서 밀알을 떼어내는 게 꼭 옥수수에서 노란 옥수수 알갱이를 뜯어내는 것 같았다. 겉은 파랗고 속은 갈색인 밀알을 손바닥에 놓고 바라보면서 밀 이삭도 조 이삭만큼 크지만 밀알도 완두콩만 하다는 것을 알았다. 하지만 밀알은 완두콩처럼 불룩하지도, 탱탱하게 꽉 들어차지도 않았다. 손바닥에 놓인 그 밀알을 태양에 비추자 빛이 껍질을 지나 안쪽까지 관통했다. 밀알 안쪽은 진한 갈색의 진득진득한 액체였다. 태양 빛을 쬐자 안에 든 물이 햇볕에 증발해버렸는지 밀알이 순식간에 쭈그러지더니 작은 껍질만 남았다.

밀알을 깨물자 진갈색 액체가 입안으로 퍼지면서 밀 향기와 함께 옅은 피비린내가 풍겼다. 씨알을 맺으려는 꼭대기의 작고 가는 핏빛 꽃가루를 밀 아래에서 바라보면서 내가 참 인색했다는 것을 깨달았다. 이렇게 큰데, 줄기는 갈대처럼 길고 잎은 봄날의 나무처럼 널따라니, 핏물이 잎과 줄기에서 진작 흡수되지 않겠는가. 줄기와 잎에서 차단해버리니 영양분이 땅에서 꼭대기 이삭까지 충분히 전달될 리 없었다. 바람과 태양빛은 충분할지라도 영양분은 충분할 리 없었다. 꼭대기에 열린 낟알까지 영양분을 보내려면 전보다 몇 배는 더 많은 피를 뿌려야 한다는 뜻이었다. 나는 더 이상 예전처럼 손가락이나 팔, 종아리를 아낄 수 없었다. 더 이상 인색하게 피를 방울방울 흘릴 수 없었다. 대범하고 화끈하게 나의 밀들에게 피를 주어야 했다. 낮 동안에는 햇빛과 바람을 쐬므로 영양분을 주기 좋은 시간은 저녁이었다. 나는 조금의 망설임도 없이 땅거미가 질 무렵 물통과 솥, 밥그릇, 대야에 물을 가득 채워 밀 사이사이에 가져다 두었다. 그러고는 태양이 서쪽으로 가라앉아 강렬한 빛이 사라졌을 때 식칼을 돌에 갈고 끓는 소금물에 소독한 뒤, 호미로 뿌리 주변을 조심스럽게 헤치며 밀 뿌리가 조밀한 곳을 찾았다. 하얗게 빛나는 칼을 뿌리 옆에 세워놓고 손가락과 팔, 종아리의 수많은 상처와 흉터 따위는 아랑곳하지 않은 채 다시 한 번 눈을 질끈 감고 어금니를 앙다물며 사정없이 그었다. 기존의 상처에 더 힘껏 칼을 그었다. 그러자 곧장 빨간 피가 솟구치며 밀 뿌리로 흘러내렸다. 나는 피를 얼마나 흘리는지도 따지지 않았고, 밀이 대체 얼마나 많은 피를 원하는지도 따지지 않았다. 찻잔으로 한 잔이나 두 잔, 작은 사발 혹은 큰 사발 하나 정도일까, 상처가 아리면서 더 이상 피가 나오지 않을 때까지 그대로 두었다. 그렇게 피가 멎으면 소금물에 삶아서 말려둔 천 조각으로 상처를 동여맨 뒤 피가 고인 구덩이에 물을 몇 사발 부었다. 진득한 핏물이 뿌리로 스며들면 구덩이를 잘 덮은 뒤, 다음 밀로 가서 다시 구덩이를 파고 뿌리가 촘촘한 곳을 찾아 또 손가락과 손목을 그어 한 잔, 혹은 한 사발의 피를 흘렸다.

마흔여덟 포기를 위해 나는 한달음에 손가락과 손바닥, 손목과 팔 마흔두 곳에 상처를 냈다. 대체 얼마나 많은 피를 흘렸는지 모르겠지만 마지막으로 10여 그루가 남았을 때는 팔뚝에서 더 이상 피가 나오지 않았다. 나는 다른 손으로 팔을 눌러 상처에서 피를 쥐어짰다. 손과 팔, 종아리, 팔뚝에 상처를 동여맨 천이 계속 늘어났다. 그러다 손과 팔에서 더 이상 피가 한 방울도 나오지 않자 하는 수 없이 왼손으로 오른 손목의 동맥을 그었다. 혈관에서 찻잔으로, 밥그릇으로, 작은 대야로 머리가 핑 돌 때까지 피를 떨어뜨렸다. 몸이 땅에서 붕 떠오르는 것 같을 때에야 가느다란 줄로 오른 손목의 동맥을 묶어 주르륵 흘러내리는, 끈적끈적하고 포말이 이는 피를 멈추었다. 혈관에서 나온 혈장이 마지막으로 남은 구덩이에 떨어졌다. 40군데가 넘는 상처와 오른손 동맥에 생긴 칼자국에서 통증조차 느껴지지 않았다. 몸을 추스르거나 가누는 것조차 불가능할 만큼 무감각해졌고 기운도 전혀 없었다. 핏물이 고인 구덩이를 덮을 때에도 호미를 들 수가 없어서 쪼그리고 앉은 채 발로 흙을 끌어다 덮었다.

해가 떨어지자 서쪽 지평선에 불그스름한 윤기만 남고 빛이 완전히 사라졌다. 모래 평원의 광활한 적막 속에서 낭랑한 신비로움이 모래 언덕 주변으로 발걸음을 재촉해왔다. 서쪽의 옛길 평원으로, 마지막 붉은 기운과 어스름이 내리기 직전의 반짝임이 보였다. 대지에서는 윙윙거리는 모기 소리뿐 아무것도 들리지 않았다. 한낮의 타는 듯한 뜨거움이 물러가고, 땅에 남아 있던 열기가 증발하면서 포기마다 한 잔, 반 그릇씩 뿌렸던 내 피비린내가 딸려 올라왔다. 밀 사이사이로, 모래 구릉 위로 짙고 붉은 피비린내와 밀 향기가 가득 찼다. 밀 사이에서 뛰어나온 귀뚜라미가 겁도 없이 내 발에 폴짝 뛰어올라 귀뚤귀뚤 울었다. 나는 어지럽고 온몸이 녹작해서 일어설 수조차 없었다. 피를 너무 많이 흘려서 생긴 그 현기증과 무기력증을 줄이기 위해 몸을 돌려 모래 언덕에 누웠다. 머리를 구릉 아래쪽으로, 발을 위쪽으로 향하게 해서 다리와 하반신의 피가 최대한 빨리 상반신으로 흘러가도록 했다.

달이 떴다. 허기가 냉기처럼 엄습해왔지만 움직이고 싶지 않았다. 그냥 그대로 구릉에 누워 자고만 싶었다. 그리고 나는 정말로 잠이 들었다. 깨어났을 때는 달이 물처럼 빛을 내 얼굴에 흩뿌리고 있었다. 그 황량하고 쓸쓸한 밤, 나는 이삭이 땅에서 핏속 양분을 쪽쪽 빨아들이는 소리를 들을 수 있었다. 밀마다 가드다란 관으로 물을 허공 높이 빨아올렸다. 하지만 나는 더 이상 씨알 맺히는 소리가 반갑지 않았다. 심지어 짜증이 났다. 땅에서 몸을 뒤집어 혐오스럽다는 눈초리로 수십 포기의 갈대 같고 수수 같은 밀을 쳐다보다가 초막 쪽으로 기어가기 시작했다. 일어서서 걸어갈 수도 있었지만 걷고 싶지 않았다. 기어가서 밀들에게 내가 자신들을 위해 얼마나 많은 것을 내놓았는지 보여주고 싶었다. 자식들의 이해를 받으려고 통증을 과장하는 부모의 심정 같은 것이었다. 초막에 돌아간 나는 물을 벌컥벌컥 마시고 솥에 남아 있던 밥 반 그릇을 먹은 뒤 다시 잠에 빠졌다. 다음 날 참새 소리에 잠이 깼다. 희미하던 참새 소리가 점점 선명해지더니, 나중에는 소나기처럼 초막 안으로 쏟아져 들어왔다. 자리에 누워 있던 나는 깜짝 놀라 눈을 비비고는 얼른 가시나무 가지를 챙겨 소리를 지르며 뛰어나갔다. 밀밭에 도착하자 수백 마리는 되는 참새가 날아올랐다. 서른 개의 이삭이 땅에 떨어지거나 줄기 꼭대기에, 목이 잘렸지만 힘줄에 아직 매달린 머리처럼 붙어 있었다.

마흔여덟 포기의 밀이 열여덟 포기만 남았다.

나는 경악과 후회에 휩싸인 채로 밀밭 가장자리에 멍하니 굳어버렸다. 태양이 중천에 떠오를 때까지 서 있은 뒤에야 주섬주섬 밭으로 들어가 내 동맥피를 마신 이삭 두 개를 수습할 수 있었다. 이삭에서 낟알을 훑어내면서 겨우 하룻밤 피를 마셨다고 밀알이 팽팽하고 단단해진 것을 발견했다. 알차게 여문 보통 밀알보다 크고 검붉은 게, 크기며 색깔이 한창 익어가는 붉은 완두콩 같았다. 본능적으로 밀알을 입으로 가져가 깨물었다. 입안 가득히 밀 향과 핏기가 퍼지더니 하루 종일 날아가지 않고 입안을 맴돌았다.

서른 개의 여린 이삭을 볶아 먹은 뒤 나는 초막에서 밀밭 옆 차양 아래로 이부자리를 옮겼다. 그러고는 겨우 살아남은 열여덟 개의 이삭을 밤낮으로 보살피기 시작했다. 7일 동안 강렬한 햇살이 이어지자 열여덟 개의 이삭이 여물기 시작했다. 아직 잎의 3분의 2가 초록색이고 바싹하게 마르지 않은 까끄라기도 있었지만 손으로 이삭을 눌러보면 이삭이 방망이처럼 단단하고 탱탱해진 것을 알 수 있었다. 열여덟 포기의 나무같이 커다란 밀 아래에서 아이에게 이삭들을 가져다주는 모습을 떠올리자 아이가 얼마나 좋아하며 나를 맞을지 선하게 그려졌다. 그리고 마침내 조 이삭만큼 커다란 밀 이삭을 처음 만졌을 때 내 심장은 주체할 수 없게 쿵쾅거렸다. 돌조각 같은 밀알에 손이 배기는 느낌이었다. 두번째, 세번째의 조 이삭보다 커다란 밀 이삭을 만졌을 때는 그 단단함에 어지럽고 당황스러워져 얼른 높은 걸상을 가져다 올라섰다. 나는 내 동맥피를 마시고 자란, 키가 가장 큰 이삭 두 개를 만지면서 눈물을 흘렸다.

세번째 돼기의 가장 크고 풍성한 이삭 두 개가 완전히 말랐다. 대나무처럼 굵고 단단한 줄기 꼭대기의, 지지대 세 개에 묶인 이삭이 7일 동안 조 이삭에서 옥수수 이삭만큼 커졌다. 예닐곱 치 정도 되었다. 껍질 바깥으로 드러난 밀알은 전부 완두나 땅콩만 했고 심지어 완두나 땅콩보다 더 탱탱하고 단단했다. 그것들은 햇빛 아래서 검붉은 빛을 내며 4열

4행의 가지런한 사각형 이삭 대열 속에 나란히 놓여 있었다. 이삭이 너무 커서 줄기가 고개를 숙이자 거대한 이삭이 받침목에 기댄 채 늘어지듯 매달렸다. 꼭 기형적으로 긴 수세미가 허공에 매달린 것 같았다.

방망이처럼 딱딱한 이삭을 바라보면서 나도 모르게 눈물을 흘렸다.

충분히 울었다 싶어 걸상에서 내려온 뒤에도 다시 바닥에 쪼그리고 앉아 눈물 없이 엉엉 울었다. 처음에는 작게 흐느꼈지만 나중에는 아예 털썩 주저앉아 큰 소리로, 꺼이꺼이 한바탕 울어 젖혔다. 시원하게 울고 나자 목이 완전히 쉬어 버렸다. 하지만 나는 이상할 정도로 들떠서 모래 구릉 꼭대기에 올라가서는 허공에 소변을 뿌린 뒤 99구 쪽으로 소리를 질렀다.

"나는 이제 집에 돌아간다, 집에 간다."

"정정당당하게 돌아간다, 떳떳하게 자유를 얻는다."

동서남북으로 목청껏 몇 번이나 소리쳤는지 모르겠다. 마지막으로 부엌에 가서 밀가루를 전부 꺼내 스스로를 위한 사치를 부렸다. 사발 가득 비빔국수를 만들고 마늘 즙과 기름을 듬뿍 넣어 배불리 먹은 것이다. 그러고 나서 이제 아이를 불러다 거대한 밀 이삭을 줘야겠다고 생각했다. 하지만 참새 떼로부터 밀을 지킬 사람이 없는 게 걱정스러웠다. 그렇다면 하루 이틀 더 햇볕을 쬔 뒤 이삭을 베어내서 가져다 주고 그 자리에서 99구와 황허 옛길 모든 동료들의 말문을 막을 125송이 작은 꽃, 혹은 오각별 다섯 개를 받을까 하고도 생각했다. 하지만 역시 아이를 불러오고 싶었다. 동료들도 전부 불러와 나, 작가가 어떻게 조 이삭보다 크고 옥수수 낟알만 한 밀을 재배했는지 보여주고 싶었다.

그들에게 내가 어떻게 오각별 다섯 개를 받는지 똑똑히 보여주고 그 눈빛 속에서 떳떳하고 당당하게 자유를 얻어 돌아가고 싶었다. 그날 오후, 내가 없는 동안 참새들이 먹지 못하도록 신문지 몇 겹으로 이삭을 하나씩 쌌다. 신문지로는 부족하자 옷과 침대보까지 동원해 그 열여덟 개 이삭을, 상처를 꽁꽁 묶은 뒤 고정시킨 팔처럼 단단히 쌌다. 그 뒤에야 마음 놓고 떠날 수 있었다. 99구로 가기 전에 나는 잊지 않고 완두콩만 한 밀알 10여 개를 이삭에서 훑어내 손에 쥐었다. 아이에게 생각지도 못한 즐거움과 놀라움을 선사하고 동료들에게 보여줘 말문이 막힐 만큼 놀라게 만든 다음 99구에서 10여 리 떨어진 모래 구릉으로 데려와 나의 밀들을 보여주기 위해서였다. 모든 것이 내 생각대로였다. 완두콩과 땅콩만 한 밀알을 들고 식사 시간 내내 걷자 정오가

지난 얼마 뒤 99구 마당에 도착했다. 모두들 한창 낮잠을 잘 시간이라서 길을 가는 내내 새와 메뚜기 외에 사람은 한 명도 볼 수 없었다. 황허 옛길의 웅덩이, 습지대의 밀들은 이제 막 이삭이 패어 최소한 보름은 더 있어야 줄기가 마르고 낟알이 탱탱해질 거였다. 들판이 끝없는 청록색과 촉촉함으로 넘실거렸고 들풀이 무릎 높이에서 찰랑거렸다. 작년에 그루터기만 남았던 나무들에서도 새 가지들이 내 밀들만큼 높고 풍성하게 뻗어 있었다. 99구 마당으로 들어가자 적막 속에서 종교가 바지를 추스르며 변소에서 나오는 게 보였다. 나는 일부러 그 자리에 서서 종교를 기다렸다. 그가 가까이 오다가 갑자기 걸음을 멈추고 내 얼굴을 뚫어져라 쳐다보았다. 그러고는 깜짝 놀란 목소리로 뜬금없는 소리를 했다.

"세상에, 무슨 병이라도 걸렸나요? 얼굴이 창백한 게 핏기라고는 전혀 없군요."

내가 그를 보며 웃었다.

"조 이삭보다 큰 밀 이삭을 재배해냈습니다."

그가 계속 나를 쳐다보며 말했다.

"손과 팔은 왜 그런 겁니까? 어쩌다 그렇게 누렇게 뜨고 말랐나요? 완전히 사람 꼴이 아니군요."

"내가 재배한 밀을 좀 보라니까요."

나는 종교한테 다가가 얼굴 앞으로 손을 내밀었다. 손을 펼치자 붉은 완두콩 같고 땅콩처럼 생긴 밀알이 땀에 젖어 한데 붙어 있었다. 종교가 손 안의 밀알을 보고는 바지를 여미던 손마저 멈춘 채 입을 크게 벌리고 아무 말도 하지 못했다. 얼마나 놀랐는지 입이 영영 다물어지지 않을 것 같았다.

"이제 집으로 돌아갈 겁니다." 내가 다시 손을 오므렸다. "이제 당당하게 오각별 다섯 개를 목판에 붙이고 작년에 실험이 오각별 종이판을 들고 갔던 것처럼 떠날 겁니다."

그렇게 말한 뒤 종교를 떠나 아이의 숙사로 걸음을 옮겼다. 그러고는 두드리지도 않은 채 다급하게 아이의 문을 열고 들어갔다. 아이는 한창 낮잠을 자고 있었다. 부채가 침대 아래로 떨어져 있고 땀과 침이 얼굴에서 돌베개 위로 흘러내렸다. 문소리에 아이가 벌떡 일어나 앉았다. 나는 아이가 정신을 차리고 말문을 열기도 전에 커다란 밀알을 내밀며 소리쳤다.

"밀이 익었습니다. 이삭이 전부 조 이삭보다 크고 옥수수 이삭만 합니다. 어서 이 밀알을 좀 보십시오!"

아이가 눈을 비비고는 내 손에 놓인 밀알을 손가락으로 헤치며 몇 번이나 고개를 들어 나를 쳐다보았다가 고개를 숙여 밀알을 만져보았다. 아이의 얼굴에서 잠이 막 깼을 때의 몽롱함이 가시고 순진하고 단순한 빛이 반짝였다. 그는 몸을 돌려 침대 머리맡에서 옷을 끌어다 입은 뒤 모래 구릉으로 밀을 보러 가자고, 조 이삭보다 크고 옥수수 이삭만 한 밀을 수확하자고 했다. 아이의 숙사에서 나오자 예상했던 대로 종교가 숙사의 모든 사람들을 깨워놓았다. 심지어 음악과 의사 등 여자들까지 일어났다. 10여 명이 나와 아이를 따라 내가 왔던 샛길을 되짚어 모래 구릉으로 갔다. 모두들 내가 가져간 콩만 한, 심지어 콩보다 크고 땅콩만 한, 붉은 기가 도는 밀알을 손에 들고 있었다. 계속 발걸음을 재촉해 어스름이 내릴 무렵 드디어 내 4층 여덟 뙈기의 밀밭에 도착했다.

하지만 밀밭에 도착하자마자 나는 쿵 하고 제자리에 멈춰섰다. 그러곤 이내 화살처럼 빠르게 밀밭으로 뛰어갔다. 떠날 때 신문지와 옷으로 잘 싸두었던 열여덟 개의 이삭이 전부 사라졌다. 모두 줄기가 베어진 채 신문지와 옷만 어지럽게 밀 사이에, 혹은 버팀목 위에 흩어져 있었다. 이삭이 사라진 밀은 꼭대기가 잘린 나무처럼 밭 가운데 서 있거나, 바닥에 쓰러져 밟힌 채 버팀목과 이리저리 나뒹굴어 있었다. 나는 "아! 으아!" 하고 소리치며 밀밭으로 달려가 잘려 나간 밀의 목덜미를 만지고 몸체를 바라보았다. 그러다가 세번째 돼기의 가장 높은 밀 버팀목에서 누군가 걸어둔 쪽지를 발견했다. 덜덜 떨리는 두 손으로 종이를 떼어 눈앞으로 가져가 그 짤막한 글을 읽었다.

"미안하오. 이 피로 키운 이삭을 올해 상부에 바쳐 도성까지 올린다면 내년에는 전 국민이 흑사 제철 때처럼 전부 피로 밀을 키워야 할 거요."

더 이상은 아무것도 없었다. 공책을 찢은 백지에 거칠게 휘갈겨 썼기 때문에 누구의 필체인지 알아볼 수도 없었다. 글을 바라보고, 목이 잘린 갈대 같고 대나무 같은 밀을 바라보다가 나는 온몸에서 힘이 전부 빠져나가 밀밭에 털썩 주저앉았다. 그러고는 아이와 다른 사람들의 얼굴을 바라보았다. 열 장, 스무 장의 목판화 속 인물 같은 얼굴이 석양 속에 괴이한 형상처럼 서 있는 모습을 바라보았다.

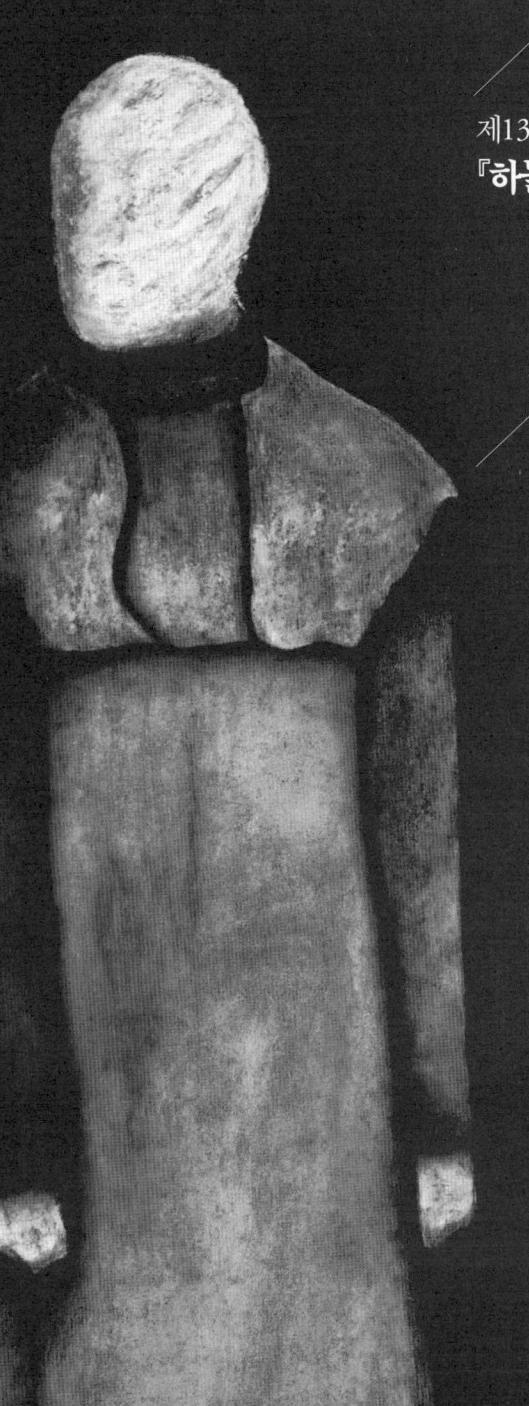

제13장
『하늘의 아이』

1. 『하늘의 아이』 p340~p350

일이 그렇게 실패로 돌아갔다.

아이가 밥그릇과 쟁반을 집어 던지고 식당의 밥솥을 내리치며 "누구든 밀 이삭을 내놓으면 오각별 다섯 개를 주겠다" 하고 소리쳤다. 하지만 아무도 밀 이삭을 내놓지 않았다. 아이가 자신의 관자놀이에 총을 가져다 대며 외쳤다.

"밀 이삭을 내놓지 않으면 죽어버리겠다. 나를 죽이는 건 바로 당신들이야!"

하지만 아무도 밀 이삭을 내놓지 않았다.

아이가 사람들 앞에서 엉엉 울었다. 며칠째 하늘에서 빛이 나지 않았다. 아이의 낯빛도 어두웠다. 밀을 수확한 뒤 진의 본부에서 열린 회의에 참석했지만 아이는 붉은 꽃도 상장도 받지 못했다. 작년에 보고했던 무당 1만 5000근의 수확량은 말할 것도 없었다. 무당 1만 근을 목표로 실험밭을 가꾸면서 씨만 1000근 넘게 뿌렸다. 그때 씨앗 하나당 이삭이 하나씩 패고 이삭당 서른 개의 밀알이 열리면 무당 3만 근을 생산할 수 있다고 계산했다. 스무 개가 맺히면 2만 근이고 열 개만 맺혀도 1만 근은 된다고 했다. 그런데 세상에 밀알이 열 개만 달리는 이삭이 어디 있단 말인가, 그러니까 쭉정이가 좀 있어도 스무 개씩은 맺힐 테니 1만 근은 거뜬하다고 여겼다. 무당 1만 근은 그렇게 간단한 일이었다. 얼마 뒤 싹이 나고 포기가 빽빽이 들어찼다. 하지만 무릎까지 자랐을 때 밤새 계속된 비바람에 밀들이 주르륵 넘어지더니 다시는 허리를 펴지 못했다.

쉴 새 없이 물을 주어도 바늘 꽂을 틈도 없을 만큼 포기가 촘촘해서 물이 흘러들지 못했다.

사흘 남짓 지나자 밀이 누렇게 말라 죽었다. 전부, 모두가 그랬다.

붉은 꽃과 붉은 상장을 받을 수 없자 아이는 무척 낙심했다. 사흘 동안 밥도 먹지 않았다. 꼭 실험밭의 밀처럼 야위어갔다. 다른 구와 농장에 갔더니 원래 보고했던 1000근, 2000근, 5000근, 8000근을 전부 생산한 게 아닌가. 다들 마을 입구와 밭머리에 새로 곡식 창고를 짓고 곡식 포대를 차곡차곡 대들보까지 높게 쌓아 올렸다. 상부 인사가 곡식 창고를 둘러보며 입구에 놓인 마대를 뾰족한 대나무 꼬챙이로 찔렀다. 그러면 밀알이 대나무 꼬챙이에서 또르르 굴러 나왔다. 상부들, 본부와 현, 지구, 성의 인사들은 모두 99구를 중요하게 생각했다. 1만 5000근이라고 보고했다가 확실한 보장을 위해 나중에 1만 근으로 낮춘 것도 그렇고, 흑사 제철 기술을 발명한 데다 성 대표로 도성까지 갈 뻔한 순도 높은 강철별을 제련한 곳이기 때문이었다. 상부 인사들은 가장 멀리의 99구를 마지막에 둘러보기로 결정했다.

참관이 시작되기 전, 본부에서 파견 나온 사람이 제일 앞쪽 숙사 사람들에게 뒤쪽으로 거처를 옮기고 빈 숙사를 창고로 만들라고 했다. 그러고는 빈 마대를 잔뜩 가져와 모래로 채우게 한 다음 창고에 모래 포대를 차곡차곡 대들보까지 쌓아 올렸다. 또 밤사이 다른 창고에서 곡식을 가져왔다. 밀이 가득 든 포대를 모래 포대 위와 바깥에 쌓으며 입구와 창문을 막고 주변에도 둘렀다. 드디어 상부 인사들이 검사 겸 참관을 왔다. 성과 지구의 높은 인사는 작은 차를 타고 지구와 현 인사들은 큰 차 가득 모여왔다. 곡식 창고 문을 열자 사람들이 산더미 같은 곡식에 입을 쩍 벌렸다. 누군가 대꼬챙이로 마대를 찌르자 또르르 하며 밀알이 딸려 나왔다. 창문에서 마대를 찔러도 밀알이 또르르 굴러 나왔다. 마대 사이를 밟으며 대들보까지 올라가 찔러도 밀알이 또르르 굴러 나왔다.

상부 인사가 감격해 소리쳤다.

"세상에, 이럴 수가!"

아이를 칭찬하고 99구의 모든 사람을 칭찬했다. 하늘이 밝고 환했다.

사람들이 곡식 창고 바깥에 열을 지어 서 있다가 밀알이 나올 때마다 박수를 쳤다. 미심쩍은 마음에 창고 꼭대기까지 올라갔던, 곡식 검사를 담당하는 상부가 내려와서는 마침내 의심을 풀고 환하게 웃으며 말했다.

"대단하군, 대단해!"

일이 또 그렇게 이루어졌다.

상부 사람들이 99구에서 고기 요리를 먹고 술을 마시며 아이가 무당 1만 근을 생산해 조국에 공헌한 것을 축하했다. 식사를 마친 뒤에는 사람들을 3열로 세운 뒤 성과 지구 상부가 아이의 애국적 행위를 표창하며 상장을 주고 붉은 꽃을 달아주었다.

아이가 웃었다. 하늘이 하얗게 빛났다.

상장을 주고 꽃을 달아준 게 점심 식사 직후라서 햇볕이 용광로 불처럼 후끈후끈했다.

상부 인사들은 건물 그늘 속에 있었지만 다른 이들은 햇빛 아래 서 있었기 때문에 얼굴에서 땀이 줄줄 흘러내렸다.

"더운가?"

상부가 소리쳐 물었다.

"아닙니다. 바람이 붑니다."

모두들 한 목소리로 힘차게 대답했다.

"옥수수를 무당 5만 근씩 생산할 수 있겠는가?"

사람들이 아무 말도 하지 않았다.

"할 수 있겠는가?" 상부가 99구 사람들을 바라보며 물었다. "조국에 공헌하고 싶은가? 조국의 옥수수 이삭을 방망이만 하게 키우지 않겠는가?"

모두들 상부의 입을 바라보았다. 동그랗게 벌어진 상부의 입을 보았다. 상부가 눈을 휘둥그렇게 떴다. 그리고 아이의 얼굴을 바라보았다. 아이가 애처롭게 사정하는 눈빛으로 사람들을 쳐다보았다. 누군가 고개를 돌려 옆 사람을 잡아당겼다. 그렇게 눈치를 주어 상부가 다시 무당 5만 근을 생산할 수 있느냐고, 옥수수 이삭을 방망이만 하게, 방망이보다도 크게 키우고 옥수수 알갱이를 대추보다 더 크게 만들 수 있느냐고 물었을 때 누군가 오른손을 번쩍 들어 휘두르며 소리쳤다.

"할 수 있습니다. 꼭 해낼 겁니다!"

학자와 종교, 의사, 음악까지 모두 팔을 흔들며 소리쳤다.

"할 수 있습니다. 꼭 해낼 겁니다!"

얼마나 소리가 컸는지 지붕 위의 새마저 날아갔다.

상부 인사가 만족스러워하며 웃었다.

아이도 만족스럽게 웃었다.

그러고는 아이에게 사발만 한 붉은 비단 꽃을 주었다. 미리 준비해둔, 인장이 찍히고 내용도 모두 적힌 상장을 탁자 위에 꺼냈다. 또 미리 준비해 가져온 필묵과 액자를 꺼내 멋진 필체로 아이의 이름을 적었다. 성의 상부가 박수 소리 속에서, 햇살 속에서, 열기 속에서 아이에게 꽃을 달아주고 액자에 끼운 커다란 상장을 주었다.

사람들이 돌아갔다.

아이가 또 웃었다.

상부가 대열의 박수를 받으며 99구를 떠날 때 대문 앞에서 아이가 숙사로 들어가 갈대처럼 굵은 밀대를 들고 나왔다. 널찍하고 마른 밀 잎이 갈대에 붙은 갈대 잎처럼 여전히 밀 줄기에 달려 있었다. 아이가 "올해 조 이삭만큼 커다란 밀 이삭을 재배해냈지만 도둑맞았습니다" 하며 갈대처럼 굵은 밀대를 상부에게 하나하나 나눠주고 특별히 기념으로 가져 달라고, 이것이 조 이삭만 한 밀 이삭을 재배했다는 증거이 며, 이처럼 가을에도 꼭 무나 방망이보다 큰 옥수수를 재배 하겠다고 말했다. 뚱뚱한 사람의 종아리만큼 굵고 마른 사 람의 허벅지만큼 굵게 키우겠다고 했다. 옥수수 알갱이는 땅콩, 포도, 대추보다 크고 그루는 작은 나무 같을 것이라고 도 했다. 상부에서 믿지 못할까 봐 밀대를 증거물로 주는 것 이니 기념으로 받아달라고 했다. 상부 인사들이 모두 밀대 를 들고 고개를 숙여 냄새를 맡아본 뒤 아이를 바라보며 웃 었다. 그러고는 아이의 머리와 어깨를 톡톡 치며 말했다.

"허벅지만큼 두꺼운 옥수수 이삭을 재배하면 붉은 비단으 로 열 겹을 싸서 도성에 가져가지."

그러고는 떠났다.

작은 차와 큰 차가 부르릉거리며 떠나자 길에 먼지가 뽀 얗게 일어났다. 태양이 붉게 빛나고 대지가 날듯이 굴러가 는 자동차 바퀴를 받쳐주었다. 떠난 뒤 모두들 손에 들고 있 던 밀대를 길에 던져버렸다. 아이는 밀대가 풀밭으로 던져지는 것을 보지 못했다. 비가 내린 뒤 밀대가 썩으면서 들풀과 마른 가지들에서 옅게 밀 향기와 피 냄새가 풍겼다.

상부 인사들이 돌아간 뒤 곡식 창고 앞에 멍하니 앉아 있는 사람이 있었다. 학자였다. 그는 바닥에 떨어진 대꼬챙이를 바라보다가 입구 한 귀퉁이의 마대에 찔러 넣었다. 희붐그레한 모래가 흘러나왔다. 바닥에 쌓이는 모래를 바라보며 힘없이 주저앉아 한참을 멍하게 있던 학자가 갑자기 자신의 뺨을 때리기 시작했다. 학자도 마대에 모래를 채웠다. 그도 상부 앞에서 박수를 쳤다. 가을에 무당 5만 근의 옥수수를 생산하겠다고, 방망이보다 굵고 사람 허벅지만큼 굵게 키워내겠다고 목청껏 외쳤다.

학자가 자신의 뺨을 치며 욕했다.

"병신 같은 놈, 그러고도 지식인이냐!"

망연자실한 표정으로 창고를 바라보고 하늘을 바라보며 중얼거렸다.

"나라에 큰일이 생기겠구나. 조만간 나라에 재앙이 닥치겠어."

종교와 음악, 의사 등 많은 사람들이 곡식 창고로 와서 앉거나 섰다. 하나같이 불안해하며 침묵 속에 학자를 둘러싼 채 입을 열지 않았다. 빙 둘러섰다가 누군가 웃기 시작했다.

누군가는 한숨을 길게 내쉬었고, 또 누군가는 휘파람을 불며 돌아갔다.

아이는 거기에 없었다. 아이는 자신의 숙사로 돌아가 벽에다 액자를 걸고 꽃을 걸었다.

2. 『하늘의 아이』 p391~p396

가을이 되었지만 방망이나 허벅지만큼 굵은 옥수수 이삭은 나오지 않았다. 어쩌다 옥수수가 나와도 포도나 대추처럼 큰 알갱이는 열리지 않았다. 사람들이 마당 공터에 실험밭을 만든 뒤 새로 땅을 갈고 옥수수 씨앗을 뿌렸다. 옥수수싹이 젓가락만큼 길어졌을 때 모종마다 각자의 이름이 적힌팻말을 꽂고 사나흘에 한 번씩 손가락이나 팔목에 상처를내서 자신의 모종 뿌리에 피를 흘렸다.

가을에 방망이만 한 이삭이 나오고 땅콩이나 포도, 대추만 한 알갱이가 열리면 그 옥수수 주인은 오각별 다섯 개를받아 집으로 돌아갈 수 있다고 했다. 그래서 모두들 피를 흘렸다. 싹이 금세 포기가 되었다. 모두들 작가가 피로 키운 밀알이 콩이나 옥수수 알갱이, 땅콩만큼 커진 것을 보았고 대나무 같던 줄기도 기억하고 있었다. 그래서 피가 작물을 커다랗게 키울 수 있다는 것을 믿었다. 가을 내내 마당에는 피 비린내가 자욱했다. 옥수수 실험밭은 반 무 정도에 방 다섯 칸을 붙여놓은 직사각형 모양으로 한 뙈기 한 뙈기 이어져 있었다. 토질도 좋고 인분도 충분했다. 싹이 났을 때는 풀과 나무를 태운 재도 뿌렸다. 싹이 돋아난 뒤 옥수수가 밤낮으로 쑥쑥 자랐다. 갓난아이가 어른만큼 자라겠다며 울고 떼쓰는 것 같았다. 8월이 되자 큰 밭의 옥수수는 젓가락만 한데 실험밭의 옥수수는 무릎까지 자라났다. 9월에 큰 밭의 옥수수가 허리 높이일 때 실험밭 옥수수는 어깨 높이까지 커졌다. 옥수숫대도 청록색에 굵고 무성했으며 큰 것은 아이 팔뚝만 했다. 검은 윤기가 흐르는 파란 잎이 사람 그림자가 비칠 만큼 반질거렸다. 신이 옥수수를 보살피는지 나무처럼 자랐다. 하지만 신이 인간의 오만함에 분노했는지, 옥수수는 나무처럼 자라기만 할 뿐 이삭이 패지 않았다. 옥수수 한 그루 한 그루 모두 넓은 잎에 가시나무 같은 줄기를 가졌다. 신이 "어떤 사람은 참 좋다"라고 말했다. 어떤 사람은 자신의 옥수수에 피를 주지 않았다. 작가와 학자였다. 작가는 아이가 피를 내가며 옥수수를 키우지 않아도 된다고 허락했기 때문이었다. 피를 너무 많이 흘려서 작가의 얼굴은 항상 창백했다. 하지만 학자는 달랐다. 그는 황허 제방에서 돌아온 뒤 사람들과 거의 말을 하지 않았다. 밥을 먹을 때도 침묵했고 길을 걸을 때도 침묵을 지켰다. 심지어 음악이 말을 걸어도 침묵했다. 아이 앞에서만 고개를 끄덕이거나 가로젓거나 혹은 간단한 대답을 할 뿐이었다.

"시키는 대로 안 하겠다고?" 아이가 물었다.

학자가 고개를 끄덕였다.

"왜 옥수수에 피를 주지 않는 건데?"

학자가 아무 말도 하지 않았다.

"왜?" 아이가 물었다. "정말 평생 여기 있고 싶은 건가?"

학자가 쓴웃음을 지었다.

"하느님이 우리를 지켜보고 계십니다."

종교는 하느님이라고 말한 적이 없었다. 또 신은 맑고 분명하다고 그가 말했다. 신이 "인간이 오만하니 헛되이 피 흘려 일하게 하여라"라고 말했다. 마당 왼쪽의, 남향의 비옥한 땅에서는 매일 누군가가 손가락을 찔러 옥수수에 피를 떨어뜨렸다. 밤마다 누군가가 옥수수 옆에서 용변을 보았다. 동맥을 터뜨려가며 옥수수를 수풀처럼 키워냈지만 이삭이 팰 가을이 되었음에도 옥수수는 이삭을 내지 않고 허리께에서 손가락만 한 청록색 마디만 부풀려냈다.

몇 달 동안 사람들 손에서 상처 감은 붕대와 반창고가 떠나지 않았다. 태양은 예전과 똑같았고 바람도 똑같고 비도 똑같았다. 하지만 9월 말이 되자 모든 것이 달라졌다. 비가 지루하게 이어졌다. 세상이 물기로 가득해졌다. 황허 상류에서 내려오는 물이 세차게 굽이쳐 흘러갔다.

아이도 99구 바깥의, 원래 강철을 만들던 용광로 사이에서 피로 옥수수를 키웠다. 강철 생산은 잠시 멈춘 상태였다. 아이가 용광로 사이에 옥수수를 심은 것은 작가가 용광로를 살피며 쉬고 있었기 때문이었다. 며칠에 한 번씩 아이는 그곳에서 작가의 방식대로 손가락을 터뜨려 옥수수에 피를 뿌렸다. 사실 그건 마당의 옥수수가 익었을 때 방망이만큼 커진 옥수수 이삭을 누군가 망가뜨리는 경우를 대비해서였다. 마당의 옥수수에 문제가 생겨도 어쨌든 그곳에도 허벅지만큼 굵은 옥수수 이삭이 있을 테니 붉은 비단에 잘 싸서 베이징으로 갈 수 있을 터였다. 작가는 농한기 때 다시 강철을 만들라고 할 것에 대비해 빈 용광로를 살폈다. 그러다 보니 자연스럽게 김을 매며 아이의 옥수수를 돌보게 되었다. 어쩌다 옥수수 잎이 누레지면 아이 대신 고통을 참으며 피를 흘리기도 했다. 아이의 옥수수도 마당의 옥수수처럼 크고 무성하며 검은 윤기가 흐르는 청록색으로 자랐다. 그리고 가

을이 되어 이삭이 패고 익어가야 할 때 아이의 옥수수 허리
에서도 커다랗고 파란 벌레 같은 마디가 튀어나왔다.

작가가 식사하러 99구에 갔을 때 사람들이 하얀 붕대로
상처를 둘둘 감은 손가락을 치켜들고 물었다.

"왜 이삭이 패지 않는 거요?"

작가가 그곳을 둘러보니 풍족한 피에 모기가 파리만큼 컸
다. 파리는 작은 새 같았다. 모두들 상처투성이 손가락으로
삿대질하며 "왜 그렇소?" 하고 작가에게 물었다. 누군가 침
을 뱉으며 왜냐고 물었다. 누군가 작가 얼굴이며 몸에 가래
를 뱉고 뒤에서 돌을 던졌다.

아이가 그 광경을 보고 작가에게 물었다.

"설명해봐라. 사람 피를 먹고 이미 나무처럼 자랐는데 왜
옥수수에 손가락만 한 이삭조차 패지 않는 거지?"

작가가 아무 말도 하지 못했다. 사람들이 작가의 얼굴에
침을 뱉었다.

사람들이 오만한 것을 보고 신이 노했다. 큰 비가 내려 홍
수가 났다. 밤새 비가 내린 다음 날, 모두들 자신의 옥수수로
뛰어갔다가 팔뚝만큼 굵은 옥수숫대가 빗물에 고꾸라진 것
을 발견했다. 물 위를 둥둥 떠다니고 있었다. 각자의 이름을
적었던 종이판이 작은 배처럼 빗물 위를 돌아다녔다. 사람

들은 그다지 슬퍼하지 않았다. 어차피 허벅지만큼 굵은 옥수수 이삭이 패지 않을 것임을 알았기 때문이었다. 그저 몇 달 내내 손가락에서 흘린 피가 아쉬울 뿐이었다. 오직 아이만이 울었다. 하늘을 원망하고 비탄해했다. 슬픔이 구름처럼 아이의 마음을 뒤덮었다. 아이가 울면서 소리쳤다.

"어떻게 도성에 가지?"

"이제 어떻게 도성에 가느냐고!"

밖으로 나오지 않은 사람들은 숙사에 있었다. 밖으로 나온 사람들은 아이 옆에 서서 엉엉 우는 아이를 바라보았다. 슬픔에 젖어 하염없이 울기만 하던 아이가 갑자기 울음을 뚝 멈추었다. 그러고는 뭔가 생각난 듯 비를 맞으며 마당 바깥으로 뛰어나갔다. 혼자 마당 남쪽의 용광로 옆, 자신의 옥수수한테로 뛰어갔다. 그 옥수수 역시 부러졌다. 그것 역시 팔뚝만큼 굵었다. 잎도 파초처럼 넓었다. 높이는 3미터를 훌쩍 넘었다. 나무 같은 그 옥수수에도 똑같이 이삭이 나오지 않았다. 굵고 커다란 파랑새 같은 옥수숫대가 수면 위를 떠다녔다. 작가는 빗속에서 머리, 얼굴, 몸으로 고스란히 비를 맞고 있었다. 빗물에 떠다니는 옥수수나무를 바라보다가 용광로에 기대놓고 돌아섰을 때 뛰어오는 아이를 발견했다. 아이가 작가 옆에 서서 무슨 말을 하려다가 빗속에 쪼그리고 앉아 다시 엉엉 울었다.

하늘과 땅을 원망하며 하염없이 울었다.

"왜 옥수수가 키만 크고 이삭이 패지 않았는지 알았습니다. 여기가 왕릉이 아니기 때문입니다." 작가가 말했다. "모래 구릉은 왕릉이었을 수도 있지만 어쩌면 고대 황제의 무덤이었을지도 모릅니다. 걱정 마십시오. 가을이 지나면 무와 배추, 고구마를 심어야 합니다. 그때 제가 허벅지보다 굵은 무를 재배하겠습니다. 고구마가 한 뿌리에 몇 개나 열릴지는 몰라도 농구공만큼 크게 만들겠습니다. 고구마 하나를 드는 게 커다란 돌을 드는 것처럼 만들겠습니다."

아이가 울음을 멈추었다. 작가를 바라보며 아무 말도 하지 않았지만 눈에서 빛이 반짝였다.

"입동 전에 재배해낼 테니 오각별 다섯 개를 주십시오. 저는 집으로 돌아가고 당신은 그걸 가지고 도성으로 가십시오. 하지만 99구를 떠날 때, 진에서 차를 탈 때까지 저를 보호해주셔야 합니다."

아이의 눈이 빗물에 씻긴 유리처럼 맑게 빛났다. 비가 그렇게 주룩주룩 몇 날 며칠을 내려 황허 기슭 양쪽과 세상이 온통 축축해졌다.

3. 『하늘의 아이』 p397~p406

40일 동안 비가 내려 세상이 온통 축축해졌다.

노아는 굳건히 방주를 만들어 사람과 동물을 구할 수 있었다.

황허가 범람했다. 지난겨울 강철을 제련하느라 제방에 팠던 구멍에서 물이 쏟아져 나왔다. 황허 제방이 터졌다. 황허 옛길의 소금 저지대가 전부 수해를 입었다. 농작물이 전부 잠겼다. 옥수수가 고꾸라졌다. 콩과 과일, 야채들이 수면 위를 떠다녔다. 위신구의 건물에도 물이 차올랐다. 신발이 물위를 떠다녔다. 책들도 물에 떠다녔다. 사람들이 물에 갇혔다. 비가 그친 뒤 태양이 비스듬히 나와 수면을 금빛으로 물들이며 배처럼 떠다니는 밀과 대들보, 죽은 짐승을 비췄다.

다시 7일이 지나자 물이 빠지고 태양이 붉고 뜨겁게 내리쬐었다.

7일 밤낮이 지나자 강변에서 물이 다 빠졌다. 그때서야 사람들은 땅을 밟을 수 있었다. 하지만 뜨거운 햇살이 7일 동안 이어지면서 땅 위의 진흙들이 쩍쩍 갈라져 올라왔다. 갈라진 틈이 손가락만큼 넓었다. 손가락 두 개만큼 넓었다. 1촌은 되었다. 사람들은 먹을 양식을 잃었다. 상부에서 원래는 잡곡과 쌀이나 밀가루를 반반씩 섞어 매일 한 사람당 한 근 두 냥, 한 달에 서른여섯 근의 곡식을 주었다. 그러다 정말로 재난이 시작되자 1인당 곡식을 하루 한 근 두 냥에서 여덟 냥으로 줄였다. 그나마 여섯 냥은 말린 고구마였고 두 냥만 밀가루였다. 위신구에서는 하는 수 없이 하루 세 끼를 두 끼로 줄였다.

3개월 동안 세상이 더욱 힘들어졌다. 겨울이 다가오는데 밀과 쌀이 동나 모두들 말린 고구마나 옥수수가루만 배급받았다.

양식이 충분치 않아 온 세상이 굶주림에 떨었다.

상부에서 식량 절약을 위해 겨울 동안 숙사에서 움직이지 말고 하루에 한 끼씩만 먹으라고 했다. 그나마 한 끼도 검은 워워窩窩* 두 냥과 사람 그림자가 비치는 옥수수탕 한 그릇이 다였다. 매우 빠르게, 사람들이 걸으면서 벽에 기대기 시작했다. 굶주림으로 얼굴과 다리가 퉁퉁 부어올랐다. 겨울 해가 솟아오르면 퉁퉁 부은 다리가 반질거리며 빛났다. 햇볕을 쬘 때도 퉁퉁 부은 얼굴이 반질거렸다. 어느 날 모두들 햇볕을 쬐고 있을 때 아이가 나왔다. 아이는 눈이 좀 들어가고

* 밀가루나 잡곡가루 등을 반죽해 둥글게 빚은 떡.

얼굴색이 파랄 뿐 얼굴에 붓기는 없었다.

"상부에서 통지가 내려왔다." 아이가 말했다. "다음 달부터 1인당 식량을 하루 두 냥으로 줄인다. 앞으로 식량은 내가 관리하며 식당을 해체한다. 각자 알아서 식사를 해결하도록."

햇볕을 쬐는 사람들의 눈빛이 창백하고 절망적으로 변했다. 학자는 햇볕을 쬐지 않고 어디선가 가져온 지도를 보고 있었다. 지도는 책 두 권 크기에 붉은색, 초록색, 노란색으로 표시되어 있었다. 지도를 한참 바라보던 학자가 아이 앞으로 걸어가 물었다.

"모두에게 솔직히 말해주십시오. 이 기근이 황허 기슭에 국한된 것입니까? 아니면 성 전체, 나라 전체의 일입니까?"

아이가 고개를 저었다.

"어쨌든 상부에서 굶어 죽더라도 제자리를 지키라고 했다. 다른 곳으로 갈 수 없다는 말이다. 그러니까 가면 반역죄에 해당한다."

종교와 작가 등 많은 사람들이 어디에선가 걸어와 두 사람을 에워쌌다. 지난 며칠 동안 아이가 보이지 않았던 터라 상부 회의에 참석해 뭔가 좀 알아 왔을까 싶었다.

"얼마나 많은 곳에 홍수가 났습니까? 가뭄 피해 지역은 얼마나 됩니까?"

아이가 고개를 가로저었다.

"최소한 작년 겨울에 얼마나 많은 성에서 강철을 제련했는지는 알겠지요."

"전국에서 모두 제련했다. 제련하지 않은 곳은 없어. 중난하이에도 용광로가 있고 톈안먼 밑에도 있다더군."

학자가 손에 들고 있던 지도를 말았다.

"강철 제련은 전국이 떠들썩했던 일입니다. 거국적 운동이었지요. 모두들 강철을 만든다면서 산과 강변, 마을 입구의 나무란 나무는 전부 베었습니다. 나무를 전부 베어냈으니 홍수가 나지 않을 수 없고 가뭄이 들지 않을 수 없지요. 홍수와 가뭄이 겹쳤으니 굶주림에서 벗어나기 힘들 것입니다. 지금 1인당 식량을 매일 두 냥씩 받고 있지만 올겨울이면 그 두 냥도 끝날 겁니다. 우리가 죽든 살든 누구도 거들떠보지 않을 겁니다. 이제 한 사람당 매일 받는 두 냥을 어떻게 먹을 것인지 각자 계획해야 합니다."

학자가 말하면서 동료들을 쳐다보았다. 하지만 동료들은 누구도 그의 말을 믿지 않았다. 모두들 아이를 믿었다. 모두들 다시 아이에게로 시선을 돌렸다. 그러고 보니 아이의 키가 꽤 자랐고 입술 위에 수염이 돋은 데다 머리도 푸석하니

긴 게 어느 마을로 피난해온 젊은이 같았다. 모두들 아이의 시선이 자신들을 훑고 지나가는 것을 보았다.

"나물을 뜯어 먹어라." 아이가 말했다. "예전에 굶주릴 때면 나물을 뜯어다 겨울을 나지 않았나."

일이 그렇게 이루어졌다.

이루어지고 또 실패했다.

사람들이 안에 틀어박혀 밖으로 나가지 않았다. 씨를 뿌리지도 않고 일도 마다한 채 대부분 침대에 누워 체력을 아꼈다. 식당이 없어져 아이에게서 받은 식량을 제각각 요리했다. 어떤 사람들은 솥에다 함께 끓여 먹었다. 어떤 사람은 자신의 법랑 밥그릇을 썼고 어떤 사람은 법랑 양치통에 끓였다. 모두들 어디서 났는지 법랑으로 된 찻그릇이나 밥그릇을 들고 나왔다.

벌써 오랫동안 사람들은 이를 닦지 않았다. 닦기 싫으면 닦지 않으면 그만이었다.

누구도 빨래를 하지 않았다. 빨기 싫으면 빨지 않으면 그만이었다.

겨우내 발을 씻지 않았다. 씻기 싫으면 씻지 않으면 그만이었다.

태양이 뜨면 모두들 마른 풀밭으로 우르르 몰려 나가 나물을 찾았다. 어쨌든 모두 살아 있었다. 서로 말하는 일은 거의 없었다. 하루에 한 끼를 먹는 사람도 있고 이틀에 한 끼를 먹는 사람도 있었다. 나물을 뜯으면 우선 양치통이나 법랑 밥그릇을 돌 위에 올려놓고 불을 붙인 뒤 물을 부었다. 그러고는 고구마와 밀기울가루를 한 움큼 넣고, 뜯어온 푸성귀를 씻어 넣은 뒤 한꺼번에 끓여 먹었다.

죽은 사람은 없었다.

겨울이 그렇게 지나가고 있었다.

하지만 겨울 동안 배고픔보다 더 견디기 어려운 것은 추위였다. 강철을 제련하느라 나무를 전부 태워버렸기 때문에 세상에는 밥을 지을 땔감조차 없었다. 잡초와 나뭇가지를 태울 뿐이었다. 추운 겨울에도 감히 불을 쬘 수가 없었다. 모두들 각자 주워 온 땔감을 침대 밑에 두고 아끼고 아꼈다. 어떤 사람은 침대 발 쪽에 두어 잠잘 때 온기를 취했다. 다른 사람들이 붉은 꽃과 오각별을 어디에 숨기는지 모르는 것처럼 누가 식량을 어디에 숨기는지 아무도 몰랐다.

하루 또 하루가 지나갔다.

앞 열 사람이 어쩌다 뒤 열 사람을 만나면 깜짝 놀라 서서는 얼굴을 가리키며 말했다.

"세상에, 완전히 누렇게 떴군요. 식량을 받아다 감춰두지 말고 좀 먹어요."

그러면 뒤 열 사람이 앞 열 사람에게 말했다.

"식량을 아끼는 건 당신이면서요. 발목 좀 봐요. 감춰두고 먹지를 않으니 발목이 그렇게 부을 수밖에요."

아무도 굶어 죽지 않은 건 하늘과 땅이 보살핀 덕분이었다. 누군가 마른 풀을 뜯고 땔거리를 주우러 갔다가 다른 위신구와 황야 마을에서 굶어 죽은 사람을 문짝에 들고 나와 묻는 것을 보았다. 땅을 얕게 파서 묻는 바람에 들개와 이리가 파먹는 것도 보았다.

99구에서 아무도 죽지 않은 것은 하늘과 땅이 보살핀 덕분이었다.

그런데 상부에서 국가의 재난이 외국인과 서양인 탓이라며 그들이 나라의 목줄을 죄었기 때문에 기근이 발생했다고 말했다. 따라서 모든 국민은 외국인, 코가 크고 눈이 파란 서양인을 증오해야 한다고 했다. 나라를 위해 허리띠를 졸라매고 난관을 극복해야 한다고도 했다. 위신구에서 매일 두 냥이던 식량이 한 냥으로 줄었다. 아이는 식량을 일주일에 한 번씩 나눠주었다. 한 사람당 양치통으로 한 통, 예닐곱 냥의 고구마가루를 주었다. 한 사람당 매일 한 냥이면 굶어 죽지 않았다. 굶어 죽지는 않아도 분명 살아남기도 힘들었다.

무척 추워서 건물 안이 광야처럼 느껴졌다. 바람이 뼛속을 파고들고 마음까지 파고들었다. 추위와 배고픔에 누군가 밖으로 나가 빛이 없는 하늘을 바라보았다. 하늘에 구름이 잔뜩 끼어 음산하니 추웠다. 사람들은 옷이란 옷을 전부 껴입었다. 어디든 이불로 몸을 둘둘 말고 가는 사람도 있었다. 배가 고파서 더 추웠다. 추워서 더 배가 고팠다. 추위와 허기가 극에 달하자 누군가 내일은 관두고 오늘이나 살아야겠다고 생각했다. 그리고 기왕 내일 죽을 거면 오늘은 추위와 배고픔에 떨고 싶지 않다며 양치통에 반쯤 들어 있던 잡곡가루를 바람도 사람도 없는 곳에서 전부 끓였다. 죽을 만들어 전부 먹었다. 그릇에 붙은 찌꺼기까지 손가락으로 긁어 먹고 혀로 싹싹 핥기까지 했다. 그렇게 한 끼를 먹자 몸이 따뜻해졌다. 하지만 다음 날은 다른 사람들이 죽을 끓이는 걸 바라보는 수밖에 없었다. "교수, 한입만 빌려주시오"라고 울며 애원했다. 죽을 끓이던 교수가 고개를 돌려 그를 바라봤다가 얼른 다시 시선을 제자리로 돌렸다. 마치 못 들은 것처럼 아무 말도 하지 않은 채, 누가 자신의 밥그릇을 빼앗아 가기라도 할 것처럼 허겁지겁 먹어치웠다.

또 하루가 갔다.

또 하루가 갔다.

사나흘을 굶은 뒤 누군가 숙사에서 물건을 챙겨 나왔다. 좌우를 살펴보고 마당 대문으로 가서 아이의 문을 두드렸다. 아이는 안에서 불을 쬐고 있었다. 향긋한 밀가루 반죽 냄새가 풍겼다. 그가 들어가 아이 앞에 무릎을 꿇고 머리를 조아렸다.

"이 책을 드릴 테니 잡곡가루 한 냥을 주십시오."

그러면서 품에서 책을 꺼냈다. 누렇고 바스락거리는 선장본線裝本이었다.

"집안 대대로 내려오는 『문헌대성文獻大成』이란 책입니다. 550년이 되었고 어딜 가든 몰래 가지고 다녔습니다."

그러고는 책을 건네주었다. 붓으로 깨알같이 쓴 해서체 글자가 가득하고 종이도 부드러운 데다 가벼웠다. 아이는 『문헌대성』이 무슨 책인지 몰랐지만 귀한 물건이라는 것은 알 수 있었다. 그래서 책을 받은 뒤 법랑 그릇으로 고구마가루 반 그릇을 퍼주었다. 두 냥을 넘어 석 냥 가까이 되었다. 책을 가져온 사람은 예순 살의 무슨 역사연구소 사람이었다. 역사학자였다. 그는 역사를 받들듯 신중하고 조심스럽게 고구마가루를 받아 들고는 머리를 조아리며 감사 인사를 한 뒤 품에 넣고 나갔다.

그날 밤에 또 몇 명이 찾아왔다. 달이 하늘에 얼어붙고 건조한 바람이 쌩쌩 불었다. 아이는 따뜻하게 불을 쬐고 있었다. 대여섯 명이 아이 숙사에 무릎을 꿇고 아이가 책을 반으로 찢어 불쏘시개로 쓰는 것을 보았다. 『신곡』이었고 남은 페이지들이 탁자 아래로 던져졌다. 그들은 책을 꺼낸 뒤 이전에 내지 않았던 것에 용서부터 구했다. 반동적인 요소가 없기 때문이었지만 그래도 상부 공문에서 금지한 책이라고 했다. 50년 전에 외국에서 들여온 『물리학』과 더 이른 시기에 들여온 영국의 『천체론』이었다. 그리고 조상 대대로 물려오는 책이라며 내놓은 것에는 오래된 선장본 『사기』와 『삼국지』도 있었다. 책을 바친 사람들은 모두 절판된 것으로 전국에 한 권이나 몇 권밖에 남지 않았다고 말했다. 아이는 그 책들이 대체 얼마나 진귀한 것인지 알지 못했다. 책을 받은 뒤 한 사람당 한 냥에서 두 냥의 고구마가루를 주었다.

또 많은 사람들이 아이를 찾아가 책을 바쳤다. 처음에는 한 권당 한 냥이나 두 냥을 받았지만 나중에는 한 움큼 혹은 반 움큼의 잡곡가루를 받을 뿐이었다. 보름이 지나자 더 이상 책을 바치는 사람이 없었다. 모두들 책이 한 권도 없었다. 하지만 아이는 책이 아주 많았다. 아무도 들어가본 적이 없는 방에 전부 들여놓고 불을 피울 때마다 몇 권씩 들고 나왔다. 그날도 아이가 책을 태워 불을 쬐고 있을 때 종교가 찾아왔다. 눈이 내려 전부들 숙사에서 이불을 파고들며 몸을 녹이고 있을 때였다. 종교는 아무것도 없이 들어와 무릎도 꿇지 않은 채 아이의 숙사 한가운데에 똑바로 섰다. 숙사 안이 붉은빛으로 가득했다. 아이는 빛 속에서 그림책을 보며 몐빙麵餅*을 먹고 있었다. 종이처럼 얇고 바삭해 먹을 때마다 사각사각 바스락거렸다. 밀기울이 많이 들어가 거뭇했지만 향긋한 냄새가 숙사 안을 가득 메웠다.

검은 몐빙을 보면서 종교가 침을 꿀떡 삼켰다. 밖에 눈이 내리고 빛이 회백색으로 어슴푸레했지만 아주 분명하게 보였다. 아이가 손에 들고 있던 그림책을 내려놓고 몇 장 찢겨 나간 책 위에 몐빙을 올려놓은 뒤 빛 속에서 물처럼 반짝이는 종교의 얼굴을 바라보았다. 종교가 아이 앞에서 바지를 올렸다. 아이가 물기둥처럼 두껍고 반질반질한 다리를 보며 소리쳤다.

"세상에!"

"굶어 죽기 직전입니다." 종교가 말했다. "사흘 동안 물밖에 먹지 못했습니다. 여기까지도 벽을 짚으며 겨우 왔습니다."

"밀가루 한 냥을 주겠다." 아이가 말했다. "하지만 아무것

---

* 밀반죽해서 구운 원반처럼 생긴 빵.

도 받지 않고 밀가루 반 그릇을 내줬다고 절대 발설해선 안 된다."

아이가 안으로 들어가 책 종이에 밀가루 한 움큼을 싸다 주었다. 그러자 종교가 바로 펼쳐 생 밀가루를 입에 털어 넣었다. 목이 메자 아이가 물을 따라주었다. 밀가루 한입을 삼키고 기운을 좀 차린 종교가 남은 걸 다시 잘 싸서 탁자에 놓고는 혀로 윗입술과 아랫입술을 핥고 목을 길게 늘이며 말했다.

"빈손이 아닙니다."

그러고는 주머니에서 예전에 냈던 것과 똑같은 크기의 성모 마리아 초상을 꺼내 바닥에 펼쳐놓고 성모의 머리를 밟기 시작했다. 성모의 얼굴도 마구 밟았다. 특히 발끝으로 성모의 눈을 비틀어 눈동자를 찢어냈다. 눈이 비틀어져 사라졌다. 까만 구멍만 남았다. 너덜너덜해지도록 초상화를 밟은 뒤 쓰레기를 뭉치듯 구기고는 자리에 꿇어앉아 아이에게 머리를 조아렸다. 그런 다음 탁자에 두었던 검은 밀가루를 들고 벽을 짚으며 나갔다.

그때서야 아이가 정신을 차렸다. 그때서야 무슨 일이 일어났는지 깨닫고 종교가 발끝으로 파낸, 종이로 된, 숙사에 남겨진 성모의 까맣고 반짝이는 눈동자를 바라보았다. 깜짝 놀란 얼굴로 종교를 다시 바라보았다. 종교가 밖으로 나갔다. 바깥에는 함박눈이 펑펑 내리고 있었다. 문이 닫힐 때 입구에 쪼그리고 앉은 작가가 보였다. 종교가 나갈 때 작가는 그가 손에 들고 있는 종이 포장을 보고 눈을 반짝였다. 하지만 자리에서 일어나 아이의 숙사로 들어가려다가 눈앞이 캄캄해지는 바람에 다시 주저앉았다. 작가가 쪼그린 채 아이의 숙사로 들어가 문을 닫고 머리를 든 뒤 나지막이 풀 죽은 목소리로 말했다.

"『죄인록』을 다시 쓸 테니 저 좀 살려주십시오. 이번 겨울에 모두의 언행을 기록하고, 내년 봄에 전처럼 모래 구릉에서 조 이삭보다 큰 밀 이삭을 재배하겠습니다. 그 모래 구릉 아래에 정말로 고대 황제가 묻혀 있다는 것을 고증했습니다. 황제의 무덤 본체에 밀을 심고 제 피를 전부 뿌리면 밀 이삭이 옥수수 이삭만 해지고 밀알이 땅콩보다 커질 것입니다. 확실합니다. 그럼 그 밀을 가지고 베이징으로 가서 중난하이에 묵으십시오. 저는 오각별 다섯 개도 필요 없습니다. 평생 여기에서 당신을 모시겠습니다. 평생 하라는 대로 할 테니 이번 겨울에 살아남게만 해주십시오."

아이가 감동해서 우선 탁자 위에 있던 검은 몐빙을 주었다. 그리고 작가가 먹는 사이에 안으로 들어가 법랑 그릇 한 가득, 적어도 한 근 두 냥은 되는 밀가루를 가지고 나왔다. 작가의 얼굴에 누런 웃음이 걸리고 눈이 반짝반짝 환하게 빛났다.

"이럴 때일수록." 아이가 말했다. "모두들 어떻게 생각하고 무슨 말을 하며 무엇을 하는지 알아야 한다고 상부에서 말했다. 굶지 않게 해줄 테니 모두의 언행을 전부 기록해라. 그리고 내년에 조 이삭보다 큰 밀 이삭을 재배해야 하고."

작가가 고개를 끄덕였다. 그리고 그날부터 작가는 다시 『죄인록』을 쓰기 시작했다.

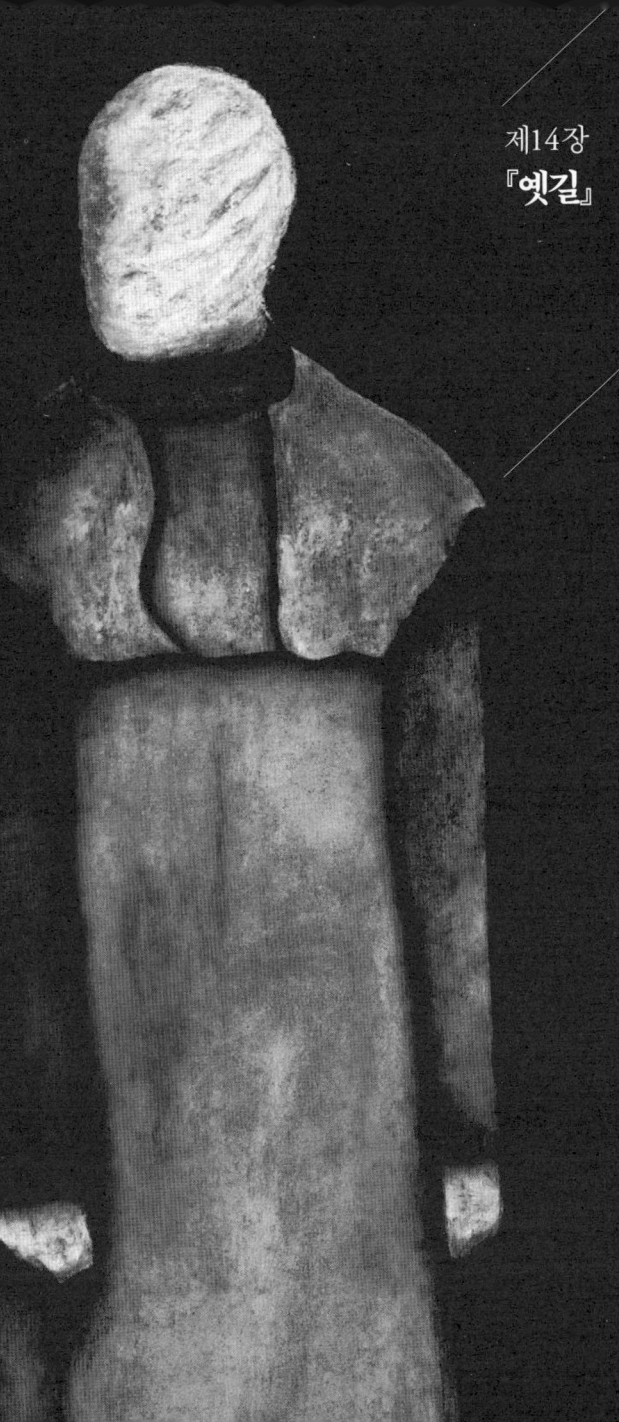

제14장
『옛길』

1. 『옛길』 p425~p431

눈이 그치자 황허 양안이 일망무제의 하얀색으로 변했다. 지난해에 함박눈이 올 때는 모두들 눈을 무릅쓰며 강철을 만들었다. 다리가 넷이 아니고 팔이 여덟 개가 아닌 게 한스러울 정도로 바빴다. 하지만 올해 눈이 내릴 때는 99구 사람들 전부가 숙사 이불 속에 틀어박혀, 행여 힘을 썼다가 배만 더 고파질까 봐 움직이기는커녕 말도 하지 않았다. 움직이는 사람은 학자뿐이었다. 그는 쉼 없이 벽을 짚고 숙사를 돌며 침대 이불 속에 웅크린 사람을 흔들어 "살아 있습니까?" 라고 물었다. 상대가 몸을 움직이거나 눈을 뜨고 쳐다보면

"이를 악물고 버텨야 합니다. 상부에서 우리를 굶어 죽도록 내버려둘 리 없습니다. 지식인이 전부 굶어 죽으면 이 나라도 굶어 죽어야 합니다"라고 했다. 침대에 있는 사람이 그 말을 들었든 말았든, 듣고 싶어 하든 아니든 그렇게 말하면서 다음 침대로 걸어갔다. 그러고는 다시 머리까지 덮어쓴 더러운 이불을 들추고, 그 사람이 혹시 눈을 감고 있으면 코 밑에다 손가락을 가져다 댄 다음 자고 있는 사람의 어깨를 흔들었다.

"일어나보세요. 아직 살아 있습니까? 꼭 버텨야 합니다."

그러고는 다음 침대로 갔다.

"살아 있습니까? 꼭 버텨야 합니다. 살아 있어야 우리를 여기로 보낸 걸 상부가 후회하는 모습을 볼 수 있습니다."

학자는 99구의 상부인 것처럼 동료들에게 살아야 한다고, 어떻게든 버텨야 한다고 독려했다. 학문이 가장 깊고 직책이 가장 높았을지는 몰라도 그가 99구에서 나이가 가장 많은 것은 아니었다. 누구도 그를 살도록 독려하는 생존 책임자로서, 아이와 같은 모두의 상부로 추대하지 않았지만 그는 그렇게 이 침대, 저 침대, 이 건물, 저 건물을 돌아다니며 말을 건넸다. 예전에 그가 베이징의 가장 높은 상부 지도자를 위해 철학 강연 원고를 써주고 가장, 최고로 중요한 책을 번역하고 수정했다는 것을 잘 알고 있어서 모두들 아이뿐만 아니라 그도 잘 따랐다.

모두들 그의 얼굴을 바라보며 의혹에 가득 차 물었다.

"상부가 우리를 모른 척하지는 않겠지요?"

학자가 고개를 흔들었다.

"절대 그럴 리 없습니다. 보름도 안 돼서 우리를 찾아올 겁니다."

여자 숙사에 가서도 "모두들 아직 살아 있습니까?" 하고 물었다. 여자들이 침대에서 뒤척이며 쳐다보자 그가 주머니에서 종이봉투를 꺼냈다.

"들풀 씨니까 밀가루와 끓여 드세요."

여자들에게 들풀 씨를 한 봉지씩 주고 마지막으로 음악에게 가서 종이봉투를 침대 옆에 놓은 뒤 얼굴을 쓰다듬고 손을 붙잡으며 "일어나서 먹어요. 밀가루와 밀알이에요"라고 귓속말했다. 그러고는 몸을 돌려 벽을 짚으며 큰 소리로 말했다.

"모두들 살아야 합니다. 상부에서 우리를 이대로 둘 리 없습니다. 눈이 녹아서 길이 나면 반드시 식량을 보내줄 겁니다. 어쨌든 나라에는 아직 지식인이 필요하니까요."

모두들 학자의 말을 믿었다. 매일 한 냥씩 받는 검은 밀가루에 들풀을 섞고 나뭇잎을 섞고 또 소금땅의 진흙을 섞어 반죽을 한 뒤 진흙들풀부침개를 구웠다. 배가 고플 때마다 몇 입씩 먹고 끓인 물이나 생수로 넘겼다. 진흙부침개를 자꾸 먹자 변이 나오지를 않았다. 학자가 다시 사람들을 둘씩 묶어 한 사람이 변을 볼 때 다른 사람이 젓가락으로 엉덩이를 파도록 했다. 서로 번갈아 돕도록 하고 여자들에게도 똑같이 시켰다. 바깥이 워낙 추워서, 행여 춥고 허기진 사람들이 변소에 가다가 마당이나 길에서 죽을까 봐 학자는 숙사 안에서 용변을 보라고 했다. 소변은 입구에서 보거나 남는 그릇, 혹은 병에 본 다음 바깥에 버리라고 했다. 사람들이 전부 학자의 말대로 안에서 대소변을 해결하는 바람에 숙사마다 악취와 지린내가 진동했다. 그렇게 열흘이 지나자 눈이 녹았다. 외부로 연결된 길에서 마른 땅과 도로가 보이기 시작했을 때 정말로 위에서 사람이 내려왔다. 그때 사람들은 입구에서 볕을 쬐며 이를 잡고 있었다. 여자들이 남자 옷을 기워주기도 했다. 정오쯤, 햇볕이 따뜻해 저고리를 벗어도 그다지 춥지 않을 때 누군가 대문 바깥의 인적 없이 횅한 큰길을 가리키며 소리쳤다.

"어서 보세요! 빨리 좀 와서 보세요!"

희끄무레한 광야에서 지프차 한 대가 달려오는 게 보였

다. 꼭 풍랑이 거센 수면 위에 작은 배가 뒤집힌 것 같았다. 지프가 99구 대문에 이른 다음 몇 사람이 내렸다. 제일 앞에 있는 사람은 회색 제복을 입고 백발을 옆 가르마로 빗어 넘겼다. 마르고 큰 키에 얼굴이 길쭉했고, 치아가 무척 하얬지만 입술 바깥쪽으로 약간 벌어져 있었다. 그가 앞장서고 나머지 사람들이 그를 둘러싼 채 아이의 숙사 문을 밀고 들어갔다.

벌써 일주일이나 아이를 보지 못했기 때문에 모두들 아이가 진에서 열리는 회의에 간 줄 알았다. 하지만 생각과 달리 아이는 숙사에 그대로 있었다. 그들은 숙사에서 한 시간가량 있다가 나와서는 햇볕을 쬐고 있는 사람들 쪽으로 천천히 걸어왔다. 아이가 숫양 무리를 따라가는 새끼 양처럼 그들 뒤에 서서 맨 앞쪽 건물의 햇살 속으로 걸어왔다. 제일 높은, 제복 차림의 마른 사람이 처음에는 조금 흥분한 듯 상기되었다. 하지만 햇살 아래에 서 있는 사람들의 통통 부은 얼굴과 물기가 반지르르하게 부어오른 다리를 보자 그의 환한 낯빛은 이내 회백색이 되었다. 그는 아무 말도 하지 못하며 옆에 있는 사람들에게로 고개를 돌렸다. 옆에 있던 수행원이 고개를 숙여 뭐라고 중얼거리자 비쩍 마른 상부의 눈가가 붉어졌다. 그가 아이에게 모든 사람들을 앞쪽 건물의 햇살 아래로 모아달라고 했다. 아이가 각 숙사를 뛰어다니며 소리쳤다.

"집합! 상부에서 모두를 보러 왔다!"

숨이 조금 찰 정도로 외쳤을 즈음 모든 사람이 숙사에서 나왔다. 모두들 벽을 짚거나 서로 부축하며 맨 앞쪽 공터로 모였다. 노랗고 상쾌한 햇살이 투명한 액체처럼 지면에 깔렸다. 100명이 넘는 사람들의 퉁퉁 부어 반질거리는 얼굴이 햇빛 아래에 이르자 허공에 걸린 물주머니 같았다. 한낮의 마당에서는, 겨울이었지만 바람이 없어서 지면 위로 나른하게 따뜻함이 흘렀다. 99구 바깥의 광야에서 아직 녹지 않은 눈이 햇살을 받아 눈부신 빛을 반사해냈다. 사람들은 허기 때문에 현기증이 나서 멀리까지 바라볼 수가 없었다. 그저 발밑의 반쯤 마르고 반쯤 젖은 회색 모래땅을 보고 위에서 내려온 가장 높은 상부의 헝겊신을 볼 뿐이었다. 입구가 뾰족하게 파이고 검은색인 신발은 손바느질로 꿰맨 밑창이 눈처럼 하얬고, 밑창 옆에 사람들이 눌러 죽인 이의 피처럼 붉은 모래알이 묻어 있었다. 그는 자를 세워놓은 듯 똑바로 날이 선 회색 모직 바지를 입고 있었다. 사람들이 상부 앞에서 조용히 침묵을 지켰다. 그가 모두를 바라보고 모두들 그를 바라보았다. 나와 학자, 음악이 가장 앞에 섰다. 우리는 그가 상부의 상부라는 것만 알 뿐, 지구에서 왔는지 성에서 왔는지 알지 못한 채 그저 바라보며 관찰하기만 했다. 너무도 조용해서 모두들 오랜 굶주림에서 비롯된 웅웅 하는 크고 작은 귀울림을 들을 수 있었다. 햇살이 지면 위 모래를 스칠 때 나는 작은 속살거림과 정적 속에서 사람들과 상부가 서로 바라볼 때 눈빛이 스치는 소리도 들을 수 있었다. 그 기이하고 미세한 소리들 속에서 모두들 상부가 입을 떼기를 기다렸다. 하지만 최고 상부는 갑자기 눈물을 떨어뜨리더니 풀썩 무릎을 꿇고 학자가 했던 것과 똑같은 말을 했다.

"국가가 여러분을 필요로 합니다. 여러분이 굶어 죽으면 국가도 굶어 죽어야 합니다. 어떻게든 무슨 방법을 써서든 살아주십시오!"

그는 무릎을 꿇은 채로 머리를 세 번이나 조아리고 다시 "국가가 여러분께 죄송합니다" 하고 말했다. 그러고는 자리에서 일어나 눈물을 닦은 다음 햇살 아래에서 허공에 뜬 물주머니처럼 통통 부어 반질거리는 얼굴들을 마지막으로 바라보았다. 그가 눈물을 닦고 돌아서서 대문으로 향했다.

따라온 사람들도 뒤따라 걸어갔다.

수행원들이 비쩍 마른 최고 상부를 따라 대문으로 돌아가서는 지프차에서 밀가루 두 포대를 내렸다. 마른 상부가 아이의 어깨를 치며 밀가루를 숙사로 옮기라고 한 뒤 또 몇 마디를 했다. 그런 뒤 다시 차에 올라 부르릉 요란한 소리와 함께 다른 위신구로 떠났다. 눈이 막 녹아서, 지프가 달리자 눈 섞인 진흙물이 튀어 올랐다. 그들이 가고 난 뒤 사람들의 얼굴이 흥분으로 붉게 상기되었다. 모두들 밀가루 포대가 아이 숙사로 옮겨지는 것을 보았기 때문에 아이 앞에 빙 둘러섰다. 아이가 밀가루를 나눠주기만 기다리고 있을 때 학자가 마침내 뭔가가 생각난 듯 사람들 사이를 비집고 들어가 놀랍고 기쁜 목소리로 외쳤다.

"방금 왔던 사람이 누군지 아십니까? 이제야 생각났습니다. 정말 놀랍게도 베이징에서 우리들을 보러 왔던 겁니다!"

모두들 고개를 돌려 학자의 다음 말을 기다렸다.

"최고 지도층 인사입니다. 국가 일들을 모두 관장하지요!"

모두들 무척 놀라며 반신반의했다. 하지만 도성에서 온 사람들은 전부 그 마르고 머리를 옆으로 넘기고 제복에 전통 신발을 신은 상부가 도성에서 온 상부의 상부의 책임자이고 국가 지도자라는 것을 확실히 기억해냈다. 어쩌다 그에게 명령하는 사람을 빼면 국가에서 최고로 높은 상부였다. 그래서 모두들 대문 입구에서 외부 세계로 통하는 길로 황망히 시선을 돌렸다. 하지만 길에는 눈 진창에 남은 두 줄기 바큇자국만 있을 뿐 아무것도 없었다. 모두들 희열과 한탄이 흐르는 얼굴로 다시 시선을 돌려 아이를 바라보았다. 아이가 손에 밀가루를 나눠줄 양치컵을 들고 학자의 얼굴을 물끄러미 쳐다보며 원망과 분노가 뒤섞인 목소리로 말했다.

"도성에서 온 상부라는 것을 알아봤으면서 왜 나한테 상장이나 꽃을 주도록 하지 않았나?"

실망한 채 그 자리에 서 있는 아이의 얼굴이 환한 기운이라고는 하나도 없는 회색빛이었다.

2. 『옛길』 p431~p438

최고로 높은, 상부의 상부인 고위층이 위신구를 다녀갔으니 이제 일이 술술 풀리고 문제가 잘 해결될 거라고 생각했다. 온통 뒤엉킨 실타래에서 국가 지도자가 가장 중요한 실마리를 찾아낸 것 같았다. 적어도 굶주림에 관한 한은 그래서 매달 배급받던 양을 다시 받았다. 하지만 그 최고로 높은 상부가 떠난 뒤 그가 두고 간 두 포대, 그러니까 각각 100근씩 나가는 밀가루 한 포대와 옥수수가루 한 포대를 제외하면 다른 일들은 그가 오기 전과 똑같았다. 모든 것이 여전히 끝없는 체념과 절망으로 하얗게 덮여 있었다.

저지대와 제방 모래무지의 그늘에만 하얗게 얼어 죽은 땅이 있을 뿐 대부분의 눈이 녹았다. 곡물 200근을 한 사람당 양치컵으로 하나씩, 두 냥 안 되게 나눠주었다. 하지만 며칠 만에 동이 나 다시 굶어야 했다. 더 심각한 문제는 매일 배급되던 한 냥의 잡곡마저 끊어진 것이었다. 상부에서, 일반인도 먹을 게 없는데 위신구를 신경 쓸 여력이 어디 있겠느냐고 했다. 그래서 모두들 주린 배를 움켜쥔 채 황야로 나가 목숨을 보전할 먹거리를 직접 찾아야 했다. 섣달이 되었을 때 동료 하나가 굶어 죽었다. 지난밤에 분명히 침대에서 뒤척이는 것을 본 사람이 있는데 다음 날 이불 속에 죽어 있었다. 그는 성 농림과학원의 연구원으로 곡물의 생장을 전문적으로 연구하고, 무당 1만 근의 실험밭을 지휘한 장본인이었지만 하늘은 그를 가장 먼저 굶어 죽게 했다. 학자가 사람들을 이끌고 마당 뒤편의 공터에 그를 묻었다. 유품을 수습할 때 베개 밑 편지 봉투 속에서 다시 모은 작은 꽃 70송이가 나왔다. 오각별로 치면 벌써 세 개에 가까운 숫자였다.

같은 숙사 동료가 봉투 속 작은 꽃을 무덤 앞에서 태웠다. 누군가 태워버리는 게 아깝다고 하자 학자가 그를 흘겨보았다. 그렇게 작은 꽃들이 불살라져 그와 함께 다른 세상으로 갔다. 99구에서도 굶어 죽은 사람이 나오자 살아 있는 사람들이 한층 심란해졌다. 그와 같은 숙사에 묵었던 사람들이 전부 다른 숙사로 옮겨가 잠을 잤다. 학자가 또 벽을 짚은 채 방을 돌며 말했다.

"잠자지 마세요. 산 채로 굶어 죽을 수는 없습니다. 모두들 들판으로 나가서 먹을 것을 찾읍시다."

그래서 모두들 천천히 비틀거리며 99구 주변의 들판으로 나가 풀뿌리를 캐고 아직 썩지 않은 가을날의 옥수수 줄기를 찾았다. 잡초 더미 속에서 콩을 까듯 풀포기에 맺힌 열매와 풀씨를 찾았다. 오전에 해가 떠올라 땅이 따스해지면 사람들이 전부 걸어 나갔다. 걷지 못하는 사람은 개처럼 기어갔다. 광야에서 사람들이 쪼그리거나 기어서 풀씨와 열매를 찾는 모습이 꼭 광야에 풀어놓은 양 떼 같았다. 해가 져서 다시 걷거나 기어서 99구로 돌아오는 모습은 양 떼가 해질 무렵 우리로 돌아오는 것 같았다. 하지만 그날 어스름이 내려 또 걷거나 기어 황야에서 돌아왔을 때 누군가 마당 뒤편에 묻었던 농림과학원 연구원의 묘가 파헤쳐진 것을 발견했다. 시체에서 살점이 뚝뚝 떨어져 나갔다. 삽으로 검은 흙을 힘껏 파낸 것처럼 허벅지와 배에 구멍이 파여 있었다.

사람들이 인육을 훔쳐 먹기 시작했다.

한겨울 광야에 온기를 잠시 가져왔던 석양의 붉은빛이 먹구름에 뒤덮이자 북쪽에서 음산한 바람이 웅웅 불어왔다. 파헤쳐진 무덤을 누가 제일 먼저 발견했는지는 모르겠지만 학자와 종교가 서둘러 갔을 때는 이미 모두들 무덤 앞에 모여 있었다. 기이하고 무서운 일을 본 것처럼 하얗게 질린 채 자신들 가운데 누군가가 사람을 먹었다는 걸 감히 믿을 수 없어 했다. 음악과 의사 등 몇몇 여자들은 파헤쳐진 무덤과 잘려 나간 시체를 보자 주저앉아 웩웩거리며 속을 게워 냈다. 나뭇가지를 짚으며 뒤쪽에서 다가온 학자가 퀭하지만 까맣게 빛나는 눈으로 파헤쳐진 무덤을 보고는 나뭇가지 지팡이를 힘껏 내던졌다. 낮빛이 피를 뿜는 듯한 암홍색과 검푸른 색으로 변했다.

"빌어먹을 인간들. 인육을 먹는 주제에 지식인이라 할 수 있겠나!"

학자가 욕하면서 뒤돌아서서 누가 연구원의 시체를 파먹었는지 찾아내기라도 하겠다는 듯 뒤편에 서 있는 사람들을 훑어보았다. 하지만 사람들이 그 눈빛에 놀랐을 때 학자가 눈길을 거두었다. 그러고는 성큼성큼 마당 쪽으로 걸어가기 시작했다. 한 번도 굶어보지 않은 사람처럼 발밑에서 바람이 일었다. 하지만 몇 걸음 가지 않아 학자는 마당의 파란 벽돌담을 짚으며 거친 숨을 몰아쉴 수밖에 없었다. 멈춰 서서 얼굴에 가득한 하얀 식은땀을 훔쳐낼 수밖에 없었다.

종교가 모두를 이끌고 얼른, 그러나 느릿느릿 학자의 뒤를 따랐다. 원래 기어서 움직이던 사람들도 그 순간만큼은 기지 않았다. 모두들 뭔가 벌어질 것임을 아는 것처럼 다리에 힘을 주며 무슨 일이 일어나는지 보려고 학자와 종교의 뒤를 따라갔다.

잠시 숨을 고른 뒤 학자가 남쪽으로 꺾어 마당 대문으로 들어갔다. 그리고 또 잠시 쉬었다가 맨 뒤쪽 숙사로 향했다. 모든 게 학자가 예상했던 대로였다. 뒤편 숙사의 가운데 방문을 열었을 때 모두들 쿵 하고 입구에 얼어붙었다. 가운데 방에는 그날 다른 사람들이 잡초와 나무뿌리를 찾으러 나갈 때 숙사에 남았던 동료 둘이 있었다. 성의 문화처장과 국가교육부의 부부장이었다. 원래는 사람들을 관리하는 상부였지만 관리하고 관리하다 보니 결국 자신들도 위신구의 죄인 신세가 되었다. 인육을 먹어 허기를 채우고 힘이 생긴 그들은 동아줄로 스스로를 대들보에 매달았다. 깨끗한 옷에 단정하게 몸을 정리한 뒤 대들보에 매달려서 문으로 들어서는 학자와 뒤따라온 사람들을 바라보았다. 그들 옆 창문 밑에는 이가 나간 녹슨 양철 대야가 돌 위에 놓여 있었다. 고기를 끓인 육수가 대야에 반쯤 담겨 있고 아래쪽으로 타다 남은 나무와 회색 재가 보였다. 학자가 인육을 끓인 녹슨 대야를 발로 차다가 창문 밑 탁자에서 종이봉투를 발견했다. 두 사람이 모은 작은 꽃 수십 송이와 오각별 두 개가 들어 있고, 꽃과 별을 싼 하얀 종이에 연필로 쓴 편지가 있었다.

미안합니다. 우리가 농림과학원 연구원을 먹었습니다. 배부르게 먹고 기력이 생겨 먼저 떠납니다. 죽음은 꺼진 등불과 같으니 더 이상 갱생이나 개조가 필요 없겠지요. 며칠이라도 더 살고 싶다면 우리 둘을 드십시오. 다만 우리를 먹고 난 뒤에 어디든 뼈를 묻었다가 나중에 가족들에게 뼈를 회수해 가도록 알려주십시오.

감사합니다. 붉은 꽃과 오각별은 여러분에게 드립니다.

한때 상부로서 사람들을 관리했던 그들의 편지를 보면서 학자의 얼굴에서 붉으락푸르락했던 기운이 사라졌다. 학자가 조금 평정을 되찾자 종교가 뭐라고 썼는지 물었다. 학자가 편지를 종교에게 건넸고 종교도 다 읽은 뒤 옆 사람에게 건넸다. 안에서 바깥까지 전부 편지를 읽었을 때 누군가 "내려줍시다"라고 말했다. 그래서 죽기 전에 배부르게 먹은 두 동료를 내렸다.

"아이에게 보여줘야 합니다."

매장하러 가려 할 때 종교가 학자에게 말했다.

"아니면 아이는 두 사람이 도망갔다고 생각할 겁니다."

학자가 망설이다가 시체 두 구를 그들 침대에 내려놓고 아이 숙사로 향했다. 어두워지기 직전의 마지막 붉은빛이 땅에 피처럼 스며들었다. 배고픈 나비가 피 바닥 위를 나풀나풀 날아가는 것처럼 학자가 붉은 피를 밟으며 걸어갔다. 뱃속에서 위장이 전부 물에 휩쓸려 내려갈 듯 꼬르륵 꾸르륵 하는 소리가 났다. 배가 고프다 못해 장이 뜯기듯 아팠다. 학자는 배를 움켜쥐고 힘껏 눌러 온몸의 힘을 다리와 발로 모으면서 앞으로 걸어갔다. 참새 한 마리가 아이의 숙사 입구에서 먹이를 찾고 있었다. 학자는 참새를 통째로 삼키고만 싶었다. 그래서 침을 꿀떡 삼킨 뒤 걸음을 멈추고 돌을 하나 집어 참새에게 던졌다. 하지만 호두만 한 돌은 참새 근처는커녕 멀찍한 곳에 떨어졌다. 돌 하나를 제대로 던질 힘마저 없었다. 참새가 학자를 보며 비웃듯 쩍쩍 하고는 날아갔다. 학자가 천천히 걸어가 참새가 쪼고 있던 곳을 둘러보았다. 그러곤 참새가 쪼던 모래땅 위에서 때글때글한 참새 똥 두 개를 발견했다. 쌀알 같은 참새 똥을 그는 조금도 망설이지 않고 날름 입으로 집어넣었다. 씹었는지 모르겠지만 학자가 이상한 표정을 지은 뒤 목을 길게 빼고 참새 똥을 삼켰다.

"먹을 수 있나요?"

종교와 음악, 의사가 뒤쫓아 가 물었다.

"그럼요." 학자가 대답했다. "참새는 풀씨를 먹고 겨울을 납니다. 풀씨는 더럽지 않고요."

아이 숙사에 도착한 그들은 우선 창문에 귀를 대고 무슨 소리가 나는지 들어본 다음 문을 두드렸다. 안에서 작게 소리가 들리자 학자가 문을 열고 들어갔다. 목맨 동료의 방문을 열었을 때처럼 학자와 종교, 음악 등이 입구에 그대로 얼어붙었다. 죽은 사람이 있어서 깜짝 놀란 게 아니라 불타는 듯한 붉은색 때문이었다. 아이는 다른 사람들처럼 굶주림에 허덕대지 않았다. 눈이 퀭하게 들어갔지만 얼굴에서 아직도 윤기가 흘렀다. 숙사 안도 온통 빛이 났다. 황혼 직전의 빛이 아이의 방으로 흘러들어 모두들 침대에 누운 아이를 볼 수 있었다. 침대 옆과 머리맡, 침대 안쪽 벽면에 불에 소실된 뒤 다시 받은 상장과 붉은 꽃이 잔뜩 걸려 있었다. 빛나는 상장이 한 줄 한 줄 침대 안쪽 벽면에 붙어 있고 비단과 명주, 종이로 된 크고 작은 꽃들이, 진홍색과 암홍색, 옅은 분홍색의 꽃들이 가느다란 줄에 매달려 있었다. 줄이 침대 머리맡부터 몸통을 한 바퀴 빙 돌아 침대 머리맡과 옆면, 다리에 붉은 꽃들이 가득했다. 침대가 선명한 붉은색으로 온통 휘감겨진 데다 침대보도 붉은색에 이불마저 진보라의 암홍색이라 아이는 완전히 붉은색 속에 둘러싸여 있었다. 침대 전체가 타오르는 불꽃 같았다. 아이는 불 속에서 새로 태어난 성스러운 아기 같았다. 붉은빛 속에 누워 이불을 덮은 아이의 침대 머리맡에는 볶은 콩 반 사발과 물 반 사발이 놓인 의자가 있었다. 굶주림 때문에 볶은 콩 냄새가 강렬하고 맹렬하게 방안 곳곳을 비틀며 날아다니는 것 같았다. 아이가 침대에 반쯤 누워 동화를 보면서 의자 위에 놓인 사발에서 볶은 콩을 집어 먹었다. 콩을 너무 많이 먹었다 싶으면 몸을 일으켜 물을 들이켰다. 아이가 책을 보면서 콩을 먹고 물을 마실 때 학자와 종교 등이 들어갔다. 처음에는 붉은색에 시선을 빼앗겼다가 이내 볶은 콩으로 시선을 고정했다.

"굶주림으로 또 두 사람이 죽었습니다." 학자가 말했다. "배가 고픈 나머지 인육을 먹었습니다."

동화책을 침대 머리맡에 내려놓고 아이가 일어나 앉았다.

"그저께 상부에 다녀왔다. 우리 99구에서 굶어 죽은 사람이 제일 적다고 상으로 볶은 콩 몇 근을 받았지. 당신들도 먹어라."

그러면서 반 사발의 볶은 콩을 쳐다보았다.

"인육을 훔쳐 먹었습니다." 학자가 다시 말했다.

"상부에서." 아이가 종교를 바라보며 말했다. "제일 중요한 것은 누구도 도망가지 못하도록 막는 것이라고 했다."

"계속 식량을 주지 않으면 모두가 굶어 죽을 겁니다."

"배고픔이 극에 달하면 도망가는 사람이 나올 거다. 하지만 어디로 가겠어? 상부에서 세상이 온통 굶주린다고 했다. 세상천지에 이곳처럼 사람이 적고 땅이 넓은 곳은 없으니 어떻게든 이 겨울의 기근을 넘기라고 했다."

학자가 아이의 얼굴을 뚫어져라 쳐다보며 말했다.

"어쨌든 사람이 사람을 먹도록 내버려 둘 수는 없지 않겠습니까?"

아이가 그림책을 손에 들고 뒷장으로 넘기며 말했다.

"아주 옛날에도 대기근이 일어 수없이 죽었다. 대홍수로 거의 전부가 빠져 죽기도 했지. 오직 노아 일가족만 살았다."

학자가 뭔가 또 말하려다가 잠시 서 있더니 얼이 빠진 모습으로 붉은 방에서 걸어 나갔다. 문을 나선 뒤 다시 고개를 돌려 함께 갔던 종교와 음악에게도 아이의 붉음 속에서 나오라는 눈짓을 보냈다.

그래서 모두들 따라 나갔다.

하지만 종교는 문 앞에서 음악을 내보낸 뒤 걸음을 늦췄다가 다시 몸을 돌려 아이 침상의 걸상 옆으로 갔다. 반 사발의 볶은 콩을 쳐다보며 콩 냄새를 깊이 들이마신 뒤 아이가 들고 있는 동화책을 보았다. 한눈에 『성경 이야기』 그림책임을 알아챈 종교는 억지웃음을 지으며 품속을 한참 뒤적이다가 불룩한 편지 봉투를 꺼냈다. 그러곤 봉투에서 직사각형으로 접힌 컬러 인화지를 꺼내 펼쳤다. 또 한 장의 성모 초상화가 아이 방의 붉은색 속에서 빛났다.

　"마지막입니다." 종교가 겸연쩍게 웃었다. "정말 마지막입니다. 콩을 한 움큼만 주시면 성모의 초상화를 발로 밟고 성모의 눈동자를 파내겠습니다. 성모의 코와 입을 조각조각 찢어 먹어 성모를 뱃속에서 똥으로 만들 수도 있습니다. 뿐만 아니라 예전 분부대로 성모의 얼굴에 오줌을 눌 수도 있습니다."

　종교가 아이의 얼굴을 힐끗거리며 오른손으로 성모의 반짝이는 눈동자를 후벼 팠다. 정말로 성모의 눈에 구멍이 뚫리고 눈동자가 종잇조각이 되어 바닥으로 떨어졌다. 하지만 종교가 성모의 다른 눈동자를 파내려 할 때 아이의 붉누른 낯빛이 검푸르게 변했다. 아이가 몸을 비틀어 사발의 콩을 움켜쥐고는 종교의 몸과 얼굴에 던졌다. 종교가 성모의 두

번째 눈동자를 파내기 전에 볶은 콩이 그의 얼굴과 몸에 부
딪혀 방 안 곳곳으로 튀었다.

아이가 아무 말도 하지 않은 채 매섭게 종교의 손을 노려
보았다.

종교가 깜짝 놀라 눈동자를 후비던 손을 멈추었다. 그러
고는 다시 아이의 얼굴을 힐끗거리며 잠시 망설이다가 황급
히 꿇어앉아 콩을 줍기 시작했다. 줍는 동시에 입으로 집어
넣었다. 콩을 씹는 소리가 석판에 못을 박는 것처럼 울렸다.

3. 『옛길』 p439~p457

99구에서 여덟번째로 굶어 죽은 사람이 나왔을 때 주변
4~5리 내에서는 풀뿌리나 풀씨는 물론 어쩌다 남아 있던 작
은 나무껍질까지도 찾아볼 수 없었다. 풀뿌리를 캐고 풀씨
라도 훑어 먹으려면 몇 리를 더 나가야 했다. 어떤 사람은 해
가 뜨자마자 조리용 법랑통과 밥그릇, 부싯돌을 들고 나가
서 해가 지기 직전에 돌아와 잠을 잤다. 서로 어디로 갈지 말
하지 않은 채 침대에서 일어나면 곧바로 나갔다. 광활한 광
야를 돌아다니다가 띠나 강아지풀을 발견하면 띠는 뿌리를

벗겨 씹고 강아지풀은 이삭의 씨앗을 종이나 옷섶에 털었다. 씨앗이 한 움큼이나 반 움큼 모이면 물을 부은 다음 하얀 돌에 부싯돌을 쳐 면을 꼬아 만든 도화선에 불똥을 튀겼다. 그런 다음 입으로 불어 불을 살리고 곧장 풀씨탕을 끓여 먹었다. 풀씨탕은 황록색으로 걸쭉했고 풀 비린내와 점토 맛이 났다. 진한 풀 비린내를 없애기 위해 누군가 땅에서 하얀 소금 껍질을 몇 조각 떼어내 함께 끓였다. 그러자 거친 짠맛이 나면서 비린내가 참을 수 있을 정도로 옅어졌다. 그런데 황록색 탕은 많이 먹으면 배탈이 났다. 게다가 한번 배탈이 나면 걷기조차 힘들어져 겨우내 몇 명이 배탈로 죽거나 굶어 죽었다. 배탈을 막으려고 소금땅 조각을 더 넣자 이번에는 배와 가슴이 불타는 것처럼 뜨거워져 견딜 수가 없었다. 밤새 잠을 이루지 못해 다음 날 후들후들 떨리는 다리로 풀뿌리와 풀씨를 찾으러 나갔다가 갑자기 쓰러져 다시는 일어나지 못하는 사람이 나왔다.

그러면 아무 구덩이에나 매장한 뒤 무덤 앞에 돌을 놓거나 막대기를 꽂았다. 누가 어디에 묻혔는지 표시했다가 나중에 가족들에게 시체를 주기 위해서였다. 하지만 다음 날이 되면 무덤머리에 꽂았던 막대가 사라지고 쌓아둔 돌도 사라졌다. 그렇게 모두들 어디에 묻었는지 잊어버렸다.

섣달 동안 99구에서 열여덟 명이 굶어 죽었다. 어느 날 풀씨를 찾으러 가기 전에 풀씨탕에 소금땅 조각을 얼마나 넣어야 하는지 논의하기 위해 마당에 모두 모였다. 그때 나는 음악의 안색이 남들과 다르다는 것을 발견했다. 전부들 얼굴이 누렇게 뜨거나 죽기 직전처럼 새파랬지만 음악의 얼굴에서는 옅게 홍조가 흘렀다. 죽음이 바람처럼 시도 때도 없이 오가고 있었다. 남자건 여자건 이미 오래전부터 빨래를 하지 않았고 머리를 빗기는커녕 양치질과 세수도 하지 않았다. 하지만 음악은 머리를 가지런하게 빗은 데다 하나로 길게 땋고 머리끝에 꽃 모양 끈까지 묶었다. 담홍색 여자 제복 상의도 깨끗하고 단정했으며 잘 개어두었던 듯 가슴과 허리 사이에 가로로 줄이 있었다.

나는 음악이 의심스러워졌다. 그녀는 사람들 무리 바깥쪽에 서 있었고 나는 무리 바깥쪽 그녀의 맞은편에 있었다. 장작개비처럼 마른 사람들 목 사이로 조심스럽게 음악을 힐끔거리다가 그녀 뒤쪽으로 옮겨갔다. 뜻밖에도 그녀한테서는 여전히 옅은 콜드크림 냄새가 풍겼다. 조금 놀란 마음으로 그녀 뒤에 서 있으면서 나는 남몰래 의아함과 즐거움을 느꼈다. 기근이 시작된 뒤 사람들의 언행을 한 장씩 기록할 때마다 아이가 밀가루를 한 움큼씩 주었다. 나중에 배급이 끊어져 남들은 먹을 게 없을 때에도 나는 다섯 장마다 밀가루를 한 움큼씩 받았다. 더 나중에 아이마저 밀가루가 떨어졌을 때에는 기록을 낼 때마다 볶은 콩 한 움큼씩을 받았다. 99구 사람들이 전부 통통 붓고 기력이 떨어져 언제든 죽을 수 있을 때에도 나는 많든 적든 먹을 게 있었다.

나도 늘 굶주렸지만 적어도 나는 사람들의 언행을 몰래 기록하는 한 죽을 리 없었다. 그런데 전부들 멀리 흩어져 풀씨탕을 끓여 먹으면서 언행을 듣거나 보는 게 힘들어졌다. 벌써 5일이나 아이에게 『죄인록』을 내지 못했고 볶은 콩도 받지 못한 상태였다. 그래서 그날부터 음악의 뒤를 따라다니기로 결정했다. 그녀의 말과 행동을 전부 기록해 뭘 먹었기에 그렇게 홍조가 도는지 알아내고, 더불어 먹을 것도 얻어야겠다고 생각했다. 혹시 그녀처럼 산 사람다운 혈색을 찾을지 누가 알겠는가. 99구에서 이미 열여덟 명이 굶어 죽었지만 그녀는 여전히 단정하게 입고 깨끗하게 씻는 데다 몸에서 옅은 향기까지 났다. 마침내 풀씨탕 한 그릇에 소금땅 조각을 얼마나 넣어야 할지 논의가 끝나자 사람들이 늘 하던 대로 99구 밖으로 나갔다. 막대기를 드는 사람은 막대기를 들고, 벽을 짚는 사람은 벽을 짚으며 나갔다. 날이 밝은 뒤 양치기가 우리 문을 열면 양 떼가 바깥쪽 벌판으로 제각각 흩어지는 것처럼 99구의 마당을 나갔다. 동으로 서로, 두셋이 짝을 짓기도 하고, 문을 나서자마자 혼자 어디론가 쓸쓸하게 걸어가기도 했다.

어느새 머리를 들면 똑바로 마주 보일 만큼 태양이 올라왔다. 천천히 하얗게 밝아지는 황야에 얇은 황금빛이 덧씌워졌다. 걸어가는 사람들 그림자가 크건 작건 결국에는 검은 점이 되어 아득한 황무지로 사라졌다. 나는 대문 바깥의 한쪽에서 음악이 나오기를 기다렸다. 얼마 뒤 음악이 풀씨를 담을 주머니를 들고 의사와 함께 숙사에서 나왔다. 두 사람이 입구에서 뭐라고 하더니 의사는 동쪽으로, 음악은 동남쪽으로 걸어가기 시작했다. 음악은 빠르지도 느리지도 않게 목적지에 뭔가를 가지러 가듯 걸었다. 나는 수십 미터 뒤에서 몰래 따라갔다. 혹시 그녀가 나를 발견할 경우 음식을 찾는 척하려고 나도 풀씨와 풀뿌리를 담을 주머니를 들었다. 그렇게 따라서 걷다 보니 태양을 받는 내 그림자가 왼쪽으로 쓰러진 채 움직이는 마른 나뭇가지 같아졌다. 한참을 걷자 허기 때문에 수십 리를 달린 것처럼 숨이 가빠졌다. 하지만 샛길을 따라 걸어가는 음악은 갈수록 발걸음이 빨라졌다. 다음 갈림길에서 쪼그리고 앉아 헐떡거리고 있을 때 마침 음악이 몸을 돌려 두리번거렸다. 뒤쪽을 포함해 사방에 아무도 없는 것을 확인한 그녀는 발걸음을 조금 늦춘 다음 모퉁이를 돌아 98구로 이어지는 정남쪽 흙길을 걸어갔다.

음악은 흙길을 가고 나는 황무지에서 따라갔다. 7~8리 바깥의 98구 건물 앞에 이르자 그녀는 더 이상 나아가지 않았다. 대신 길에서 사람 키만 한 나무 막대를 주워 길가에 꽂고는 98구에서 서쪽으로 1리 바깥에 있는 용광로로 갔다.

사전에 약속했는지 음악이 나뭇가지를 98구 길가에 꽂은 뒤 얼마 지나지 않아 98구에서 중년 남자 하나가 걸어왔다. 흰색이 노르께해진 오래된 군복을 입은 그는 길가의 나뭇가지를 뽑아 밭머리에 내려놓고 오래된 용광로들 쪽으로 걸어갔다. 곧이어 음악이 용광로에서 나와 둘러보다가 남자를 발견하고 웃으며 "가져왔어요?" 하고 물었다. 남자가 허리에서 주먹보다 큰 주머니를 꺼내 허공에 들어 올렸고 두 사람은 가마로 들어갔다.

나는 가마에서 멀지 않은 흙구덩이에서 머리를 잡초 사이로 내밀고 어렴풋이 펼쳐지는 광경들을 보았다. 대충 어떤 상황인지 파악할 수 있었다. 태양이 이미 정남에 올라 황허 옛길에서 불어오는 바람이, 점점 풀리는 햇살 속에서 허공을 스치는 실 가닥처럼 따사로워졌다.

한낮이 되자 추위가 누그러들면서 광야에 온기가 옅게 깔렸다. 나는 아직 딱딱하게 얼어 있는 흙구덩이에서 기어 나와 수직으로 서 있는 용광로에 조심스럽게 다가갔다. 작년 겨울에 98구에서 강철을 제련하던 용광로가 이제는 음악과 낡은 군복 남자의 간통 장소가 되었다. 얼마나 많은 철을 생산했는지는 몰라도 1년이 지난 뒤 외벽의 흙이 바람에 다 떨어져 나가고 번들번들 붉게 그을린 흑갈색이 고스란히 드러난 용광로들이 꼭 녹슬고 거대한 쇠기둥처럼 늘어서 있었다. 그들은 일렬로 늘어선 용광로의 두번째 가마로 들어갔다. 나는 그 앞에 쪼그리고 앉아 안에서 무슨 소리가 들리는지 귀를 기울이다가 뒤쪽으로 갔다. 그러고는 두 용광로 틈새를 타고 위로 올라갔다. 꼭대기에는 가마를 식힐 때 물을 붓는 구멍이 우물 입구처럼 하늘을 향해 뚫려 있었다. 가마 꼭대기에서 숨을 죽이며 구멍 쪽으로 기어갔다. 한 걸음 한 걸음 구멍으로 가까이 다가가 아래를 내려다본 순간, 나는 황급히 시선을 거두고 꼭대기에 멍하니 앉았다. 멀리 풀밭에서 풀씨를 훑는 사람이 보였다. 어디선가 벌써 불을 피우고 풀씨탕을 끓이는 사람도 있었다. 가마 꼭대기에 앉아 멀리서 솟아오르는 연기를 보며 그렇게 가만히 몇 초간, 미친 듯이 뛰는 가슴을 진정시켰다. 그런 뒤 조용히 구멍 쪽으로 기어가 다시 한 번 가마 아래쪽을 내려다보았다. 가마는 방 반 칸 정도 크기였으며 북쪽 절반에 마른 풀이 두껍게 깔려 있었다. 마른 풀 위에는 더럽고 오래된, 구멍이 숭숭 뚫려 오래된 솜이 땅속에서 몇 년을 썩은 종이처럼 삐쭉이 튀어나온 광목 이불이 있었다. 음악과 남자는 옷을 이불 옆에 벗어두고 이불 속에 들어가 머리와 어깨만 바깥으로 내밀었다. 남자는 음악의 몸 위에서 돼지처럼 헐떡거리며 자기 일을 보았지만 음악은 남자 몸 바깥으로 머리를 반쯤 치켜든 채 비스듬하게 위쪽을 보았다. 비스듬한 위쪽 벽에 작은 홈이 있었고 볶은 콩과 검은 워워가 음악의 눈에서 두 자 떨어진 그 홈에 놓여 등잔불처럼 그녀의 얼굴과 눈을 빨아들였다. 남자는 음악에게 검은 워워를 주지 않고 두 사람 일에 집중하도록 했지만 음악은 눈알이 빠져나올 듯이 워워만 쳐다보았다. 한바탕 일을 치른 뒤 그녀의 몸 위에서 남자의 움직임이 멈췄다. 남자가 잠시 쉬었다가 몸을 일으키더니 군복 바지에서 하얀 만터우 반 개를 또 꺼냈다. 그는 검은 워워를 한쪽에 밀면서 하얀 만터우를 홈에 놓았다. 등잔의 불빛이 더 커진 것 같았다. 그가 음악에게 "완벽한 음식이지" 하고 말한 뒤 손으로 음악의 어깨를 밀었다. 그러자 음악이 황급히 이불에서 일어나 남자가 뒤에서 삽입하도록 개처럼 바닥에 엎드렸다. 그러면서도 그녀는 머리를 더 높이 들어, 그렇지 않아도 마르고 긴 목을 길게 뽑으며 하얀 만터우 반 개를 죽어라 노려보았다.

남자가 음악 뒤에서 더욱 미친 듯이 들어갔다 나왔다 하며 쾌감에 달뜬 쉰 소리를 질렀다. 음악은 실오라기 하나 걸치지 않은 맨몸으로 바닥을 기다가 한 손으로 붉게 그을린 벽을 받치고 몸을 둥글게 세우면서 다른 한 손을 만터우 쪽으로 뻗었다. 그러자 남자가 "좀 기다려!" 하며 음악을 때렸다. 음악이 황급히 손을 거둔 뒤 컴컴한 방에서 빛 뭉치를 바라보듯 눈앞의 하얀 만터우을 뚫어져라 노려보았다. 남자가 미친 듯 흥분해 더욱 빠르고 맹렬하게 움직였다. 나는 꼭대기 구멍에서 어찌나 꼼짝 않고 쳐다봤는지 눈가가 불에 타는 듯 아렸다. 그들이 가마에서 얼마나 오랫동안 간통 행각을 벌였는지는 모르겠지만 마침내 남자가 광란의 외침을 내뱉은 뒤 음악의 몸에서 이불로 풀썩 주저앉으며 "끝내주게 시원하군. 정말 기근에 감사하지 않을 수 없다니까"라고 중얼거렸다. 음악이 황급히 눈앞의 워워와 만터우 반 개를 두 손에 집어 들고 한입씩 번갈아 베어 물었다.

음악이 거의 다 먹었을 때 남자가 안됐다는 듯 말했다.

"우리 쪽에도 양식이 얼마 남지 않았다. 앞으로는 이틀에 한 번씩 만나지."

음악이 놀라서 멈칫했다가 갑자기 한 걸음 다가가 남자를 끌어안으며 입을 맞췄다.

"당신은 상부 인사니까 상부에 가서 요청할 수 있잖아요. 내일은 하얀 만터우를 주지 않아도 돼요. 검은 워워 하나면 충분해요."

"당신들 성의 지식인들은 확실히 시골 사람들보다 대단하다니까."

남자가 웃으며 말한 뒤 옷을 챙겨 입기 시작했다.

그때 모든 것이 다시 조용해졌다. 나는 구멍에서 머리를 천천히 치우고 가마 꼭대기, 햇살 아래에 앉았다. 머리에서 웅웅 하는 소리가 울리면서 끊임없이 음악의 하얀 맨살이 떠오르고 남자 밑에서 워워를 바라보던 눈빛과 허겁지겁 만터우 반 개를 먹던 모습이 생각났다. 하늘이 깨끗하게 넓었고 흘러가는 구름이 높고 먼 햇살 아래에서 사르륵하는 발걸음 소리를 냈다. 앞뒤좌우에서 풀씨탕을 끓이는 연기가 많아졌다. 연기가 삼끈을 꼬는 것처럼 하늘로 똑바로 올라간 뒤 움직임 없이 그대로 굳어졌다가 천천히 허공으로 흩어졌다. 어쨌든 섣달이라 공기 중에는 매우 두터운 냉기가 자리 잡았고 한낮의 햇살이 얇게 한 층 온기를 만들어낼 뿐이었다. 모래땅과 풀뿌리가 그 차갑고 따스한 기운 속에서 희누런 빛을 뿜으며 자신의 마른 풀 냄새를 햇빛에 문질러, 수초가 햇살과 바람 속에 건조된 듯한 들판 냄새로 바꾸었다. 그 온갖 것이 뒤섞인 냄새 속에서도 나는 가마에서 허공으로 빠져나온 만터우 냄새와 바삭하고 반지르르하게 볶은 콩 냄새를 알아챌 수 있었다. 멀리 솟아오른 연기를 바라보면서 나는 고개를 길게 내밀고 만터우과 콩 냄새를 빨아들였다. 곧이어 등 뒤 가마에서 발자국 소리가 들려 본능적으로 가마 뒤쪽 중심으로 숨은 뒤 몸을 비틀며 기어 내려왔다. 음악과 남자가 용광로에서 걸어 나와 좌우를 살펴본 뒤 각각 반대 방향으로 걸어갔다.

두 사람이 멀어진 뒤 용광로에서 내려와 안으로 들어갔다. 그들이 덮었던 이불이 네모반듯하게 접혀 바람과 비가 들지 않는 오목한 홈 속에 풀로 덮인 채 들어 있었다. 마른풀을 치우고 이불을 펼치자 이불에서 탁한 비린내가 풍겼다. 그 비린내 속에서 나는 이불을 털어 바닥에 떨어지는 볶은 콩과 만터우 부스러기를 주웠다. 그러고는 황급히 만터우 부스러기와 콩알을 입에 집어넣고 펼쳤던 이불을 다시 개어 마른풀로 잘 덮은 다음 가마에서 나와 98구로 가는 군복 차림의 남자와 99구로 가는 음악을 바라보았다. 음악의 깃이 짧은 담홍색 제복 상의가 길 위에서, 마치 꺼지지 않은 채 조용히 지속되는 불꽃 같았다.

나도 99구 쪽으로 걸어가기 시작했다.

99구로 돌아갔을 때 풀씨탕을 끓여 먹으러 나갔던 사람들은 아직 돌아오지 않은 상태였다. 적막에 휩싸인 마당이 성의 황폐한 묘지 같았다. 아이 숙사의 문이 닫힌 채 자물쇠까지 채워져 있었다. 말할 것도 없이 또 진의 본부에 갔다는 뜻이었다. 그쪽을 쳐다보면서 어서 아이에게 오늘 본 것을 말해주면 좋겠다고 생각했다. 말로 하면 아이가 볶은 콩을 반주먹 주지만, 쓰면 한 주먹 준다는 사실을 잘 알고 있었다. 하지만 나는 누군가에게 내가 본 것을 말하고 왜 음악의 얼굴에 아직까지 사람다운 기색과 홍조가 남아 있는지 알려주고 싶었다. 내 나이와 경험에 비추어볼 때 분명 음악과 그 남자의 행각은 아직 끝난 게 아니었다. 내가 본 음악과 남자의 이야기는 대하 장편극의 한 막에 불과하고 이제 겨우 시작이며 서막일 뿐임을 잘 알았다. 나는 이야기의 단서를 따라 아무도 모르게 나아가야 했다. 이야기의 끈을 바짝 쫓아간다면 나도 음악처럼 워워와 만터우, 볶은 콩을 얻을 수 있을 게 분명했다.

태양이 이미 서쪽으로 기울어지고 있었다. 이제 곧 들판에서 풀씨를 찾던 사람들이 돌아올 터였다. 마당에 서서 적막이 내 주위에 쌓이도록 잠시 내버려둔 뒤 본능적으로 여자 숙사의 입구를 향해 걸어갔다. 하지만 담벼락을 돌 때 음악이 학자의 숙사에서 나오는 게 보였다. 얼른 몸을 피한 뒤 음악이 자신의 숙사로 들어갈 때까지 기다렸다가 학자의 숙사로 갔다. 99구에 외부인이 거의 오지 않는 데다 굶주리다 못해 풀과 인육을 먹는 지경이니 누구에게도 훔쳐갈 만한 물건이 없었다. 그래서 아이를 제외한 모두가 나갈 때 더 이상 문을 잠그지 않았다. 나는 곧장 학자의 숙사로 들어가 학자의 침대까지 직행했다. 숙사 안 다른 침대들은 전부 이불이 헝클어져 있는데 학자의 이불만 네모반듯하게 개켜져 침대 머리맡에 놓인 게 한눈에 들어왔다. 금방 갰는지 이불을 털고 난 뒤의 풀썩거림이 가라앉지도 않았다. 방금 전에 음악이 들어와 학자의 이불을 개어놓은 게 틀림없었다. 잘 개켜진 학자의 파란색 이불을 바라보면서 안쪽으로 손을 뻗자 예상대로 팔뚝만 한 주머니가 잡혔다. 안에는 볶은 콩 한 사발이 들어 있었다. 한 움큼을 입에 넣은 뒤 남은 콩을 내 주머니로 넣으면서 학자의 이불을 다른 침대들처럼 아침에 일어나 헝클어진 모양이 되게 마구 흔들었다.

학자의 숙사에서 나온 뒤에는 재빨리 내 숙사로 갔다.

다음 날도 나는 음악을 따라 7~8리 바깥의 98구로 가서 그녀가 길가의 나뭇가지를 밭머리에 세우는 것과 군복 차림의 남자가 98구에서 나오는 것을 보았다. 두 사람이 용광로에서 일을 마친 뒤에는 음악을 따라 돌아왔다. 그리고 음악이 잘 개켜둔 학자의 이불 속에서 또 하얀 만터우 반 개를 찾아냈다. 이미 6개월이나 밀가루를 맛보지 못한 터라 그게 어떤 맛인지 기억조차 나지 않았다. 하얀 만터우 반 개를 자세히 살필 새도 없이 곧장 입으로 가져갔다. 마르고 딱딱한 만터우 덩어리에 목이 메었지만 이내 침이 딱딱한 만터우로 스며들자 회백색을 띠는 만터우의 볶은 참깨 같은 향기가 생생하게 살아나면서 입속을 휘감았다. 잇몸과 혀끝, 온몸의 위장이 부들부들 떨리는 통에 나는 향기를 제대로 음미할 틈도 없이 마른 만터우를 덥석덥석 베어내 뱃속으로 삼켜버렸다. 하얀 만터우 반 개를 다 먹은 뒤 이 사이에 남은 만터우 부스러기에서 비로소 만터우에서 났던 게 참깨 향이 아니라 밀가루 녹말과 땅콩기름이 한데 섞인 새하얗고 새빨간 냄새였음을 알았다. 그 맛을 음미하면서 학자 침대 앞에 잠시 멍하니 있었다. 만터우를 먹고 나자 진귀한 물건을 잃어버린 것처럼 아쉬웠다. 나는 학자의 이불을 다시 흔들어 아침처럼 헝클어뜨린 다음 그의 침대를 떠났다.

고요한 마당에 서서 만터우 맛을 떠올리다 보니 내가 피로 키워냈던 조 이삭보다 큰 열여덟 개의 밀 이삭이 생각났다. 누구든 그 밀 이삭을 가진 사람은 밀 향기를 맡으며 이 기근을 견딜 수 있겠구나 싶었다.

5일째 되는 날 모든 죄인들이 풀씨를 찾으러 나갈 때 나도 함께 문을 나섰다. 서북쪽으로 가는 사람들과 달리 나는 혼자 동남쪽으로 걸어갔다. 그리고 소금웅덩이에 쪼그리고 앉아 음악이 나와서 길가의 나뭇가지를 98구 길가 밭머리에 꽂기만 기다렸다. 하지만 태양이 허공에 높이 솟을 때까지도 음악은 나오지 않았다. 혹시 음악이 지나가는 것을 놓쳤나 싶어서 풀씨를 찾는 척하며 그들이 간통하는 용광로까지 갔다. 두번째 가마 안쪽의 풀과 이불이 햇살이 비치는 쪽으로 옮겨졌지만 이불이 풀 위에 가지런하게 개켜져 있고 마른 풀과 나뭇가지로 덮인 게 아무도 건드리지 않은 모양이었다.

음악과 그 중년 남자가 그날은 용광로에 오지 않았다.

99구로 돌아온 뒤 곧장 여자 숙사의 두번째 문으로 들어가다가 빨래하고 있는 음악을 발견했다. 게다가 그건 내가 직접 입은 것을 보았던 분홍색 속옷이었다. "바늘 있나요?" 하고 문가에서 묻자 그녀가 황급히 손의 물기를 털고는 서랍에서 반짇고리 종이 상자를 꺼내왔다. "어디가 터졌는데요? 제가 꿰매드릴까요?"라며 약상자로 만든 반짇고리를 건

네줄 때 나는 음악의 얼굴에서 발그레한 윤기를 똑똑히 보았다. 춘삼월 복숭아꽃의 붉기나 농염함은 아니었지만 확실히 정상적인 여인의 윤기와 물기였다.

"풀씨 찾으러 안 가요?"

"오늘은 몸이 좋지 않아서요."

"내가 대신 모아다 끓여줄까요?"

고개를 흔들면서 음악이 무척 감격한 듯, 전에 모아둔 풀씨가 많아서 한 끼 더 끓여 먹을 수 있다고 했다. 그렇게 해서 일이 어영부영 넘어갔다. 그녀는 내게 풀씨를 찾으러 나갔다가 왜 이렇게 빨리 돌아왔느냐고 묻지 않았고 나도 왜 용광로에 가지 않았냐고 묻지 않았다. 그런데 엿새, 이레째 되는 날에도 그녀는 용광로에 가지 않았다. 다시 다른 사람들과 벌판으로 나가 풀씨탕을 끓여 먹기 시작했다. 하지만 나무껍질과 염분의 땅껍질을 첨가한 푸르누런 풀씨탕을 마실 때, 그녀가 몇 모금 마신 뒤에 갑자기 웅덩이로 숨는 것을 보았다. 웅덩이에서 혼자가 된 그녀는 풀씨탕을 전부 게워냈다. 임신한 게 아니라 매일 남자가 주는 음식을 먹다 보니 대기근 속에 목숨을 연명해주는 그 풀씨탕을 더 이상 먹을 수 없게 된 것 같았다. 갈대 옆에서 탕을 끓이는 사람들을 피해 나는 혼자 토하고 있는 음악을 멀리서 살펴보았다. 땅에 엎드려 새우처럼 등을 동그랗게 말아 올린 모습을 보면서 다가가 등을 두드려주고 싶었다. 하지만 끝내 그녀 쪽으로 가지 않았다.

토한 뒤 음악이 땅바닥에 앉아서 멀리 화룡 같은 용광로가 무수히 많았던 황허 제방 쪽을 바라보았다. 그리고 잠시 생각에 잠겼다가 커다란 차 통에 끓였던 풀씨탕을 쏟아버리고 99구 쪽으로 돌아갔다. 사람들은 이미 굶어 죽기 직전이라 자신이 살아날 수 있는가에만 신경 쓸 뿐 남들이 무엇을 하는가에는 관심이 없었다. 모두들 음악이 풀씨탕을 쏟아버리고 돌아가는 것을 보았지만 무엇을 하러 돌아가는지는 신경 쓰지 않았다. 하지만 나는 음악이 왜 갑자기 그 남자를 만나러 가지 않는지 알기 위해서, 또 그녀의 행적과 비밀을 기록해 포상과 음식을 받기 위해서 음악이 떠난 뒤 톱날이 목구멍을 지나는 것 같은 풀씨탕을 황급히 마시고 핑계를 대며 돌아갔다.

99구에 도착했을 때 나는 더욱 뜻밖의 일을 목격했다. 연극에서 절대 있을 수 없는 장면을 보는 것 같았다. 하지만 연극은 그렇게 펼쳐지고 그렇게 연출되었다. 그날 아이가 진의 본부에서 돌아왔다. 문에 며칠 동안 걸려 있던 자물쇠가 풀리고 예전처럼 걸쇠와 사슬이 늘어져 있었다. 섣달 말의 어느 날, 양력으로 1월이나 2월이었을 그날은 햇살이 무척이나 좋았다. 눈이 적어 유난히 가문 겨울이었고 매일 태양이 어김없이 하늘에 걸렸다. 세상의 나무들이 강철을 만드느라 전부 베어졌고 기근 때문에 풀뿌리도 사람들 뱃속으로 사라졌다. 그래서 대지의 모래흙이 고스란히 드러나 조금만 바람이 불어도 먼지가 하늘로 날렸고 짙은 황사가 하늘을 뒤덮은 것처럼 빛과 태양을 가렸다. 하지만 날씨가 좋고 바람이 없을 때면 얼마나 투명한지 허공에 떠다니는 풀잎과 깃털이 하늘에 걸린 것처럼 보였다. 그날은 날씨가 무척 좋았다. 99구 꼭대기에서 쏟아지는 빛이 깨끗한 온천수처럼 마당을 채웠다. 사람들이 모두 나가서 따스함과 적막이 99구에 켜켜이 쌓여 있었다. 아이의 문에서 자물쇠가 풀린 것을 보고 나는 발걸음을 늦췄다. 어서 들어가 지난 며칠 동안 99구에서 있었던 일을 아이에게 알려주고 싶었다. 분명 상부에서 돌아왔으니 아이는 식량을 가져왔을 터였다. 아이도 어쨌든 상부 사람이니까. 아이에게 99구에서 있었던 일을 보고하면 분명 먹을 것을 줄 것이고. 그동안 적어두었던 음악과 98구 남자의 간통 기록을 제출하면 더 많은 곡식과 볶은 콩을 줄 테고 그러면 며칠은 풀씨탕을 먹지 않아도 굶어 죽을 염려가 없었다. 하지만 내가 모퉁이를 돌아 아이의 숙사로 들어가려고 할 때 내 눈앞에서 놀라운 일이 펼쳐졌다.

아이의 문이 끼익 하고 열렸다. 그리고 음악이, 연기자가 무대 뒤편에서 무대 위로 걸어 올라오는 것처럼 그 문에서 나왔다. 나보다 한발 먼저 돌아온 그녀에게 무슨 일이 있었는지는 몰라도 방금 거친 벌판에서 돌아갈 때만 해도 그녀는 평소처럼 짙은 남색의, 소맷부리가 해져서 녹색으로 덧댄 낡은 웃옷을 입고 있었다. 하지만 그 잠깐 동안 그녀는 짙은 남색의 낡은 웃옷을 벗고 용광로에 갈 때마다 입던 담홍색의 깃이 짧고 허리가 잘록한 제복에 능직으로 짠 바지를 입고 입구가 네모나고 끈으로 장식된 무명 벨벳의 검정 헝겊신을 신었다. 음악이 지나간 자리에 콜드크림 냄새가 8월 계수나무 꽃이 눈앞에 피어난 것처럼 남았다. 그녀가 아이의 숙사에서 무슨 말을 하고 무슨 일을 벌였는지 모르겠지만 문을 나설 때 그녀의 손에는 손수건으로 싼 주머니가 들려 있었다. 손수건 주머니에서 풍기는 만터우 냄새를 멀리서도 단숨에 알아챌 수 있었다.

깜짝 놀라서 대문에 서 있을 때 음악이 나를 힐끗 쳐다본 뒤 손수건 주머니의 만터우를 들고 걸어 나왔다. 나는 고개를 돌려 얼른 아이의 문을 바라보았다. 음악이 문을 닫는 순간, 꽃 때문에 불타는 듯 붉은 아이의 침대 위에 또 종이를 잘라 만든 커다란 붉은 꽃들이 무더기로 쌓여 있고 아이의 여윈 그림자가 침대에서 흔들리는 것이 보였다. 하지만 이내 경쾌하게 문이 닫혔다. 내 시선이 칼로 싹둑 잘린 것처럼 문밖에서 끊어졌다. 나는 다시 햇살 아래에서 꼿꼿하게 거니는 수면 위의 불그스름한 수양버들 같은 음악의 날씬한 뒷모습을 바라보았다.

아이의 숙사로 들어가지 않았다. 아이가 이미 예전의 아이가 아닐 거라는 의심이 들어서였다. 어느새 성장해 입술 위의 보송보송한 솜털도 검고 빳빳한 수염이 되지 않았던가. 어쩌면 음악이라는 여자를 통해 이미 남자가 되었을지도 몰랐다. 음악에 대한 미움인지, 아니면 젊고 아름다운 것에 대한 질투인지 모르겠지만 어쨌든 만터우나 식량이 있다는 것 때문에 앞쪽 담벼락으로 사라지는 그녀의 뒷모습을 바라볼 때 내 감정은 한여름 발효가 끝난 똥통에서 나는 냄새처럼 시큼하고 구린 데다 강렬하기까지 했다.

갑자기 음악 숙소로 쫓아가 아이에게서 받은 만터우의 절반을 주지 않으면 그녀와 98구 남자가 용광로에서 벌인 간통 행각을 아이는 물론이고 99구의 모든 사람들에게 알리겠다고 협박하고 싶어졌다. 하지만 그 사악한 생각이 내 머릿속에서 반짝하며 떠올랐을 때 뒤쪽에서 발자국 소리가 들려왔다. 다른 동료들이 벌판에서 돌아온 거였다. 그들의 발소리 때문에 음악을 쫓아가거나 곧장 아이의 숙사로 들어가 밀고할 수 없었다. 대신 음악을 더 단단히 감시하리라 마음먹었다. 음악을 내 눈에서 놓치지만 않는다면 그녀는 조만간 몸으로 얻은 식량의 절반을 내게 줄 수밖에 없을 거라고 생각했다.

그날 밤 다른 사람들이 숙사에서 이불 속을 파고들 때 나는 마당의 냉기 속을 거닐었다. 얼마 간격으로 아이와 음악의 숙사 앞을 오갔다. 그날 밤에 음악이 아이를 찾아갈 것이라고 생각했기 때문이었다. 과연 한밤중 상현달이 하늘에 걸리고 황허 옛길의 얼음 같은 냉기가 뼛속까지 스며들 때 음악이 숙사에서 나왔다. 처음에는 변소에 가는 것처럼 여자들 변소로 걸어갔다. 하지만 앞뒤 열의 사람들이 모두 잠들어 99구가 죽어버린 물처럼 고요한 것을 보고는 잠시 변소 문 앞에 서 있다가 돌연 아이의 숙사 쪽으로 몸을 돌렸다.

나는 얼른 대문 바깥으로 몸을 피했다. 음악은 그날 밤에 『죄인록』을 몰래 적던 작가가 문밖에 숨어 처음부터 끝까지 자신을 지켜보고 있었음을 죽어도 알 수 없을 거였다. 담장을 타고 불어오는 바람이 다리와 발을 마비시키고, 한기 때문에 두 귀가 머리에서 떨어져 나갈 것 같았다. 나는 계속해

서 발을 동동거리며 두 손을 비빈 뒤 귀를 감싸 내가 그날 밤
에 얼어 죽지 않았음을 상기시켰다. 회백색이던 달빛이 자
정을 넘긴 뒤 파랗게 얼어붙었을 때 드디어 정원에서 발자
국 소리가 울리고 희미한 음악의 그림자가 눈에 들어왔다.
그녀는 아이의 창문 앞으로 가서 그 입구의 창문을 가볍게
두드렸다. 아무런 반응이 없자 좀더 세게 다시 두드렸다. 그
녀가 얼마나 두드렸는지는 모르겠고 아이가 안에서 뭐라고
했는지도 못 들었지만 음악이 창문 앞에서 "문 좀 열어주세
요"라고 말하는 것은 분명하게 들었다. 이어서 아이가 뭐라
고 대답했는지 몰라도 음악이 고집스럽게 "문 좀 열어주세
요. 긴히 드릴 말씀이 있어요"라고 했다.

잠시 침묵이 흐른 뒤 아이의 방에 불이 켜졌다. 곧이어 아
이가 문을 열자 음악이 문틈으로 들어갔다.

나는 재빨리 바깥의 담벼락에서 아이의 문 쪽으로 미끄러
지듯 자리를 옮겼다. 음악과 아이의 일을 놓치거나 보지 못
하는 순간이 생길까 봐 걱정이 됐다. 하지만 막상 아이의 숙
사 입구에 서자 또 망설여졌다. 아이가 갑자기 문을 열었다
가 나를 발견하면 어쩌나 걱정이 됐기 때문이었다. 그래서
다시 물러났다가 한참을 기다려도 아이가 문을 열어 바깥
을 살펴보려는 조짐이 없자 다시 아이의 숙사로 다가갔다.

그리고 갑작스런 사태가 발생하면 아이 숙사의 담벼락 뒤로 숨을 수 있도록 문 앞에서 동태를 살피는 대신 창살로 기어 올라갔다. 창살은 재빨리 숨을 수 있는 담벼락에서 두 걸음 거리로, 충분히 오갈 수 있다는 점 때문에 대담해질 수 있었다. 나는 창틀에 턱을 괴고 갈색 종이를 바른 창문에 귀를 붙였다. 벽돌을 구워 쌓은 창틀에 턱을 받치자 모래 알갱이에 아래턱 피부가 쓸렸다. 또 무슨 나무인지 몰라도 창틀이 어찌나 매끈하고 차가운지 귓바퀴를 얼음장에 갖다 댄 것 같았다. 어쨌든 그렇게 귀를 붙여 마침내 온몸을 달구고 가슴을 뛰게 만드는 음악의 말을 엿들을 수 있었다.

"제 나이가 많은 게 싫은 건가요, 아니면 예쁘지 않기 때문인가요?"

음악이 잠시 쉬었다가 분명한 어조로 다시 말했다.

"볶은 콩을 공짜로 받을 수는 없습니다. 그리고 99구에서 저보다 더 젊고 예쁜 사람은 없고요. 제가 부탁하는 거라고 생각하고 저를 가지세요."

아이가 어떻게 반응하고 행동하는지는 알 수 없었다. 아이의 말은 들리지 않고 방 안을 걸어 다니는 아이의 발소리만 들리더니 음악이 또 말했다.

"저를 가진 다음 양치통으로 볶은 콩 한 통만 주십시오.

볶은 콩 한 통이면 사나흘은 먹을 수 있습니다. 그렇게 며칠을 버티면 저는 다른 식량을 얻을 수 있어요. 그리고 다시는 여기 오지 않을 겁니다."

음악이 말한 다음 안에서 도대체 무슨 일이 일어났는지 침대가 삐걱거리는 소리가 들렸다. 침대는 버드나무 아니면 느릅나무여서 삐걱대는 소리가 꼭 도끼로 장작을 패는 것 같았다. 하지만 잠시 뒤 돌연 조용해졌다. 숙사 안팎으로 소리라고는 하나도 들리지 않았다. 한참 동안 적막이 흐르다가 또 갑자기 뭔가 알 수 없는 소리가 나더니 문틈과 창문에서 아이가 쉰 목소리로 애원하는 게 들렸다. 열몇 살짜리 남자아이가 엄마에게 야단을 맞고 비는 것 같았다.

"내가 부탁하는 거라고 하지. 난 이렇게 하고 싶었어."

"내가 부탁하는 셈 치라고. 이런 걸 늘 꿈꾸었다니까."

두 사람의 대화를 상상력으로 한데 묶을 수 없었지만 대화 속 유혹의 욕망은 따뜻한 물처럼 내 몸으로 스며들어 흘러 다녔다. 더 이상 춥지 않았고 손에서 끈끈한 땀까지 나오는 것 같았다. 나는 시골에서 남의 집안일을 몰래 엿듣는 사람처럼 혀를 내밀어 창호지에 대추만 한 구멍을 뚫은 뒤 눈을 구멍에 맞췄다. 그렇게 바라본 방 안의 광경은 길을 가다가 길을 가로지르는 뱀 한 마리를 만난 것처럼 의외였다. 탁자 끝에 놓인 아이의 등불과 그 노란빛을 받으며 항상 그렇듯 침대 발쪽에 놓인 진흙 화로, 화로에서 타들어간 장작의 잿더미 속에서 황금색으로 빛나는 수많은 불씨들이 보였다. 꽃이 듬성듬성 꽂히거나 걸렸던 아이의 침대 끝과 안쪽 벽이 상부에서 가져온 각종 커다랗고 붉은 종이꽃들로 완전히 메워져 있었다. 그리고 풀을 엮어 차양을 만든 침대 천장에도 커다란 꽃이 송이송이 걸려, 아이의 침대는 붉은 파도 위를 떠다니는 배 같았다. 하지만 붉은 범선 같은 침대에 눕거나 앉은 것은 아이가 아니라 맨몸을 드러낸 젊은 음악가였다. 온몸에 실오라기 하나 걸치지 않아 둥그런 어깨와 유방이 붉은 허공에 드러났다. 물이 흐르는 듯한 검은 머리칼은 대부분 등 뒤로 늘어졌지만 조금은 귀를 따라 얼굴 앞쪽과 왼쪽 어깨로 내려왔다. 방에 화로가 있기 때문인지, 등불과 방 안 가득 걸린 꽃 때문인지 음악은 전혀 추워 보이지 않았다. 그녀는 아이 침대의 한가운데에 앉아 아이의 이불로 하반신을 덮은 채 상반신과 가슴을 붉은 허공에 하얗게 드러냈다. 타는 듯한 붉음 때문에 그녀의 몸과 얼굴에도 붉은 기운이 서렸고 꽃물을 들인 것처럼 상반신 전체가 복숭아 빛을 띠었다. 그리고 그 복숭아 빛깔 속에서 그녀는 눈으로 보면서도 도저히 이해할 수 없는 아이의 표정과 행동에 무척 어색하고 난감한 내색을 했다. 아이는 놀랍게도 그녀의 앞쪽 침대 밑에 무릎을 꿇고 있었다. 평소에 입는 바지와 상의 차림 그대로였다. 창문의 작은 구멍으로 보느라 아이의 얼굴과 표정까지 보이지 않았지만 아이 앞쪽의 침대 위, 이불 끝, 커다랗고 붉은 꽃잎 사이에 작년에 아이가 성도에서 오각 강철별을 헌납하고 상으로 받은 총이 놓인 것은 똑똑히 볼 수 있었다. 총은 여전히 검은 윤기가 반지르르 흘렀다. 손잡이는 침대 머리맡을, 총구는 비스듬히 아이의 가슴을 조준한 상태였다. 아이가 그렇게 총과 나체의 음악 앞에 꿇어앉아 반은 애원하듯, 반은 분명하게 말했다.

"내가 부탁하는 거라고 하지. 난 이렇게 하고 싶었어."

그렇게 말할 때 아이의 시선이 음악의 얼굴과 가슴을 향했지만 목소리와 어조로 보면 마치 아무것도 보지 않는 것 같았다. 목소리에서 변성기를 맞은 남자아이의 거칠고 쉰 소리가 났고 애원할 때의 슬픔과 고통이 느껴졌다.

"많은 곳을 가봤고 수많은 세상과 상부 사람들을 만나보았다. 이제는 정말 이러고 싶다." 아이가 말했다. "당신이 내려온 다음 내가 침대의 붉은 꽃 속에 앉으면 내 가슴 한가운데를 쏴라. 나는 정말 이러고 싶다. 꿈에서도 꽃 더미 속에 앉아 있으면 누군가 내게 총을 쏘아 나를 앞으로, 꽃 더미로 쓰러뜨리기를 바란다."

"당신이 총을 쏘면 밀가루 한 포대와 볶은 콩 한 포대가 전부 당신 게 된다." 아이가 말하면서 음악 주위와 머리 위의 붉은색 일색인 꽃들을 바라보았다. "별도로 당신에게 별 다섯 개를 주겠다. 별이 있고 먹을 게 있으면 더는 여기서 굶주릴 필요가 없다. 자유롭게 집으로 돌아갈 수 있고 결혼하고 싶은 남자와 결혼할 수도 있다."

그렇게 말한 뒤 아이가 조금 차분해졌다. 시선을 음악의 얼굴에 고정한 채 눈앞의 총을 음악 쪽으로 밀고는 음악의 결단과 행동을 기다렸다. 하지만 그때 음악이 당혹스러움에서 깨어났다. 그녀는 아이를 잠시 바라보며 자신의 아랫입술을 깨물었다가 마지막에는 매섭게 쏘아보며 물었다.

"정말 필요 없나요? 정말 비정상적인 남자는 아니겠죠?"

물으면서 아이의 얼굴을 바라보았다. 아이의 얼굴에서 무엇을 보았는지 모르겠지만 아이가 아무 말도 하지 않자 잠시 뒤 갑작스럽게 이불 한끝에서 자신의 웃옷을 잡아당겨 입기 시작했다. 또 침대에 앉아 바지를 입으며 자리에서 일어났다. 그녀는 아주 빠르게 옷을 입은 뒤 바지를 여미고 침대 위에서 붉은 꽃을 피해 내려왔다. 그러고는 아이 옆에 서서 눈을 흘기며 말했다.

"일어나요. 당신이 정상적인 사람이 아니라고는 생각하지 못했어요. 이제 굶어 죽더라도 다시는 먹을 것을 달라고 찾아오지 않을 겁니다."

그렇게 말한 뒤 음악은 꿇어앉은 아이가 일어나건 일어나지 않건 상관하지 않은 채, 또 아이를 바닥에서 부축해 일으키지도 않은 채 목 아래의 단추를 채우며 문밖으로 나갔다.

문소리가 나는 순간 나는 얼른 담벼락 뒤로 숨었다.

4. 『옛길』 p457~p463

또 며칠 동안 한파가 들이닥치고 거센 바람이 불었다. 기온이 영하 30도까지 떨어져 땅 위의 모든 습기가 꽁꽁 얼어붙었다. 마당에서 물을 길은 다음 곧장 솥에 끓이지 않으면 물통 속의 물이 순식간에 얼음으로 변했다. 전날만 해도 이불 속에서 잠자던 사람이 다음 날이 되면 침대에 죽어 있곤 했다. 굶어 죽은 건지 얼어 죽은 건지 알 수 없었다. 사람들은 걸어 다닐 기운마저 떨어진 터라 죽은 사람이 생겨도 더 이상 마당 뒤쪽의 황무지에 파묻지 않았다. 꽁꽁 얼어붙은 땅에 무덤을 팔 수 있는 힘이 없었기 때문이었다. 살아 있는 사람들도 더 이상 죽은 사람을 무서워하지 않게 되었다. 누가 죽으면 정해진 방의 침대로 시체를 옮겼다. 처음에는 침대 하나에 한 사람씩 올렸지만 나중에는 두 사람씩 놓았다. 그리고 더 나중에는 방 두 칸에 시체를 모으고 침대 하나당 세 구, 다섯 구씩 쌓았다. 사람이 죽으면 금세 얼음 기둥이 되어 시체를 드는 게 꼭 말뚝을 드는 것 같았다. 침대에 내려놓을 때면 텅텅하고 소리가 울렸고 다른 시체와 닿을 때도 탱탱하며 얼음끼리 부딪히는 소리가 났다.

너무 추워서 사람들은 풀씨를 찾아 황무지로 나가지 못했다. 벌판에서 바람이 불면 바람에 날려 황량한 들판에 고꾸라질 것만 같았다. 쓰러지면 다시는 일어서지 못할 것만 같았다. 황허 강변에서 불어오는 바람은 낮에는 남자가 천지를 원망하며 우는 것처럼 웅웅 하는 회백색 소리를 냈고, 밤에는 여자가 무덤 앞에서 곡하는 것처럼 날카로운 호루라기 소리를 냈다. 아이는 안에서 문을 걸어 잠그고 창문에 쇠못을 박은 채 벌써 3일 밤낮을 나오지 않았다. 학자가 나를 찾아와 말했다.

"이렇게 안에서 굶어 죽거나 얼어 죽을 수는 없습니다."

"남아도는 침대를 태웁시다." 내가 말했다.

한낮에 조금 따뜻해졌을 때 학자가 각 열의 숙사 앞을 다니며 소리쳤다.

"밤에 남자는 남자끼리, 여자는 여자끼리 껴안고 자고 빈 침대는 땔감으로 불을 피우십시오."

학자가 또 나를 찾아와 의논했다.

"숙사 안에 있는 모래흙을 먹을 수 있을까요?"

내가 의아해하며 쳐다보자 쓴웃음을 짓더니 또 밖으로 나가 숙사 앞을 다니며 외쳤다.

"가죽 신발이 있는 사람은 가죽 신발을, 가죽 허리띠가 있는 사람은 가죽 허리띠를 드십시오. 하지만 인육은 절대 안 됩니다!"

나무를 뿌리째 뽑아버릴 수 있을 만큼 바람이 거셌지만 땅에는 나무가 없었다. 풀뿌리를 전부 날려버릴 수 있을 만큼이었지만 주변 몇 리 내의 풀뿌리는 전부 사람들 뱃속으로 사라지고 없었다. 바람은 땅 위의 모래만 말아 올릴 수 있어서 거대한 이불이 세상을 떠다니는 것 같았다. 태양이 사라지고 달도 사라졌다. 입에서 항상 모래가 서걱거려 모두들 물로 입을 헹구며 퉤퉤 뱉어내야 했다. 사람들이 옮겨 가고 옮겨 왔다. 남자끼리 껴안고 자거나 한 침대에서 서로의 두 다리와 발을 안아 온기를 나누기 위해 자신과 가장 익숙하고 말이 통하는 사람들과 짝을 이루었다. 나는 학자와, 종

교는 법학 전문가와 짝을 이뤄 네 명이 한방에서 잤다. 죽은
사람들의 이불까지 침대에 깔고, 남는 침대에서 다리를 떼
어내고 본판을 쪼개 밤새 바닥에다 불을 피웠다. 법학 전문
가가 돼지가죽 신발을 내놓고 학자가 이미 조금 끊어 먹은
소가죽 허리띠를 풀었다. 그 신발과 허리띠를 잘게 잘라 끓
였다가 더 이상 허기를 참을 수 없을 때 한두 조각씩 꼭꼭 씹
은 뒤 목을 길게 내밀며 삼켰다. 그렇게 허기를 누른 다음 이
불 속으로 파고들어 아무 말도 하지 않고 움직이지 않으면
서 힘을 아끼고 온기를 쬐었다. 모두들 그렇게 한기와 모래
바람을 견뎠다. 어느 날 잠자리에 들어 한밤중에 깨어 보니
땔감이 다 타버렸다. 하지만 모두들 침대에서 일어나 빈 침
대를 쪼개 넣을 생각을 하지 않았다. 침대를 쪼개느라 힘을
쓰다가 지쳐서 쓰러지면 다시는 못 일어날 것 같았다. 그래
서 죽어라고 이불을 끌어당기며 창밖의 북풍이 문과 창문,
처마 서까래를 쾅쾅거리며 미는 소리와 모래가 차르랑차르
랑 벽과 문, 창문을 두드리는 소리만 들었다. 잠을 이루지 못
할 때 종교가 맞은편 침대에서 우리 쪽으로 몸을 돌린 뒤 물
었다.

"저기요, 주무세요?"

"아니요." 학자가 대답했다.

"아무래도 하느님이 거둬들이시려나 봅니다." 종교가 말했다. "인간이 처음 세상에 왔을 때의 대홍수처럼요."

종교가 이어서 하느님이 거두려는 것에 대한 결론과 판단 근거를 제시하려 했다. 하지만 학자가 헛기침을 하자 입을 다물었다. 방 안이 금세 모래바람 소리만 남고 무덤 속처럼 고요해졌다. 학자의 기침이 나를 염두에 둔, 나에 대한 의심이라는 것을 잘 알았다. 나는 학자의 다리를 껴안았던 팔을 푼 다음 더 이상 내 가슴의 온기가 그에게 가지 않도록 몸을 돌려 잠든 척했다. 하지만 몸을 돌릴 때 학자 역시 내 다리를 안고 있었음을 잊었다. 그의 체온 역시 가슴에서 내 다리로 전해지고 있었던 것이다. 하지만 되돌릴 수도 없었다. 벌써 학자의 다리를 놓은 데다 그의 가슴에서 내 다리를 빼낸 뒤였다. 다시 몸을 돌려 그의 다리를 안을 수는 없었다. 그건 내가 애당초 잠들지 않았으며 몸을 돌린 것도 거짓임을 증명하는 행동이었다. 두 다리를 학자의 가슴에서 빼내자 이불 틈새로 한기가 다리를 덮쳤다. 발로 이불을 다리 밑에 쑤셔 넣을까 망설이고 있을 때 학자가 갑자기 내 다리에 몸을 붙이고 바람이 새는 발 쪽의 이불을 누르고는 내 다리를 가슴에 안았다.

온기가 그의 가슴에서 내 두 발로 전해졌다. 그렇게 잠시 조용히 있다가 두 눈을 뜨고 창문에서 들어오는 흐릿하고 누런 흙탕물 같은 빛을 바라보았다. 그 빛이 밝아졌다가 다시 어두워질 때 나는 갑자기 침대에서 일어나 내가 자던 쪽 이불을 말아 눌렀다. 그러고는 학자 쪽으로 기어가 그를 끌어안으면서 "알려줄 게 있어요" 하고 귓속말했다. 그때서야 덩치가 크던 학자가 뼈밖에 남지 않았다는 것을 알았다. 잠옷으로 입은 두툼한 웃옷과 바지 너머로 그의 뼈가 느껴졌다. 막대기가 내 가슴과 허벅지를 누르는 것 같았다.

"음악의 얼굴에서 왜 아직도 홍조가 도는지 압니까? 외부에서 남자를 만나기 때문입니다. 그 남자가 음악에게 먹을 것을 주지요."

학자가 갑자기 침대에 일어나 앉았다.

"직접 본 겁니까?"

"여러 차례 뒤를 밟았습니다. 그들은 98구의 두번째 용광로에서 만나더군요. 정을 통할 때마다 남자가 곡물과 워위를 주었고요."

학자가 창문을 바라보며 아무 말도 하지 않았다.

"그 남자는 군인이었고 현재는 98구의 상부 인사입니다."

학자는 계속 아무 말도 하지 않은 채 새까만 천 조각처럼 침묵을 유지했다.

"몇 번인가 당신 이불 속에 음악이 먹을 것을 넣어두었는데 내가 훔쳐 먹었지요."

학자가 고개를 돌려 나를 바라보았다. 희미하게 보이는 얼굴이 허공에 걸린 널빤지 같았다.

"돌려줄게요." 나도 침대에서 몸을 일으킨 뒤 자신 있게 말했다. "요 며칠 동안 당신의 만터우 반 개를 먹었습니다. 내가 만터우 한 개나 볶은 콩 반 근으로 갚을게요. 그 98구의 상부에게서 받을 수 있습니다."

"됐습니다." 학자가 천천히 누우면서 덤덤하게 말했다. "요즘 같은 때 굶어 죽지만 않으면 누가 무슨 일을 하든지 다 이해할 수 있습니다."

그러고는 나도 누우라며 두 달 동안 갈아입지도, 빨지도 않은 내 잠옷을 잡아당겼다.

"함께 자면 적어도 얼어 죽지는 않겠지요."

그래서 다시 누워 서로 끌어안았다. 한 살 반이 더 많은 내가 내 아이를 안듯 그를 끌어안았다. 나보다 머리 하나가 더 큰 그가 동생을 끌어안듯 나를 안았다. 장작개비 같은 뼈가 서로의 몸에 닿았고 체온이 온수처럼 서로에게 퍼졌다. 맞은편 침대의 종교와 법학 전문가는 너무 추웠는지 머리를 이불 속에 파묻어 콧김이 돌 틈에서 흘러나오는 흐릿한 물처럼 뒤엉켜 나왔다. 잠이 든 두 사람의 느리고 둔한 호흡 소리에 나와 학자도 점점 잠에 빠져들었다.

그날 불이 꺼졌음에도 나와 학자는 무척 따뜻하게 푹 잤다. 다음 날 햇살이 창문을 뚫고 들어온 한참 뒤 법학 전문가가 흔들어서야 깨어났다.

"아직도 주무세요? 종교가 죽었습니다."

"두 사람 모두 아직 주무세요? 종교가 죽었습니다."

깜짝 놀라 웃옷을 걸치고 신발을 꿰찬 뒤 맞은편 침대로 가서 종교를 흔들었다. 돌기둥을 흔드는 것 같았다. 학자가 종교의 코 밑에 손가락을 갖다 대자 법학 전문가가 조금 짜증스럽게 말했다.

"벌써 다 해봤습니다. 숨결이 전혀 느껴지지 않아요. 날이 밝기 전에 죽었습니다. 날이 밝을 때 발로 이불을 들추다가 알았습니다. 몸을 뒤집다가 이불이 바닥에 떨어졌나 봅니다. 이불이 떨어지면 굶어 죽거나 얼어 죽을 수밖에요."

나와 학자가 종교의 침대 옆에 섰다. 종교의 얼굴이 깊은 연못에 파랗게 맺힌 얼음처럼 시리도록 파랬다. "어떡할까요?"라며 학자가 나를 바라보았다. 내가 종교를 보며 "시체실로 옮겨야지요"라고 말한 뒤 종교를 이불로 싸서 시체실로 옮기기 시작했다. 각 숙사마다 해가 들지 않고 서북풍이 항상 벽을 때리는 가장 서쪽 방을 시체실로 정했다. 나와 학자는, 보통 체구에 생전에는 건초처럼 말랐던 종교가 죽고 난 다음에는 석회 비석처럼 무거울 줄 전혀 몰랐다. 나는 발을, 학자는 어깨를 들었는데 스무 걸음이나 걸었을까 벌써 지쳐서 중간에 쉬어야 했다. 종교를 떠메고 시체실에 들어가자 갑자기 냉동고에 들어간 것처럼 뼛속을 파고드는 한기가 엄습해왔다. 그렇게 차가운 시체실에서 종교를 창가 침대에 가로로, 이불을 덮은 다른 일곱 구의 시체와 나란히 누여놓았다. 학자가 침대를 돌며 시체를 세었다. 열셋을 센 뒤 고개를 들어 나를 보며 "그래도 다행입니다. 제 생각만큼 많지는 않군요"라고 했다. 이어서 법학 전문가가 종교의 양치통과 칫솔, 낡은 신발 두 켤레, 그리고 가장 최고 상부인 국가 지도자의 빨간책을 가져와 종교의 이불 속에 넣었다. 그러더니 우리 두 사람 앞에서 웃으며 손을 펼쳤다. 스무 송이가 넘는 작은 꽃이 놓여 있었다.

"모두 스물일곱 송이입니다. 셋이서 똑같이 나눕시다."

법학 전문가가 내 얼굴을 쳐다보았다.

"전부 가져요." 내가 대범하게 말했다. "나도 이번 기근을 못 넘길 것 같으니까요."

법학 전문가가 웃으며 작은 꽃들을 호주머니에 넣은 뒤

주머니에서 또 편지 봉투처럼 접힌 종이를 꺼내 "종교의 베개 밑에서 찾았습니다"라며 펼쳤다. 성모 마리아의 컬러 초상화였다. 색이 좀 바랬을 뿐, 네 변이 완전하고 색깔도 부드러웠다. 하지만 성모의 두 눈이 바닥이 보이지 않는 검은 구멍처럼 뚫려져 있었다. 그리고 눈이 검게 뚫린 초상화의 가장자리에 "당신을 증오해. 당신 때문에 죄인이 되었다고!"라는 말이 연필로 적혀 있었다. 법학 전문가가 초상화를 든 채나와 학자를 바라보며 "그래도 종교 옆에 둘까요?"라고 물었다. 학자가 잠시 생각한 뒤 초상화를 갈기갈기 찢고 종교의 머리 앞에서 되는대로 뿌렸다. 그리고 종교의 이불에서 빨간 책을 꺼내 딱딱하게 굳은 종교의 손가락을 억지로 펼쳐 빨간 책을 안은 채 잠들게 해주었다.

그런 다음 시체실에서 나왔을 때 뒤쪽 숙사의 담 모퉁이에서 날카로운, 온 힘을 다하지만 입이 열리지 않는 것 같은 여자 의사의 반 고함 소리가 들려왔다.

"남자들, 누구든 와서 시체 드는 것 좀 도와주세요. 도저히 못 들겠어요!"

나와 학자가 서로를 바라보며 고함이 나는 쪽으로 걸어갔다. 두 사람의 발걸음이 실에 매달려 하늘 위를 나풀거리는 연 같았다.

5. 『옛길』 p464~p475

그 한파는 이레 동안 몰아닥쳤다. 그렇게 7일이 지난 뒤 갑자기 하늘에서 진흙물을 뚫고 나오는 뭉근한 불처럼 태양이 흐릿하고 모호한 빛을 비추었다. 기온이 오르자 마당에 다시 발걸음 소리가 울리기 시작했다. 나는 발자국 소리를 듣고서 숙사를 나섰다. 솥에 끓인 신발과 허리띠가 이미 바닥나고 신발과 허리띠를 끓인 검은 물마저 나와 학자, 그리고 법학 전문가의 입으로 한 모금씩 거의 사라져가고 있을 때였다. 그런 상황에서 다행히 태양이 모습을 드러내 풀뿌리를 찾아 밖으로 나갈 수 있게 되었다. 오전으로 접어들어 태양이 허공에 솟아오른 그때 자박자박하는 발걸음 소리가 마당 뒤쪽에서 천천히 울려 퍼졌다. 나는 솥에서 신발과 허리띠 삶은 물을 두어 모금 마신 뒤 소리가 나는 쪽으로 나갔다. 바닥에 모래흙이 반 척 두께로 쌓여 발걸음을 떼자 솜이 불을 밟는 것 같았다. 건물 입구에서 갑작스럽게 태양을 본 탓에 눈앞으로 작은 불꽃이 날아다녔다. 나는 눈을 비비고 이마를 짚으면서, 제일 먼저 숙사를 나와 99구 대문을 빠져나가는 사람을 바라보았다. 그건 음악이었다. 전처럼 담홍색의 예쁜 옷을 입고 대문으로 나간 그녀는 문 앞 길가에서 손가락 두께에 허리까지 오는 대나무 장대가 똑바로 꽂힌 것을 발견했다. 음악은 장대를 보고 발걸음을 늦추더니 사방을 둘러본 다음 빠르게 대나무 장대 쪽으로 걸어갔다. 맞은편 길가에 이른 그녀는 장대를 뽑아 잠시 살펴보곤 바닥에 던진 뒤 98구의 약속 장소로 향했다.

정말 무대 속 한 장면 같았다. 광야의 적막이 깊고도 아득했고, 며칠 동안 거센 바람이 휘몰아친 뒤라 하늘에 새 한 마리도 보이지 않았다. 들판과 길이 모래 먼지로 폭신하게 뒤덮였다. 98구로 통하는 길도 평평하고 보드라워 걸을 때마다 2촌 깊이로 발자국이 찍혔다. 꼭 대지에 도장을 찍은 것처럼 선명하게 흔적이 남았다. 갑자기 내 다리에 전보다 힘이 들어가는 게 느껴졌다. 대문 앞의 장대가 음악에게 만날 수 있다고 알리기 위해 98구의 상부가 꽂아놓은 신호임을 알았기 때문이었다. 나는 마당에서 나가 멀찍하게 음악을 뒤따라갔다. 아무도 없는 텅 빈 황야에서 움직이는 횃불을 보듯 그녀를 바라보았다. 그녀는 누가 따라오는지 따위는 전혀 상관하지 않았다. 빠르게 걸어가면서 고개를 한 번도 돌리지 않았다. 심지어 더 이상 걸을 수 없어 쉬어야 할 때조차 내 쪽을 돌아보지 않았다.

모든 것이 내가 예상했던 그대로였다. 음악은 희미하게

보이는 샛길을 따라 서너 번을 쉬며 앞으로 나아가 전에 나뭇가지를 꽂아두던 98구의 밭두렁에 이르렀다. 그런데 수도 없이 꽂았던 그 나뭇가지가 사라졌는지 모래 먼지로 뿌연 땅에서 새로운 나뭇가지를 찾기 시작했다. 그녀는 최대한 빨리 98구 남자가 나뭇가지를 발견하고 나올 수 있도록 밭두렁에서 가슴 높이의 나뭇가지 세 개를 주웠다. 그러고는 주머니에서 네모난 손수건을 꺼내 이로 가늘게 찢은 다음 나뭇가지 세 개를 하나로 묶고 힘껏 밭두렁에 꽂았다. 한 장 남짓한 나뭇가지가 깃대처럼 높게 솟아올랐다. 그러고 나서 음악은 곧게 뻗은 나뭇가지를 흔들어 넘어지지 않는지 확인한 뒤 마지막으로 사방을 둘러보고 용광로로 걸어갔다.

음악이 걸어가면서 손으로 머리카락을 쓸어내리고 옷섶과 깃을 끌어당겨 매무새를 정돈했다. 용광로로 방향을 맞춘 다음에는 걸음을 늦추고 수시로 고개를 돌려 나뭇가지와 98구 쪽을 바라보았다. 나뭇가지가 쓰러질까 걱정하고 남자가 오지 않을까 걱정하는 눈치였다. 하지만 음악의 걱정은 쓸데없는 기우였다. 그녀가 가마로 들어간 지 얼마 지나지 않아 그 남자가 98구에서 나왔다. 꼭 어딘가에 숨어서 나뭇가지가 세워지기를 기다리고 있던 것 같았다. 나는 밭두렁 근처의, 거의 모래 먼지로 그득해 뛰어들자마자 모래흙에 엎드릴 수밖에 없는 흙구덩이에 숨어 있었다. 입구로 머리를 살짝 내밀고 98구에서 그 남자가 예전처럼 낡은 군복을 입고 손에 면주머니를 들고 나오는 것을 보았다. 면주머니에서 솔솔 새어 나오는 볶은 콩 냄새가 내 코와 울대뼈를 쉴 새 없이 뒤흔들었다. 남자가 걸을 때마다 주머니에 반쯤 들어 있는 볶은 콩이 그의 다리를 스쳤다. 볶은 콩이 걸리적거렸지만 그의 걸음걸이는 기근과 전혀 상관없는 사람처럼 아주 민첩했다. 나뭇가지가 꽂힌 곳에 이르자 참을 수 없다는 듯 나뭇가지를 뽑아 밭두렁으로 던지고는 음악이 사라진 가마 쪽으로 몸을 틀었다. 그때 내가 밭두렁 아래의 흙구덩이에서 벌떡 일어나 재빨리 그를 따라잡고 면전을 가로막았다. 내 출현에 그가 어쩔 줄 모를 정도로 당황해했다. 얼마나 깜짝 놀랐는지 충격으로 굳어진 게 확연히 보였다. 나는 바로 두 걸음 거리에서 그를 볼 수 있었다. 나보다 최소한 머리통 반 개가 크고 어깨가 문짝처럼 떡 벌어졌지만 넓고 단단한 어깨 위로 보이는 그의 자홍색 얼굴이란, 선명한 마맛자국이 열 곳도 넘고 커다란 입속의 사라진 앞니 자리에 번쩍이는 금니가 햇빛에 찬란하게 빛났다. 그렇게 못생겼으리라고는 생각지도 못했기 때문에 음악이 조금 미워지기까지 했다. 이렇게 못생긴 남자와 정을 통하다니, 썩어가던 내 마음에 순식간에 앵앵거리는 파리 떼가 꼬였다. 나는 금니가 입은 낡은 군복과, 커다랗게 기워놓은 팔꿈치와 무릎을 훑어보고 또 한 번 흘겨본 다음 차갑게 비웃으며 말했다.

"가마에서 간통하는 것을 모두 보았소. 다른 사람들에게 알려지는 게 싫으면 적어도 당신이 들고 있는 음식의 절반을 내게 주시오."

금니가 눈을 가늘게 뜨고 나를 바라보았다.

"누구요?"

"99구에서 음악과 함께 있는 사람이오."

"그럼 너도 죄인이란 소리군."

금니가 갑자기 웃으면서 손에 들고 있던 주머니를 허공으로 들어 올렸다. 얼굴과 몸이 다시 편안해진 모습이었다.

"먹고 싶나? 그럼 이리 와서 내 발길질을 한번 받아봐. 내 발길질 한 번에 죽지 않는다면 여기 볶은 콩 주머니를 주지. 한 번에 죽는다면 영영 누울 테니 굶을 필요가 없어지고."

그러면서 콩을 내 앞에서 흔들자 기름진 콩 냄새가 진하게 퍼졌다.

"향긋하지? 한 움큼만 먹으면 목숨을 구할 수 있어. 이리 와서 한 번만 맞으라니까. 내 발길질 한 번에 죽지 않으면 이 콩이 전부 네 거야."

그는 나더러 다가와 발길질을 당하라고 하면서도, 막상 내 쪽으로 오지는 않았다. 그 얼굴에서 번뜩이는 분노와 살기가 나를 향해 무너져 내리는 벽처럼 느껴져 황망히 뒷걸음쳤다.

"사실 제가 정말로 두 사람 일을 다른 사람들에게 말할 리 있겠습니까?"

나는 그렇게 말하면서 점점 빨리 물러났다. 그리고 몸을 돌려 달아나려 할 때 그가 또 웃으며 세웠다.

"겁나나?"

나는 아무 말 없이 그대로 서서 그를 바라보았다.

"내가 누군 줄 알아?"

그가 경멸스럽다는 듯 나를 바라보고 뒤쪽의 98구 건물을 바라보았다.

"사실대로 말해주지. 나는 98구 상부다. 군대에 있을 때 사람 죽이는 걸 개미 밟아 죽이듯 했지. 살고 싶으면 당장 너네 99구로 꺼져버려."

그는 크고 거만한 목소리에, 상부 인사가 죄인들을 비판하는 눈초리로 나를 바라보았다. 그리고 말을 마친 다음 씩 웃으며 장난하듯 내 앞에 가래를 뱉었다. 그의 웃음과 오만한 눈빛 속에서 나는 가래가 바닥에 떨어지기도 전에 몸을

돌려 걸어가기 시작했다. 머리를 숙인 채 걸어가다가 벽에
부딪힌 사람처럼 냅다 몸을 돌릴 수밖에 없었다. 몇 걸음 걸
었을 때 그도 음악이 기다리는 가마로 걸어가는 게 느껴져
발걸음을 늦추고 숨을 길게 내쉬었다. 하지만 그때 또다시
뒤쪽에서 목소리가 들려왔다.

"이봐, 잠깐 기다려봐."

나는 또다시 두려움에 떨며 제자리에 서서 몸을 돌렸다.

"나와 함께 가마로 가서 너희 도시의 지식층 여자를 내가
어떻게 다루는지 다시 한 번 보지 않겠나?"

그가 황무지에 서서 목을 길게 빼고 큰 소리로 외쳤다.

"너희 도시의 지식인들 말이야. 그 젊고 예쁜 여선생, 자기
가 피아니스트라고 하더군. 나도 피아노 치듯 아주 능숙하
게 그녀를 다루지. 아랫물이 허벅지를 따라 쉬지 않고 흘러
내리게 말이야."

나는 아무 말도 하지 않았다. 더 이상 서 있을 수조차 없
어, 두들겨 맞은 개처럼 그의 거친 웃음소리 속에 미끄러지듯
99구로 향했다.

99구의 마당으로 돌아온 다음 마당 대문의 부드러운 모래
흙에 발자국을 남긴 게 나와 음악만이 아니라는 것을 알았
다. 어지럽게 찍힌 발자국의 상당수가 마당에서 바깥으로 이

어져 있었다. 아직 살아 있는 사람들이 전부 풀뿌리를 찾아 광야로 나갔음을 알 수 있었다. 아이의 문은 여전히 닫혀져 있었다. 발자국 두 줄이 아이의 문과 창문 밑으로 연결되었지만 음식을 찾으러 나간 사람이 문과 창문으로 무엇을 엿본 것인지, 아니면 아이와 무슨 대화를 나눈 것인지는 알 수 없었다. 벌써 열흘 넘게 아이에게 『죄인록』을 내지 않았다. 그 10여 일 동안 너무나 굶주려 펜을 들 힘도 없었던 데다 아이도 내게 인색해진 때문이었다. 빽빽이 열 장 넘게 기록해봐야 아이는 볶은 콩 열 알 정도를 줄 뿐이었다. 한 장에 몇백 글자씩 힘들게 적고 받는 콩이 기껏 몇 알에 불과하니 『죄인록』에 대한 열기가 떨어질 수밖에 없었다. 1년 내내 닫혀 있었던 것 같은 아이의 문을 바라본 다음 나는 조용히 숙사로 들어갔다. 마당의 적막이, 바람이 거세게 불고 난 뒤 엉망이 된 무덤 같았다. 절망이 사방팔방에서 옥죄어 가슴에서 시체 썩는 물을 짜낼 수 있을 것만 같았다. 숙사 입구에서 잠시 멍하니 있다가 안으로 들어갔을 때 학자가 풀뿌리와 씨앗을 찾으러 벌판으로 나가지 않고 침대에 조용히 앉아 있는 것을 발견했다. 그가 나를 보자 몸을 일으키며 "왔어요?"라고 물었다. 내가 어디에 갔었는지 알고 물어보는 것 같아 무안하게 고개를 끄덕이며 쓴웃음을 지을 수밖에 없었다.

"보아하니 이번에는 당신 음식을 훔쳐 먹지 못하겠군요."

"음악이 또 그 용광로에 갔나요?"

그가 슬프고 어두운 눈으로 나를 바라보았다.

나는 고개를 끄덕인 다음 죽은 종교의 침대에 앉았다. 학자가 더 이상 아무것도 묻지 않아서 나도 음악을 따라갔다가 당하고 본 일들을 설명하지 않았다. 태양이 어느새 정수리 부근에 이르러 7일 동안 느껴보지 못했던 온기가 다시 황허 옛길에 나타나고 있었다. 숙사에는 여전히 냉기가 흘렀지만 바깥에 태양이 나오자 춥기는 해도 불을 쬐거나 이불을 두르지 않고도 앉아 있을 수 있었다. 나와 학자는 두 손을 소맷부리에 끼운 채 터진 솜신 속에 웅크린 두 발을 수시로 바닥에 굴렀다. 그렇게 잠시 조용히 있다가 학자가 고개를 들고 나를 쳐다보았다.

"음악이 돌아온 다음에 우리에게 먹을 것을 나눠줄까요?"

나도 학자의 얼굴을 바라보았다. 멍하면서도 진지한 표정으로 비방이나 조롱의 뜻은 전혀 없었다. 내가 자신 있게 대답했다.

"그럴 겁니다. 오늘 그 남자가 음악에게 가져간 것은 볶은 콩 한 주먹이 아니라 반 주머니였으니까요."

학자가 눈을 반짝이더니 머리를 두 다리 사이에 파묻고

잠시 생각에 잠겼다가 고개를 들었다.

"돌아와서 볶은 콩 반 사발만 주면, 나중에 자유를 얻어
집에 돌아갔을 때 아내와 이혼하고 그녀와 결혼할 겁니다."

나는 다소 의외라는 표정으로 그를 쳐다보았다.

"설마 음악을 창녀라고 여기는 겁니까?"

내가 고개를 흔들었다.

"그러니까," 학자가 말했다. "작년에 강철을 만들면서 그
녀를 위해 별 다섯 개를 모을 때 나와 결혼하고 싶다더군요.
하지만 그때는 대답하지 않았습니다."

나는 어떻게 대꾸해야 할지 몰라 차가운 발을 구르며 학
생처럼 듣기만 했다. 그리고 수시로 문밖을 바라보며 음악
이 어서 용광로 남자에게서 빠져나와 99구로 돌아오기를, 그
리고 우리 숙사로 와서 학자에게 콩 반 사발을 주기를 바랐
다. 콩을 학자에게 주겠지만 학자는 나에게 나눠주지 않을
수 없을 테니까. 다시 향긋한 볶은 콩 냄새가 느껴지더니 모
락모락 위장에서 목구멍으로 올라오는 것 같았다. 목구멍은
무척 건조했지만 위장에서는 꾸르륵하는 소리가 났다. 문밖
을 바라보던 시선을 침대 머리맡에서 가죽 허리띠와 신발을
끓이던 세숫대야로 돌렸다. 침대 머리에 비스듬히 기대진
세숫대야 바닥에 검은 물이 얼어붙어 있었다. 나는 대야를

바닥에 쳐서 검은 얼음을 떼어낸 다음 입에 넣고 녹였다. 학자가 차갑지도, 따뜻하지도 않은 어조로 물었다.

"당신 경험으로 볼 때 대체 이번 기근이 지역적인 것 같습니까, 아니면 전국적인 것 같습니까?"

내가 잠시 생각에 잠겼다가 대답했다.

"적어도 나라 절반이 해당되겠지요. 그렇지 않고서야 상부에서 우리에게 식량을 주지 않을 리 없습니다."

학자가 다시 고개를 숙였다.

"우리가 정말로 이 나라에 쓸모없어졌나 봅니다."

그렇게 말하면서 고개를 들고 의혹과 근심이 가득한 어조로 말했다.

"누군가 굶어 죽어야 할 때 상부에서 가장 먼저 떠올리는 게 우리인가 봅니다."

더 이상 아무 말도 없었다. 내가 일어나 발을 동동거리며 몸을 녹이자 그도 일어나 발을 구르며 몸을 풀었다. 잠시 발을 구르다가 학자가 침대 머리맡에서 풀씨를 모을 때 쓰는 주머니를 집어 들었다.

"음악을 안 기다려요?"

내가 묻자 학자가 침대 옆에 서서 쓴웃음을 지었다. 그러고는 아무 말 없이 허리를 굽혀 배를 움켜쥔 채 대문으로 걸어갔다.

　나는 학자처럼 풀씨를 찾으러 들녘으로 나가야 할지 판단이 서지 않아 방에서 계속 머뭇거렸다. 마치 내키지 않는 일을 앞에 둔 사람처럼 일어섰다가 주저앉기를 반복했다.

　그렇게 한참이 지났을 때 문틀 너머로 대문에서 99구 동료가 아닌 누군가가 마당으로 들어오는 게 보였다. 안으로 들어온 그는 무엇인가를 찾는 것처럼 사방을 둘러보았다. 나는 황급하게 침대에서 일어나 몇 걸음 문밖으로 걸어갔다가 입구에 죽은 듯이 굳어버렸다. 음악과 정을 통하던 그 남자였다. 여전히 10여 근에 달하는 볶은 콩 반 주머니를 들고 있는 그가 나를 발견하고는 대문 입구에서 곧장 다가왔다. 점점 가까워지는 볶은 콩 냄새가 허공에 넘실거리는 상서로운 구름처럼 햇살 속에서 넘쳐흘렀다. 콩을 들고 걸어오는 그의 안색과 걸음걸이를 분명하게 볼 수 있을 만큼 가까워졌을 때 내 시선이 그의 가슴에 모아졌다. 여전히 기운 자국이 있는 낡은 군복이었지만 음악을 만나러 갈 때 그 군복에는 더러운 먼지만 있을 뿐 다른 것은 없었다. 하지만 지금은 10여 개가 넘는 무공훈장이 그의 가슴을 가득 메우고 있었다. 황금색 훈장은 전부 오각별 모양으로, 태양 원판이 있는 것도 있고 없는 것도 있었지만 어쨌든 금빛 오각별 안은 전부 반질반질한 붉은색이었다. 무공 훈장이 그의 가슴에서 음악처럼 찰랑찰랑 소리를 내며 그의 발걸음과 표정을 옭아맸다. 내 앞에 이르러 그가 나를 한 번 쳐다보고 텅 하는 소리와 함께 제자리에 섰다. 그러고는 손에 든 볶은 콩 주머니를 내 앞에 던지며 입을 삐죽였다.

"내가 마음이 너무 약해서, 먹게 두면 안 됐는데. 굶어 죽기 싫으면 가서 그녀를 묻어라."

그러면서 손으로 자기 가슴에 가득한 무공 훈장을 쳤다.

"내가 누군지 알겠지? 나를 고발하고 싶으면 내일 너희에게 종이와 펜을 줄 테니 고발장을 써라."

더 이상은 아무 말도 하지 않고 다시 몸을 돌려 99구 바깥으로 떠났다. 그가 마당 바깥의 담벼락으로 사라진 뒤 나는 땅에 떨어진 콩 주머니를 들고 안으로 들어왔다. 주머니를 열어 한 움큼을 입에 넣고 씹으면서 호주머니에 또 몇 움큼을 넣고는 잰걸음으로 99구에서 남쪽으로 8리 떨어진 그 용광로로 걸어가기 시작했다.

길을 걸으면서 콩을 씹었다. 서둘러 걸었더니 숨이 차서 몇 걸음 걸을 때마다 쉬어야 했다. 또 볶은 콩이 너무 마른데다 물도 없어서 콩을 삼킬 때마다 걸음을 멈추고 목을 허공으로 45도 기울여야 넘길 수 있었다. 그렇게 해서야 다시 두 발을 빠르게 놀리며 몇 걸음 걸을 수 있었다. 용광로의 두 번째 가마에 들어가자 한낮의 햇빛이 가마 꼭대기에서 곧장 내리쬐어 환했다. 게다가 바람 한 점 없어 가마 안이 이불 속처럼 촉촉하고 따스했다. 그 빛과 온기 속에서 음악이 동쪽 벽 아래에 죽어 있었다. 풀과 이불에 무릎을 꿇은 채로 죽은 그녀는 바지를 발목까지 내리고 발가벗은 엉덩이를 허공으로 치켜들고 있었다. 엉덩이 아래에서 나오는 피가 허벅지 안쪽을 따라 바지와 발목까지 계속 흘러내렸다. 머리를 바닥에 대고 얼굴을 약간 바깥쪽으로 틀었는데 반쪽만 보이는 입안에 죽을 때까지 씹었지만 미처 다 씹지 못한 볶은 콩이 가득했다. 팔꿈치를 바닥에 댄 채 들어 올린 두 손에도 한가득 볶은 콩을 움켜쥐고 있었다.

월경 중에 무릎을 꿇은 자세로 남자를 받아들이다가 콩에 기도가 막혀 죽은 거였다. 아무리 해도 그 흉한 자세는 젊고 아름다운 피아니스트와 연결이 되지 않았다. 가마의 햇살 속에서 본능적으로 음악의 코 밑에 손을 가져다 댔다. 그런 뒤 바지를 올려주고 회색 이불에 똑바로 눕힌 뒤 손가락으로 입에 가득한 콩을 하나하나 끄집어냈다. 한참을 걸쳐 입에서 한 움큼이나 되는 콩 조각을 꺼낸 뒤에야 그녀의 입이 다물어지고, 목이 메면서 커다래진 눈이 살며시 감겨졌다.

나는 음악을 좀 편안하게 눕혀주었다.

가마 밖에는 옅은 바람이 불었지만 가마 안은 밑불을 넣은 찜통처럼 조용하고 따스했다. 음악 옆으로 나는 흙 속에서 동면을 취하는 벌레처럼 벽에 반쯤 기대앉았다. 가마 꼭대기 구멍을 지나면서 바람이 남기고 간 휘파람 소리가 가마 안을 휘감자 적막이 한층 더 깊고 그윽해졌다. 가마 입구에서 참새 두 마리가 날아가더니 잠시 뒤 용광로 안에서 나는 콩 냄새를 맡았는지 안쪽 입구까지 들어왔다. 그러고는 짹짹거리며 천천히 내가 음악의 입에서 빼낸 콩들이 널린 곳으로 뛰어갔다. 그때 나는 겨우내 사람들과 양식을 다투고 있는 참새들을 보았다. 풀씨가 줄어 참새들도 가슴 밑으로 뼈가 드러날 만큼 굶주렸다. 털이 앙상해 뼈마디가 가슴 아래에 불뚝 솟아 있었다. 참새들은 내가 음악처럼 죽은 줄 알았는지 마음껏 콩 앞으로 가더니 거리낌 없이 지저귀며 신나게 쪼아 먹었다. 나는 살아 있다는 것을 증명하기 위해 다리 위로 참새 한 마리가 뛰어왔을 때 다리를 움직여 두 마리를 전부 가마 꼭대기로 날려 보냈다. 하지만 조금 뒤에 또 어디에선지 참새 떼가 가마 꼭대기와 입구로 날아왔다. 안으로 들어와 콩을 쪼려는지 짹짹거리는 소리가 빗방울처럼 바깥에서 흘러들어왔다. 하지만 나를 보고 감히 내려앉지도 못한 채 바깥을 선회하며 쩍쩍거리기만 했다.

  시선을 가마 꼭대기로 돌려 하늘을 바라보고 이리저리 날아다니는 굶주린 참새들을 바라보았다. 잠시 뒤 나는 다시 음악 옆에 앉았다. 그리고 음악의 머리를 내 다리에 올려, 그녀의 머리카락이 흐르는 물처럼 차갑게 내 손등에서 흘러내리게 했다. 남자와 여자가 함께할 때의 따스함 같은 게 음악의 시체에서 내 허벅지를 통해 온몸으로 퍼지는 게 느껴졌다. 그때 하늘이 설핏 어두워지면서 가마 속도 어스름해졌다. 참새 몇 마리가 대담하게 내려오기에 발끝을 움직여 모두 날려 보낸 뒤 손으로 음악의 얼굴을 가볍게 어루만졌다. 어스름한 가마 속에서 그녀의 얼굴은 푸른색이 도는 진흙빛이었고, 촉촉하게 얼음이 맺힌 비단을 만지는 것 같았다. 나는 그렇게 그녀의 얼굴과 머리카락을 한참 동안 쓰다듬은 다음 그녀의 몸을 내 쪽으로 향하게 해 그녀의 상반신이 내 두 다리를 누르게 안았다. 그렇게 조용히 시체와 사랑을 나누고서 태양이 서쪽으로 기울어질 때 음악을 업고 밖으로 나왔다.

6. 『옛길』 p476~p487

음악이 죽은 뒤 내게 준 자그마한 여자의 사랑 때문이든 아니면 그녀의 죽음으로 내게 남겨진 10여 근의 볶은 콩 반 주머니 때문이든 그녀를 숙사의 시체실로 업고 가서 말뚝처럼 쌓을 수는 없었다. 볶은 콩 반 주머니만 생각하더라도 그녀를 업고 돌아가 마당 뒤편의 황무지에 묻어야 했다.

음악의 시체를 둘러업고 해가 가라앉는 서쪽으로 일고여덟 번을 쉬어가며 걸어서야 십수 명을 묻은 황무지에 도착할 수 있었다. 삽과 괭이가 한 교수의 무덤 옆에 던져져 있었다. 십수 개의 무덤이 며칠 동안의 모래 먼지로 십수 개의 흙더미처럼 어지러이 널려 있었다. 음악을 내려 동료 무덤에 반쯤 기대 눕힌 뒤 앉아서 주머니 속의 마지막 콩 한 줌을 먹었다. 그러고는 부근의 물웅덩이로 가서 푸석한 흙을 치우고 더러운 얼음 한 조각을 깨내 입에 넣고 녹인 다음 음악의 무덤을 파기 시작했다. 음악을 위해 힘껏 무덤을 파야 할 사람은 학자라는 것을 잘 알고 있었다. 그녀가 사랑한 사람은 학자였지 나, 작가가 아니었으니까. 하지만 학자 앞에서 떳떳하게 콩을 먹기 위해 나는 학자를 찾아가 음악의 죽음을 알리지 않았다. 대신 무덤 사이에서 양지바르고 빈 곳을 찾아 모래 먼지를 깨끗이 치웠다. 그리고 얼어붙은 곳을 부드럽게 다진 다음 한 삽 한 삽 얼음층 아래의 흙을 떠냈다. 두 자쯤 파 들어간 뒤부터 구덩이 속에서 한 삽씩 흙을 던지느라 몸을 비틀 때마다 반쯤 기대앉은 음악이 맞은편으로 보였다. 얼굴이 푸르스름하게 굳었지만 매혹적이면서 모호한 빛을 띤 채 뭔가 하고 싶은 말이 있는 것처럼 나를 바라보고 있었다. 그래서 한 삽씩 떠낼 때마다 몸을 비틀며 음악에게 말했다.

"내가 당신에게 미안할 것 없지요?"

그렇게 묻고 다시 허리를 굽혀 한 삽을 떠내면서 그녀를 바라보았다.

"걱정 마요. 조금 있다가 학자를 찾아올 테니."

다시 허리를 굽혀 한 삽을 뜨며 또 물었다.

"정말로 그렇게 학자를 사랑했어요?"

천천히, 그렇게 혼잣말을 하면서, 한 삽 한 삽씩 던지면서 음악에게 무슨 뜻인지 나 자신도 모르는 수많은 말들을 했다. 세 자 정도 파 기진맥진해졌을 때 나도 구덩이에 누워 잠시 쉬었다. 그렇게 무덤의 길이와 평평함을 살피고 다시 일어나 삽 끝으로 다진 다음 구덩이 중간에 부드러운 흙을 깔고 밖으로 나왔다. 태양이 서쪽 지평선에서 아래로 떨어지지 시작했다. 빽빽한 구름이 황금색으로 물들고 하늘의 반쪽이 불타는 것처럼 빨갛게 빛났다. 그 모습을 바라보자 다시 한 번 지난겨울 황허 언덕의 화룡 같던 용광로들이 떠올랐다. 서쪽을 잠시 바라보는 그때, 발목으로 뼈를 파고드는 차가운 바람이 불어왔다. 옛길 평원의 허공에서 태양의 따사로운 빛이 쇠잔하자 지면의 한기가 일몰을 따라 강해지기 시작한 것이었다. 음악이 지면의 냉기에 닿지 않도록, 또 사체가 꽁꽁 얼어붙지 않도록 일단 무덤에 뉘어 온기를 줘야겠다고 생각했다. 하지만 음악을 구덩이로 옮기려 하자 어찌나 무거운지 들 수가 없었다. 한 손으로 어깨를 받치고 다른 손으로 허리를 받친 채 세 번이나 허리를 굽혔지만 그녀를 땅에서 들어 올릴 수가 없었다. 8~9리나 되는 길을 업고 온 거나 한참 동안 무덤을 팠던 것을 생각해볼 때, 무덤으로 옮기려 하자 전혀 들 수 없다는 것은 이해가 되지 않았다. 푸르스름하게 얼은 음악의 얼굴을 살피다 아주 힘껏 이를 악문 것처럼 음악의 치아가 꼭 맞붙은 것을 발견했다. 이 사이로 이를 가는 듯한 서늘한 소리마저 새어 나왔다. 또 그녀의 타원형이던 얼굴이 오이처럼 길어져 꼭 파란 오이에 얼음이 맺힌 것 같았다. 그녀의 얼굴에서 수많은 원망과 근심이 보였다. 풀지 못한 일이 너무도 많은데 살아 있을 때는 말하지 못하다가 죽은 다음에 얼굴에 전부 드러내는 것 같았다. 그리고 그녀 얼굴의 의문들이 모두 내게로 향하는 것 같아 가슴이 서늘해지고 몸도 공연히 위축되었다. 그 비틀리고 달라진 얼굴을 마주한 채 반쯤 감긴 눈에서 모호하고 매혹적인 빛을 보면서, 마음이 얼어붙고 위축된 탓에 다리가 조금 떨려왔다.

"당신을 묻으려는 게 아니에요." 내가 음악에게 말했다. "학자를 아직 못 만난 거 알아요. 그냥 따뜻하게 구덩이에 눕히려는 거예요."

음악에게 그렇게 말하고 나자 마음이 조금 편안해졌다.

사실 나, 작가는 죽음도 두렵지 않고 시체 따위도 두렵지 않았다. 99구에 살아 있는 사람들은 굶는 것만 두려워할 뿐 더 이상 시체나 죽음은 아무도 두려워하지 않았다. 하지만 음악이 무덤가에서 굳어가면서 내가 옮기는 것을 거부한 그 순간, 그녀의 얼굴이 파란 오이처럼 변하던 순간 나는 알 수 없는 두려움과 놀라움에 몸을 떨었다. 나는 그렇게 한참을 음악 앞에서 멍하게 굳어 있다가 위로의 말을 몇 마디 했다. 땅거미가 지기 전의 서늘함이 느껴지고 태양이 서쪽으로 기울어갈 때 정말 생각조차 하기 싫은 일이 또다시 떠올랐다. 본능적으로 손을 뻗어 주머니에서 콩을 찾았다. 다시 콩 한

줌을 먹고 음악을 안아 올릴 힘이 생기기를 바랐지만 콩은 한 알도 잡히지 않았다. 나는 혼자 쓸쓸하게 일몰의 적막 속에서 음악을 바라볼 수밖에 없었다. 그러다 억지로 다가가 바람에 헝클어진 그녀의 검은 머리카락을 만져주고 바람에 솟아오른 옷을 아래쪽으로 잡아당겨주었다. 하지만 옷을 잡아당기다 내 손이 그녀의 얼음처럼 차가운 손목과 손가락에 닿았을 때 나는 또 본능적으로 벌떡 일어나 반걸음 크게 물러났다.

내 손목이 그녀의 손가락, 손톱에 걸린 것임을 분명하게 알았지만 그녀의 손이 나를 덥석 잡으려고 움직인 것만 같았다.

"이제 기운이 하나도 없어요." 내가 음악에게 말했다. "돌아가서 볶은 콩을 한 줌 먹고 당신 유품을 정리해 학자와 와서 묻어줄게요."

그러고는 몸을 돌려 돌아가기 시작했다. 나는 정말로 기운이 다 떨어졌다고 생각했기 때문에 돌아가는 내내 99구의 담장을 짚을 줄 알았다. 하지만 숨만 크게 헐떡였을 뿐, 벽을 짚지 않은 채로 마당까지 돌아갔다. 아이의 문은 여전히, 오랜 세월 그랬던 것처럼 굳게 닫혀져 있었다. 마당도 여전히 어지러운 발자국과 먼지로 가득했다. 몸을 스치는 한기와 정적이 푸르스름하게 빛나는 음악의 얼굴 같았다. 나는 또 음악의 그 얼굴을 보았다. 사실 내 방부터 가서 콩을 먹으며 학자를 기다렸다가 함께 음악의 유품을 정리할 생각이었다. 하지만 나는 마당에서 곧장 제3열의 여자 숙사, 음악의 방으로 걸어갔다.

모든 것이 내가 알고 있던 그대로라 음악의 어떤 물건이 어디에 있는지 손바닥 뒤집듯 훤했다. 먼저 침대 밑 나무 상자에서 그녀가 평소에 자주 입던 옷 몇 가지를 꺼내고 서랍 속 종이 상자에서 반짇고리와 함께 넣어둔 아직도 남아 있는 콜드크림을 찾았다. 그리고 옷을 가지런히 개어 평평하게 넣은 베갯잇 속에서 음악가의 전기와 그녀가 몇 번을 보았던 『춘희』를 꺼냈다. 『춘희』 소설책에는 내 예감대로 내가 쓴 『죄인록』10여 쪽이 있었다. 그 10여 쪽의 『죄인록』은 내가 아이에게 준, 음악 및 음악과 연관된 사람들이나 일에 관한 내용이었다. 예를 들어 처음 강철을 제련할 때 내가 발견한 그녀와 학자의 약속 장소와 규칙, 암호가 있었다. 바로 그 한쪽 반의 『죄인록』 때문에 그녀와 학자가 상부에게 끌려갔다. 또 어느 날 그녀와 학자가 아이의 나이를 논의할 때 아이가 나이는 어려도 마음은 다 컸다, 아이의 생리는 정상이지만 심리는 비정상이다, 라고 그녀가 말한 내용도 있었다. 그

리고 또 그녀와 학자가 끌려가 벌을 받은 다음 황허 강변의
용광로로 돌아왔을 때 그녀가 항상 어디에서 났는지 모르는
셴차이와 고추를 학자에게 몰래 준다는 내용도 있었다.

음악의 침대는 안쪽 벽 아래에 있었다. 창문에서 들어오
는 옅은 황토색 빛이 침대 머리맡에 깔리면서 내가 다급하
고 당황해하며 펼쳐든 10여 쪽의 『죄인록』을 비추었다. 그
10여 쪽의 『죄인록』을 보고 있자니 음악이 왜 갑자기 무거워
져 들 수 없었는지 이해가 되었다. 왜 그렇게 차가운 눈으로
계속 나를 바라봤으며 왜 손가락을 움직여 내 손목을 잡으
려 했는지 알았다. 나는 아이에게서 받은 빨간 네모 칸의 원
고지에 시선을 고정한 채 똑바르고 깔끔한 글씨를 바라보았
다. 진한 남색이던 글씨가 어두운 녹색이 되었지만 종이 위
의 글자 하나하나가 자술서에 찍은 내 지장처럼 남아 있었
다. 그렇게 바라보다 보니 머릿속에 윙윙하며 바람이 나무
를 쓰러뜨리는 듯한 소리가 때론 크게 때론 작게 맴돌았다.
처음부터 음악은 나, 작가가 99구의 밀고자라는 것을 알았
다. 그녀가 안다면 자연히 학자도 안다는 뜻이었다. 음악과
학자가 나에 대해 다 알고 있는데도 매일 그들의 언행을 몰
래 기록했다는 생각이 들자 갑자기 두 사람 앞에 발가벗겨
진 느낌이었다. 곧이어 황혼이 깔리기 전에 음악과 학자를

마주해야 한다는 사실이 떠올랐다. 그리고 풀밭에서 갑자기 솟아난 가시 같은 생각 하나가 내 머리를 찔렀다. 찔린 내 머리가 고통을 내지르고 온몸이 덜덜 떨리더니, 이어서 두 다리가 경련이 일어난 것처럼 후들거려 음악의 침대 앞에 똑바로 서 있을 수가 없었다. 세상에! 예전에 열 손가락과 두 팔목, 두 팔과 두 다리, 그리고 동맥에 상처를 내서 밀에 피를 주었을 때처럼 내 몸에서, 두 다리에서 두 덩이의 살점을 떼어야 한다는 생각이었다. 그 살을 끓여다 하나는 음악의 무덤 앞에 바치고 하나는 사람에게 먹이면서 그 사람이 내 살점을 한 입 한 입 먹는 것을 지켜봐야 한다는 생각이었다.

정말로 그렇게 하고 싶었다. 그렇게 할 경우 느끼게 될 홀가분함을 나는 잘 알았다.

그때 음악의 침대 앞에서 10여 쪽의 원고를 놓고 꿇어앉을까 하는 생각을 했다. 꿇어앉는 것으로도 일을 마무리 지을 수 있을 것 같았다. 하지만 살점을 베어내 요리하겠다는 생각이 한 번 가시처럼 내 머릿속을 파고들자 꿇어앉는 것으로는 그걸 대체할 수도, 빼낼 수도 없었다. 또 음악의 침대와 탁자에 놓인 유품 앞에 꿇어앉아 변명과 설명을 해야 한다는 것을 알았지만 나는 꿇어앉지도 않았고 아무 말도 하지 않았다. 내 몸에서 살점을 떼어내야겠다는 생각이 일단 생겨나자 점점 강하게 나를 옥죄었다. 나는 목석처럼 멍하니 서서 내 살점을 베어내는 극심한 고통과, 뒤이어 따라올 말로 표현할 수 없는 홀가분함이 내 몸에 급속히 퍼져 몸을 잠식해가는 것을 느낄 수 있었다. 물론 갑작스럽게 내 머릿속으로 뛰어 들어온 그 생각을 꼭 따를 필요가 없다는 것도 잘 알았다. 하지만 생각에 얽매이면서 두 다리가 터질 듯 덜덜 떨림에도 불구하고 그 떨림 뒤에 올 쾌감과 홀가분함에 한겨울의 따사로운 햇살을 받듯 마음이 녹아내렸다. 내 마음과 몸이 말로 표현할 수 없는 간절함과 상념에 휩싸였다. 그 피비린내 나는 생각은 나를 참혹하고 고통스러운 방향으로 몰아갔다. 결국 10여 쪽의 『죄인록』 원고를 들고 음악의 방을 나설 때 얼마나 머리가 아프고 다리가 후들거리는지 문틀을 짚으며 여자 숙사를 빠져나올 수밖에 없었다. 하지만 그 뒤에 이어질 가벼움과 알 수 없는 편안함 때문에 내 다리는 배부르게 먹고 난 것처럼 힘이 생기고 빨라졌다.

서쪽에서 비추는 하얀빛이 동쪽 마당으로 기울어져 땅의 모래 먼지와 뒤섞이자, 어느 게 흙빛이고 어느 게 태양빛인지 구분할 수 없었다. 한 젊은이, 아마 그날 밤 황허 강변에서 나를 때리고 가장 먼저 내 머리에 오줌을 눈 뒤 생식기로 내 머리를 쳤을 체육대학의 부교수가 앞쪽 숙사에서 무엇을 하고 있었는지 몰라도 갑자기 또 다른 강사와 황급하게 마당 바깥으로 나갔다. 재빠르게 나가는 것으로 보아 방금 뭔가를 배부르게 먹은 듯했다. 그들이 떠난 뒤 마당이 다시 깊은 적막에 빠져 햇살이 모래 먼지 사이로 움직이는 소리까지 들을 수 있었다. 나는 그 소리를 밟으며 앞 열의 내 방으로 갔다. 황혼이 깔리기 전에 음악과 학자를 마주해야 한다는 생각이 한번 들자 도무지 사라지지 않았다. 칼로 찌르듯 내 머리 정수리에서 파고들어 골을 꽉 틀어막고는 쉬지 않고 휘젓고 뒤엎는 바람에 머리가 깨질 듯 아팠다. 다리에까지 영향을 주었는지 걸을 때마다 허공을 날아다니는 것 같았다. 또 양쪽 종아리가 부들거리고 딱딱하게 굳어 벽을 짚지 않고서는 앞으로 나아갈 수가 없었다. 하지만 그 생각이 가져온 해탈의 상쾌함과 긴박함 때문에 두 손에서는 뜨겁고도 끈적이는 땀이 솟아났다.

방으로 들어가 종교가 남긴 빈 침대에 앉자 맞은편 내 침대에 숨겨놓은 콩 냄새가 확 풍겨왔다. 하지만 나는 콩조차 먹고 싶지 않았다. 오로지 내 몸에서 살점 두 덩이를 떼어내야겠다는 강렬하고도 긴박한 생각뿐이었다. 방 안이 적막과 냉기로 가득해 옅고 따뜻한 콩 냄새만 빼면 서쪽의 시체실과 다름없었다. 나와 학자가 함께 자는 침대를 마주한 채 나는 헝클어진 회색 솜이불과 침대 밑에 놓인 학자의 신발, 그리고 탁자 앞에 불쏘시개로 쓰느라 반만 남은 의자, 벽 아래 벽돌에 괴어 가죽 허리띠와 신발을 삶아 먹던 검은 대야, 대야 아래의 타다 남은 장작과 검은 재, 위쪽에 놓인 법학 전문가가 식당에서 가져와 장작을 팰 때 사용하는 오래된 부엌칼을 바라보았다. 음악과 학자를 보려면 내 살을 베어내 그들에게 주어야 한다는 생각이 머리를 꽉 채우면서 또다시 다리가 굳어지고, 그러면서 편안한 따스함이 온몸으로 퍼져 나갔다. 나는 그 자리에 가만히 앉아 본능적으로 두 손을 솜바지 너머의 두 다리에 놓았다. 그리고 솜바지와 다리를 한참 쓰다듬자 다리에서 겨울날의 냉기가 옅어지고 연분홍의 온기가 생겼다. 연분홍 온기는 솜바지를 넘어 두 손으로 전해지고 내 눈앞에서 분홍색 햇살처럼 떠다녔다. 그건 반년 전 15리 바깥에서 혼자 밀을 키울 때를 다시 떠올리게 했다. 당시 멀리는 햇볕이 쨍쨍했지만 내 모래 언덕은 바람과 비가 적당했다. 메마른 틈틈이 여우비가 모래 언덕 주변으로 쉬지 않고 내렸다. 나는 그 따스하고 부드러운 빗줄기 속에서 열 손가락과 두 팔목을 그어 빗줄기에 피를 실어 밀밭으로 뿌렸다. 벌어진 상처에서 내 동맥피와 정맥피가 공중으로 솟아올라 흩어졌다. 그때 멀리의 햇살은 황금색으로 밝게 빛났고, 내 머리 위의 빗물은 구슬처럼 하얗고 파랗게 마치 마노 알갱이처럼 허공에서 줄지어 끊이지 않고 떨어졌다. 태양이 그 알갱이를 비추면 투명한 알갱이 중 몇몇 물 구슬이 흐르는 파문과 곡선으로 변하는 것을 볼 수 있었다. 나는 밀밭 두렁을 거닐면서 춤추듯 피를 흩뿌렸다. 분사 꼭지 두 개를 허공에서 상하좌우로 흔들며 은홍색 물을 뿌리는 것처럼 피가 몇 줄기, 혹은 10여 줄기씩 뿜어져 나왔다. 그러다 땅에 떨어지면 다시 사방으로 흩어지는 핏방울, 피 구슬이 되었다. 그건 새빨간 마노색을 띠었지만 간혹 빗물과 만나 한데 섞이면 붉은 물이 되어 떨어지고, 빗방울 틈새로 높이 올라갔다가 다시 틈새를 찾아 떨어지면 흐트러지지 않고 빨간 마노 알갱이나 붉은 응어리 모양을 유지했다. 그때 태양이 가까이 있으면 새벽에 태양이 떠오를 때 태양에서 떨어져 나온 작은 불덩이처럼 반짝거렸다. 멀리서 태양이 저물어갈 때면 달빛을 받아 영롱하고 투명하게 반짝이는 붉은색 구슬 같았다. 그 핏물 비 속에서 얼굴을 하늘과 평행으로 놓으면 은색 절반, 빨간색 절반의 가느다랗고 투명한 기둥 같은 핏물 비가 하늘에서 춤을 추다 몸을 비틀어 밀밭에 똑바로 서는 것을 볼 수 있었다. 얼굴을 지면과 수직으로 놓으면 붉은색과 하얀색이 엇갈리는 비의 장막을 통해 빗물 바깥의 맑은 하늘에 있는, 멀리 대지에서 불타 휘날리는 불꽃처럼 환하고 붉고 금빛 찬란한 태양을 볼 수 있었다. 또 고개를 숙이면 밀 잎사귀 위에 걸린 붉은 구슬과 빗방울의 교합, 밀밭의 핏물과 빗물의 합류를 볼 수 있었다. 어떤 곳은 담홍색이고 어떤 곳은 진홍색으로, 밀밭에 색색의 탕약 여울이 만들어지는 것 같았다. 나는 꼭대기의 밀알이 핏물 속에서 젖 달라고 우는 아이처럼 앵앵거리는 것을 보았고 밀 잎이 붉은 비 속에서 거문고를 뜯듯 핏물을 주르륵 쓸어냈다가 쓸어 올리는 소리를 들었다. 짙은 피비린내는 달콤하고 촉촉한 빗속에서 옅어진 뒤 가느다란 밀 내음에 섞여 산뜻한 향기가 되어서는 내 주위를 휘감으며 퍼져나갔다.

마침내 나 스스로에게 독수를 뻗쳤다.

그리고 마침내 피를 다 흘렸다. 나는 더 이상 몸을 가눌 수가 없었다. 힘없이 주저앉아 잠시 눈을 감았다. 다시 눈을 떴을 때는 석양이 창문 아래쪽으로 마치 붉은 비가 흘러들어 방 안을 가득 채우듯 비쳐 들고 있었다. 벽돌 몇 개를 괴어 신발과 허리띠를 끓이던 창틀 아래의 대야에서, 내 살이 보글보글 익어갔다. 여름 내내 소금통에 소금기가 배었을 것이라 생각하면서 스스로에게 독수를 뻗치기 전에 식당에서 몇 년 동안 소금을 담아두었던 빈 소금 질동이를 가져와 부순 다음 동이 아랫부분을 통째로 대야에 넣고 끓였다. 그러자 덮어놓은 대야에서 고기 냄새와 소금 냄새가 서로 맞부딪치는 소리가 들려왔다. 나는 불가에 힘없이 주저앉아 계속해서 대야 아래로 장작을 집어넣었다. 얼굴 가득한 식은땀이 머리에서부터 얼굴과 목을 타고 흘러내렸다. 햇빛과 불빛에 기대 다시 방 안을 둘러보자 더 이상 방이 무덤 같지 않았다. 나는 피와 살점이 붙은 골극骨棘을 대야에 넣고 끓이는 것처럼 머릿속에 꽉 박혔던 그 뾰족한 가시를 이미 빼내고 있었다. 몸이 가볍고 따스해졌고 방 안에서도 무덤 같던 냉기가 사라졌다. 과다 출혈에 따른 식은땀만 온몸에서 바깥으로 계속 흘러나올 뿐이었다. 모든 것이 머릿속에 박힌 가시가 빠지면서 전신이 편안해지고 자연스러워졌기 때문이었다. 혈흔이 묻은 채 벽 아래에 놓인 오래된 식칼은 패배한 뒤 벽 모서리에 주저앉은 노인처럼 홀로 무기력하게 그곳에서 침묵을 지켰다. 침대 밑에 숨겨져 있던 볶은 콩 반 주머니는 이제 대범하게 침대 위에 서서 입구를 벌렸다. 배고픈 사람은 누구나 한 움큼씩 집어도 될 것 같았다. 나는 다시 볶은 콩을 먹고 대야의 살점 끓인 육수를 마셨다. 마음이 더 이상 당황스럽거나 허하지 않았다. 비춰오는 석양이 방 안에서 불빛과 한데 섞이는 것을 보고 있을 때 내가 원했던 편안함과 온기가 가슴에서 천천히 솟아올라 방 안 전체와 99구 마당을 가득 메웠다. 대야의 나무 덮개를 열고 내 장딴지 살점 두 덩이가 물속에서 뒤집히고 펄떡이는 것을 바라보았다. 목을 조르려 하자 눈을 동그랗게 뜨며 살려달라고 애원하는 적을 보는 기분이었다. 그 복수 후의 상쾌함과 기진맥진함을 맛보면서 나는 힘없이 다시 덮개를 덮고 얼굴의 땀을 닦은 뒤 주저앉아 벽에 머리를 기댔다. 마침내 이 세상을 마주 볼 수 있을 것 같았다.

음악의 손에 있던 『죄인록』을 마침내 대신하게 되었다.

바닥에서 일어나려고 하자 양쪽 장딴지에서 찢기고 도려내는 아픔이 느껴졌다. 나는 이를 악물고 벽을 짚으며 잠시 서 있다가 마지막으로 장작을 대야 밑에서 빼낸 뒤 천천히 침대로 걸음을 옮겼다.

침대에 앉아 힘껏 숨을 들이마신 뒤 다시 길고 천천히 내뱉었다. 창문에서 들어오는 햇살이 작아지면서 벽 아래로 물러나고 있으므로 학자와 99구 사람들이 곧 돌아올 터였다. 나는 내 연극에 호흡을 맞춰줄 누군가를 기다리듯 학자가 돌아오기를 기다렸다. 시선을 줄곧 문밖의 마당에 두었다. 먼저 막대를 짚은 누군가가 내 시선을 지나쳐간 다음 학자가 내가 예상한 모습 그대로 돌아왔다. 늘 그렇듯 막대를 들지 않고 손으로 배를 눌러 힘을 쥐어짜며 천천히 대문에서 걸어왔다. 다른 사람들이 대문을 지날 때 고개를 돌려 아이의 숙사를 바라보듯 그도 고개를 돌려 아이의 문을 바라보았다. 그러고는 걸으면서 땅바닥을 살폈다. 바닥에서 뭔가를 주워 입으로 넣었다가 몇 번 씹은 뒤 다시 뱉어냈다. 풀씨를 담으려고 가져갔던, 밥그릇을 넣어 손에 들고 있는 빈 주머니가 걸을 때마다 다리에 부딪혔다.

학자가 오는 것을 보고 자리에서 일어나 천천히 대야에서 고기 한 덩어리를 꺼내 그릇에 담고 육수를 가득 펐다. 그러고는 탁자에 놓은 다음 밥그릇 위에 내 젓가락을 얹었다. 그때서야 나는 손바닥만 하고 손바닥만큼 두껍던 신선한 살덩이가 익고 나자 손바닥 절반만 해지고 검붉게 변해 붉은 기와 조각처럼 그릇에 가라앉는 것을 분명하게 볼 수 있었다. 맑은 육수에는 반짝반짝한 기름방울이 떠다녔다. 고기와 기름방울을 보자 내 등뼈가 팽팽해지면서 덜덜 떨리고 차가워지는 게 느껴졌다. 칼로 베어내는 듯한 소금 냄새와 고소한 향기가 소다와 고추를 두껍게 한층 깔듯 내 목구멍과 위장을 스쳐 지나갔다. 다행히 법학 전문가는 일찍 돌아오지 않았다. 아마도 학자는 뭔가 걱정이 돼서 일찍 돌아왔을 거였다. 내가 뭔가 걱정스러워 음악의 시체를 떠나 곧장 그녀의 숙사로 간 것처럼. 숙사가 가까워지자 학자의 발걸음이 빨라졌다. 모든 게 내가 생각했던 그대로였다. 방에 들어온 학자가 갑자기 구부렸던 허리를 똑바로 펴고 그 자리에 서서 힘껏 숨을 들이마시고는 다시 빠른 걸음으로 나와 고기 쪽으로 왔다. 마지막으로 시선을 볶은 콩 반 주머니에 고정하더니 발걸음을 멈추었다. 얼굴에 흥분한 기색이 반짝였지만 이내 평정과 성실을 되찾았다.

"음악이 바꿔 왔습니까?"

그가 덤덤하면서 차가운 어조로 물었다.

내가 뜨거운 김과 향긋한 냄새가 올라오는 탁자의 그릇을 바라보며 말했다.

"어서 먹어요. 따뜻할 때."

그가 밥그릇을 훑어본 다음 종교의 침대에 앉아 입을 다물고 잠시 침묵했다. 그러더니 갑자기 자신의 뺨을 때리고 자리에서 일어나 분명하게 말했다.

"제가 음악과 결혼한다고 했죠. 꼭 그럴 겁니다. 그녀가 저와 함께하기 싫다고만 하지 않으면요."

그가 한 걸음 크게 벌려 콩을 한 움큼 입에 넣고 씹으면서 탁자 위의 밥그릇을 자세히 살피지도 않은 채 한 모금을 마셨다. 그러고는 자리에 굳어져서 나를 보며 콩을 삼킨 다음 소리쳤다.

"세상에, 고깃국에 소금까지 있어요!"

나는 앉은 채 억지로 웃음을 지었다. 다시 한 번 척추가 차가워지는 게 느껴졌다. 그는 더 이상 아무 말도 하지 않고 나를 쳐다보지도 않은 채 젓가락을 들고 침대 발 쪽에 쪼그리고 앉아 감옥에서 어렵게 도망쳐 나온 죄수처럼 콩을 한 줌쥐고 국물을 마셨다. 하지만 콩을 다 먹기도 전에 다시 주머니에 내려놓은 다음 그릇 속의 검붉은 고기에 집중하기 시작했다. 고기를 물어뜯고 잘게 씹을 때마다 모든 힘과 마음을 집중했기 때문에, 양쪽 관자놀이의 혈관이 늘어났다 쪼그라들었다 하는 고무관처럼 부르르 올라왔다가 내려갔다. 나는 두 손에 땀이 계속 차올라 주먹을 꼭 쥐고 있었다. 학자가 고기를 씹고 국물을 마시는 소리가 꼭 물이 끓는 소리 같았다. 소리가 내 귀로 들어와 온몸의 혈관을 타고 뜨겁게 흘러갔다. 그가 고기를 열심히 씹는 동안 머릿속에 꽉 박혀 있던 가시가 조금씩 뽑혀 나가는 듯 아픔과 시원함이 느껴졌고 비틀렸던 몸의 뼈 마디마디가 제자리로 맞춰지는 느낌이 들었다. 나는 학자의 맞은편으로 옮겨가 그를 바라보았다. 머리카락이 온통 뒤엉켰지만 여전히 검고 힘이 있는 데다 정수리를 빽빽하게 덮고 있었다. 가마도 풀밭에 나무 구멍이 파인 것처럼 선명했다. 학자는 그렇게 고기를 씹고 국물을 마시면서 그릇에 콩을 한 줌 넣어 불리기까지 했다. 먹는 모습 따위는 신경도 쓰는 게 전혀 학자답지 않았다. 그의 입에 시선을 맞추고 내 살이 그의 이 사이에서 찢기는 걸 보고 있을 때 은홍색 소리가 그와 나 사이에 울려 퍼졌다. 그의 쉬지 않고 움직이는 입술 때문에 눈이 아파왔다. 눈가부터 시작해, 막 옅어졌던 통증이 다시 그의 이 사이에서 내 온몸으로 퍼지고 두 다리로 떨어졌다. 내 두 다리가 얼음처럼 차가워지고 척추에서 또다시 근육이 찢기고 뼈가 부러지는 고통이 느껴졌다.

나는 학자가 젓가락과 입을 멈추고 고개를 들어 나를 봐주길, 나와 대화함으로써 내 얼굴과 귀밑, 팽팽해지다 못해 터져버릴 것 같은 온몸의 혈관을 편안하게 해주기를 간절히 바랐다. 하지만 그는 그렇게 쪼그리고 앉은 채 고개 한 번 들지 않고 마치 아무도 없는 것처럼 먹기만 했다.

마침내 내가 참지 못하고 물었다.

"맛있어요?"

입을 열어 물어볼 때에야 내가 그때까지 아랫입술을 깨물고 있었음을 알았다. 입술이 아파서 입을 열었던 거였다.

내 물음에 학자가 뭔가 깨달은 것 같았다. 갑자기 쪼그리고 앉은 자세를 바로 하며 침대 옆에 몸을 세우고 앉아 고개를 들고 최대한 평소의 품위를 되찾으려 했다. 그리고 쑥스럽게 웃었다.

"제 모습이 우스웠죠?"

내가 또 물었다.

"맛있어요?"

그가 고개를 끄덕이며 "무슨 고기예요? 비린내가 심한데요"라고 말했다.

"돼지고기예요. 소금이 적어서 그럴 거예요."

그가 또 웃었다.

"지금 같은 때에 고기를 먹을 수 있는데 소금이 적다고 불평할 수야 없죠."

다시 먹을 때는 잘게 씹어 천천히 넘기고, 국물 마시는 소리도 그렇게 크지 않았다. 방 안의 햇살이 누군가 침대보를 벗기는 것처럼 움직이고 흔들렸다. 창틀 아래의 불도 완전히 꺼져서 두꺼운 재 속에 붉은 기운만 남았다. 학자가 거의 먹고 마셨을 때 온몸의 떨림과 수축이 안정되면서 등뼈의 냉기와 비틀림도 따라서 옅어졌다. 목욕한 것처럼 몸이 상쾌해졌다. 그때 내 머릿속의 그 가시가 완전히 뽑혔다는 것을 알았다. 그리고 내가 그렇게 한 것은 학자와 음악을 위해서가 아니라 그들을 빌려 내 머릿속의 가시를 뽑기 위해서 였음을 알았다. 감격스럽고 따스해지면서 그들이 나를 구한 것같이 느껴졌다. 다시 한 번 솜바지 너머의 두 다리를 만질 때 색색이 아름답게 어우러진 핏물 비가 또 보였다. 얼마나 아름다운지 몸에 부르르 경련이 일면서 바닥에 주저앉고 싶 었다. 감히 눈을 뜨고 볼 수가 없었다. 핏물 비가 사라진 뒤 눈을 뜨자 다 먹은 학자가 손으로 입가를 훔치고 있었다.

"더 먹을래요?"

그가 고개를 저으며 "안 드세요?"라고 물었다.

"먹었어요. 돼지고기가 두 덩이니까," 내가 또 고개를 들 고 그를 바라보았다. "한 그릇 더 먹어도 돼요."

그가 잠시 망설이다 말했다.

"남은 건 법학 전문가에게 주시지요. 어쨌든 같은 방을 쓰 고 있잖아요."

그가 자리에서 일어나 탁자에 그릇을 내려놓는 것을 보면 서 나도 침대에서 일어나 마침내 작은 소리로 그 말을 했다.

"음악이 갔어요."

그가 깜짝 놀라 몸을 돌린 뒤 탁자 앞에 딱딱하게 굳었다.

"이걸 먹지도 못하고 굶어 죽었어요. 지금 마당 뒤쪽 황무 지에 있어요. 무덤을 팠는데 당신이 마지막으로 안장해야 할 것 같아서 묻지 않았어요."

내 말을 들은 학자가, 그가 고기 먹는 모습을 내가 쳐다봤던 것처럼 내 얼굴에 시선을 고정했다. 말을 마친 뒤 그를 살펴봤지만 그는 그다지 놀라거나 의아해하지 않았다. 오히려 조금 안심하는 눈치였다. "오늘 무슨 일이 벌어질 것 같았어요"라고, 줄곧 예감하고 있던 일이 마침내 일어나 오히려 가슴 졸이던 게 끝난 것처럼 가볍게 말했다. 그가 숨을 크게 들이쉬고 길게 내쉬더니 밖으로 걸어가기 시작했다. 콩과 고기를 먹고 육수를 마셔서인지 걸음이 막차를 잡으러 뛰어가는 것처럼 빠르고 힘찼다.

나는 이어서 대야에 남은 고기를 챙기고 음악의 유품을 몇 가지 정리해 가져갔다. 가는 동안 벽을 짚어야 했다. 처음에는 앞쪽으로 학자의 뒷모습이 보였지만 나중에는 그림자도 보이지 않았다. 황혼이 내리기 직전 옛길 평원으로 모래먼지의 흙냄새와 석양의 우울함이 가득 찼다. 아득히 광활한 적막 속 멀리 황무지에서 99구로 돌아오는 그림자가 보였다. 마당 뒤편의 황무지 무덤가에 도착했을 때 새 한 마리가 내가 파놓은 무덤에서 날아올랐다. 다가가서 보니 학자는 삽을 들고 음악을 묻는 대신 무덤 아래에 앉아서 음악의 얼어붙은 얼굴을 가슴에 안아 녹이고 있었다. 내가 오는 것을 보고는 고개를 들어 확신에 찬 어조로 말했다.

"굶어 죽은 게 아니에요."

나는 내가 겪고 본 것을 모두 이야기했다.

학자가 입을 다문 채 내게서 시선을 거두었다. 그리고 가슴에서 녹이던 음악의 얼어붙은 얼굴을 내려놓고 변형된 파란 얼굴을 반듯하게 맞추고는 내가 안고 있던 유품 가운데서 옷 몇 벌을 꺼내 입혔다. 그런 다음 몸을 돌려 간절한 눈빛으로 나를 보았다.

"음악 대신 비는 거라고 생각하고 그녀의 일을 비밀로 해주세요. 특히 『죄인록』에는 기록하지 말아주세요. 명예를 남겨줘야지요."

나는 아무 말도 하지 않았고 고개를 끄덕이지도, 젓지도 않았다. 그저 딱딱하고 힘 있는 눈빛으로 학자의 눈 속에 있는 나에 대한 불신을 바라보기만 했다. 그러자 오히려 그가 똑바로 응대할 수 없었는지 다른 곳으로 시선을 피했다. 잠시 뒤 그가 시선을 거두고 음악의 시체를 내가 파놓은 무덤으로 옮긴 다음 내가 가져온 음악의 파랗고 낡은 구멍투성이 이불로 그녀의 몸을 덮었다. 그러고는 나를 힐끗 바라보더니 주머니에서 하얀 종이 몇 장을 꺼내 이리저리 접고 마지막에 비스듬히 찢어 손바닥만 한 하얀 종이 오각별을 만

들어냈다. 그렇게 다섯 번 접어서 찢었다. 그는 다섯 개의 하얀 오각별을 음악이 종이 상자로 만든 화장함에 넣었다. 화장함에는 빗과 콜드크림, 작은 가위와 바늘 쌈지가 있었고 이제는 하얀 오각별 다섯 개까지 들어갔다. 종이 상자를 이불 밑 음악의 손 쪽에 올려놓은 다음 학자가 무덤에서 나와 무덤 속 이불 위로 흙을 한 삽 한 삽 가볍게 떨어뜨리기 시작했다.

내가 무덤을 파며 퍼낸 흙을 학자가 전부 다시 넣고 무덤 위까지 쌓아 올린 다음 동그랗게 다졌다. 학자가 음악을 묻는 동안 나는 아무것도 거들지 않은 채 줄곧 근처에 쪼그리고 앉아 있었다. 땅거미가 짙어지면서 차가운 냉기가 강렬해지고, 광야 사방에서 불어오는 바람에 몸에서 떼어내고 싶을 정도로 두 다리가 시리고 아렸다. 음악을 다 묻은 다음 학자가 손을 털고 떠날 준비를 했다. 그때 내가 고기를 들고 음악의 무덤 앞으로 갔다. 나는 잠시 서 있다가 주머니에서 10여 쪽, 내가 음악의 방에서 가져온 음악에 대한 『죄인록』을 꺼냈다. 그러고는 종이를 음악의 무덤 앞에 놓고 대야에서 학자가 먹은 것과 똑같은 고깃덩어리를 꺼낸 뒤 꿇어앉았다. 또 대야에서 오래된 식칼을 꺼내 아무 말도 하지 않은 채 은홍색의 손바닥만 한 고기를 조각조각 썰었다. 그리고

고기 조각들을 전부『죄인록』원고 위에 놓은 다음 휘청휘청
자리에서 일어나 옆에 있는 학자에게 말했다.

"돌아갑시다."

학자가 나를 쳐다보고 음악의 무덤 앞에 놓인『죄인록』원
고와 종이 위에 놓인 고기 조각을 바라보았다. 그러고는 갑
자기 다가와 쪼그리고 앉더니 내 솜바지를 위로 걷어 올렸
다. 그는 내 종아리를 싸맨 침대보에 빨갛게 얼어붙은 피를
보고 천천히 솜바지를 내렸다. 그러고는 느릿느릿 일어나
나를 보고 한참을 아무 말 않다가 허공과 광야를 향해 큰 소
리로 울부짖었다.

"지식인아…… 지식인……."

그의 얼굴에서 눈물이 아련하고 탁하게, 당시의 시절과
굶주림만큼 감당할 수 없게 흘러내렸다.

7.『옛길』p487~p493

학자의 말이 맞았다. 그날은 수많은 일들이 하나씩 하나
씩 밀려들기로 운명 지워진 날이었다.

황혼 속에서 학자의 부축을 받으며 음악의 무덤을 떠났

다. 하지만 얼마 가지 않아 99구의 동북쪽 모퉁이에 도착했을 때, 담장 아래에서 동료들이 불을 피우고 뭔가를 끓이는 게 보였다. 연기가 모락모락 피어올라 산산이 흩어졌다. 간이 부뚜막이 저만큼 하나가 보이면 멀리에 또 하나가 보였다. 무엇을 끓이는지 서로에게 보이고 싶지 않은 듯 나란한 게 하나도 없었다.

학자와 나는 담장 뒤편에 멍하니 서서, 모락모락 올라오는 연기 아래에 쪼그리고 앉아 있는 99구 사람들을 쳐다보았다. 학자가 미심쩍어하며 나를 내버려둔 채 가장 가까운 연기 쪽으로 빠르게 걸어갔다. 50대 교수가 허리를 굽힌 채 연기를 피우고 있었다. 그는 학자가 말을 꺼내기도 전에 고개를 들어 학자를 힐끔 쳐다보고 절뚝거리며 뒤따라온 나를 바라보더니 갑자기 돌 몇 개에 괴어놓은, 솥 대신 사용하는 커다란 차 통의 덮개를 손으로 힘껏 눌렀다. 우리가 갑자기 허리를 굽혀 그 덮개를 열어보기라도 할까 봐 걱정하는 눈치였다.

이번에는 거기서 스무 걸음 정도 떨어진 연기 쪽으로 갔다. 20대의 중고등학교 교사가 한창 끓고 있는 사기 세숫대야를 몸으로 막으며 중얼거렸다.

"모두들 이래요. 나만 이러는 게 아니라고요."

황망히 다음 흙구덩이로 걸어가자 여의사가 흙구덩이에 돌을 쌓아 간이 부뚜막을 만들고 있었다. 평소에 풀뿌리를 끓이던 사기그릇이 돌 부뚜막 위에 놓여 있고 둥글고 딱딱한 종이가 솥뚜껑처럼 사기그릇을 덮고 있었다. 둥글고 딱딱한 종이 덮개의 가운데에는 열기 편하도록 끈이 매달려 있었다. 학자와 나를 본 의사가 당황한 기색 없이 막 불을 붙인 장작을 부뚜막으로 집어넣은 다음 모래땅에 엉덩이를 대고 앉아 차갑지도, 뜨겁지도 않은 눈길로 우리 둘을 바라보며 거만하지도, 비굴하지도 않게 물었다.

　"뭘 끓이는지 보고 싶어요?"

　누구도 입을 떼지 않고 사기그릇의 종이 뚜껑만 쳐다보았다. 다른 곳의 누군가가 벌써 불을 끄고 솥 대신 올려놓았던 깡통이나 사기그릇을 들고는 바닥에 쪼그리고 앉아 먹기 시작했다. 후루룩, 멀리에서 끓어졌다 이어졌다 하는 물소리처럼 먹고 마시는 소리가 들려왔다. 의사가 소리 나는 쪽을 한번 바라봤다가 다시 평정을 되찾고 말했다.

　"모두들 인육을 먹는 거예요. 7일 동안 불어닥친 모래바람이 황허 강변의 풀이란 풀을 전부 묻어버려서 오늘 아무도 풀뿌리를 찾지 못했거든요."

　그러면서 부뚜막에 또 장작을 넣고 사기그릇을 불 위에

얹은 다음 애당초 그녀 앞에 우리가 없었던 것처럼 우리 쪽으로는 눈길조차 주지 않은 채 바닥에 엎드려 불을 불었다. 마지막 석양이 황허 강변을 검누렇게 물들이고 누런 땅을 빨간 물로 바꾸어놓았다. 아득한 황허 강변의 99구 담벼락 아래에 서자 사사삭 하고 물이 모래땅을 적시듯 석양이 물러가는 소리가 설핏설핏 들려왔다. 99구 동북쪽 담장의 바람이 들지 않는 곳과 강변의 바람 없는 저지대에서 뭉텅뭉텅 연기가 올라왔다. 흐릿한 적막 속에서 타다닥 나무 타는 소리가 흩날리고 비단 깃발처럼 연기가 허공에서 흔들거렸다. 연기의 희끄무레한 냄새와 담홍색 고기의 비린내가 공기 속을 떠다녔다. 떨어져 있으면 누가 인육을 끓이는지 아무도 발견하지 못하고 누구도 악행을 기록하지 않을 것처럼, 아무도 말하지 않았고 누구도 함께 있지 않았다. 곳곳에서 솟아오르는 연기와 땅 위의 인육 삶는 불꽃을 보다가 고개를 돌려 학자의 얼굴을 바라보았다. 망연자실한 얼굴이 죽은 사람처럼 창백하고 푸르스름했다. 그가 눈앞에 펼쳐진 부뚜막 불빛들을 가늠하다가 내가 말을 꺼내려는 순간 먼저 입을 열었다.

"돌아갑시다!"

그래서 우리는 걷기 시작했다.

아이의 방에 불이 켜져 창문에서 노르스름한 빛이 흘러나왔다. 대문으로 들어선 뒤 그걸 보고 우리가 발걸음을 늦췄다. 아이를 바깥으로 나오게 해 저 솥과 불을 보여줘야 한다고 말하려 했지만 학자는 힐끗 쳐다보더니 곧장 앞으로 걸어갔다. 그는 자신의 방으로 가는 대신 곧장 제1열의 시체실로 향했다. 그리고 창고 관리자가 창고 문이 열린 것을 발견한 것처럼 걸음을 빨리했다. 숨을 헐떡거리며 문 앞으로 간 학자가 쾅 하고 문을 열어젖힌 다음 조금 망설이다가 안으로 들어갔다. 황혼의 마지막 빛이 한밤중 수면에 비치는 빛처럼 시체실에 스며들었다. 잠시 가만히 서 있자 방 안의 윤곽과 상황이 뚜렷해지기 시작했다. 며칠 전에 종교의 시체를 가져다 놓았던 방이었다. 종교의 시체를 다른 세 구의 시체와 한 침대에 나란히, 마대 자루를 가지런히 늘어놓은 것처럼 놓았었다. 하지만 단 며칠 만에 그 침대에는 냉동고기가 쌓이듯 다른 시체들이 올려졌다. 원래의 두 침대만으로 부족해 가을걷이가 끝난 뒤 논밭에 아무렇게나 던져진 볏단처럼 다른 침대에도 시체가 이리저리 쌓였다. 돗자리로 둘둘 말린 시체가 있는가 하면, 본인의 이불을 덮은 시체도 있고, 아예 죽은 대로 내던져져 살아 있을 때의 차림 그대로인 경우도 있었다. 방이 무척 추웠다. 시체에서 나오는 뼈를 에는 한기가 살아 있는 사람의 모공과 뼈마디를 파고들었다. 학자를 따라 방으로 들어갔을 때 수많은 방울이 뼈 사이에서 울리는 것처럼 후들거리는 떨림이 내 온몸의 뼈 마디마디에서 울리는 통에 다시 한 번 멈춰 설 수밖에 없었다. 마음을 가라앉히고 떨리는 다리를 두드린 뒤에야 학자를 따라 시체들이 놓인 침대로 갈 수 있었다.

시체가 놓인 침대는 원래 놓였던 위치 그대로였다. 처음에 창문을 중심으로 이층침대 네 개를 양쪽에 두 개씩 놓고 탁자를 침대 발 쪽 사이에 놓았었다. 탁자 밑에 걸상이 있었지만 벌써 누군가에 의해 불쏘시개로 사라지고 탁자 두 개도 장작이 되었다. 침대도 위층 골격은 물론 침상까지 전부 불쏘시개로 뜯겨져 파르르한 나무의 잔재만 남았다. 방에서 온전한 것은 아래 침대 네 개와 탁자 하나뿐이었다. 문에서 가장 가까운 침대에는, 사람들이 몇 발자국만 들어오면 됐기 때문에 시체가 여섯 구나 쌓여 있었다. 어떤 것은 머리가 문 쪽을, 또 어떤 것은 발이 문 쪽을 향하고 있었다. 반면 입구에서 가장 먼 안쪽 침대에는 죽은 뒤에 귀한 대접을 받아 널찍하게 침대를 사용하는 것처럼 두 구만 달랑 있었다. 탁자 위에도 솜옷과 솜바지를 입은 시체 세 구가 있었다. 그중 두 구는 얼굴이 창문을 마주해 검자주색과 푸르스름한 빛을 띤 얼굴과 황무지 새집처럼 뒤엉킨 머리카락이 빛 속에서 선명하게 보였다. 여섯 구가 놓인 입구 쪽 침대에서도 멀리 탁자 위에 놓인 게 누구인지 알 수 있을 정도였다. 몇 년 전에 부처에서 교육토론회를 열었을 때 몇 분 늦게 도착한 언어학자였다. 상부 인사가 왜 늦었는지 묻자 언어학자가 갑자기 발이 아파서 천천히 걷느라 늦었다고 답했다. 상부가 고개를 숙였다가 그가 오른쪽과 왼쪽 신발을 바꿔 신은 것을 발견했다. 상부가 웃으며 그를 위신구로 보내라고 했다. 그래서 99구에 왔다. 예순여덟 살의 언어학자는 전 국민이 사용하는 자전과 사전을 몇 년에 걸쳐 수정하고 편찬하는 일을 지휘했었다. 이제 언어학자가 이곳에 누웠으니 언어가 사라졌다. 학자는 전에 그와 같은 방을 썼기 때문에, 방에 들어선 뒤 이불이나 옷, 멍석을 들춰 시체를 하나하나 살피면서 누구의 어느 부분을 사람들이 파먹었는지 확인할 때 창문의 언어학자 앞에서 조금 더 오래 서 있었다. 그때 언어학자의 머리가 놓인 탁자에서 형태를 알 수 없는, 말라비틀어진 고구마 조각 같은 것을 발견했다. 학자가 손으로 고구마 조각을 건드렸다가 갑자기 손을 빼고 몇 초 동안 멍하니 있었다. 그러고는 언어학자의 머리를 돌려 살피던 중 나와 학자는 언어학자의 머리에 귀가 없는 것을 발견했다. 탁자에 놓인 고구마 조각 같던 물체는 바로 그의 왼쪽 귀였다. 날씨가 너무 추워서 시체가 꽁꽁 얼어 있는데 사람들이 칼을 대느라 들썩거리는 바람에 귀가 떨어져 나간 거였다.

언어학자가 놓은 탁자에서 방 가운데로 물러난 다음 이제 그만 보자고 내가 말했다. 하지만 학자는 잠시 망설이다가 다시 가장 안쪽의 시체 쪽으로 걸어갔다. 그 침대에 다가갔을 때 침대 하나를 널찍하게 사용하는 두 시체가 종교와 젊은 부교수임을 알아봤다. 종교는 원래 그 침대에 있지 않았는데 그리로 옮겨져 있었다. 가슴이 철렁해서 얼른 종교의 이불을 벗겼다. 슬쩍 봤는데도 목구멍에서 입으로 구토가 확 올라왔다. 종교는 팔과 다리가 없어진 채 말뚝처럼 이불 속에 누워 있었다. 몇 년 만에 무덤에서 파 올린 썩은 시체 같았다. 황망히 종교의 이불을 올린 다음 고통을 참으며 빠른 걸음으로 시체실을 빠져나왔다. 그러고는 문 앞에 쪼그리고 앉은 채 목구멍이 썩은 풀에 막힌 것처럼 마른 구토를 연거푸 해댔다.

"종교가 어때서요?"

학자도 뒤따라 나왔다.

"먹을 수 있는 곳은 하나도 남지 않았습니다."

내가 고개를 돌려 답했다.

학자가 내 뒤에 서서 잠시 침묵하다가 나를 내버려둔 채 혼자 뒤쪽 숙사의 시체실로 갔다. 어느새 사람들이 고기를 삶던 그릇을 들고 담장에서 돌아오고 있었다. 땅거미가 완전히 차오르자 마지막으로 남아 있던 빛마저 대지에서 사라졌다. 황혼 이후의 빛이 마당에서 모두 사라졌지만 어둠이 아직 적막과 모호함을 몰고 오기 전이었다. 바닥에 쪼그린 채 밖에서 돌아오는 사람들을 보니 굶주림에 기어오는 사람이 하나도 없었다. 모두들 서서 걸어왔고 발걸음도 전보다 높고 힘찼다. 전에는 걸음 소리가 나지 않을 만큼 발을 질질 끌었지만 이제는 걸음걸이가 분명했고 간격은 물론 느릿한 리듬감까지 있었다. 밖에서 풀을 끓여 먹고 올 때와 똑같이 발걸음들이 끊임없이 계속 이어졌다. 그들은 99구 안쪽으로 오는데 학자는 안쪽의 시체실에서 바깥으로 나왔다. 서로 바라보며 무슨 말을 했는지, 서로 쳐다는 봤는지 모르겠다. 어쨌든 학자가 안에서 내 쪽으로 걸어올 때 그의 발걸음도 99구로 돌아오는 사람들처럼 힘이 있었고 걸음을 옮길 때마다 소리도 났다. 내 앞까지 온 학자가 고개를 숙여 나를 보며 작지만 분명하게 말했다.

"음악이 준 콩 반 주머니를 드릴까요?"

내가 천천히 일어나 대답했다.

"그건 음악이 당신에게 준 것이지요."

"그럼 가져가서 사람들에게 나눠주세요." 황혼 속에 학자가 어렴풋한 얼굴을 대문 쪽으로 향하며 덤덤하게 말했다. "52구의 시체 가운데 온전한 건 하나도 없었습니다. 먼저 들어가세요. 저는 98구의 그 사람에게 가야겠습니다. 분명 아이보다 많이 알고 있을 테니 이 재난이 대체 어디까지 퍼졌으며 얼마나 오래갈지 말해줄 수 있겠지요."

그런 뒤 학자가 가슴에 훈장을 가득 달고 있던 그 남자를 만나러 98구 쪽으로 갔다. 그 밤 학자는 한밤중에야 돌아왔다. 돌아온 다음에는 방으로 오지 않고 곧장 아이의 문을 두드렸다.

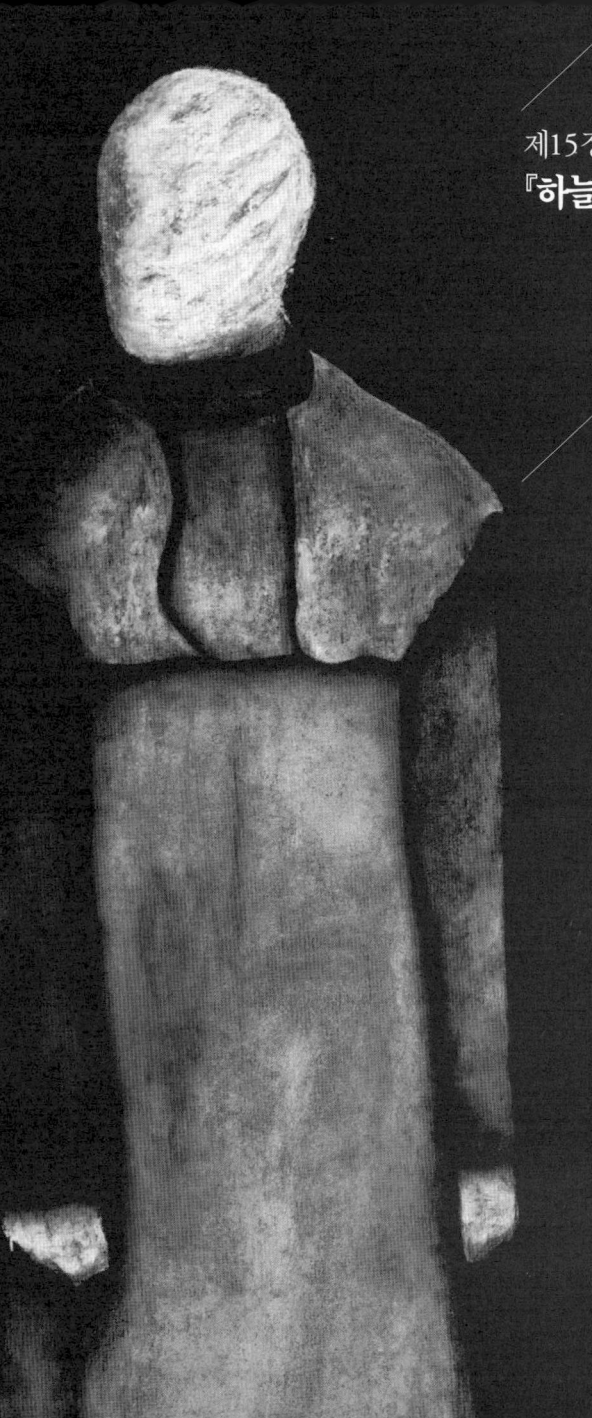

제15장
『하늘의 아이』

1. 『하늘의 아이』 p416~p419

아이는 밀랍처럼 앉아 있었다. 침대 중앙에 앉아 있었다.
붉은 꽃, 붉은 오각별, 붉은 상장, 그리고 새로 생긴 붉은 종
이 초롱이 침대 머리맡과 다리 쪽에 그득했다. 천장의 갈대
짚과 갈대 휘장에도 온통 꽃과 붉은 초롱, 종이로 오린 제비
꼬리 모양의 리본이 가득했다. 방 안이, 세상이 온통 붉은색
이었다. 방 중앙의 화로에는 불쏘시개로 찢겨진 책이 있었
다. 영국 소설 『제인 에어』와 오래된 독일 소설 『파우스트』
였다. 화로의 열기가 위로 솟구쳐 천장의 붉은 것들을 흔들
었다. 침대 앞에 아이의 물그릇이 있고 볶은 콩 몇 알이 굴러

다니는 그릇이 또 하나 있었다. 아이는 침대에 단정하게 앉아 이불을 두르고 양반다리를 한 채 눈을 살짝 감고 있었다. 탱탱 부어 반질거리는 얼굴에서 빛이 자르르 흐르는 게 사당에 모신 아이 신의 조각상 같았다.

문이 닫혔다. 학자가 아이를 보았다.

학자와 아이 모두 할 말이 있었다.

학자가 아이에게 중요한 말을 전했다.

"조 이삭보다 큰, 피로 키운 밀 이삭 열여덟 개를 하나도 빠짐없이, 단 한 알도 먹지 않고 전부 가지고 있습니다. 전부 드릴 수 있습니다. 그 핏물 이삭 열여덟 개를, 몇 알 떼어 한 끼를 해결한 다음에 도성으로 가져가십시오. 조 이삭보다 크고 옥수수 이삭만 한 핏물 이삭이 있으면 중난하이에서 가장 최고의 상부를 만날 수 있을 겁니다. 그럼 이 광경을 전해주십시오. 그리고 부탁드리니, 커다란 밀 이삭을 상부에게 바칠 때 저의 반밖에 쓰지 못한 미완성 원고도 전해주십시오. 그들이 밀 이삭을 보고 반밖에 쓰지 못한, 아마 끝내 완성하지 못할 제 책을 보면 지금 세상이 어떤 모습인지, 사람들이 어떤 상태인지 알게 될 겁니다."

아이가 눈을 동그랗게 떴다. 가느다란 눈에서 예전보다 더 밝은 광채가 났다.

"제가 밀 이삭과 원고를 가져오겠습니다. 하지만 밀 이삭 열여덟 개를 가져온 사람이 저라는 것은 영원히 비밀로 해 주십시오."

학자가 나갔다. 그리고 한참이 지난 뒤 정말로 천과, 비나 습기에 젖지 않도록 기름종이로 겹겹이 싸맨 밀 이삭 열여덟 개를 가지고 왔다. 깊고 고요하며 텅 빈 밤, 별빛이 하늘을 메웠다. 학자가 아이의 숙사로 들어갔을 때 아이는 졸고 있었다. 문소리가 나자 아이가 눈을 떴다. 빛 속에서 물을 마시고 그릇의 맑은 물을 손으로 찍어 얼굴을 씻었다. 아이의 눈이 반짝하더니 투명하게 빛났다. 학자가 다른 그릇을 보자 그나마 남아 있던 볶은 콩 몇 알이 사라졌다. 텅 빈 그릇이 아무것도 없이 반질반질했다. 그가 밀 이삭 꾸러미를 침대에 놓은 다음 조심스럽게 풀자 방 안에 피비린내가 천천히, 맑고 서늘하게 퍼졌다. 아주 강렬했다.

아이가 옅은 색의 강렬한 밀알 향기와 밀 껍질, 밀짚의 그 하얗게 말라버린 여름날의 건조한 기운을 느꼈다. 학자가 몇 개씩 묶어놓은 열여덟 개의 밀 이삭은 큰 것은 정말로 옥수수만 했다. 세 치에 가까운 까끄라기가 달린 밀 이삭은 옥수수보다도 컸다. 한 자도 훌쩍 넘었다. 제일 작은 것도 조 이삭만 했다. 대체 어디에다 숨겼기에 그렇게 좋은 상태로 남았는지 몰라도 어쨌든 밀알이 전부 껍질 안에 고스란히 들어 있었다. 진홍색으로 탱글탱글한 밀알에서 전분이 터져 나올 것 같았다. 이삭에서 떨어진 밀알을 아이가 들어 등불에 비춰보았다. 진한 빨강과 옅은 노랑의 밀알 중간에 칼로 새겨놓은 듯 줄이 가 있었다.

밀알 하나하나가 전부 완두콩 같았다. 땅콩 같았다.

아이의 눈이 반짝거렸다. 그가 웃었다. 옅은, 붉고 커다란 꽃이 얼굴에 걸린 것처럼 웃었다.

"정말로 한 알도 안 먹었나?"

학자가 고개를 끄덕였다.

"이제 먹어도 좋다. 내가 상으로 이삭 하나를 주지."

학자가 고개를 저었다.

"나한테 할 말이 또 있나?"

밀 이삭을 받아 침대 머리맡에 놓을 때 아이의 얼굴이 환하게 빛났다.

학자가 천으로 싼, 반만 완성한 원고를 건넸다. 방 안에 보라색 물약 냄새가 퍼졌다. 원고를 건넨 뒤 학자가 진지하게 다시 말했다.

"제가 6년 동안 쓴 원고입니다. 도성의 가장 높은 상부에게 전해주십시오. 가장 큰 밀알과 이삭을 제일 높은 상부에게 바치면 틀림없이 중난하이에서 만나게 될 겁니다. 그때 이 원고를 건네주십시오."

아이가 원고를 받았다.

"그러면 도성을 구경시켜줄 사람도 보내줄까?"

"직접 가슴에 커다란 붉은 꽃을 달아줄 겁니다. 꽃에 리본이 달려 있고요. 상부는 그 리본에 당신을 위한 글귀를 직접 써줄 겁니다. 그 꽃을 달고 베이징성을 돌아다녀보세요. 완리창청이나 쯔진청, 이허위안, 왕푸징王府井, 동물원, 어디든 가고 싶은 곳을 가세요. 어디에서도 입장료를 낼 필요가 없을 겁니다. 사람들이 전부 부러운 눈길로 쳐다보면서 박수를 쳐주고 환호해줄 겁니다."

아이가 원고를 침대 머리맡에 둘 때 탱탱 부은 얼굴이 더 밝고 찬란하게 빛났다. 일이 그렇게 이루어졌다. 그날 밤 아이는 밤새 눕지도 않은 채 열여덟 개의 밀만 쳐다보았다. 베이징성의 광경을 그려보았다. 상부가 자신에게 달아줄 꽃의 개수와 모양을 떠올렸다. 다음 날 해가 떴을 때, 사람들이 전부 침대에 웅크린 채 온기를 느끼며 쉬고 있을 때 아이가 숙사 하나하나를 돌며 작별 인사를 건넸다.

"난 도성에 갈 거다." 아이가 말했다. "베이징에 가서 가장 최고 상부를 만나면 당신들에게도 식량이 생기지. 그러면 다시는 굶지 않아도 된다."

침대에서 잠자던 사람들은 아이의 말을 이해하지 못했다. 아이가 학자와 작가의 숙사에 가서 같은 말을 한 뒤 학자의 침대 앞에서 허리를 굽혔다. 그리고 작가에게 뭔가를 준 다음 숙사에서 나가 99구를 떠났다.

정말로 길을 떠났다.

햇살이 좋았다.

하늘에 하얀빛이 가득했다.

천사가 춤추는 것처럼 구름이 나풀거렸다. 그날은 날씨가 봄날처럼 따스하고 아득히 천만 리까지 보였다. 멀리 황허 강변으로는 호수의 침묵처럼, 대지에 깔린 비단처럼 적막이 떠다니고 가까이로는 먼지와 모래가 풀썩거리며 대지를 덮었다. 그렇게 땅의 일부가 되었다. 바깥으로 통하는 길이 살포시 빛나는 끈 같았다. 아이가 붉은 비단으로 겹겹이 싼 밀을 메고 힘차게 바깥으로 나아갔다. 붉은 비단이 불타는 공처럼 아이의 어깨에서 통통 반짝거리며 들썩였다. 배웅 나간 사람들도 있었다. 가장 앞에 선 사람은 학자와 작가였다. 작가는 아이가 건네준 콩만큼 커다란 핏물 밀알을 꼭 쥐고 있었다.

학자가 아이에게 손을 흔들었다.

아이도 몸을 돌려 손을 흔들었다. 그러고는 돌아서서 빛나는 모호함 속으로 사라졌다.

2. 『하늘의 아이』 p423~p427

아이가 떠나고 며칠 뒤 땅이 따뜻해지자 담벼락 밑 바람이 들지 않는 양지바른 곳에 풀싹이 돋았다. 사실 소변을 보러 갔다가 소변이 떨어진 곳에 구멍이 파여서였다. 그 구멍에서 작은 싹이, 연두색의 유리같이 투명한 싹이 드러났다. 오줌을 멈추고 싹을 뽑아 햇살에 비추자 줄기에 가느다랗게 액체가 흐르는 게 보였다. 깜짝 놀라고 문득 머리에 스치는 게 있어서 연두색의 환한 싹을 들고 마당으로 뛰어가며 소리쳤다.

"봄이다! 이제 살았다!"

"봄이다! 먹을 게 생겼다!"

소리치는 사람은 여자였다. 여의사였다. 의사는 뛰어다니며 소리치다가 갑자기 넘어지더니 다시는 일어나지 않았다. 사람들이 다가가 잡아당겨본 뒤에야 그녀가 죽었다는 것을 알았다. 의사는 만물이 꽃피는 때와 생명의 생장 이치를 가장 잘 알았다. 그래서 그렇게 소리를 지르다 죽었다. 극도로 흥분해 외치다가 힘이 다 떨어지고 생명마저 소진돼버렸다. 사람들이 전부 걸어 나와 바람이 들지 않는 양지바른 곳을 파기 시작했다. 과연 풀싹이 뿌리에서 나오고 있었다. 아직 싹이 나지 않은 것도 뿌리에 윤기가 흐르고 물기가 촉촉해 입에 넣자 비릿하면서 달짝지근한 맛이 났다.

모두들 땅에서 풀뿌리를 캐내 날로 먹었다. 새로 돋은 풀의 줄기와 뿌리를 많이 먹은 사람들은 전부 배탈이 났다. 설사에 시달리다 탈수로 또 죽어 나갔다. 어느 날 아이가 도성으로 간 지 보름이 되었지만 아무 소식이 없다는 것을 떠올린 사람이 도성에는 자동차도 있고 기차도 있어서 사나흘이면 오갈 수 있고 상부를 만나는 것도 몇 분, 10여 분이나 20여 분이면 끝나니 그 시간이면 도성의 땅을 전부 밟고도 남았겠다고 했다. 아이는 돌아오지 않았다. 사람들이 매일 길을 바라보았다.

아이가 돌아오지 않자 사람들은 그가 죽은 건 아닌가 생각하게 되었다. 분명 떠날 때 얼굴이 통통 부어 있었다. 다리도 통통 부어 있었다. 온몸이 전부 부어 있었다.

누군가 말했다.

"아이가 없으니 우리는 자유롭게 돌아갈 수 있어요."

누군가 떠나야 한다고 맞장구쳤다. 그때 학자가 나서서 말렸다. 아이가 자신의 반 권짜리 원고를 최고 상부에게 전한다면 세상이 곧 원상을 회복해 농민은 농사를 짓고 노동자는 노동을 하며 교수는 다시 강단에 서게 될 것이라고 말했다. 지식이 있고 사고할 수 있는 사람은 다시 사색에 잠기고 글을 쓸 수 있다고 했다.

그래서 또 기다렸지만 아이는 끝내 돌아오지 않았다.

봄이 오자 땅 밑에 온기가 돌았다. 대지에서 다시 풀이 돋고 온갖 꽃이 피었다. 어디선가 참새가 돌아와 하늘을 유유히 날며 쩍쩍거렸다. 이제 굶주림이 끝나고 산나물로 주린 배를 채울 수 있게 되었다. 황허 강변 곳곳에 넘나물과 조뱅이, 비름이 순식간에 한 움큼씩 뜯을 수 있게 자라났다. 산나물이 나자 사람들이 기력을 되찾았다. 기력이 생기자 아이가 없는 틈에 위신구를 떠나려는 사람들이 생겼다.

"3일을 기다렸다가 그때도 아이가 돌아오지 않으면 떠나는 게 어떻겠습니까?" 학자가 방을 하나하나 돌며 권고했다. "길이 하나뿐인데 그렇게 쉽게 달아날 수 있겠습니까?"

다시 3일이 지났지만 아이는 돌아오지 않았다. 누군가 가버렸다. 달아나버렸다. 이미 숫자가 충분한 작은 꽃을 지니고 떠났다. 대부분 굶어 죽은 동료한테서 얻은 꽃이었다. 작은 꽃이 125송이가 넘고 산나물로 기력을 되찾은 사람들이 보이지 않게 되었다. 침대 위와 아래의 옷이며 물건들도 사라졌다. 더 이상 학자의 말을 따르는 사람이 없었다. 누구도 학자의 말을 믿지 않았다. 아이가 떠난 지 벌써 28일이 되었으니 도성을 두 번 갔어도 돌아왔어야 했다.

또 어느 날 오후, 누군가 공개적으로 외쳤다.

"떠나고 싶은 사람들은 짐을 챙겨서 저와 함께 갑시다!"

사람들이 와 하며 우르르 짐을 챙겨 나왔다. 떠나겠다는 사람들을 세어보니 모두 52명이었다. 그때서야 99구에서 굶어 죽거나 병사한 사람이 일흔 명이 넘는다는 것을 알았다. 봄이 되어 기력이 생기고 아이도 돌아오지 않으니 단체로 달아나기에는 마침맞았다.

"어떡하죠?"

학자가 작가에게 물었다.

"저도 가겠습니다." 작가가 말했다. "제가 모두에게 달아나자고 부추겼습니다. 저들의 수많은 행실도 『죄인록』에 기록했지요. 속죄 차원에서라도 데리고 가야 합니다."

작가가 말하면서 자신의 짐을 챙겼다. 학자가 놀라서 작가를 쳐다보았다. 작가가 학자를 보며 함께 떠났으면 했다. 학자가 마당의 흥분에 차고 결연한 동료들을 바라본 뒤 고개를 저으며 물었다.

"가는 길마다 검문소가 있는데 어디로 갈 겁니까?"

작가가 결연하고 단호하게 말했다.

"가지 않아도 죽습니다."

일이 그렇게 이루어졌다.

작가가 학자에게 작별을 고한 뒤 방을 나섰다. 태양이 정남에 이르렀을 때 누군가 제안했다.

"아이 숙사 문을 열고 들어가 가져갈 만한 게 있는지 살펴봅시다."

"그건 도둑질이지요!" 작가가 큰 소리로 외쳤다. "우리가 지식인이라는 것을 잊었습니까?"

그렇게 사람들이 아이 문 앞을 지나갔다. 짐을 메고 들고 걸친 수십 명과 작가가 질서 없이 큰길을 따라 황허 강변의 바깥쪽으로 나아갔다. 학자가 99구 대문에 서서 망설임이 가득한 막막한 눈으로 모두를 바라보았다. 그는 가지 않고 아이가 꼭 돌아올 것이라고 믿었다. 원고를 상부에 전했을 것이라고 믿었다. 학자는 동료들이 봄날의 빛 속으로 녹아들 때까지 그들 무리를 바라보았다.

3. 『하늘의 아이』 p427~p433

사람들은 감히 큰길로 갈 수 없어서 황야의 샛길로 걸었다. 바깥세상을 향해 걸어갔다. 오후가 되어 해가 서쪽으로 넘어갈 때 모두들 식은땀으로 축축해졌다. 누군가 필요 없는 짐을 길에 버렸다. 신발, 모자, 옷 따위였고 여벌 바지도 있었다. 하지만 나물 끓이는 냄비를 버리는 사람은 아무도 없었다.

황혼이 내릴 때까지 10리 길을 걸었다. 뒤쪽으로 무리에서 떨어진 양처럼 처지는 사람이 생겼다. 광야의 파란 풀이 우거진 곳에서 작가가 모두에게 멈추라고 한 뒤 산나물을 뜯고 장작을 모으면서 뒤처진 사람들을 기다렸다. 힘은 들었지만 모두들 흥분에 차 있었다. 어쨌든 단체로 감행한 대탈출이었다. 풀밭에서 불을 피우고 물을 길어 산나물을 끓여 먹었다. 저녁 식사가 끝난 뒤에는 벌판에서 바람을 피할 수 있는 구덩이와 풀을 찾아 잠을 청했다. 하늘 가득한 별을 보면서 누군가 노래를 불렀다. 모두에게 아주 익숙한 혁명 노래는 원대하면서 이상적이었다. '큰길로 전진하라'라는 제목에 '큰길로 전진하라, 저 앞에 자유와 빛이 가득하니. 용기만 낸다면 인생이 환하게 빛나리'라는 가사였다. 처음에는 한 사람이었지만 나중에는 많은 사람들이 함께 불렀다. 그렇게 모두들 함께 불렀고 모르는 사람은 따라 불렀다. 광야에 끝없는 적막이 펼쳐지고 별과 달이 하늘을 메우고 있었다. 하지만 그들의 노래가 물결처럼 광야의 적막을 멀리, 아주 멀리로 밀어냈다. 부르다 지친 사람들이 잠시 쉬다가 이내 이불을 파고들어 잠에 빠졌다. 다음 날 태양이 떠올랐을 때 누군가 도둑맞은 것을 발견했다. 사방을 찾으며 사람 수를 헤아리자 젊은이 둘이 없었다. 대학 강사와 부교수였다. 그들은 도성의 같은 이공대학에 근무하는 교직원이었다.

"무엇이 없어졌는데요?"

작가가 묻자 몇 사람이 고개를 숙이며 대답했다.

"오각별입니다."

작가가 아무 말도 하지 않았다. 모두들 도둑질한 사람을 욕하며 계속 길을 걸었다. 낮에는 걷고 밤에는 자면서 지팡이를 짚고 걸었다. 배가 고프면 산나물을 끓이고 밤에는 광야에서 바람을 피해 잠을 청했다. 낮에는 걷고 밤에는 잤지만 이제 누구도 밤에 노래하지 않았다. 눕자마자 잠이 들었다. 낮에는 걷고 밤에는 자면서 그렇게, 마치 꽃이 피고 지는 것처럼 일이 이루어지고 또 실패했다. 5일 동안 위신구 아홉 개와 마을 네 곳, 검문소 일곱 곳을 돌아 지나자 진이 몇 리 눈앞에 나타났다. 저만큼 멀리 큰길이 밧줄처럼 진 입구로 이어졌다. 사람들과 작가 모두 진을 지나기만 하면 위신구 본부를 떠나는 것임을 잘 알았다. 그렇게 현성에 도착해 지구로 가는 차를 타면 기차가 코앞이었다. 거기서 따로따로 기차에 오르면 각자 집으로 돌아가 아내와 아이, 부모를 만나 천륜지정을 나눌 수 있었다.

진이 보이자 사람들이 발걸음을 늦췄다. 진의 건물들이 잿빛 땅에서 뾰족이 솟아 나온 풀무더기 같았다. 아득하니 고요했다. 죽어버린 것만 같았다. 진에서는 아무런 소리도 들리지 않았다. 인가에서 밥 짓는 연기가 산발적으로 조용히, 외롭게, 곧게 하늘로 올라갔다. 오후의 환한 햇빛에 사람들이 눈을 뜰 수가 없었다. 무리가 발걸음을 멈췄고 누군가를 보내 앞쪽 정황을 살펴보자는 제안이 나왔다. 두 젊은이가 살금살금 빠른 걸음으로 갔다가 새하얗게 질려서 돌아왔다. 무슨 일이냐고 묻자 3일 전에 무리에서 오각별을 훔쳐 달아났던 강사와 부교수가 진으로 들어가는 길목에 죽어 있다고 대답했다. 시체가 마른 볏단처럼 길가에 던져졌고 시체 주변에 모두가 가지고 있는, 아이가 준 작은 꽃과 오각별이 흩어져 있다고 했다. 또 길목에 초가가 두 칸 있으며 초가 입구에 초소와 총이 있고 '애국검문소'라고 적힌 팻말이 세워져 있다고도 했다.

"두 조로 나눠서 어두워지면 진의 양측으로 지나갑시다."

작가가 고민하고 고민한 끝에 말했다.

무리를 둘로 나누고 각각 누군가가 무리를 이끌었다. 달이 떠올랐을 때 진으로 연결된 큰길 양측에서 오른쪽과 왼쪽을 향해 걸어갔다. 여전히 샛길을 택했다. 길이라고 할 수 없는 길을 걸었다. 때로는 허리를 숙인 채로, 때로는 기다시피 걸었다. 멀어지면 허리를 펴고 재빨리 몇 걸음을 갔다. 모두 말을 하지 않았다. 낙오될까 봐 이불과 냄비, 밥그릇까지 전부 버리는 사람도 있었다. 날이 어두워지고 구름이 달을 가려 캄캄해졌다. 발밑이 보이지 않았고 코앞의 길도 보이지 않았다. 다음 날 날이 밝았을 때 큰길 바깥의 저지대에서 두 무리 사람들이 만났다. 모두들 진 저쪽에서 이쪽으로 옮겼다고, 애국검문소를 지났다고 생각했다. 하지만 곧 모인 장소가 전날 저녁 황혼이 내리기 전에 헤어졌던 장소라는 것을 발견했다. 헤어지기 전에 길가에 던진 옷과 물품들이 그대로 길가에 있었고 작은 나무에 걸어둔 천 조각도 고스란히 나무에 걸려 있었다.

하루 종일 풀이 죽어 있다가 둘째 날 밤 작가가 오른쪽과 왼쪽, 동서남북을 확실히 파악한 뒤 무리를 다시 둘로 나누어 진 양쪽으로 걸었다. 그러나 다음 날, 날이 밝은 뒤 모인 큰길 바깥의 숨기 좋은 저지대는 다름 아닌 전날, 그 전날 헤어졌던 장소였다. 헤어질 때 버린 옷과 물건이 그대로 길가에 있고 작은 홰나무에 매달았던 천 조각과 허리띠도 고스란히 홰나무에 걸려 있었다. 사람들은 전부 풀이 죽어 어째서 진 양편의 황무지를 빠져나갈 수 없는지 의아해했다. 3일째 되는 날 황무지에 바짝 엎드려 길을 조사하기로 결정했다. 길에 나뭇가지를 꽂아 표시를 해두었다가 밤에 표시를 따라 진의 반대편으로 가기로 했다. 그러고는 젊은이 몇 명을 보냈다. 그들은 몸을 숨기며 기다시피 황무지 양쪽을 살핀 끝에 진 주변 멀리가 전부 황허 강변의 늪지라는 것을 발견했다. 늪지는 끝이 보이지 않았다. 봄이 되어 겨우내 얼었던 황허 상류가 녹아 콸콸 굽이쳐 흐르면서 황허 강기슭 100리의 저지대마다 물이 넘실거렸다. 한편 진 근처의 높은 곳은 전부 묘지와 흙더미였다. 작년에 새로 쌓인 흙무덤이 봄날 솟아난 버섯처럼 이어졌다. 하나 또 하나, 그렇게 수천 수만 개가 끝도 없이 세상을 가득 메웠다. 굶어 죽은 동료와 백성들, 그리고 각 위신구에서 도망쳐 진 주변에서 죽은 사람들 것이었다. 풀이 전부 짤막해 새 무덤과 맨흙이 노랗게 빛났다. 수면은 하얗게 반짝이고 초지는 초록빛이었다. 초록

빛 속에 수많은 사람들이 묻히지 못하고 물에 잠긴 채 그대로 방치되었다. 죽은 뒤 멍석도 없이 세상에 던져져 늑대와 독수리의 먹이가 되었다. 뼈가 하얗게 드러난 채 썩어갔다. 곳곳에서 비릿하고 강렬한 악취가 풍겼다.

길을 살피러 나간 사람이 무덤 더미 사이를 한참 걸어 다닌 뒤 나뭇가지를 따라 돌아왔다. 그는 질겁한 채 땀을 닦고 사람들 무리 속으로 들어가 주저앉았다. 다른 방향으로 나갔던 사람도 돌아와 땀을 닦으며 질겁한 채 힘없이 무리 속에 주저앉았다.

"전부 무덤이었습니다." 한 사람이 말했다. "무덤 사이 풀밭에 묻히지 못한 채 썩는 시체가 즐비했어요."

다른 사람도 말했다.

"거위 알처럼 생긴 무덤이 모래알처럼 많았습니다. 우리는 이틀 밤 내내 시체 무덤 사이를 걸어 다닌 거예요."

사람들이 서로의 얼굴을 힐끔거렸다.

모두들 작가의 얼굴을 쳐다보았다.

"무덤이 많아도 가야 합니다." 작가가 말했다. "시체가 쌓였어도 가야 합니다. 무덤 떼든 시체 더미든 그걸 지나면 집으로 돌아갈 수 있습니다."

그러고는 산나물을 먹고 들쥐 굴을 팠다. 들쥐를 잡아먹으며 밤에 진을 돌아 끝없이 펼쳐진 무덤과 시체를 지나갈 힘을 비축했다. 그날 밤은 구름이 전부 물러가고 달이 떠올랐다. 달빛이 온 하늘과 땅을 밝힐 때 사람들이 한데 모여 두 방향으로 걸어가기 시작했다. 무덤가에 이르러서는 손을 맞잡고 낮에 꽂아둔 표시를 따라 진 쪽으로 걸었다. 작가와 나뭇가지를 꽂았던 젊은이가 앞장서고 무리들이 숨을 죽인 채 도둑처럼 살금살금 따라갔다. 그곳, 거대한 늪지가 달빛을 반사해냈다. 달빛과 물빛이 모두의 발밑에서 반짝거렸다. 무덤들과 시체, 표시로 꽂아둔 작은 나뭇가지가 모두 보였다. 마침내 무덤과 시체 더미를 벗어나 진 양측의 평평하고 넓은 황무지에 도착했다. 무덤과 시체 더미를 벗어나자 손을 푼 누군가가 소리를 지르며 앞으로 나가다가 넘어졌다. 하지만 곧장 일어나 걸음을 재촉하며 흥분에 차서 말했다. "젠장!", "젠장!" 하는 거칠고도 영문 모를 욕설이었다. 작가가 앞으로 가서 소리를 낮추라고 했다.

"조용히, 조용히요. 모두들 계속 손을 잡으세요."

하지만 모두들 작가의 지시나 명령을 무시한 채 샛길을 빠르게 걸어 앞으로 나아갔다. 그렇게 황무지를 지났나 싶었을 때 앞서 가던 사람이 갑자기 멈춰 섰다. 황무지 이쪽에도 굶어 죽은 사람들의 무덤과 시체가 달빛을 받으며 선명하고 밝게 늘어서 있었기 때문이었다. 일망무제로 펼쳐진 버섯과 풀 더미 같았다. 사람들이 모여들더니 다시 작가의 뒤를 따랐다. 작가가 가장 큰 무덤 앞에서 왼쪽을 봤다가 오른쪽을 보고 또 뒤쪽 멀리 모호하게 보이는 진과 본부, 달빛 아래의 건물을 본 다음 마지막으로 방향을 정했다. 그러고는 모두에게 다시 손을 잡으라고 한 뒤 무덤을 가로질러 진의 앞쪽 큰길로 향했다.

날이 밝았을 때 사람들은 원래의 진 뒤쪽 큰길에 또다시 돌아왔다는 것을 발견했다. 길가에 내던진 옷과 물건이 아직도 길에 놓여 있고 작은 홰나무에 걸었던 천 조각과 허리띠도 사람 키만 하고 손가락만큼 굵은 길가 홰나무에 걸려 있었다.

동쪽에서 태양이 떠올라 광채가 퍼지면서 환한 빛이 저지대 황무지의 사람들을 내리눌렀다. 모두들 절망했다. 절망이 짙게 깔렸다. 눈빛이 전부 죽어갔다. 이제 죽어도 무덤을 지나지 않겠다며 아예 잠을 청하는 사람도 있었다. 모두들 풀밭에 주저앉았다. 새파랗고 누런 얼굴들 사이로 원망이 퍼져나갔다. 사람들이 작가에게 "왜 진 맞은편으로 못 가고 뒤쪽으로 또 데려온 거요?"라며 추궁할 때 침이 작가의 얼굴에 튀었다.

"설마 이 큰길을 벗어날 수 없다는 것이오? 불가능하다면 대체 어떻게 사람들을 이끌고 도망간단 말이오?"

작가가 검문소에 가서 직접 협상하겠다고 했다.

사람들이 품에서, 호주머니에서 아이로부터 받은 작은 꽃과 중간 꽃, 종이 오각별을 10여 개, 수십 개씩 꺼내 작가 앞에 내밀었다. 하지만 작가는 고개를 저으며 모두의 호의에 감사하고는 자신의 호주머니에서 작은 종이봉투를 꺼냈다. 봉투에서 암홍색의 콩보다 크고 땅콩만 한 밀알을 꺼냈다.

"상부에게 이 핏물 밀을 주고 이걸 심으면 1무당 수천 근, 1만 근까지 재배할 수 있다고 할 겁니다. 대신 모두를 현성으로 데려가게 해달라고 하고요."

그렇게 작가가 떠났다. 먼 길에 지친 지팡이를 손에 쥐고 휘청휘청 걸어갔다. 사람들은 풀밭 은신처에 숨어 진의 입구를 바라보았다. 작가의 핏물 종자 덕에 초소를 넘어갈 수 있기 바랐다. 진의 큰길까지 갈 수 있기를, 현성의 정류장까지 갈 수 있기를 바랐다. 작가가 진 입구 검문소로 가자 보초가 작가를 막은 뒤 안으로 데려가는 게 보였다.

시간이 천천히 흘러갔다. 1초가 1년 같았다. 모두들 땅에 엎드린 채 풀을 헤치며 진 입구를 바라보았다. 작가가 마침내 건물에서 나와 이쪽으로 돌아왔다.

"여기에만 애국검문소가 있는 게 아니라 전국 곳곳에 있답니다." 작가가 말했다. "가장 최고 상부가 대기근 중에는 누구도 자신의 마을이나 지역을 떠날 수 없으며 자신이 있는 곳에서 몇 명이 굶어 죽었는지 외부에 발설할 수 없다고 정했다더군요."

사람들이 아무 말도 하지 않았다.

작가가 계속 말했다.

"오직 두 경우에만 오갈 수 있다고 합니다. 상부의 증명서가 있거나, 군인 모자에 달린 진짜 강철 오각별이나 커다란 종이 오각별 다섯 개를 가진 경우입니다. 하지만 그 종이 오각별 뒤편에는 반드시 상부가 아이에게 준 것 같은 인장이 찍혀 있어야 한답니다."

4. 『하늘의 아이』 p434~p440

사람들이 다시 며칠에 걸쳐 들풀을 먹으며 진에서 99구로 힘겹게 돌아왔다. 갈 때는 쉰두 명이었는데 마흔세 명만 돌아왔다. 아홉 명은 길에서 목숨을 잃었다. 99구로 돌아온 다음 모두들 입을 꾹 다물었다. 떠났던 일을 절대 거론하지 않왔다. 그저 틈만 나면 큰길 쪽을 바라보며 아이나 상부가 나타나기만 바랐다.

음력 2월 중순이 되자 길가 들풀이 길어졌다. 어쩌다 토끼와 오소리, 여우가 멈춰서 바라보고는 유유히 지나갔다.

어느 날 황혼이 깔리기 전 하늘이 하얗게 빛날 때였다. 누군가 숙사에서 나와 또 99구 바깥의 길을 바라보다가 아이 숙사에 걸려 있던 자물쇠가 사라진 것을 발견했다. 문만 닫힌 채였다. 문 위의 거미줄도 보이지 않았다. 깜짝 놀라 잠시 멍해 있다가 사람이 있는 방을 전부 뛰어다녔다. 모두들 방에서 뛰어나와 아이의 숙사 앞에 섰다. 일이 그렇게 이루어졌다. 사람들이 아이의 숙사 앞에 모여 숙연하게 침묵을 지켰다. 숨소리 하나 들리지 않을 만큼 엄숙했다. 아이가 발소리에 잠이 깼는지 끼익 하고 문이 열렸다. 정말로 아이가 모두의 앞에 나타났다. 아이는 한낮의 적막 속에 돌아왔다. 돌아와서 곧장 잠이 들었다. 마르고 누랬지만 얼굴과 다리, 몸에 붓기가 없었다. 햇살이 맞은편에서 피로와 권태, 흥분이 뒤섞인 아이의 얼굴을 비췄다. 아이의 얼굴은 야위고 누르스름하면서 가무잡잡했고 단단하고 모두에게 익숙한 그대로였지만 어른 티가 났다. 갑자기 성장해버렸다. 턱과 입술 위에 수염이 까뭇까뭇했다. 몸이 기다란 나무처럼 야위었지만 정수리의 머리카락은 두 치 정도까지 자랐다. 헝클어진 머리카락에 풀 몇 가닥이 끼어 있었다.

아이의 표정과 낯빛이 안정적이고 긍정적이며 뭔가 결심한 것처럼 보였다. 앞에 있던 학자가 조심스럽게, 아이의 심중을 떠보듯 "어땠습니까?"라고 물었다. 아이가 진지하게 대답했다.

"쯔진청과 중난하이에 정말로 용광로가 있더군. 톈안먼 광장에도 1무당 1만 근 생산을 위한 실험밭이 있었고."

사람들이 아무 말도 하지 않았다. 작가의 놀란 얼굴이 잿빛의 막막한 의아함으로 가득 찼다. 그때 아이가 눈을 가늘게 뜨고 하늘, 그리고 하늘의 구름을 바라보았다. 하얀 햇살을. 비둘기 떼가 어디에선가 날아와 지나쳐 갔다. 비둘기가 날아간 뒤 아이가 게슴츠레한 눈을 비비고 찬란한 웃음을 띠며 작은 소리로 놀라운 말을 했다.

"모두들 집으로 돌아갈 수 있다."

거칠고 단단한 게 완벽한 성인 남자의 목소리였다. 그렇게 말한 다음 아이가 돌아서 숙사로 들어갔다. 그러고는 주머니 하나를 들고 나와 한 번도 보지 못했던 찬란한 웃음을 지었다.

"더 이상 이곳에서 굶주리며 개조될 필요 없다."

아이가 들고 있는 주머니에서 찰랑찰랑 작은 철기가 부 딪히는 소리가, 음악이 그의 말과 웃음을 반주하듯 새어 나 왔다. 문 앞 자신의 계단에 선 채 아이가 주머니에서 새빨간, 철로 된, 동전만 한 붉은 오각별을 꺼냈다.

"철로 된 오각별 하나씩만 가지면 당당하게 큰길로 진에 갈 수 있다. 검문소를 지날 때마다 이 진짜 오각별을 보여주 면 통과할 수 있을 것이다. 모두들 가고 싶은 곳으로 가라. 현성이든, 지구든, 성이든, 베이징이든 전국 어느 곳이든 갈 수 있고 당신들 집과 직장으로 돌아갈 수 있다."

아이가 오각별을 한 움큼, 불을 잡듯 꼭 쥔 채 말하면서 손 을 허공에서 흔들자 허공으로 붉은빛이 그어졌다.

"돌아갈 준비를 해라." 아이가 소리쳤다. "오늘 밤은 푹 자 도록 해라. 내일 아침에 모두에게 오각별 하나씩을 주고 가 는 길에 요기할 수 있도록 볶은 콩 한 주머니씩을 주겠다."

아이의 목소리가 한 달여 전 쭈뼛거리던 것과 완전히 다 르게 우렁찼다.

한 달 남짓한 시간 동안 도성에서 누구를 만나고 무슨 일 을 겪었는지 함구한 채 아이가 아주 명쾌하고 확실하게 외 쳤다.

"이제 가서 준비해라. 나도 한숨 자야겠다. 정말 너무 피곤하다.”

말을 마친 아이가 돌아서 안으로 들어가자 끼이익 하고 문이 닫혔다. 두터운, 풀리지 않는 놀라움이 바깥에 고스란히 남았다. 학자와 작가, 모두의 얼굴에 남았다.

모두들 잠시 멍하니 서 있다가 의혹을 품은 채 각자의 방으로 돌아갔다. 밤새 아무 말도 하지 않았다. 아이가 정말로 오각별 하나와 볶은 콩 한 주머니씩 주며 평화롭게 위신구에서 내보내줄 것이라고 믿지 않았다. 밤이 되자 예전처럼 잠이 들었다. 늘 그렇듯 눈이 저절로 떠질 때까지 잤다. 하지만 다음 날 모든 것이 달라졌다. 참새가 아주 일찍, 아주 일찍부터 창턱에 내려앉았다. 처음에는 한두 마리만 울었지만 나중에는 떼로 지저귀었다. 이 창턱으로 날아갔다가 저 창턱에 내려앉았다. 누군가 일어나 신발을 지르신고 문 앞에 잠시 서 있다가 아이의 숙사로 갔다. 그러고는 깜짝 놀라 불바다 같은 붉은색 바닥을 바라보았다. 고개를 들었다가 더욱 놀란 그가 비명을 지르며 하늘을 바라보고 숙사 쪽으로 뛰어갔다.

“어서요, 빨리 나와서 아이를 보세요!”
“어서요, 빨리 나와서 아이를 보세요!”
그 외침이 99구와 옛길을 뒤흔들었다. 세상을 뒤흔들었다.

사람들이 전부 자리에서 일어나 눈을 비비고는 대문의 아이 숙사 쪽으로 달려갔다. 어지러운 발소리와 고함 소리가 한데 뒤섞였다. 그곳에 도착해서는 갑자기 발걸음을 멈추고 땅을 내려다보았다. 발밑의 대지를 보았다. 그리고 덜컥 머리를 들어 하늘을 올려다보며 고개를 길게 내민 채 하늘의 상황을 응시했다. 햇살이 있고 자주색 구름이 있었다. 까치 떼가 아이의 창턱과 99구 담장에 내려앉았다. 모두들 하얀 구름이 천사의 형상으로 변해 멀리서 이쪽 하늘로 날아오는 것을 보았다. 천사의 구름과 자주색 구름 아래 밝고 맑으며 바람 한 점 없는 하늘을 보았다. 연자주색 환한 하늘 아래 아이의 숙사 앞, 99구 대문 안에 커다란 십자가가 세워져 있었다. 깊게 판 땅에 십자가 아랫부분이 단단하게 박혔다. 그리고 아이의 수백 송이 붉은 꽃과 상장이 전부 십자가 아래에 널려 있었다. 십자가의 기둥에 걸린 것도 있었다. 바닥이 온통 붉어 휘날리는 불꽃 같았다. 큰 꽃, 작은 꽃, 비단 꽃, 공단 꽃, 명주 꽃이 널리고 걸려 마당을 붉게 채웠고 대지를 환하게 물들였다. 높다란 십자가가 새벽과 석양 무렵 넓은 바다 위에 서 있는 높은 돛대처럼 꽃들 가운데 서 있었다. 아이는 손으로 짠, 허리에 헝겊 띠를 맨 짙푸른 긴 홑옷을 입은 채 십자가에 못 박혀 있었다. 십자가 아래의 흙이 새로 팠을 때의 신선함과 윤기를 아직 잃지 않아 꽃 속에서 피처럼 붉고 꽃처럼 붉었다. 꽃 사이사이로 하얗고 푸른 풀뿌리가 꽃줄기처럼 흙 위로 드러났다. 거칠고 네모난 나무로 만든 십자가는 한 장을 훌쩍 넘어 두 장 가까이 됐다. 십자가에 올라가기 위해 아이는 뒤편에 듬성듬성 얇은 나무 조각을 박아두었다. 동쪽에서 막 떠오른 햇살 속에서 십자가에 스스로를 못 박은 아이의 얼굴에 극심한 고통을 참으면서도 만족스러운 듯한 옅은 미소가 서렸고 붉은빛이 반짝였다. 아이는 날이 밝은 뒤 태양이 떠오르는 순간에 붉은 꽃을 깔고 스스로를 못 박았다. 도성에서 한 달 동안 아이가 무엇을 보았고 무엇을 겪었으며 무슨 일이 있었는지 아무도 몰랐다. 그가 돌아온 뒤 가장 먼저 한 일이 붉은 꽃이 가득 깔린 십자가에 스스로를 못 박은 것이었으므로. 고통을 참지 못해 십자가에서 내려올까 봐 아이는 스스로를 몇 번이나 십자가에 동여매기까지 했다. 그는 먼저 긴 못으로 두 발을 기둥에 박고, 오른손으로 커다란 못 세 개를 쳐 횡목에 왼손을 박았다. 마지막으로 남은 오른손은 못을 박을 수 없기 때문에 미리 오른쪽 횡목에 뾰족한 쪽이 바깥으로 나오게 긴 못을 박아두었다가 팔꿈치와 손등을 휘둘렀다. 그렇게 힘껏 뒤쪽으로 눌러 오른쪽 손바닥이 나무에 박아놓은 못 세 개에 뚫리도록 했다.

그렇게 스스로를 못 박았다.

일이 그렇게 이루어졌다.

아이가 예수처럼, 스스로를 붉은 꽃이 가득 깔린 십자가에 못 박았다.

손과 발목의 피가 십자가 나무를 따라 아래로, 봄꽃이 하얀 나무에 농염하게 피어난 것처럼 방울방울 떨어졌다. 물이 바다로 떨어지듯 피가 꽃 위로 똑똑 떨어졌다. 누런 흙이 대지에 섞이듯 흙에 똑똑 떨어졌다. 아이의 얼굴은 고통이나 비틀림 없이 편안하고 만족스럽게 옅은 미소를 담고 있어 커다랗게 만개한 붉은 꽃이 하늘에, 십자가 꼭대기에 피어난 것 같았다.

십자가 아래의 붉은 꽃들 앞, 일출을 마주한 정동향 그곳에 식량이 든 주머니가 잔뜩 놓여 있었다. 주머니에는 자유롭게 떠날 수 있는 붉은 강철 오각별이 반짝이는 꽃술처럼 꽂혀 있었다.

온통 붉은빛이었고 볶은 콩 냄새가 퍼졌다.

모두들 소스라치게 놀라고 말았다. 십자가 아래에 서서 붉은 꽃과 볶은 콩, 오각별을 내려다보았다. 고개를 들어 십자가의 아이를 바라보자 십자가를 따라 피가 방울방울 흘러내렸다. 햇빛이 투명하고 금빛이 사방으로 퍼졌다. 피가 하늘에서 알알이 떨어지는 붉은 구슬 같았다. 참새와 까치 떼가 날아왔다. 자주색 구름이 황무지의 가없는 하늘에서 피어올랐다. 자주색과 청백색의 천사같이 생긴 구름이 멀리에서 십자가 상공으로 불어오자 까치들이 담장과 창문, 건물과 마당에서 일제히 고개를 들고 사람들이 알듯 모를 듯한 노래를 불렀다.

그때 아이가 마지막으로 눈을 뜨고 최후의 말을 했다.

"내가 나를 여기에 못 박은 것이다. 당신들은 떠나라. 한 사람당 식량 주머니 하나와 붉은 별 하나씩을 가지고 내 아래를 지나서 가고 싶은 곳으로 가라."

그러고는 아이가 사람 수를 세려는 듯 십자가 아래의 꽃과 사람을 훑어보았다.

"마흔네 명인데 나한테는 별이 마흔세 개뿐이다. 누군가 한 사람은 떠날 수 없다. 별이 마흔세 개뿐이니까."

아이가 마지막 기력을 짜내며 소리쳤다.

"내 숙사로 가서 필요한 책을 가지고 떠나라. 나를 떠나라. 다만 부탁이니 나를 십자가에서 내리지 마라. 오래도록 태양을 쬐도록 하라. 꼭, 꼭 기억해라. 햇볕에 두라는 내 말을 꼭 지켜라!"

말을 마친 뒤 아이의 머리가 천천히 아래로 떨어졌다. 머리카락이 바람에 날리는 풀처럼 거꾸러졌다.

천사 모양의 흰 구름과 자주색 구름이 아이 머리의 상공에 멈추었다. 자주색 구름이 천사 구름 옆으로 테를 둘렀다. 붉은 꽃들을 비추었다.

까치가 전부 목을 늘인 채 노래했다.

모두들 허둥대며 십자가 아래로 가서 길을 떠나기 위한 식량과 아직도 페인트 냄새가 나는 붉은 오각별을 앞다퉈 챙겼다. 앞다퉈 챙겼지만 꽃을 밟지 않기 위해 조심했다. 꽃을 더럽히거나 어지럽히지 않았다. 꽃들이 십자가 밑에서 가지런하고 붉었다. 모두들 줄줄이 꽃을 피해 십자가 아래를 지나 아이의 숙사로 들어갔다. 아이 숙사의 벽과 침대, 차양과 침대 머리맡에 꽃과 상장을 걸어두었던 흔적이 나무를 베어낸 뒤의 구멍처럼 남아 있었다. 아이의 침대 위에는 아이가 즐겨 봤던 동화책 몇 권이 있었는데 대부분 『성경』 속 이야기를 다룬 그림책이었다. 안쪽 바닥으로 십자가를 만들 때 떨어진 대팻밥과 톱밥이 보였다. 나무 냄새가 온 방에 가득했다. 문을 통과해 안쪽 방으로 들어가 투박한 검은색 커튼을 젖히자 빛이 들어왔다. 모두들 아이가 만든 거칠고 단단하고 커다란 나무 책장이 양쪽 벽에 놓여 있는 것을 볼 수 있었다. 책장에는 모두의 책이 가득 꽂혀 있었다. 어떤 책은 표지가 없어져 아이가 갈색 종이로 싸놓기도 했다. 사람들은 빛 속에서, 책장 아래에 서서 아이가 겨우내 불을 쬐려 찢은 책은 책장에 두세 권씩 있던 것임을 알았다. 모두들 책장을 물끄러미 바라보며 침묵했다. 방에 먼지가 가득했다. 하지만 책장은 가지런하고 먼지 하나 없이 깨끗한 데다 금방 닦아낸 흔적에 상큼한 회백색 방습제 냄새까지 났다.

모두들 책장에서 자신이 가져왔던 책을 찾았다. 읽고 싶었지만 얻지 못했던 책을 꺼냈다.

한낮이 되어 햇살이 뜨거워지기 시작했을 때 사람들이 일자로 늘어서 짐과 책, 식량을 들고 가슴에 오각별을 꽂은 채 꽃 옆으로 십자가 아래를 지나 떠나려 했다. 그때서야 사람들은 학자가 오각별을 챙기지 않았음을 알았다. 다른 사람들이 앞다퉈 챙길 때 그는 줄곧 그 자리에 서서 사람들, 지식인들, 동료들을 바라보았다. 학자는 아이의 숙사로 들어가 책을 챙기지도 않고 가만히 서서 사람들, 지식인들, 동료들을 지켜보았다. 사람들이 안에서 책을 챙길 때 학자는 십자가 아래에 서서 사람들이 오가면서 흩어진 붉은 꽃을 아이 대신 정리했다. 떨어진 꽃을 십자가 기둥에 다시 걸었다. 모두들 숙사에서 책을 안고 우르르 나올 때도 학자는 조용히 그곳에 서 있었다. 다들 떠나려 했지만 학자에게는 오각별이 없었다. 그는 태양 아래에서, 십자가 아래에서, 꽃무더기위에서 모두에게 손을 흔들어 배웅하며 말했다.

"가져가는 책들 중에 불교와 참선에 관한 책은 제게 남겨주십시오. 자, 모두들 가십시오."

그러자 모두들 걸음을 멈추고 불교와 참선에 관한 책을전부 햇빛 아래, 십자가 아래, 꽃 옆의 학자 앞에 내려놓았다. 아이의 몸을 지날 때 모두들 고개를 들어 하늘을 보았다. 자주색 구름과 새하얀 천사 구름, 무수했던 까치가 전부 사라지고 없었다. 전날보다 쨍쨍한 햇살이 쏟아지면서 아이의손과 발, 십자가의 피가 검붉게 응고되었다. 그리고 아이의이마와 얼굴에서 기름기가 증발해 입술이 갈라지고 피부가일어났다.

"아이를 내립시다."

작가가 말하자 학자가 잠시 생각에 잠겼다.

"여러분은 가십시오. 저는 아이의 말대로 예수가 내려진시각에 아이를 내리겠습니다."

그래서 아이를 태양 아래 꽃 무더기 속 십자가에 못 박아둔 채 한 사람 한 사람 아이의 몸과 십자가 아래를 묵묵히,천천히 지나갔다.

햇볕 속에 아이를 남겨두었다.

학자가 혼자 십자가를 지켰다.

바깥으로 이어진 널찍한 큰길에 올랐다. 걷고 또 걸었다. 당당하게 걸어 애국검문소 하나를 지나고 또 하나의 애국 검문소를 지났다. 황혼이 내릴 무렵 갈림길에서 큰길을 따라 황허 강변 바깥으로 향할 때 갑자기 무수한, 천여 명에 이르는 백성들이 짐을 메고 수레를 끌면서 바깥에서 들어오는 게 보였다. 사방에서 먼지가 일고 발자국 소리가 뒤엉켰다. 각 가정의 수레와 짐마다 침구와 주방 도구가 있고 종이나 강철 오각별을 붙이거나 꽂은 목패가 있었다. 제일 앞에 선 가족은 서른 후반이거나 마흔쯤 되어 보이는 깡마르고 다리 를 저는 남자가 힘껏 수레를 끌고 있었다. 그의 아내와 부모, 취사도구가 수레에 높이 쌓였다. 한 가족이 백성들을 이끌 고 다른 갈림길에서 황허 부지의 위신구 쪽으로 향하는 것 이었다. 그가 끄는 수레에는 이미 퇴색해 흐릿한 오각별이 붙은 목패가 꽂혀 있었다. 수레에 앉은 노인과 아이, 여자도 모두 가슴에 오각별을 달았다. 안쪽으로 향하는 길고 고된 여정의 피로와 먼지가 재처럼 그들의 얼굴을 덮었다. 작가 와 사람들이 석양을 등진 채 밖으로 나가면서 멀리서 안쪽 으로 오는 일가족을 바라보았다. 그 가족도 무리를 이끌고 석양을 마주한 채 들어오다가 멀리서 고개를 비틀어 그들을 바라보았다. 길목에서 어깨를 스치고 한참이 지난 뒤에 작가가 갑자기 걸음을 멈추고 놀라움에 소리쳤다.

"아, 작년 겨울 강철을 제련할 때 흑사를 찾아 오각별을 받고 떠났던 실험이 아닙니까!"

모두들 제자리에 섰다. 확실히 방금 지나간 사람은 실험이었다. 그래서 얼른 손을 입가에 나팔 모양으로 모으고 큰 소리로 실험의 이름을 부르면서 왜 안으로 들어가는지 물었다. 하지만 그는 일가족과 짐을 끌며 석양 쪽으로 멀어졌다. 마른풀이 가을 들판을 날아 사라지는 것처럼 모든 것들이, 일가가 석양에 녹아들었다. 그러다 뒤따라온 무리들이 말해주었다.

"저기는 땅은 넓은데 사람은 적고, 봄이 되면 만물이 꽃을 피워 먹을 것이 떨어지지 않는다고 하더군요."

그들 무리는 안으로 갔고 작가는 모두를 이끈 채 밖으로 나갔다.

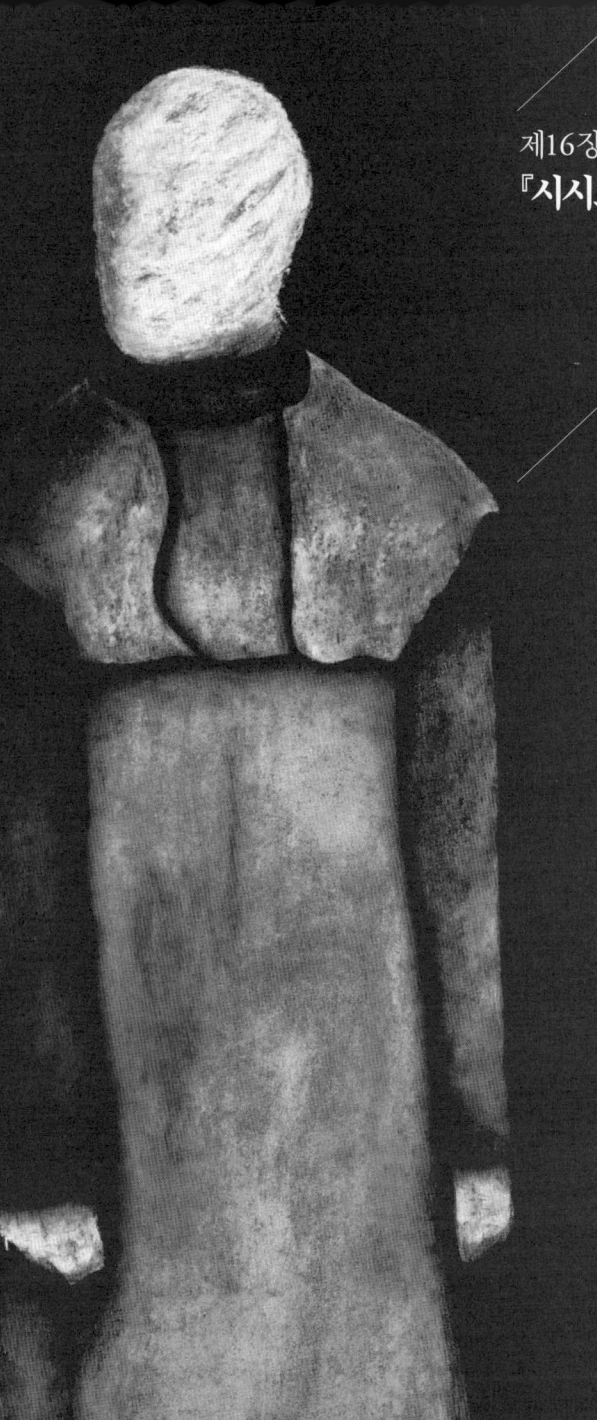

제16장
『시시포스의 신화』

『*시시포스의 신화*』p13~p21

(네 책 가운데『죄인록』은 1980년대에 역사 자료로 출판
되었다. 작가의『옛길』은 약 500페이지에 달하는 논픽션 작
품으로, 2002년 전후에 출판되었지만 시대가 달라진 탓인지
반응이 시원치 않았고 아무런 반향도 일으키지 못했다. 한
편『하늘의 아이』는 몇 년 전에 헌책방에서 구입했는데 저자
란에 사람 이름 대신 '구술을 정리함'이라고만 적혀 있었다.
대체 누가 구술하고 누가 정리했을까? 책에는 주나 설명이
전혀 없었다. 어쨌든 출판사는 중국전적신화출판사이다. 네
책 가운데 출판되지 못한 유일한 책은 학자가 몇 년 동안 고

심했지만 끝내 완성하지 못한 철학 수필『시시포스의 신화』 원고이다. 총 세 장 열한 절로 구성된 이 책이 지금까지 수십 년간 출판되지 못한 까닭은 인류 사회의 생존과 정신의 전복 및 혼란에 대한 학자의 서술이 워낙 난해해 무슨 뜻인지 알 수 없는 데다 물약으로 썼기 때문이라고 한다. 나는 국립 철학문헌연구소에서 손으로 쓴 이 절반의 원고를 발견했지만, 그 절반의 원고 가운데 어렴풋이나마 이해할 수 있는 곳은 머리말의 수천 자뿐이었다.)

　신이 시시포스에게 내린 벌은 하늘이 대지에게 봄 여름 가을 겨울 사계절을 준 것과 같다. 시간은 하루하루 앞으로 나아간다. 하지만 인류의 몇몇은 시간이 앞으로 가는 게 아니라 매일매일 뒤로 물러난다고 생각한다. 그들 논리에 따르면 내일, 모레의 도래란 그림책을 맨 뒷장부터 한 장씩 앞으로 젖히는 것처럼 예정된 법칙을 뒤에서 앞으로 하나하나 펼쳐내는 것이다. 그래서 과거는 기억으로 간직되지만 미래는 무지와 예측으로 점철될 뿐이다. 시시포스는 그러한 역행의 시간 속에서 형벌을 일상으로 바꾸었고, 결코 그것을 자신의 죄에 대한 신의 형벌이라고 여기지 않았다. 오직 우리만 시시포스가 매일 산 아래에서 산꼭대기로 바위를 밀어 올리지만 숨을 가라앉히기도 전에 바위가 정상에서 산 밑의 원래 자리로 굴러 떨어지고, 그래서 다음 날 아침이면 다시 숨을 헐떡이고 땀을 비 오듯 흘리면서 바위를 산꼭대기로 밀어 올려야 한다는 것을 볼 뿐이다. 그래서 무한정 되풀이되는, 영원히 끝나지 않는 그 반복은 거대한 산처럼 우리, 구경꾼들의 마음을 내리누른다.

우리는 시시포스를 황당함과 고통, 처벌을 감내할 줄 아는 영웅으로 본다. 그로부터 비장함까지 느끼기도 한다. 또한 시시포스의 인내를 인류가 현실의 문제를 풀고 현실을 인정하는 열쇠이자 정신으로 받아들인다. 하지만 그것은 시시포스에 대한 오해이자 왜곡이다. 시시포스는 시간 속에서 우리가 형벌이라고 보는, 처음에는 그도 똑같이 불안과 재앙이라고 여긴 일에 이미 적응했다. 시간이 그 모든 것에 적응하도록 만들었다. 그리고 적응은 시간의 적이자 무기가 되어 시간에 대항해 전투를 벌였다. 아침에 바위를 산꼭대기로 밀어 올리기 시작해 저녁이 되면 바위가 꼭대기에서 굴러 떨어지는 것을 목격하고 다음 날 다시 새롭게 밀어 올리지만 또 떨어지는, 고리처럼 계속해서 반복되는 과정을 시시포스는 이미 의무이자 소임이라고 받아들였다. 그는 끊임없이 순환하는 시간의 범주를 내려놓고 오히려 생명의 유실과 소모의 의미를 깨달았다.

　시간이 앞으로 가든 뒤로 가든, 세월에 늙든 젊어지든, 시시포스는 근본적인 변화 없이 피로와 휴식만을 되풀이했다. 하지만 별 볼 일 없이 무시되던 어느 하루, 바위가 산꼭대기에서 아래로 굴러떨어질 때 시시포스가 바위 뒤를 따라 태양을 밟으며 산꼭대기에서 내려와 다음 날의 일을 준비할 때 상황이 바뀌었다.

　그가 우연히 한 아이를 보았다.

　한 아이가 계속 되풀이되는 산길에 나타나 굴러 떨어지는 바위와 시시포스의 걸음을 길가에서 지켜보았다. 아이는 순진하고 투명하며 천진하고 세상과 명예에 호기심이 많았다. 처음 아이를 보았을 때 시시포스는 그저 한 번 쳐다보았을 뿐이었다. 다음 날 바위를 산꼭대기로 밀어 올릴 때는 길가에 아이가 없었다. 하지만 황혼이 깔려 바위를 따라 내려올 때 아이가 또 산허리 길가에서 굴러떨어지는 바위와 뒤따라오는 시시포스를 보고 있었다.

　그날 시시포스는 걸음을 멈추고 아이에게 고개를 끄덕이며 "안녕?" 하고 말했다.

　시간의 끝없는 침묵 속에서 시시포스가 처음으로 사람과 나눈 말이었다.

그 뒤 사흘째, 나흘째도 시시포스는 황혼 무렵 바위를 따라 산꼭대기에서 내려올 때 석양 속 산허리 길가에 서 있는 아이를 보았고 그때마다 아이에게 고개를 끄덕이며 몇 마디 말을 했다.

시시포스는 아이를 사랑하게 되었다.

사랑과 감정이 그와 아이에게 생겨나고 시간이 그들을 묶어주면서, 시시포스는 반복되는 형벌 속에서 새로운 의미와 존재를 발견하게 되었다. 매일 바위를 밀어 올린 뒤 숨을 가라앉히기도 전에 바위가 다시 아래로 굴러떨어질 때, 그는 바위를 따라 내려오는 산허리에서 그 순진하고 투명한, 세상과 명예에 호기심이 가득한 아이를 볼 수 있었다. 아이는 늘 같은 시간에 같은 장소에서 시시포스를 기다렸다. 시시포스는 아이의 맑고 반짝이는 눈동자를 잊을 수 없었다. 매일 규칙대로 바위를 밀어 올리고 때가 되어 바위가 굴러떨어졌기 때문에 그는 산허리에서 아이를 볼 수 있었다. 바위를 올리지 않거나 바위가 내려가지 않는다면 맑고 투명한 소년의 눈을 볼 수 없다는 뜻이었다.

아이를 사랑하게 된 것은 아이가 시시포스의 무의미한 반복에 새로운 존재와 의미를 불어넣었기 때문이었다. 또 바위의 반복이 없다면 그는 아이를 볼 수 없었다. 아이를 보기 위해 시시포스는 매일 바위를 올렸다 내리는 일을 기다리고 열정적으로 행했다. 원망이나 거부감, 불평 없이 열심히 움직이고 심지어 즐기기까지 했다. 매일 굴러떨어지는 바위를 따라 황혼 속에서 아이에게 말을 걸고 대화하면서 시시포스의 얼굴에 따스한 미소와 찬란한 빛이 생겨났다.

그러나 신이 모든 것을 알아챘다.

신은 시시포스가 형벌에 순응하거나 그 속에서 의미를 찾는 것을 용납하지 않았다. 더 이상 시시포스가 산 이쪽에서 바위를 정상으로 밀어 올리도록 두지 않았다. 신은 산의 저쪽, 그러니까 뒤쪽으로 보내 산꼭대기에서 아래로 힘껏 바위를 굴리도록 했다. 산 이쪽에서는 힘겹게 바위를 위로 밀어 올리면 순식간에 아래로 굴러떨어졌지만 반대쪽에서는 완전히 거꾸로였다. 위에서 아래로 굴릴 때 상당한 힘을 들여야만 바위를 내려보낼 수 있었고 바위가 산 밑에 도달하면 매우 빠르게 등속을 유지하며 저절로 굴러 올라갔다.

일종의 '도깨비 비탈'이었다.

도깨비 비탈에서 시시포스는 새로운 형벌과 금기를 받았다. 그는 더 이상 아이를 볼 수 없었다. 그러자 사랑과 생각도 시시포스의 육체와 정신을 옥죄는 형벌이 되었다. 새로운 죄가 추가되었다. 아이를 사랑하는 감정을 품었다는 것과 바위를 올렸다 내리는 일에 적응하고 욕망했다는 것이었다. 징벌이 주는 고통이나 변화, 무료함, 황당함, 죽음 등에 일단 협력하거나 적응하게 되면 징벌은 의미를 잃게 마련이다. 징벌은 태형으로서의 힘을 잃게 되고, 적응은 무기력함과 부득이함에서 아름다움과 의미를 도출해내게 된다. 이것이 인류가 진화하면서 발전시킨 체념과 타성이다. 하지만 다른 한편으로 타성의 체념 역시 의미 있는 저항과 능력을 갖는다. 타성은 순응을 낳고 적응은 힘을 갖는다.

산의 한편에서 시시포스는 서양의 시시포스였다.

산의 다른 한편에서 시시포스는 동양의 시시포스였다.

시시포스가 매일 산 정상에서 비 오듯 땀을 흘리며 거대한 바위를 산 아래로 힘껏 밀어 내리면 바위는 그가 걸음을 멈추기도 전에 괴력에 이끌려 등속을 유지하며 저절로 산꼭대기까지 굴러 올라갔다. 다음 날 시시포스가 또 꼭대기에서 힘껏 밀어 내리면 해질 무렵 바위가 다시 저절로 올라갔고, 시시포스는 바위를 따라 힘겹게 정상으로 올라가 산꼭대기에 있다가 다음 날 동쪽이 불그스레해질 때 다시 온 힘을 다해 바위를 밀어 내렸다. 날마다, 더 이상 그 아이를 볼수 없으면서 또 끝없이 온 힘을 다해 정상에서 바위를 굴려 내려야 했다. 시시포스는 매일 그렇게 온 힘을 소진했다. 그는 체념하면서도 이해할 수 없었다. 하지만 신은 항상 멀리서 지켜보기만 할 뿐 아무런 말도 하지 않았다. 시시포스는 신이 내린 역방향 형벌에서 자신에 대한 신의 분노와 증오를 느낄 수 있었다. 그는 오랫동안 뒤집힌 처벌과 징계에 적응할 수 없었다. 원래 바위가 굴러 내려갈 때는 그래도 뒤에서 수월하게 산을 내려갈 수 있었지만, 이제는 바위를 내려 보낼 때 힘껏 밀어야 하는 데다 바위가 저절로 올라간 다음에 뒤에서 따라갈 때, 이미 힘을 쓴 다음에 또 힘겹게 산을 올라야 했기 때문에 두 배의 체력과 정력을 쏟아야 했다. 더 심각한 문제는, 원래 바위를 밀어 올릴 때는 다리와 허리를 구부린 채 고개를 들면 하늘의 환한 빛을 볼 수 있어서 아래에서 위로 올릴 때마다 하늘, 신과 가까워지고 교류한다는 느낌을 받았지만 이제 밀어 내릴 때는 하늘의 빛이나 별을 볼 수 없어 신과 천당, 정신과 멀어지는 기분이 드는 것이었다. 산의 다른 쪽에서 밀어 내리고 올라가기를 반복하면서 그는 다시 징벌과 금기가 육체와 영혼에 미치는 고통과 메마름을 느낄 수 있었다. 하지만 왜 바위가 아래에서 위로는 저절로 가는데 위에서 아래로는 온 힘을 다해 밀어야 하는지에 대한 이치와 효과를 이해할 수 없었다. 신이 그에게 "너는 이 기이한 비탈과 기이한 힘의 존재를 분명하게 설명해야 한다. 설명할 수 없다면 영원히 밀어 내려야 할 것이다"라고 말했다. 시시포스는 왜 바위를 아래로 보낼 때는 힘이 들고 위로 올릴 때는 힘이 필요 없는지 이해할 수 없었다. 그래도 매일 힘껏 바위를 밀어 내릴 때마다 항상 그 이치와 괴력에 대해 생각했다. 하지만 그는 생각만으로는 영원히 그 이상한 땅을 이해할 수 없다는 것과 그 또한 신이 시시포스에게 내린 새로운 형벌이고 금기라는 것을 몰랐다. 시시포스는 매일 생각하느라 머리가 깨질듯 아팠다. 그러다 아무리 오래 생각해도 성과가 없자 산의 다른 쪽에서 아이를 만났던 것을 후회하고 그 아이를 사랑했던 것을 후회했다. 정상에서 바위를 힘껏 밀어 내릴 때 아래에서 위로 미는 것만큼의 힘과 생각을 쏟고, 똑같은 하루가 계속해서 끝없이 반복되는 것을 참을 수 없게 되었다. 그는 조급하고 불안해졌고 원망과 함께 신에게 따지고 싶다는 충동과 격정에 휩싸였다. 하지만 신과 논쟁하고 결말을 묻는다면 신은 더 큰 형벌과 금기를 내릴 것임을 잘 알았다.

시시포스가 그렇게 불안에 휩싸인 채 매일 아침마다 정상에서 바위를 힘껏 밀어 내리면 거대한 바위는 황혼 무렵 다시 저절로 굴러 올라갔다. 하루하루 긴 시간이 흐르면서 그는 더 이상 머리가 깨질 듯한 고민을 하지 않게 되었다. 다시 힘껏 밀어 내리는 끝없는 순환과 반복에 적응하고 반대의 징벌을 성실하고 불평 없이 행하게 되었다. 그러자 형벌이 그의 육체와 영혼에 녹아들고 어우러졌다. 상호 간의 적응은 죄와 벌이 가진 힘과 냉혹함, 황당함, 그리고 죽음까지, 또 기름 떨어진 등불 같은 적막과 절망까지 변화시켰다. 그러다 지난번 길에서 아이를 만났던 것처럼 시시포스는 바위를 산꼭대기에서 밀어 내리던 어느 날, 허리를 굽힌 채 힘을 주다가 시선을 바위 꼭대기 저편으로 옮겼고 산 밑의 초목과 집, 마을, 밥 짓는 연기와 어느 사원 입구에서 노는 아이들을 발견했다.

그는 신의 형벌 너머로 산 아래 사원과 속세의 밥 짓는 연기를 보았다.

그는 사원과 속세의 밥 짓는 연기가 담긴 풍광을 사랑하게 되었다.

생각하다 지쳐버린 그는 더 이상 신이 내준 문제를 고민하지 않았다. 또한 그 괴상한 문제를 풀고 싶다는 소망과 갈망도 사라졌다. 새로운 순응이 새로운 이유와 힘을 주었고, 생각을 멈추자 안정되고 편안해졌으며 받아들이게 되었다. 매일 해질녘 저절로 올라가는 바위를 따라 산을 오르는 게 다음 날 동녘이 붉게 터올 때 바위를 힘껏 밀어 위에서 점점 멀어지고 아래로 다가가다 마침내 산 아래의 초목과 집, 전원, 밥 짓는 연기, 사원 문 앞에서 노는 아이들, 소와 양을 보기 위함이 되었다. 현실 속 밥 짓는 연기는 형벌을 받는 시시포스에게 새로운 의미와 적응할 힘을 주었다. 무수하고 무수한 세월이 흐른 뒤에는 바위를 아래에서 위로 올리고 싶지 않아졌다. 위에서 아래로 내리는 게 더 좋았다. 그래서 그는 자신이 더 이상 괴력에 대해 생각하지 않고 새롭게 순응했다는 것과 새로운 형벌에 적응했다는 것, 형벌을 존재 자체의 필요조건과 인간 삶의 시간에 접목시켰다는 것을 신이 알아채고 위에서 아래로 힘을 쏟는 형벌의 방향과 과정을 새로 바꿀까 두려웠다. 가령 바위를 아래로 밀어 내리거나 아래에서 위로 올리게 하는 대신, 산허리에 선을 하나 그은 뒤 둥근 바위의 형태나 규칙을 없애 원형이나 사각형, 삼각형, 혹은 타원형이 아닌 무형상의 바위를 허리께의 선을 따라 매일 한 바퀴씩 계속 끌게 하면서 바위를 허리선에서 한 치 이상 떨어지지 못하게 하고 만일 떨어지면 새로운 벌을 더한다면, 시시포스는 감내할 수 있는 이 형벌을 더 이상 계속할 수 없을 거였다.

현실 속의 사원과 속세의 밥 짓는 연기가 담긴 풍경을 매일 보기 위해서, 자신의 순응과 조화를 신이 또 바꾸지 못하게 하기 위해서 시시포스는 매일 산꼭대기에서 바위를 힘껏 밀어 내릴 때마다 현실 속 속세를 보지 않는 척하고 괴력에 대해 골똘히 생각하는 표정을 연출했다.

결국 신은 알아채지 못했다. 시시포스는 산의 다른 편에서 매일 위에서 아래로 바위를 힘껏 밀어 내리는 일에 조용히 순응해 자연스럽게 행하며 만족했다.

옮긴이 **문현선**

이화여대 중어중문학과와 같은 대학 통번역대학원 한중과를 졸업했다. 2012년 현재 이화여대 통번역대학원에서 강의하며 이화중국번역문화공간에서 중국어권 도서를 기획 및 번역하고 있다. 옮긴 책으로 『생긴 대로 살게 내버려둬』, 『사랑을 담는 지갑』, 『인의 경영』, 『경화연』(전2권) 등이 있다.

사서(四書)

ⓒ 옌롄커, 2012

초판 1쇄 발행일 2012년 4월 30일
초판 3쇄 발행일 2024년 11월 1일

지은이 옌롄커   **옮긴이** 문현선   **펴낸이** 정은영

펴낸곳 (주)자음과모음 **출판등록** 2001년 11월 28일 제2001-000259호
주소 10881 경기도 파주시 회동길 325-20
전화 편집부 (02)324-2347, 경영지원부 (02)325-6047
팩스 편집부 (02)324-2348, 경영지원부 (02)2648-1311
이메일 munhak@jamobook.com

ISBN 978-89-5707-648-4 (03820)